趙光篆刻

問津文庫

『十四五』國家重點圖書出版規劃項目

津沽筆記史料叢刊第十三種

主編　王振良

津門徵獻詩

〔清〕華鼎元　編纂

楊德英　點校

天津出版傳媒集團
天津古籍出版社

圖書在版編目（CIP）數據

津門徵獻詩 / (清) 華鼎元編纂；楊德英點校．--
天津：天津古籍出版社，2023.3
（津沽筆記史料叢刊 / 王振良主編）
ISBN 978-7-5528-1304-3

Ⅰ．①津… Ⅱ．①華… ②楊… Ⅲ．①中國文學—古
典文學—作品綜合集—明清時代 Ⅳ．① I214.81

中國國家版本館 CIP 數據核字（2023）第 016823 號

津 門 徵 獻 詩
JINMEN ZHENGXIANSHI

（清）華鼎元 / 編纂　楊德英 / 點校

出　　版　天津古籍出版社
出 版 人　張　瑋
地　　址　天津市和平區西康路 35 號康岳大厦
郵政編碼　300051
郵購電話　（022）23517902

策　　劃　唐　艦
責任編輯　鄭　偉

印　　製　天津市天辦行通數碼印刷有限公司
經　　銷　新華書店
開　　本　880 毫米 ×1230 毫米　1/32
印　　張　16.625
字　　數　260 千字
版　　次　2023 年 3 月第 1 版　2023 年 3 月第 1 次印刷
定　　價　88.00 圓

津沽筆記史料叢刊總序

陶慕寧

三津之地，舊稱直沽。地當九河津要，路通七省舟車。其域在漢屬勃海、漁陽二郡，隋屬河間、涿郡、漁陽三郡，唐爲幽、滄二州地，宋爲清、滄二州地，元屬大都、河間二路。明建文初，燕王朱棣啓『靖難之役』，經三汊河口襲取滄州。越三載登基，遂敕名其地爲天津，喻『天子津渡』之意也。永樂初年，置天津三衛，屬河間府。清初設關，置總兵鎮守。雍正二年（一七二四），改天津衛爲州，至九年（一七三一）升府，領州一縣六。咸豐十年（一八六〇），天津開埠，漸成列强争逐貿易之洋場，今則巋然爲中國之直轄市矣。然則自建衛以迄於今，都六百餘年，考之地理河渠，其所以爲重鎮者實有二端：一則處畿輔要衝、海疆門户，此地不守，鼎湖危殆，故又稱之『津門』；二則處漕運樞紐，南接淮泗，北達通州，東吴之稻、長蘆之鹽，或經海路，或付漕舡，皆賴此地轉輸入京。元人王懋德《直沽》詩云『極目滄溟浸碧天，蓬萊樓閣遠相連。東吴轉海輸粳稻，一夕潮來集萬船』，即當日天津海漕之實録也。

金元以降，天津之隸屬、轄區屢經更易，而魚鹽之利、商賈之繁、居人之雜、風俗之盛，固未嘗大變。明正統初，始建天津衛學，其後科舉漸興，應進士之選者代不乏人。其早者，若汪來，嘉靖二十年（一五四一）進士，官至慶陽知府，撰有《北地紀》四卷；若張愚，嘉靖二十九年（一五五〇）進士，仕至右副都御史；若劉燾，嘉靖三十八年（一五五九）進士，仕至兵部右侍郎、右都御史。又，隆慶五年（一五七一）一科會試，即有劉鈺、張佑、任天祚三人登第。是知其地不獨商貿繁衍，人文亦頗有可稱者。逮清季民國，政局傾頹，西潮澒洞，外人雲集。大賈居豪，舞長袖而吸金；失意政客，憑租界以窺勢。而承學之士、詞客報人，亦矍然蔚起，斥清廷之昏瞀，揭時政之危局。天津乃漸成消息之淵藪、政治之策源矣。

今之天津爲工業重鎮，襟帶華北，遠接大洋，經濟之繁榮、民生之富庶，殆亘古所未嘗有。而未來之前景，正未可限量。然一地一城之聲譽，非盡可以經濟之榮悴衡之，天津若欲立於中國城市之林，尚需發弘卓然獨特之文化。而欲發弘文化，則需爬梳董理相關之史料，若人文之聚散、古蹟之存堙，若張氏遂閑堂、查氏水西莊，若梅樹君之梅花詩社、嚴範孫之城南詩社，若天妃宫之遞嬗、稽古寺之重修、大悲院之沿革、楊柳青之題咏，進而長蘆鹽場之種賣、銀魚鐵脚之烹炒，甚乃方言之特异、風俗之淳澆，皆有待詳爲稽考揭櫫於世者，而後激濁揚清，乃可發揚之，光大之。

王振良君，籍屬長白，早年肄業於南開大學，後就職今晚報社。其爲人謙退揖讓，有古君子風；爲學則鈎沉索隱，爬羅剔抉，有東原、實齋之致，兼高郵、嘉定之勤。十數年來，篤志於天津文獻之搜集編訂，遍訪地方耆宿，覓求稀見古籍，焚膏繼晷，殫慮竭精，以搜羅地方先賢著述、發煌沽上人文風俗爲使命。其所編訂之《問津》《天津記憶》，本已頗具規模。復又推出《問津文庫》，更自琳瑯滿目。今《文庫》之《津沽筆記史料叢刊》又將付剞劂，屬余爲弁言。余何幸如之，草此數言爲振良君賀，亦爲天津歷史文化之彰宏賀。

甲午歲末於南開大學範孫樓

（陶慕寧，南開大學文學院教授、博士生導師）

序言

李家璘

曾讀王振良先生主編的《津沽筆記史料叢刊》多種，獲益匪淺。近聞由楊德英女史以清光緒十二年（一八八六）蘇州謝文翰齋刻本爲底本，精心點校整理的《津門徵獻詩》復列爲叢刊之一，即將出版，感慨良多。

楊德英女史自一九八四年天津市地方史志編修委員會辦公室成立伊始，即由南開大學歷史系畢業分配至此單位工作，參與編輯天津最初的志書成果《天津簡志》。自二十世紀九十年代始，擔任《天津通志》部分分卷主編、副主編及責任編輯。記憶較深的是《天津通志·照片志》《天津通志·文化藝術志》等，可謂較年輕一代的資深史志編審專家。還記得她常爲核實、修訂相關志書的記述内容，奔走我當時的工作單位。那段時間，我爲楊女史扎實認真的修志工作態度和不辭辛勞的精神所感動。……退休後，她又注重地方史志的學習與研究，特别是選中并致力於桑梓文獻《津門徵獻詩》的整理，實屬難能可貴。

前輩學者顧道馨先生有專文介紹《津門徵獻詩》，據知華鼎元撰《津門徵獻詩》八卷，『計收明初至清咸同時鄉里人物一百二十人……每人七言絶句一首，以詩爲綱，其人之志傳、行狀以及諸家文集、筆記、雜著等的相關遺聞軼事均録載於詩之後，最後爲《緘齋雜識》一篇文字……是鼎元就前面所録各種文獻材料綜合寫定。……其體例、作用一如《史記》的「太史公曰」』。該書以詩統文，以文存獻，爲研究天津史志和人物提供了重要綫索和豐富資料，『确是一種足以「徵獻」的工具書』。又知，《津門徵獻詩》因刊印不多，流傳不廣，遂鮮爲人知。而天津史志研究與記述，桑梓文獻之重要不言而喻。

天津現存文獻甚多，持續不斷地發掘整理，使之更新版本，便於今人閲讀、使用，是一大幸事。振良先生主持編輯的大型天津歷史文化叢書《問津文庫》及其子叢書《津沽筆記史料叢刊》确是一項重要的系統文化工程，然整理工作很難一蹴而就，又需付出諸多艱辛。

楊女史在點校《津門徵獻詩》過程中，認真學習《古籍整理出版十講》《古籍整理釋例》等書籍，還曾向昔日同窗的專家請教，自覺要以多年的專業特長，爲傳承弘揚家鄉優秀文化出一份力，復爲《津沽筆記史料叢刊》增添新成果。其多年來苦讀力學不輟，其精神亦可欽可慕。

值楊德英女史整理的《津門徵獻詩》出版在即，不揣冒昧遵囑寫點儿贅語，忝以爲序，亦表寸忱也。

二〇二一年初夏

（李家璘，原天津市歷史博物館館長，天津文博院原院長，研究館員）

前言

楊德英

《津門徵獻詩》（以下簡稱《徵獻詩》）爲清代天津學者、詩人華鼎元所編著，清光緒十二年（一八八六）蘇州謝文翰齋刊印，總共八卷，二十餘萬字。全書共收明永樂二年（一四〇四）天津設衛至清咸豐、同治時期的鄉里人物一百二十人。『以忠孝爲先，次及宦績、學行、文苑、隱逸，末卷則專收貞烈。……知名之人，大略備於是矣。』（《天津縣新志·華長卿傳附》）已故民俗學界前輩顧道馨先生研究《徵獻詩》多年，評介此書云：『每人七言絶句一首，以詩爲綱，其人之志傳、行狀以及諸家文集、筆記、雜著等的相關遺聞軼事均録載於詩之後，最後爲《緘齋雜識》一篇文字。「緘齋」是鼎元書齋名號，這一篇冠以齋名的議論性文字是鼎元就前面所録各種文獻材料綜合寫定的，是華鼎元對詩中人物褒揚的精義所在。』『這七絶一百二十首，《緘齋雜識》一百二十篇應該説是華鼎元精心結撰之作。』（顧道馨《緑波集》）

華鼎元（一八三二—一九〇〇），字問三，號文珊，出生於天津世家。父親華長卿『工詩，與任丘邊浴禮、寶坻高繼珩稱畿南三才子』（《清史列傳》卷六十九『華長卿』），著有《梅莊詩鈔》傳世。兄華光鼒，號少梅，又號壽眉，『年少卓犖，工詩兼治古文，尤好采輯先輩詩文』（楊慎恭《壽眉詩草序》）。與弟鼎元合編《津門文鈔》三十二卷，民國金鉞刊刻時易名《天津文鈔》。

華鼎元自有家學淵源，咸豐四年（一八五四）即開始撰寫《徵獻詩》，當時年僅二十三歲。至同治三年（一八六四）書稿編彙告成，之後仍隨時增補修訂。前輩沈兆澐稱其『年少博學，閒以詩詠津門之賢士大夫、婦女得如干首，事蹟則詳注其後。典而不縟，質而不俚，備而不濫，蓋隱具史家三長焉』（沈兆澐《津門徵獻詩序》）。沈氏對《徵獻詩》的評價可謂允洽。所謂華氏具備『史家三長』，即史才、史學、史識。綜觀《徵獻詩》全書可以看出，書之體例皆本前人。其人繫一詩者，諸家詠史詩例也。兼采事蹟詩文則參用《中州集》《感舊集》諸家體例。末附雜識則參用《明詩綜》《湖海詩傳》諸家末附詩話之例。於此可見華鼎元諳熟典籍、學識淹博的『史才』和『史學』。又從録入人物標準看，因明代以前人物無所考證，故本書以置衛爲始，『遠者不敢遺，近者不敢濫』，謹援《津門詩鈔》

例録入，此可見其『史識』。

光緒十二年（一八八六）華鼎元在蘇州請樸學家俞樾爲《徵獻詩》撰序，俞氏序中寫道：『司馬（華鼎元）津人也，其所詠皆津人也。烏呼，蒐輯之功可謂勤矣。……司馬此詩以詩爲綱，以文爲目，蓋以詩統文而以文存獻。此表章前賢之盛意，亦網羅放失之苦心也。』俞樾揄揚《徵獻詩》和華鼎元的學識、才華，亦是清代津門學人的殊榮。

華鼎元爲撰寫《徵獻詩》殫精竭慮，各處訪求文獻，歷時三十三年之久，令人感佩交并。其搜采途徑多種多樣，選文眼光獨到。僅舉幾例：他曾在撿拾舊書時得到當塗馬鶴船先生《泥漆瓦三硯齋詩》抄本，見有葛沽《張烈婦歌》，急爲録出（見卷八『張烈婦董氏』）；又曾借觀《雨汀詩話》，將其中津人詩搜采無遺（見卷七『史明經樂善』）；或從友人處獲觀沈處士銓印譜二册，看到題跋甚多，即將邵朗巖、高濬谷兩先生的序跋録歸（見卷七『沈處士銓』，即邵玉清《養素軒印譜序》、高喆《青來印譜跋》）；又如倪光薦詩文散佚，僅從張芑洲家所藏其遠祖張大中圖照上録得光薦崇禎丁丑（一六三七）元日所題《張處士像贊》一篇，可謂吉光片羽（見卷三『倪太僕光薦』）。以上數例，可窺一斑。這裏僅是華鼎元所采訪經眼的各類文獻中的隻鱗片爪，原稿如今已蕩然無存。當時若未收入《徵獻詩》中，今人将無從訪求。

整理出版此書，將有利於保護、利用鄉邦文獻，繼承、弘揚津沽先哲的珍貴文化遺産。

二〇二一年九月十七日

點校凡例

一、《津門徵獻詩》以清代光緒十二年（一八八六）綫裝刻本爲底本進行整理。

二、原書所稱《衛志》指康熙《天津衛志》，《縣志》指乾隆《天津縣志》。

三、原書頗多誤字，例如己、已、巳，戊、戌、戍，未、末，土、士，剌、刺，圮、圯，辨、辮、辦等之互混，今校正徑改，不復注出。另明顯訛誤者，訛字旁注出正字，加方括號，以盡量保持原貌。例如卷三錢陳群《東溟先生又存詩稿序》中『木[津]門距京二百里』，卷五于巨樹《南岡詩草序》中『辛壬[巳]病膝』等。

四、原刻本所用异體字較多，例如『弔』『函』『鑑』『閒』『燬』等，基本保留原貌。

五、原書中涉同書异名者，例如《欲起竹間樓詩稿》亦有稱《欲起竹間樓詩集》者，均予保留原貌，不作考証校改。

目録

俞樾序

咸豐之初余寓天津，同年崇地山侍郎以通商大臣駐節於津。津人方議修志，侍郎即延余主其事。然其時寇難未已，戎事猶亟。雖議修志，費無所出，亦無任採訪之役者。但就官書鈔撮成書數卷，未足爲定本，余旋南歸，遂輟不作。越數年始聞津志告成，余固未之見也。光緒丙戌余在吴下，時華文珊司馬需次省垣，介其同鄉孫展雲別駕以所箸《津門徵獻詩》來求序。詩凡七言絶句百二十篇，厘爲八卷。每篇各詠一人，其人之志傳、行狀以及見於諸家文集遺聞軼事備載於詩之後，故曰徵獻。繫於津門者，司馬津人也，其所詠皆津人也。烏呼，蒐輯之功可謂勤矣。昔孔子慨杞、宋文獻之無徵，鄭康成以文章賢才解之。馬貴與則以史傳之實録爲文，儒先之緒言爲獻。余謂文與獻二而一者也，獻之存亦存於文也。然至後世而文益繁，一人之事記載各異，非薈萃而觀之，往往知其一而不知又有其一。司馬此詩以詩爲綱，以文爲目，蓋以詩統文而以文存獻。此表章前賢之盛意，亦網羅放失之苦心也。使余修志時得此稾本，豈不奉爲漁獵之山淵哉！今津志雖成，然志者史體，其例謹嚴不能備載。則司馬此詩一出，將使海内讀者皆知，有所觀感，固不獨津門士大夫所宜家置一編者也。德清俞樾。

沈兆澐序

余讀古人汝南、會稽、楚國、零陵諸先賢傳，陳留、益都、襄陽、長沙諸耆舊傳，類皆表揚桑梓之賢士大夫。至梓潼、漢中諸士女志，又附以賢婦女焉。顯微闡幽，搜采無遺。以視歷代史書於大臣列傳外，凡儒林、文苑、循吏、忠義、隱逸、列女諸傳其人皆無多，繁簡迥别，殆體各宜然歟。嘗謂一代之所重者文獻，然獻亦藉文以傳。倘所載非真，文奚足取，而以文徵獻則端自一邑始。華生鼎元余甥，梅莊仲子也，年少博學，閒以詩詠津門之賢士大夫、婦女得如干首，事蹟則詳注其後。典而不縟，質而不俚，備而不濫，蓋隱具史家三長焉。夫古今來立德建功、超俗殉節之人獨行其志。初未嘗求白於當世而世輒津津樂道，且思傳播於無窮。於以見好善秉彝，發乎自然，即以爲生平砥行礪名之所本。華生此編足以覘華生之志不在吟詠之末而在性情之大矣。雖如古人先賢、耆舊、士女諸傳志單行可也，豈僅供邑乘采摘哉！同治三年冬十月八十二拙安老人沈兆澐序於山東德州督糧使署之澄碧園。

樊彬序

今有自命爲能詩以矜其足傳者，又有共推爲工詩以信其必傳者，而傳不傳皆未可知。以其塗飾剽竊，摹擬規仿，無關於顯微闡幽，知人論世也，故言貴有物。華子文珊爲吾姻戚梅莊廣文令子，年少績學。今秋來都，出示所著《津門徵獻詩》，余受而讀之，歎其才高而識遠也。津邑爲畿輔重鎮，密邇京師，沐化最先。數百年來政事、文學、忠孝、節義，卓卓無愧古人者指不勝屈。惟閱時既久，事蹟就湮，賴有心者隨時記載，庶垂不朽。近日海上多事，軍書旁午，官斯土者既無暇修志而士人又多從事於團練勸捐，爲保衛鄉閭計。孰復握管濡墨爲此不急之務，更數十年傳聞漸少，名氏弗知。將卓卓無愧古人者亦與庸衆同歸於烏有，良可惜已。文珊有見於此，詳加搜輯。上自前明以迄於今，共得百人。人繫一詩，後列志傳逸事。其詞則三良詩五君詠也，其事則人物志耆舊傳也。誠爲有物之言，不期於傳而自傳矣。昔杜少陵詩堪名史，斯乃寓史於詩。他日纂修邑乘，徵求文獻，舍是書奚取哉！益信家學淵源，平日功力不在章句之末，迥非經生所可及也，故樂爲之序而歸之。同治三年秋月同邑樊彬識於都門香爐營寓室，時年六十九。

馮柏年叙

忠孝節義，天地之正氣也。世有其人如寒梅古柏又如景星慶雲。我國家采訪旌揚，或予謚建祠，或立傳樹坊。所以褒死事而崇堅貞者，典至重也。然朝章所已及者，非有人以搜輯之則代遠風微，久而澌没。朝章所未及者，非有人以表揚之則負節含冤，鬱而弗顯。要之非稟正大之氣不能爲忠孝節義之事，非具正大之性不能傳忠孝節義之人。吾友文珊以所著《徵獻詩》見示，於吾邑之忠孝節義人繫一詩。且苦心搜求，各列佚事於其後。吾於此覘文珊賦畀之正，異日彈冠筮仕必有以揚清激濁，端風化而勵人心，而吾邑之人文賴以傳又其末也。顧詩以徵獻爲名，蓋欲爲詩以傳其人。或者謂欲因人以傳其詩，恐非作者之意。質之文珊以爲然否。同治戊辰秋九月弟馮柏年拜讀於東北園之寓所。

凡例

津門地古而邑新，明永樂二年十一月始置衛見《明史》，國朝雍正三年始置直隸州，八年十二月始升府設縣，故明以前人物無所考證。是編以置衛爲始，遠者不敢遺，近者不敢濫。至查氏籍隸宛平，張氏籍隸撫寧，實皆生長津門，其後裔已入津籍。謹援《津門詩鈔》例録入，要非借才異地而自亂其例。

身爲邑人而纂一邑之書，濫收則徇情，刻求則招謗，鼎元滋懼焉。夫一鄉之智愚賢否，里巷自有定評，無煩多辨。是編所列皆昭昭在人耳目者，而不敢稍存私意於其間。責賢者備，爲賢者諱，二者均爲鼎元所不取。

是編之例皆本前人。其人繫一詩者，諸家詠史詩例也。然詠史類多七律而是編用絶句者，又諸家百詠詩例也。兼采事蹟詩文則參用《中州集》《感舊集》諸家例也。末附以雜識則參用《明詩綜》《湖海詩傳》諸家末附詩話之例也。

是編之輯自咸豐甲寅始，至同治甲子編彙告成，迄今仍隨時記録。而其中采摘尚多未備，如杜少尉守祥康熙廿四年任滕縣典史卒於任，《滕縣志》稱其忠誠渾樸。蕭營卒國泰之拾金不昧見《縣志》及李衛疏稿。蔣公儀之善醫，其所撰《藥鏡》見《四庫全書總目》。以及郭良璧崑之工畫，孫孝廉嘉俸、高進士喆之能文，王觀察禄朋之風雅均未列入。疏漏之譏知所不免而或更以尤雜誚之，是則鼎元所樂受而不辭者也。

津門徵獻詩卷一

天津華鼎元文珊

鄭孝子海

小旗廬墓感啼烏，孝義堪嘉近世無。弘治年間追往事，石坊今已渺城隅。

《天津衛志》：海，天津左衛前所小旗。以廬墓有感，旌表其門，坊在城東北隅，今廢。

《明史·孝義傳》：其事親盡孝三年廬墓者，弘治時則有天津衛鄭海。

緘齋雜識：昔明太祖詔舉孝弟力田之士，又令府州縣官以禮遣孝廉士至京師。其後遇國家覃恩海内，輒以詔書從事。有司上禮部請旌者歲不乏人，激勸之道綦云備矣。夫鄭公以衛所小旗寂居海澨，得與褒揚之典並祀鄉賢、忠義二祠。今則有其典而無其人，非無其人也，所望賢有司廣搜博採，庶於風俗人心不無禆益焉。

張公子鎧

代兄認罪性誠真，不辨冤誣不惜身。盥手重披公子傳，油然令我淚沾巾。

《天津縣志》：鎧，僉事張鏞弟。鏞爲仇陷獄成抵死，鎧尚幼，奮然願以身代，下獄逾年遇赦得釋，遠近義之。

劉定之《張鎧傳》：鎧祖通，爲後府都督。初任天津衛指揮僉事，及居後府，天津乃所統屬。衛僚有事來府，繩以法，罕有假貸，而宗族居衛稍自肆，衛僚欲中之未得閒。都督既捐館，孫鏞襲天津衛指揮僉事。鏞少長京師，爲武安侯鄭宏壻，頗習氣概，然家素儉薄無以交歡於僚。鏞決事明斷欲以取譽，其僚多積厚藏能轉移事，非鏞所能勝也。衛屬有勇悍者，僚陰嗾之與抗争喧閙於衛署。夕取死老嫗置諸衢，誣爲鏞所殺。羅其宗族悉致諸獄，考掠誣佐，獄不可解。鎧，鏞同産弟也，未冠寓京師，怨家以鎧幼無能不急捕。鎧念兄爲人陷則祖職墜，父兄未葬，母失禄養，宗族淪胥矣。我且以身當禍，遂奮然出，曰：『殺老嫗者鎧也。』事上刑部，先在獄者悉釋歸。鎧坐獄逾半歲，有疑獄自辨得免者，鎧恐獄變累兄，終不辨。又數月新君登極，與民更始重辟，皆許自新，於是鎧出，鏞與其叔珉迎鎧以歸。

緘齋雜識：天津設衛之初，官斯地者武弁世職而已。其子弟率皆弓刀飾美，驕侈成風。而張公獨能代兄認罪，誼篤天倫，囹圄羈身不辭艱險，洵足以挽澆風，勵末俗矣。迨新君嗣位與以自新，兄、叔迎歸，一家無恙，豈非天之報善哉？然獄疑不辨，惟恐變而累兄，尤爲世人所難及者。

張孝子海

鄭公誰繼有張翁，名字無殊孝亦同。底事吟齋老居士，選詩誤列簡編中。

《衛志》：海，天津衛前所餘丁。自幼孝友，母范氏故，廬於墓側。屢遇盜寇迫，號泣不離，終三年始歸。

梅成棟《津門詩鈔》：海《長號》詩云：『盡此眶中泉，滴入埋親地。血是親之餘，誰言人子淚。』

緘齋雜識：《詩鈔》載張公《長號》詩云云，見《表孝詩鈔》，實非張公作也，樹君先生誤採入。余因張公事績無傳，僅见《衛志》，仍將其詩列入，以爲爲人子者勸焉。

倪茂才維城

侍養萱闈閲幾霜，有司上疏爲褒揚。費家巷口尋遺蹟，零落當年表孝坊。

《衛志》：維城，天津衛學生員。少孤，孝事節母陳氏。及長，孝行愈篤，學院霍公、翰林李公題疏，奉旨建孝行坊旌表。坊在城内鼓樓東街南費家衚衕口，今廢。

緘齋雜識：語云『求忠臣於孝子之門』。世未有不孝之人而能盡瘁事國者。倪公維城少孤養母，力學成名。鄉里慕風，有司褒美。孝行篤摯，始終弗衰。儻進而舉之爲朝廷用，庶移孝作忠，宜多補救。惜乎，其僅以孝子傳也。

梅守備應文

離家千里遠尋弟，李代桃僵聲暗吞。濟水波痕依舊緑，更從何處奠英魂。

《衛志》：應文，天津衛人。弟應元任山東濟南府游擊，時值流寇擾亂山東，應文尋弟濟南被執，代弟而死，骸骨未歸。

緘齋雜識：應文，天津武舉，歷陞羅文峪守備，弟應元官山東撫院中軍游擊。應文尋弟山東死於賊，追封鎮國將軍，入祀忠義祠。應文復有弟應武，官薊鎮都司。應元妻黄氏，妾薛氏、徐氏，守節旌表。徐氏生子開傑，庠生，好施，捐河北地三十畝爲義塚。又有名開甲者，康熙丙午科武舉，官湖廣都司。

王茂才紹慶

棘獄羈身泯怨尤，君恩高厚釋輕囚。從今悟得循環理，漫把無兒歎鄧攸。

《縣志》：紹慶，天津衛學生員。弟廷慶以非辜罹獄，紹慶憫其無嗣，乞以身代。備歷三木之苦，後逢赦得免。卒年七十九。

《河間府志》：紹慶，天津衛學諸生也。其弟廷慶以事繫獄中，廷慶時尚無子，紹慶憫之，請於官，願以身代弟囚。官詰其故，憐而許焉。會赦至，與弟俱得免。

緘齋雜識：居今世而求孝子悌弟於富貴易，於貧賤難，何也？富者易得名，貧者難爲力也。而孝子悌弟之處倫常也，必其值顛沛流離之際，一意孤往，百折不回，忠悃篤摯，發於至情而不能自已。夫如是始可謂之孝子悌弟！如張公之遭家不造，奮然以弟代兄，王公之憫弟無兒，慨焉以兄代弟，均足嘉焉。而王公之事尤爲斯世所希聞，鄧氏高風不獨專美於前矣。王公名紹慶，《河間府志》作詔慶。

李封翁接芳

萱闈年老病彌留，寢饋難安與孰謀。股肉煎湯偕藥進，沈痾一旦竟全瘳。

《縣志》：接芳字穎生，天津右衛經歷司萼孫也。少孤，事母傅至孝。母病劇，刲股合藥以進，母病獲瘳。子應庚例貢，户部員外郎。應斗，雍正甲辰科副貢。

失名《李穎生先生七十壽序》：燕齊環渤海而津門近世隸瀛州，瀛爲東方祖海。今自草水沽北由南北塘，梁城所，黑洋河，常家、陳家莊距榆關南海口七百有餘里，自大沽迤南轉距文登二千里有奇。濱海鼉磯、黄城、徐福、長山諸島暨之罘、崑嵛、成山胥群真參翔之域。去海中三山不遠，爰是燕齊閒多葆和養性士，里閈多壽耇，乃若搢紳先生而克用耆英顯。吾今得諸奉直李翁今歲某月某日系翁七十始生辰，親知胥蘄舉尊而予謹侑以辭，曰：夫安期羨門暨近世丹陽長春之屬，此燕齊閒所謂群真參翔者也，而其蹟胥標諸海上。今翁家津門，津門東距海不百里開建外臺，規制宏闊又錯置營堡。人衆而賦式繁，翁用信義爲上下挹服。劑燮贏虛，時振卹里閈不少恡。嶼角洲尾胥誦翁德。瀛滄士大夫亦爭交驩。遠至京輦暨吴粤，人士胥傳道津門李大夫賢聲不輟。今年七十而耳目彌晳朗綜練庶務逾諸少年特甚。即安期羨門丹陽長春之屬，世雅號爲長生久視者詎克度越哉。翁内行修整，誨長、次公尤肅。長公省曹君以握蘭視草之才，司天庾洗手奉公圭撮不少訛舛。自大司農暨班行畫國計者胥深器之，此持節開府之選也。次公明經君蜚英藝苑，制義流播海寓，比者名書京兆牓，自元老大臣暨海内宗工傑儒胥才之。此玉堂鈴閣之選也。劉賓客詩「少有一身兼將相，更能四面占文章」，長、次兩公行符兹語。而文孫衍秀珠玉樹，日焜燿庭除。翁受川菊磵蒲之養，鶴書鸞軸，旁燭雲海。儻所謂搢紳家而克標耆英望者非耶。抑予聞三沽支港，如新橋、赤洋暨盧駒、唐巨二河、唐遞鋪、鄭家溝胥艦舶輳會而由文登蓬萊山北越溟渤對遼旅順五百有餘里。中峙島一十有七。星羅棊布。環拱甸畿。又由旅順迤東而經芝灣距關南口。好奇士登碣石甬道頂。時時東望紫濤蒼崎。便覺黄金銀宫闕去人不遠，匪三山風輒引去者埒也。然則侑翁無算爵而饌食舉辭以備五十年後上壽之符券，乃爲華閎世閥家增一清佳致語。當偕昇平人瑞檔瀛滄田賦選舉志，胥隸津門典要。豈直迴環大瀛海暨海田海屋，稗史瑣誕諸説云爾哉！是爲序。

緘齋雜識：穎生先生事母最孝，當母病遽時割股以進且默禱於神，曰：『母病弗愈何以慰人子之心，母病弗即愈更何以示人子之勸！』越數日果愈。世有陰德及人而人不知者，天必鑒之以厚其報而况用之於其親乎！農曹觀政，秋榜書名，二子之克振先緒也，宜哉！

邢孝廉琬

縿幕空餘血淚痕，牀前跪拜默無言。孝廉二字誠毋負，才鬼姿僊漫比論。

《縣志》：琰字芸圃，康熙庚子舉人，天性孝友。父客都下，琰授徒奉母，束脩所入悉供甘旨。母病，晝夜侍牀簀，衣不解經，蟣蝨盡生。瀕危，琰百計營療，爲不食者累日。歿之日撫［撫］棺長號，遂咯血不止，旬月竟以哀毀死。弔其廬者見淚蹟血痕交漬縿幕之上，無不哀之，稱曰真孝廉。

《津門選舉録》：琰字芸圃，康熙五十九年庚子科舉人。

陶梁《畿輔詩傳》：芸圃《勵志詩》云：『夷齊恥偷生，盜跖竟壽考。修短豈天意，榮枯恒自討。不懷西山清，悠悠可終老。歎息雲中薇，何如不死草。嘯聚有大盜，不在草澤中。吮血有鷙獸，不是爪牙雄。高冠擁大袑，攫噬恣無窮。廉恥日凋喪，翳誰振清風。』

周焯《邢孝廉誄》：邢子芸圃哭其母夫人過哀，以疾亡。冬十月，家人將厝之郊。友人周焯悼其有行無年，未竟所學而歿也，故私爲文以誄之。誄曰：子也無華，脱葉存木。子也善藏，含瑜抱璞。子無可喜，喜者實多。子今若此，悲者如何。賀乎才鬼，玠也姿儸。子非二子，亦隕天年。古人欺我，静壽鈍全。子痛母亡，積思成病。骨立血枯，哀發天性。母氏已矣，尚慶嚴君。謂子死孝，子不樂聞。云胡既歿，事多傳疑。精誠不滅，理或有之。君子語常，他不敢知。平生素履，實緬余思。

緘齋雜識：周月東云芸圃孝廉哭母過哀以疾卒，時乃翁客京師，旅舍中同伴於夜半見孝廉白衣冠拜牀下。復有人見之於土功祠，若與神揖讓先後者。生爲孝子，歿而爲神，此亦理之所必有者。

繆孝子文璧

烈燄飛騰最不情，孝心翻藉火成名。竈前母柩欣無恙，爛額焦頭慶再生。

《長蘆鹽法志》：文璧字焕庭，庠生，大超子也。早孤，事母傅至孝，跬步不忘母命。母殁，家貧不能葬，會火延及薪，去柩祇數尺。文璧急躍入火中抱薪出，肌膚盡焦灼。柩得全，文璧遂仆絶，踰宿覺有摩其胸者，豁然甦，創旬日皆復。

周自邠《繆韓孝子合傳》：津門得風化先，百餘年來以懿行著者多矣。獨於泯泯無傳中得兩孝子，曰繆氏，曰韓氏，此二公者皆以火成其孝而中有幸不幸焉。繆公文璧者字焕庭，文學諱大超公仲子也。幼早孤，事母傅孺人至孝，一語不敢忘。嘗自塾歸，母見雙髻不整，叱曰：『汝不學是務而荒於嬉，吾何望矣！』焕庭懮然愳，再入塾必端坐誦讀無惰容。有呼與嬉者輒嚴拒之，恐違母命也。年既長，補博士弟子員，人皆爲焕庭賀。焕庭曰：『青衿不足光先緒，儻倖獲一第以彰母苦節則區區之願爾。』進功益力，顧數困棘闈不獲售。歲戊寅，繆母下世，焕庭自恨未能酬素志，晝夜號泣幾喪明。未幾，其家復有逸火事。繆母之卒也，焕庭家貧弗克葬，停柩在室，柩與突故相近。己卯夏四月六日，家人晨炊不戒，致薪火起柩前，燬及户牖。維時呼水不得至，咸徬徨嗟歎，以爲柩與室將爲灰燼。焕庭搥胸大呼，曰：『母柩不能救，安用生爲！』遂奮身躍火中俛抱火，火愈熾，毛髪俱盡。焕庭不少挫，卒抱火出屋外，火頓殺。柩得以全而焕庭已皮膚迸裂，昏絶於地。醫家咸謂不可治，焕庭於僵卧中覺胸膈若有撫摩者，以故毒不得入，越日稍稍甦。創痕腐潰五十餘日乃結痂，鬚眉復生，蓋天之庇佑善人固如此。其後二十五年甲辰，繆母奉旨旌奬。既入祠，明年煥庭製巨册備書母事蹟，屬予徵詩文以彰懿德。

緘齋雜識：郭筠孫明府云，繆韓二公皆以火成其孝，設非遇變，而孝遂已乎？造次於是，顛沛於是，二公之孝可決其無時不純。余謂二公若處其常，孝必隱而難見；既逢其變，孝則顯而易傳。繆則竈下護親幸而不死，韓則祠中抱主不幸以亡。天之所以成全二公者，何其厚歟！

韓孝子大佩

猛火隨風芝艾焚，髫年公子冒煙雲。當場老嫗曾親睹，絮語淒涼不忍聞。

《長蘆鹽法志》：大佩，凉州鎮總兵錡之子，性篤孝。家廟火，大佩號躃呼救，遂入火中得先人畫象出。復躍入，既熄，於燼中得大佩懷木主而死，時年十七。

張景運《秋坪新語》：津門韓大佩，凉州總戎柯亭之庶子。乾隆甲午四月六日家遭火變，大佩以救先人影像木主被焚死，時年十七。浮槎散人曰：見禍必避，士大夫往往托於明哲之保身。彼童子何知，乃親而忘身如此。況夫木主影像較之其親之身亦有閒矣，輒冒死救取，甘蹈烈燄而不悔。使異日當大任、犯大難而或有後其君、遺其親者哉？惜乎！至性過人竟殀慘禍，天之報施何如耶！然不慘不足以見其節，則所謂殺身成仁固如是而見義不爲者當知所勇矣。

周自邠《繆韓孝子合傳》：予姻家韓子立三見焕庭逸火事，歎曰：『焕庭之孝獲免於死也，宜哉！雖然，其何解吾弟大佩之以孝死耶！』余愕然叩其故，立三欷歔久之乃述顛末以告，曰：『予從堂弟大佩，先七叔柯亭公庶出之第八子也。生母常氏生三子，大佩最少。柯亭公官凉州鎮都督，卒於任，時大佩方四歲。旋里後喜讀書，性篤孝，遭生母喪，哀毀骨立。顧家中落，不得已棄儒而賈，居常怏怏非其志也。歲甲午居東城内，亦於四月六日遭火變。時夜方半，大佩驚覺，急唤家人起，自鳴鑾走街巷呼救，且出城至予家報嫡母王夫人知。旋奔返，予亦踵至，比及門火已起家祠。於是闔巷喧騰奚啻鼎沸，至焦灼中有人無人不及見，不及聞，亦不暇問也。迨火稍熄，諸弟俱集而大佩獨不見，衆議譁然，謂豈有既出門肯復入火以死者？予曰不然，渠之歸在火起家祠時，得毋即以救家祠故捐其生耶？因命人掘之，閱數處不獲，最後乃得諸敗楹下。周身衣俱盡，屍黝如鐵，蒲伏蠖屈若有所獲者，方移置閒，而先人影像與木主俱在懷中抱焉。予不覺大慟曰：「以十七齡之童子而能捨生殉義若此，吾弟真死而不死矣。」急用白布纏其屍，舁置别室。比曉有傭媪者爲予述大佩被焚狀，尤傷心不忍聽也。先是火熾時救者於内院曳此媪出，焦頭爛額扶掖以去，至是媪始歸。曰：「方火之起家祠也，吾見公子冒煙突火以入，呼之不應。有頃，於火光中見其抱卷軸奔出，甫及門，忽一火梁從空下，公子遭而踣，第見火勢旋繞其身，兩足起落，其慘殆不可形狀而上身之護持者如故。吾急爲呼救，詎人聲喧沸不得聞，故立見其死也。」嗚呼！大佩之至性過人，其諸焕庭之媿歟？而獨不免受禍以死，其可哀也。』夫予聞而歎曰：『孔子曰「見義不爲無勇也」，如二公者可謂有勇者哉！當火起時，苟略涉依違則禍可免，禍免而終天之恨必不可免矣。惟其勇之至，義之盡，止知有親，不知有身，是以各行其志而不悔。且夫孝一也而生死異，此豈有數存乎？然生以彰孝子之報，死以堅孝子之心，其亦理之并行不悖者歟！』

緎齋雜識：孝子大佩，柯亭總戎之第八子也。生長舊家，深明大義，乃遇患難危迫之時奮身以赴，莫知其他。古所謂蹈湯火，蹈白刃，出萬死而不顧一生者，夫豈當之有愧色耶！

宋孝子大成

棲身卑賤耐貧寒，果餌攜歸佐夕餐。二十餘年如一日，旨甘長博老親歡。

梅成棟《宋孝子傳》：吾友孫瑞郊兆麟誠篤士也，不妄言。一日語棟曰：『邑有宋孝子，汝識之乎？』因道孝子事甚悉。孝子姓宋名大成，家世編户。少孤，父殁時遺子女三，大成一姊一弟。貧無以養，遂傭身爲奴，侍運署庫胥。性謹確，胥奇之，得漸餬口。每日四更方歸，歸必市果餌或餻脯，日易其品。至母牀前諦視顔色，母老且聾，宋大聲呼曰：『娘今日快乎？』探物於懷置母前，母嘗之曰：『甘。』孝子喜曰：『兒今日不空回矣。』對母徐話日間瑣事可笑樂者博母歡，視母寢乃入室。有時視母色不豫，必究問家人誰觸犯者。如其妻也，擊拳叱詈令妻長跪謝罪，母不霽顔不敢起。設犯母者爲弟媳，呼弟使前痛哭責之，曰：『母少年孀苦，人世酸楚嘗盡，撫我兄弟至成人，何所圖報，忍使衰暮之年尚不歡乎？汝之不謹，兄之咎耳。』自批其頰或擲身於地，搏顙求死。弟夫婦感痛流涕，謝罪而後已。以是家人無勿謹順者。姊之嫁、弟之婚皆出其力。姊壻貧不自贍，又多子女，宋周濟不令母知，母又最憐姊。宋事姊夫婦如兄嫂，遂全家依之。宋爲葺屋製衣，夏葛冬絮，不待母言與己同。其恩甥男女如其子女，人勿辨爲異姓也。瑞郊與宋居隔一壁，動静瑣屑皆知之。兄弟妯娌終歲怡怡無閒言，二十餘年如一日。棟聞而慨然曰：『有是哉，大成之善養親志也。其在禮曰親之所愛亦愛之，親之所敬亦敬之，謂士君子當如是也。自世教衰，文人學士猶難，況奴豎乎？邑有父成進士，子舉孝廉，同作宦者。孝廉弟卒，弟妻子擁敗絮，啜脱粟，默默聚泣，孝廉肥甘紈繡自若也。聞宋大成之風，嘻！可愧已。』

緘齋雜識：宋孝子貌擁腫無人狀而至性若是，尋常恂恂如不能言。同類有忤犯其親者輒相斥曰：『獨不畏宋大成笑乎！』其感人能如是。嗟乎！盜牛甘認罪，毋使彥方知，吾復爲孝子詠矣。

李孝子常惺

廚内無端烈燄紅，阿娘睡卧敝廬中。救親未得隨親去，此恨綿綿更靡窮。

梅成棟《李孝子傳》：孝子李姓名長清，天津人，充鹽運署隸，粗給衣食，事母綦謹。年四十餘妻王氏甫生一子，三日招戚眷作湯餅會，以室湫隘院起蘆棚。夜半火起於廚，李驚起出呼救，四鄰畢至，火騰於棚院如火城。李聞母在室中呼，突身入，鄰人牽曳之，曰：『入俱死矣。』李躍地號曰：『天乎，人有立視母死不救者乎？』絶衣騰身入。共見其負母出，甫至天井，棚塌覆焉。一院作慘碧色，迄撲滅，闔宅俱燼。掘見二屍，焦爛伏地，負母如故，觀者識與不識爭爲泣下。嗟乎！忠臣死忠，孝子死孝，根乎天性，非學成也。士大夫讀書覽古，津津談節義甚悉，一朝臨君父大難，逡巡畏縮，袖手不前，致身敗名虧，貽百世羞者，所學安在！孝子，一隸耳，詩書明訓知爲何物，乃臨難決然奮不顧命，此與血濺帝衣、身蹈油沸者豈有異哉，豈有異哉！方火熾時門已不可入，一有力者持鉤破其室後壁，有呻吟聲，掖出乃其妻也。煙逼垂絶，子猶在抱中無恙。嗚呼！獨留其嗣以延其宗，天於孝子甯無意哉？事在嘉慶十七年四月。

緘齋雜識：樹君先生友人馬德恒與李居比鄰，火起出觀，見李鳴鑼，倉皇託馬曰『君幸代守我門』，時尚無人救，及李回，火已猛不可入矣。其死也，馬親見之，故告殉親事甚詳。

張少尉伯琛

詩酒流連聚友朋，冬青館裏旅懷增。故人風雨聯牀夜，四十年前憶海陵。

緘齋雜識：光緒十年甲申二月，河督慶裕疏稱據河南候補道焦駿楓等稟稱，查有同鄉籍隸天津縣嘉慶癸酉科舉人張壽昌乃已故江蘇泰州吏目張伯琛之父，知府用東河候補同知張潔之胞伯，於戊寅年冬在山東旅次，忽染劇疾，伯琛侍奉湯藥，衣不解帶者數月。嗣病勢危篤，焚香籲天，願以身代。潛割股肉和藥以進，壽昌服之頓愈，人咸謂純孝所感。越歲壽昌以他疾卒，伯琛哀毁逾恒，幾欲身殉，屢爲家人勸止。乃勉抑悲懷，扶柩回里安葬。奉事祖父母，晨昏問視，克盡孝道，始終不渝。手足之情尤敦友愛。職等誼關桑梓，聞見既真，不忍聽其湮没，造具事實，册結前來。查近年各省遇有割股療疾請旌之案，均邀俞允。今故員前江蘇泰州吏目張伯琛割股孝行，事同一律。仰懇天恩，敕部核議，給予旌表，以勵風化。疏上奉旨允行。桉魯波先生與先大夫爲總角交，尚未悉其純孝如此。憶道光丁未先大夫由江甯公車北上迂道泰州衙署，留題二律以去。

胡孝子柄泰

廿年知己一朝亡，往事追思輒斷腸。母子相依歸地下，驚聞此信倍心傷。

《記聞類編·胡孝子傳》：胡孝子者，名柄泰，字小帆，秉性誠樸，淪隱自甘，居直隸之天津。封翁生子二，長柄乾筮仕粵東，卒於家，孝子其次也。封翁没，母氏矢柏舟節，孝子侍奉，不離左右。凡起居飲食、疾痛疴癢，莫不維持調護，或有拂鬱意，必多方將順，得歡心而後已。娶妻陳氏，生女一，婦亦善體夫志，事姑惟謹。家小康，食指甚繁，乃充海關吏以助菽水。平時在母側嬉戲若孩提，蓋有老萊子風焉。伯兄没，或有以仕進勸者，則以母老不能遠離爲辭。猶子二人撫育教誨如己出，而尤篤於行善。遇里中賙恤、瘞埋及惜字、放生諸義舉罔不身任其事，懃懃焉不憚煩。至於老氏清虚、釋家輪回之説亦深信而不疑。同治癸酉春，孝子年已四十有五，母氏春秋逾八旬，忽遘疾大漸，孝子延醫請禱，殫及心神。每語人曰：『母之病殆矣，一旦見背，兄棄世已十稔，自必托生，又誰爲之服事？即或兄在九原，亦何忍以服勞獨任諸兄！』聞之者爲之惻然悲，愕然驚，因以婉言相勸導而其憂愁之容益固結而不可以解，無何母卒孝子竭蹶營殮而偏若不甚哀號者。日見其處分葬事，筦算家貲，盡予兄之二子。復寓書里之同爲善舉者，勖以踵事罔怠。距母死五日，妻孥莫之知，孝子竟仰藥死矣，時同治十二年三月晦也。嗟乎！黄泉相見，母子如初，性何至也！事抑奇矣！我獨惜其格於例不得旌，而其以身殉母之苦衷，有可爲世之薄於孝者勸，爰爲之傳以存其名氏云。論曰：世嘗有割股營醫，廬墓終制，議者或譏之，非刻也。孝發乎情，必本禮以爲之節，若胡者泥其情而不節之以禮，是直成其愚也。然謂之愚可也，謂之非孝不可也。我得爲之略禮原情而稱曰孝子，夫誰曰不宜。

楊光儀《胡孝子》詩：嗚呼胡孝子，母生亦生死亦死。將以激澆風，驚傳徧閭里。事母非徒備甘旨，母素畏雷聲，孝子望雲疾歸視。母性重周親，孝子濟人幾忘己。胡爲母病竟不起，孝子哀號號不已。抱此孺子心，何暇裁以禮。相從地下而已矣，嗚呼胡孝子。

緘齋雜識：小帆，余舊友也。昔年在家讀書時未有隔三日不晤面者，冷面熱心，交游最篤。平日事親孝，飲食起居，躬侍之無稍怠。朋友姻戚有緩急需，無不力任之。廣行善事義舉，多賴以興修。迨余隨任奉天宦游京邸，音問遂疏，然追思往事，未嘗一日忘諸懷。同治癸酉守制家居，猝聞小帆殉親事，爲之愴然以悲者纍日。頃閲《記聞類編》有《胡孝子傳》一篇，録之以存其梗概。

張孝子淦

學舍承歡十二春，知君至性篤天倫。撫躬自問滋慚愧，我亦蕭齋侍疾人。

孟繼坤《張孝子》詩：慈烏繞樹静不飛，一編稗史娱親闈。鄧紹綵囊不可得，藥爐經卷相因依。憶昔嫣川來問渡，冷廬日侍家尊住。一柈苜蓿奉朝餐，半載菱花抱沈痼。焚疏情深達上蒼，願祈金母壽同長。傾心愛日憐春草，稽首慈雲爇瓣香。潘輿坐煖親顔喜，一笑玉鳩扶病起。茫茫恨事古來多，苒苒微痾兒竟死。繞膝相從三十年，但延親笇亦欣然。空教雁序抛雙淚，未許鴻妻殉九泉。旅櫬寒埋縉山雪，魂歸侍疾真奇絶。精氣甯隨露電銷，寸心蚤共冰霜結。回首東齋門倦開，頟血漬地凝青苔。湘篁謾譜孤生怨，姜鯉偏浮一水來。吁嗟乎！吾鄉秀孝鍾芸圃，今日得君堪接武。馬蘭溪水碧無塵，采采蘋花隔煙浦。

楊光儀《張孝子詩并序》：孝子名淦字德華，天津人，吾師書田先生次子也。性純篤，素以孝聞。隨侍延慶州學署，年僅三十有一而卒。其卒也，爲母病禱天減己算以增母壽，故減算之説儒者弗道，但人子愛親之心有加無已。如以理所必無，少有轉念，是孝有時而窮抑，亦得以自寬矣。夢帝錫齡載之於禮，雖孝與慈有閒，要無事訓詁家紛紛聚訟也。詩曰：嗚呼！孝子既病且死，死亦其常，何使人聞之輒嗟歎而不已。一解。人子一身受之吾親，能全吾親何有一身。敢云壽夭有命，但聽之鬼神。二解。孝子死矣。驚傳鄰里還視東齋，風悽似水，漬血在地歷歷可指見者，詫之皆莫知所以。三解。緊惟母病積時未痊，誓以身代。天也無言，稽首泣訴，額血斑斑深入地者寸許，拭之而愈鮮。四解。母病癒矣歡喜無涯，何以奉親冬竹抽芽，何以娛親語無咨嗟。時學柳敬亭，不廢小説家。聽之苟不厭，安知更鼓鳴蝦蟇。五解。孝子事父能爲子，孝子事母則兼女。阿姊云亡如未亡，天留缺陷人能補。日共笑言，夜視寢處。古有黄香，君真其伍。六解。虔祝遐齡，春暉滿庭。如何母氏，目翳忽生。日視湯藥，憂心靡甯。呼之必在，更無他營。其目不交睫者每竟夕，視無形且聽無聲而母目復明。七解。嗚呼！孝爲庸行，孝子奇而不失其正。孝爲美名，孝子殁而不負所稱。曩侍父以履危兮擬舍生而就死，旋代母以減算兮雖已死而猶生。允宜仰荷夫天旌。八解。

緘齋雜識：光緒八年八月署直督張樹聲疏稱，據署延慶州知州胡振書申稱，據紳士劉長庚等稟稱，該州學正張式芸之子候選典史張淦，天津縣人，幼具過人之性，父母偶有疾病，輒減食廢學，侍側不離。同治八年隨父至延慶，凡可以永親年、娛親心者，靡不竭力致之。與人所談皆孝弟忠節事，延慶士民被其感化者不少。光緒六年春，母病甚危，一再刺指血書疏焚禱，願減己算延母壽，母病果愈。當母之初病也，奉侍病榻，衣不解帶、目不交睫者七十餘日，直至大愈，始歸卧室。父較健罕病，然偶聞欬嗽聲，雖已就寢，必披衣潛往窗外，伺之聲息，既退，猶若有不能安枕者。張湰無姊妹行。雖嫂妻日侍母側，惟恐失親意，子女之職嘗以一身兼之。是秋母復病，因療治鮮救，張湰於每早詣學署東齋叩頭百數，焚香告天以祈之，久則額破血流入土數寸。東齋地極幽深，土甚潮溼，自秋及冬，祈禱無閒，母病雖愈而寒邪已早入骨。七年二月閒伏禱甫畢，陡覺腹痛，日夜嘔吐腹瀉，醫治嘔吐漸止而腹中堅勁如鐵。猶力疾侍親，或止之，則曰：『多延一日之命不當盡一日之孝乎？』是年五月十九日正爲父抑搔，嘔吐復作，捧腹歸私室，次日遂歿。取具事實册結，申請旌表等情。前來擬請旨敕部，照例旌表以彰孝行而維風化，疏上奉旨准其旌表。

津門徵獻詩卷一終

津門徵獻詩卷二

天津華鼎元文珊

殷少保尚質

千秋生氣滿塵寰，猶記揮兵戰塔山。歎惜平戎殷少保，沙場馬革裹屍還。

《衛志》：尚質指揮僉事掌衛事有青天之號，歷陞遼東總兵。殞於陣，贈少保，謚忠勇，遣官諭祭。

《縣志》：尚質，天津人，嘉靖十四年乙未襲指揮僉事，掌衛事以勤能被薦進都指揮僉事，歷太原、大同參將。三十二年癸丑督軍解巡撫侯鉞圍，擢遼東副總兵，就進署都僉事充總兵官。三十五年丙辰十月打來孫以十餘萬騎入廣甯，尚質急率游擊閻懋官等禦之塔兒山。寇先突懋官營不爲動，乃馳攻尚質，尚質殊死戰力屈死之，懋官馳救亦戰死。事聞，詔贈尚質少保左都督，謚忠愍。廕子立祠。

《明史·王忬傳》：忬，太倉人。嘉靖三十一年代楊博爲薊遼總督，打來孫十餘萬騎深入廣甯諸處。總兵官殷尚質等戰歿，忬停俸三月。

緘齋雜識：少保字輔文，先世居江南合肥，有名忠者，明洪武初以軍功任河南歸德衛指揮僉事，永樂二年甲申調補天津左衛，世襲指揮僉事，遂爲天津人。忠子彪，彪子貴，貴子洪，洪子建，均襲其職。少保，建之子也，生而忠烈性成，氣節懍懍洊。陞遼東總兵官，禦打來孫於塔山，衆寡不敵，遂以身殉。子嗣，孫善，曾孫汝學，世爲指揮僉事。《衛志》謂謚忠勇，《縣志》小傳即王鴻緒《明史稿》列傳之文，稱謚忠愍。雍正十二年甲寅崇祀忠義祠。葬於津城衛安門外，墓碑、翁仲至今猶存。

周副戎天命

亞夫奮勇陣中馳，盜賊紛紛比亂絲。想見英姿殊颯爽，唐官屯裏戰酣時。

《衛志》：天命，天津衛武舉，陞天津鎮標中軍副將，管參將事。唐官屯剿賊陣亡，恩綸優卹。廕弟明命萬全都司經歷。

《縣志》：天命任天津參將。順治初土寇作亂，天命率兵抵唐官屯剿之，深入賊地，力戰而死。事聞贈卹，官其弟明命都司經歷。

緘齋雜識：副戎係天津武舉，科分無考，曾任天津左營游擊，後陞副將。順治五年八月，天津土寇蜂起，和碩英親王阿濟格、鎮國公岳樂剿平之。副戎戰死疑在斯時。無子，廕弟明命都司經歷。姪女適同里姜皓，守節旌表。

王司馬顯謨

黄壤無情玉樹埋，軍前空使設彭排。外洋巨寇乘風至，遺恨徒傷壯士懷。

《衛志》：顯謨，天津衛官生拔貢，除河南歸德府推官，陞福建漳州府同知。死難邺典，贈奉議大夫。廕姪元翰江南太和縣知縣。

《縣志》：顯謨任漳州同知，海寇破城被執，賊怒其不屈，埋其身土中，僅露其首餓死。事聞贈按察司副使，廕姪元翰太和知縣。

《津門選舉録》：顯謨，順治三年丙戌科拔貢，河南歸德府推官，福建漳州府同知。

緘齋雜識：順治八年辛卯，海寇鄭成功陷同安、漳浦等縣，進圍漳州，七閲月而去。顯謨爲漳州同知，駐守南勝，志稱城破身殉，南勝蓋不與漳州同城也。至康熙十三年甲寅海寇鄭錦取漳州，相去又二十年矣。

隋守戎光啟

刁斗聲中別永州，徇名烈士切同仇。當時效命誰堪匹，記得江南葉映榴。

《縣志》：光啟，天津人，由宗人府奉祀授江南松江府守禦所千總，陞湖廣永州府錦田衛守備。康熙閒夏包子謀逆漢口，光啟守城不去，死於難。命地方官護柩回籍。**緘齋雜識**：康熙二十七年戊辰五月二十二日，湖廣督標裁汰兵丁夏逢瀧等洶聚謀變，據武昌府署，布政使參議葉映榴自刎死。夏逢瀧者，景陵人，使氣好大言，以施與排解服衆，皆呼爲夏包子。放兵四劫，遂陷武昌縣及漢陽，光啟死之。七月大兵收復各州縣，夏逢瀧伏誅，諸賊悉平。詔贈卹殉難諸臣葉映榴等，光啟與焉。

周二尹大綸

雪爪痕留海外蹤，變生倉猝死從容。良朋義僕同千古，勁節真如百尺松。

《長蘆鹽法志》：大綸字理夫，狀魁梧，高準且偲，慷慨負氣。納粟貢成均授州同職，遵豫工例改鹽課大使。歷任福建泐州場大使，改補興化府經歷、莆田縣縣丞，調彰化縣南投社縣丞。歲丙午任滿應調内郡守，檄赴嘉義，城陷大綸遂被害。歲丁未天子巡幸天津，俘臺匪至，賊渠有何有志者即害大綸者也。磔有志时，大綸子姪咸目睹焉，一時羣焉稱快。

李斗《揚州畫舫録》：大綸字理夫，天津人，官彰化縣丞。臺匪叛執之，囚數日駡賊而死。賊平，贈雲騎尉。長子琦負骨歸葬，至揚，琦卒，停柩湖上兩月，爲詩弔者甚多。理夫與牛太守翊祖爲姻戚，十年前在揚屢爲湖上之游。虬鬚赤面，予猶及見之也。

欒立本《理夫周公殉難傳略》：余外兄周公宦閩省二十餘年，丙午死臺匪之難。天子下部議卹，恩賞雲騎尉世職，子孫承襲並欽賜祭葬銀兩。一時公忠烈之名嘖嘖里黨間，顧卒無能道其詳者。己酉，公子琦及璠航海負骨歸，未至津，琦以勞瘁卒於途。明年璠奉父兄遺骸旋里，始爲余備述顛末且請立傳。余詰曰：『公之罹難乘間一至者惟葉君耳，葉君所未見，子烏從而知之？』璠曰：『璠兄弟之抵閩也，璠候領葬項，故兄先渡海抵嘉義。嘉義之民聞而聚觀，有備述所見至於涕零者。』璠兄弟蓋得之嘉義衆民之口，非第憑諸葉君也。余聞之始豁然，乃爲立傳，以存其事。周公者，天津世家也，諱大綸，字理夫，父躍滄公官江西觀察。公生而岐嶷，慷慨有氣節。讀書不求甚解，嘗曰：『丈夫自有真柰何效章句儒老死牖下耶？』狀貌魁梧長八尺，豐準虬鬚。好劇談，人莫能當其鋒。援例授州司馬改彰浦鹽場，歷官臺灣彰化縣、南投社縣丞。所至有聲，商民多感悦。然性耿介，清苦逾齊民。八口不能養，遂遣歸，孑然一官而已。丙午，俸滿將歸省，先謁郡守，守以嘉義有公款未清，因委公往催焉。嘉義者，天子嘉諸羅之民能向義殺賊而新賜之名也。地當南北孔道，公任彰化，往來必由此。有葉友伯者，廣東嘉應州人，古行君子也，與公莫逆。公至嘉義，值公款未交，遂寓友伯家。俄而賊匪林爽文倡爲亂，首陷彰化，轉寇嘉義。公聞變急趣縣治，謂令曰：『賊至矣，胡不禦？』時令方與一老幕相對，泣曰：『我素不習兵，何能當？賊衆，惟死爾，死爾！』公厲聲曰：『賊，烏合耳！率民登陴誓以死，城未必陷，坐以待斃無益也。且朝廷建官爲能守，非爲能死。死以塞責，小丈夫耳，何足貴？』譬喻百端終不聽，公太息曰：『行見與公灰燼矣！』拂袖出，甫抵舍，城遂陷，在城諸官皆死。公奮然曰：『賊能傾之，我必復之。』於是與友伯潛募義勇爲殺賊計。已而爲賊所物色，蜂擁而至，急索公。公歎曰：『事不可爲矣。雖然，吾不可以苟死。』挺身而出，遂被執。見賊首林爽文，賊勸之降，公亦諭賊降。曰：『爾輩率土食毛，沐聖主恩久矣，何爲作赤族事？急自新，盛朝寬大，或可赦也。』賊不聽，脅以威。公怒詈曰：『咍，賊匪！大兵至方將洞爾筋，擢爾骨，求爲溷中蛆偷生旦暮不可得，乃敢迫天子命官降耶！』賊怒喝從賊批公頰，公大呼曰：『吾不可受賊辱！』以頭觸柱，血流被面僵於地。賊知不可脅，乃以公付其黨何北海而去，時丙午十二月初八日也。何北海者，相傳即何有志，因公於縣治前押犯之所，繫髪石墩使卧其上而懸兩足於梁。公僅衣單衫凍幾死。僕人陳德紹興人也，實左右之，公屢諭不肯去。友伯密探公狀，冒危至，袖粥一盞，橘餅二枚貽公。公感其意，爲一啜粥，急使去，曰：『勿再來也。』每有賊來勸降，公輒閉目不應或嫚駡之，凡五晝夜。會何北海出，公自牖見之，詈曰：『賊奴何不速殺我！』賊盼曰：『彼竟不降耶，捉來見。』於是賊還坐縣堂上，從賊數百，列白刃擁公至使跪，公瞋目叱曰：『此膝跪朝廷不跪賊匪！』賊怒斫公足落將指，公痛極愈大駡，齒鬚皆掠盡卒不挫。賊乃縛公赴西門外校軍場施慘毒焉。公傷足不能行，陳德涕泣扶之。公睨曰：『此何時，尚不去耶！』德不應。既至，公北面謝聖恩，三叩興復三叩，曰：『此謝吾親也。』顔色不變，遂被害。時陳德在旁急以身擁護，曰：『寧殺我勿殺我主。』賊怒擊德仆地，德仰視公被害狀奮起奪賊刀，奔上廳曰：『我與賊不兩立！』旁有賊斷德臂，臂與刀墜廳下，德猶奮身向前欲以頭相撞。羣賊乃殺德於廳上，視公尤慘焉。時十二月十二日也。賊既散，兩屍暴露一晝夜無人收，友伯歎息，泣曰：『此我之責也。』糾義民十餘人夜詣屍所，掘地爲兩坎。以朝冠蟒服葬公於正坎，而以陳德附葬其旁，哭拜而後去。嗣大兵克復嘉義，太守楊公廷樺憫公之死，札嘉義令使覓公屍。令訪諸友伯，相與發塚。公肌膚俱盡惟白骨存焉，蓋臺郡土脈剛勁，故肌膚先化也，然赤心猶在，色如生，人咸異之。令乃置木函中舁入郡，厝南檀寺。後公子琦至，始負骨以歸，皆友伯與太守力也。公生六子，琦、璋、璠、瓚、琰、瑑。琦以負公骨渡海驚颶風搆疾，卒於維揚旅次，其至性可哀也。瓚、瑑已先卒，餘皆英偉駿發。琦子嗣榮、嗣明、嗣曾亦皆少年踔厲。他日子若孫襲公職，登仕版必有遂其顯揚之志者，善人必有後諒哉！贊曰：公之勁節荷聖主褒矜死無恨矣，余所歎者，公赤心不朽耳。夫仁以育之，義以漸之，浩然之氣以充之，欲其朽焉得乎？公子捨身以尋親，陳德捐軀以報主，其亦同具此心而不可泯滅者與。若友伯者，死生不渝，其志亦三代之偉人也哉！

焦循《周縣丞傳》：公諱大綸字理夫，其先居山東平度州，五世祖始遷爲天津人。乾隆二十年由貢生捐州同職，改捐鹽課大使，分發福建，丁母憂去官，服除復職調莆田縣、平海縣丞。公以微職游歷海疆垂二十年，廉慎儉，貧逾賤民，所衣官服破敝塵垢，十月猶衣紗葛，上官以爲迂，周之弗受。以貧遣妻子歸，孑然一官，特立不倚，最後調臺灣府彰化縣丞。數年知民頑，憂慮見於色。公狀長八尺餘，豐準口横，闊面赤色虬髯，志形於口，坦直無顧忌。任滿例引見，辭於縣，縣以衣惡出所服贈之，公以手揮曰：『蓄此所以飽賊也。』謁於道，道詢問民俗好尚。公曰：『民將不遜，殆欲畔也。』道曰：『吾將往察。』曰：『不可驛馬船具足以擾民，吏役假官勢科於縣，縣假官至之費科於民，是促之畔矣。』道怒斥不信，假公事滯公於諸羅。未幾，賊匪林爽文果倡衆犯城，遞至諸羅。公憤曰：『吾亦朝廷官，何坐視城陷？』乃擢鬚奮入縣署，縣令適與老幕客對飲酒。公至斥曰：『此何時尚飲酒耶？』縣令曰：『我文官無力遏賊勢，死也，死也！』公張目髯倒起睨縣令曰：『賊，烏合衆。諸羅民素尚義，城雖孤，以死力守之未必陷也。國家建官，命能守，不命能死，坐致民逆，死以塞責，小丈夫也！』終弗聽，恨恨出趨居民葉友伯家，謀所以禦賊計。是夜賊已入城，據縣署，有見公者曰：『爹也縛去。』敬公賢不忍殺而勸受其僞官。公且罵且諭，副賊以掌摑公頰。公撫頰大哭曰：『此顱乃爲賊汙。』以首觸柱，額裂血淋漓。賊猶欲其從也，囚之數日始遇害。陳德，浙江紹興人，公僕也。諸羅陷，公被囚，德左右之未少離，揮之去，德哭泣不言。賊知公不可屈，令副賊何北海者禮待之。北海恨公罵，以刃於乳上刺，德急抱持以身蔽，賊擊之蹶，公乃遇害。德見公之死也，喑嗚叱咤奪賊刃，奮擊賊，賊又擊之，右臂斷，德大聲呼曰：『吾與賊不兩立也！』以頭掊賊，賊亂擊亦支解死。乾隆五十一年冬十二月初八日事也。葉友伯，廣東嘉應州人，商於諸羅。以公廉正素好公，公亦往來其家。賊縛公去囚縣獄中，繫髪石上倒懸於宋，友伯探知，懷橘餅二枚冒危至囚所勸公食。既被害，公屍及陳德屍縱横狼籍於樹上下，莫敢收者。友伯至屍所拜哭，槀葬於地。逮大兵剿賊後，知府楊廷椿覓公屍，友伯示其所掘之。皮膚蝕盡，白骨中惟心具存，赤色炎炎然。公長子琦渡海移公柩，友伯復爲之經理盡善云。公娶於牛，生子四，琦、璋、鼎、瓚。瓚早卒。琦字璞亭，材質潁異，善騎射，精力過人。賊平，福大將軍上公死事狀，欽賜葬祭銀，封爵雲騎尉，子孫廕襲。琦痛父骨未歸葬，以廕官讓弟，渡海至諸羅。家故貧，力貧忍瘁，踰越險阻，哀毀致疾，五十六年秋卒於揚州。公遇害時年五十有一，琦年三十有八。公既死，義民乃以死守諸羅不陷於賊。焦循曰：公死事狀琦得之於葉生友伯，諸羅人稱之不異辭。琦以語弟鼎，鼎親語余。考公之生平即無殉節事亦古廉吏，豈無所樹立以死自飾哉？當世疑公大言者，至此多歎服。然陳德之忠、葉生之義、琦之孝友，余苦其不傳也。

沈峻《題周理夫傳詩》：周公倜儻才，讀書鄙章句。微官屈壯猷，復與凶竪遇。一死謝尊親，守道無恐懼。事聞卹典隆，廕子表其墓。公名重泰華，公魂猶赫怒。到今海上村，慘淡風雲護。

緘齋雜識：乾隆五十一年丙午，彰化林爽文聚黨結會，十一月二十七日陷彰化，十二月六日陷諸羅，戕知縣及淡水同知，而鳳山盜莊大田亦陷其縣。明年總兵柴大紀復諸羅，十二月爽文、大田悉就禽。公在諸羅可留可去，非有守土責也，奮身赴難，抗志不撓，三復對諸羅令言而知公之死爲尤足惜也，爲更可哀也。江都焦理堂孝廉循既爲公立傳，復作周縣丞奴詩並序云：周縣丞奴陳德者，越人也。臺灣賊起，周被執，奴左右之十餘日。及周遇害，奴奮殺賊，賊支解之。詩曰：主人食者君之禄，奴所食者主人粟。海隅狂魅興妖氛，主人罵賊義不辱。賊羣如鬼團風沙，賊刃如霜落喬木。頭顱斷矣聲猶蒼，血飛一天滿地肉。主人行勿速，小人殺賊來追逐。詩載《雕菰樓集》。

章少尉潮

無端小醜忽跳梁，心欲殲除身竟亡。刳腹刲腸何以報，至今廟祀薦馨香。

《長蘆鹽法志》：潮字東源，號愚齋。世居浙，父樹僑天津，遂家焉。潮生而穎異，讀書有見識，不屑屑於行墨間。嘗論讀聖賢書者，當效其行，非徒誦其言而已也。由國學生屢試不第，援例官四川長壽縣典史。恤囚捕盜，奉職維謹。會嘉慶二年丁巳冬，邪匪滋事，突入縣境，猖獗蔓延，衆皆倉皇莫措。潮曰：『區區小典，安敢與聖天子吏相抗衡耶？何懼爲！』遂率衆糾兵，士民皆願以死從潮。奮戈直前，遇賊鬭，賊勢蜂擁，虜潮去，迫之降。潮怒詈曰：『何必多言，速殺我！速殺我！』繫行三十里，潮罵不已，賊遂榜掠之，刳其腹，刲其腸，挂於樹，死時色揚揚如常。事聞，賜祭葬如例，傳入國史，祀昭忠祠，予雲騎尉世職。子壽恩扶喪歸，服闋襲職。

緘齋雜識：嘉慶元年丙辰，賊起長陽。未幾，襄陽賊姚之富與白蓮教首齊林之妻王氏繼起。初四川有嘓匪，無教匪，十月川省達州奸民徐天德等乘教匪勢起。二年丁巳徐天德、王三槐陷東鄉，犯巴州。十一月王三槐攻大竹，乘間突陷長壽，長壽地當水陸之衝，上通合州，下連重慶，爲川東門户。長壽既陷，賊勢益張，東源之殉死於達賊，非死於襄賊也。近讀華亭姚春木上舍椿《望雲集》，有《舟過長壽感賦五古》，即指東源殉難事也。其詩曰：嘉慶之三載，孟夏月上旬。舟行發巴渝，薄暮瀕江濱。因思去年冬，此邑遭黄巾。傳聞意尚測，何況目睹真。一山在城西，

廟宇黯不新。不知何王宮，樓觀棲微塵。棟梁未盡圮，階級猶可循。劫火所偶遺，
此亦靈光倫。折行入禹廟，明德昭明禋。謂當食萬年，何意荒荆榛。内有前縣令，
坐繫經年春。守土弃土走，何以腰垂紳。諜告反得死，何以謝萬民。廟前雙桂樹，
圍大容專輪。曾見探丸來，烈焰飛城闉。我欲從之語，無言獨含顰。偶焉遇牙郎，
爲我瑣細論。自云有父兄，同來達巴岷。與君爲同鄉，身亦江南人。嗟哉爲利謀，
豈意遭難屯。先是警風鶴，寇至聞比鄰。令當静境内，大義慷慨申。民心既以安，
士氣亦以振。當時乏備禦，臨難猶逡巡。游偵彼何辜，乃向長流湮。静鎮爾豈能，
聞賊意則瞋。城中擊鐘鼓，城外叢棘薙。此地高踞山，其下爲通津。寇來何坦如，
不用設距堙。官守死其職，去就民所遵。縣令倉卒逃，餘衆尤私身。擠排大江中，
戢戢爲魚鱗。親戚誰復知，但聞呼救頻。縣尉獨守廨，平日頗寬仁。賊渠知好官，
摧磨使之馴。願爲厲鬼死，氣結不復呻。元戎率滇師，解圍策如神。首問失城罪，
有喙何能伸。章綬宜在腰，積貯宜在囷。犴狴宜有囚，庫藏宜有銀。一一皆自服，
縶俟軍事竣。獨惜十萬家，一炬胥泯泯。至今月黑時，野闊飛青燐。衆者化爲少，
富者化爲貧。弟行尋其兄，兒啼號其親。身亦有父兄，欲問無由詢。孤身客他鄉，
已矣長含辛。吾聞此言悲，涕泗横無因。蜀中苦兵久，惟有呼昊旻。作詩紀姓氏，

尉章令則陳。生者戒守吏，死者勸爲臣。

王參戎鴻儀

臨河對敵陣雲昏，誓不偷生入玉門。六百男兒齊戰没，沙場應有未招魂。

魏源《聖武記》：回疆各城設辦事領隊大臣而統於喀什噶爾，參贊大臣並受北路伊犁將軍節制。歲征錢糧土貢數十分取一。嘉慶二十五年八月有回酋張格爾者，初以誦經祈福傳食部落，斂財煽衆時有譌言。道光四年秋、五年夏屢糾布魯特數百騷掠近邊，九月我兵戰復不利，賊遂猖獗。六年八月二十日賊陷喀城，英吉沙、葉爾羌、和闐三城繼陷，盡戕兵民，燬廨舍，浸及渾巴什河，距阿克蘇八十里，烏什、庫車戒嚴。阿克蘇辦事大臣長清遣參將王鴻儀領兵六百拒賊於都齊特，戰没。賊偪渾巴什河，距阿克蘇四十里，援兵悉至，東四城始無恐。七年三月朔，我兵克喀城，五日復英吉沙，十六日復葉爾羌、和闐二城，十二月二十七日張格爾就擒。八年正月捷聞，加恩東四城守禦諸臣，贈卹西四城殉節諸臣。

緘齋雜識：參戎字雲衢，雪蕉茂才胞伯也。嘉慶六年辛酉恩科進士，任烏魯木齊中軍參將。道光六年丙戌九月，帶領烏什屯田兵六百名進剿賊匪，行至阿克蘇都齊特臺，遇賊馬隊四千，屢次接仗殺賊六百餘名，因火藥用竭，力戰陣亡。蒙恩優䘏。

齊少尉世郇

短衣短兵來酣戰，手刃數賊殊寡儔。張齒顏舌銷化盡，殘骸碎骨何人收。

緘齋雜識：世郇，江西鹽法道嘉紹孫也。揀發安徽從九品，咸豐三年癸丑在廬州辦理火藥局事務。十二月廬州失陷，世郇手刃數賊傷重捐軀。十年庚申皖撫翁同書疏聞賜䘏，至今屍骸未獲。

金通判本

職司緝捕佐軍糧，身與城亡蹟未彰。不有海豐張侍御，誰能採訪到遐方。

緘齋雜識：本，道光戊子舉人，南河通判漢之子也，官湖北漢陽府通判。咸豐四年甲寅六月初二日，武昌失守，本被執，擄掠而死。六年丙辰九月，海豐張侍御守岱疏聞，命湖北撫臣察明請卹。

穆游戎大本

江湖川廣路迢迢，壯歲從軍髀肉消。若問健兒鏖戰地，最傷心是上方橋。

恒年《原任四川督標右營游擊穆公傳》：大本號立齋，天津人，道光癸卯科武鄉試先君監試所取士，而又爲余是科文武同年也。通謁時年二十歲，英姿磊落，望而知爲偉器。厥後往來熟悉，覘其品行端方，心性樸實，絶無少年矜躁之氣。嗣於乙巳科成進士，以營守備用。在陝西捐輸議叙儘先，二十八年二月選補四川綏定營守備。少年英發，堂上重慈具慶，洵足樂也。立齋賦性孝友，其於諸父昆弟咸知敬愛，鄉里無間言。學書未成去而習武。胞叔竹坡愛如己出，爲延同鄉羅德滋而受業。德滋精技藝，敦氣誼，每於習練弓馬之餘，勉以忠孝節義之旨，數年間始終不倦。授官之日，竹坡即勗以潔己奉公，克盡厥職，毋以家事爲念。到任後操防訓練，整飭嚴明，闔營幾成勁旅，憲臺優容，士卒愛戴。咸豐元年四月奉派出征廣西剿辦逆匪，竹坡諭誡之曰：『爾此行出征，官雖卑而義憤忠心無二理也。朝廷豢養之恩不可負，祖宗積累之德不可失，且能爲國家效命斯能爲己身立功。勉之，勉之，我穆氏咸有賴焉。』七月至軍營，在桂平屬新墟地。方頭敵打仗施放鎗礮，轟斃賊目二名，達都统奏請，賞戴花翎。逆匪竄踞永安州，逐日出隊戰無不克。二年二月追賊至大硐仙鶴嶺，連獲勝仗，殲斃賊匪三千餘名，均在頭敵奮勇出力。因逆匪由捷徑圍擾桂林省城，奉派帶領官兵在小西門城外與賊對壘，抛擲火彈，施放鎗礮，轟斃賊匪無數。該逆不敢抗拒，於四月初一日由海洋坪小道一帶竄擾全州、道州及所屬州縣，沿途追剿殺斃多名。賊踞長沙豹子嶺，九月初四日打仗殲斃逆匪二百餘名，割獻首級四百餘顆。及賊匪竄踞湖北省城，攻破紅山賊營十三座，武昌收復。尾賊至江甯，逐日進剿，經向提督以節次打仗尤爲出力，奏請陞補四川阜和右營都司，御賜白玉四喜搬指一個。四年六月因戰功屢著陞補四川都標右營游擊，統領四川。頭起川北城守維茂各營官兵在七橋甕打仗，攻破賊營四座，殲斃逆匪無算。嗣在上方橋獲勝，刺賊用力過猛，失足落水捐軀。奉旨照參將例議卹。嗚呼！立齋没年三十一歲，屢荷君恩，正思圖報，何天遽奪其算而不使之卒成功也！當歿之日，兵勇哭泣之聲達於各營，蓋其自至軍營以來，與士卒同饑渴、共安危，官兵感激，有争進額聯以頌功德者，並特製萬名衣、傘等件，實足以徵其正直勇敢而爲軍民所畏服。迨至靈柩接取回籍，經數月之久，舉家環視，猶復生氣勃勃，週身完善。噫！此其忠心義膽結而成鐵石心腸者也。當國家多故，如立齋者誠爲不可殁之人，然不可殁者而竟殁，所謂天誠難測而壽者尤不可知也。所可異者殺身成仁，舍生取義，以視夫庸庸者流，或臨敵退縮甘罹法網，或無所建樹老於牖下，彼雖生不如死，此虽死不猶愈於生哉！況復朝廷恩賚有加，地方因時饗祭，千百年名垂不朽。不獨穆氏一門與有榮施，即姻婭朋舊均有光焉。余與立齋交最善，自其宦游以來，得悉其數年遭際，因泚筆爲之傳，以志不忘云爾。

穆興嗣《大本姪傳略跋》：大本自幼好習武事，外少温文内實純粹，居家孝親敬長洵出至誠，吾尤愛之。迨從征楚、粤，寄到家函私語無多，總以不能殺賊立功、滅盡逆匪爲恨。吾喜其所志甚大而慮其所遇必險也，方冀靖患國家，顯揚門第，何期壯志未遂，中道云亡。噫！天實爲之謂之何哉！恒北屏因其履歷而代爲叙述，敢云藉發幽光，庶不至終於湮没也。

緘齋雜識：立齋世居津城之金家窑。道光二十三年癸卯科武舉，二十五年乙巳科進士，以營守備用。二十八年戊申二月部選四川綏定營守備。咸豐元年辛亥四月派往廣西𠛬辦賊匪，七月至軍營。三年癸丑陞四川阜和右營都司，四年甲寅六月陞四川督標右營游擊。七月十四日金陵賊匪出巢，窺伺上方橋，連建六營。向大臣榮派立齋帶領兵勇以扼通濟門、雨花臺，牽制官軍之賊，蘇將軍、福提督親駐七橋甕策應。我兵連燬賊營二座，賊衆迎救，我軍奮力冲殺賊匪。又於雨花臺、洪武門出賊兩股直撲七橋甕營盤，立齋率衆迎敵，蘇將軍施放火鎗洞貫賊匪。河邊另有賊股來撲，立齋持刀大呼，策馬斜刺冲出，賊匪驚退，淹溺無數。復有黄衣賊舞刀來戰，立齋矛刺落水，賊衆驚散潰走。我軍追擊，統計斃賊一千餘名。立齋因刺賊用力過猛，失足跌陷河中，遂捐軀。時年三十一歲。奉旨照參將例優卹并予雲騎尉世職。

徐太守堉

讀書薇省歷多年，出佐梧州桂海邊。躍馬大呼渡河去，男兒報國志完全。

《津門選舉録》：堉字芳田，道光二年壬午科舉人，内閣中書協辦侍讀，方略館總校，國史館分校，江西袁州府同知，廣西梧州府同知，署太平府知府。

《中書舍人題名》堉，天津人，道光八年由舉人到閣，官至廣西太平府知府，殉難。

緘齋雜識：芳田先生由舉人授中書，選袁州同知，時袁州知府爲沈公兆澐，迴避調梧州同知加知府銜，署梧州府知府，咸豐元年辛亥署泗城府。四月府屬西林縣有賊來撲，芳田領兵出城策應，西林縣城久已坍塌，賊匪擁入。賊復欲襲府城，芳田領兵折回，扼要防堵，府城賴以保全，並督營弁收復西林，賊匪餘股悉數剿滅。前經李公星沅疏請革職，二年壬子，鄒巡撫鳴鶴查明入告。諭曰：徐堉於軍務重情稟報遲延亦屬咎有應得，開復原官仍革職留任，調署太平府。四年甲寅，太平府屬龍州廳，地方有游匪滋擾，芳田馳往剿辦，都率練勇殲匪多名。賊匪復擁衆至龍州盤踞，芳田親督兵勇開礮轟擊，乘勝渡河，突遇伏賊刺倒坐馬，芳田躍起拔刀刺死賊匪一名，旋被刀矛攢戳以殉。勞巡撫崇光疏聞，諭曰：署府徐堉臨陣殺賊，奮不顧身，殊堪憫惜，交部優卹。子士鍈襲雲騎尉，任廣東縣丞。

金觀察光筯

名將才猷本異常，身經百戰守巖疆。大星如彗光沈地，辜負軍書捷正陽。

吴嘉淦《金剛慜公行狀》：咸豐丁巳閏五月，按察使銜署安徽廬鳳潁道金公死於難，父刺史公既自爲文以哭之，又命其孫厚增曰：『爾父授命行間蒙恩卹贈，於國史當入忠義傳，使撰述無文何以備史官之采擇？』厚增乃踵門稽顙乞予爲狀，予不敢辭，爰詮次其事，將以上諸史館焉。公姓金氏，諱光筯，字念直，號濂石，世爲浙江山陰人。明季有官北直薊鎮守備諱士英者，殉闖賊之難，是爲公之七世祖。子世芳隨母徙天津，遂家焉。曾祖承基；祖煚；父鎔，舉人，江蘇睢甯知縣加知州銜。公少自刻勵，兩應童試不售。刺史公分發南河，公授徒於家，讀書自樂。洎刺史公歷宰劇邑，公即隨侍來吴，佐理得宜。暇則留心吏事，手輯律例，箋注成帙。道光丁未署甘肅巴燕戎格通判，番回鈔掠鄉里，人不安枕。公率衆緝捕，拒傷左臂，後爲刺史公言之，猶有餘憾焉。戊申改官以知縣至皖候補，值大水，青陽民以督賦急，洶洶思揭竿起，令請兵於中丞，檄蕪湖道張公錫蕃往偵之。適公奉委勘灾，張公稔知公剛直，遂與偕往，至境先期入城，集父老曉以大義並陳説利害，事遂寢。是役也，微公變且不測，上游由是重公才，欲用之。己酉冬補建平令，大吏旋以定遠民俗慓悍，檄公往治之，至則訪懲著名奸宄數人，餘匪斂蹟。凡八月而履建平任，商民有以盜報者，立擒之。視事八月，獄無繫囚。時刺史公解官至建采訪官聲，聞長官有慈父母之稱，輒爲色喜。咸豐辛亥調定遠令，縣之西北鄉有鑪橋鎮，巨室富商比户列居。土匪陳小唤子久横暴爲患，擒治之，强抗不服，公刃加其體始服罪，自是鑪橋之民夜不閉户。壽州爲定遠鄰境，疲敝日甚，士民請於大吏願借金某一年。壬子量移壽州爲治，一如在定遠。時城中有鬮者，詢知釁由州書，拘而痛杖之，故公所至胥吏無敢舞文者。是冬有旨調赴軍營差遣，先是吕文節公知公勤事緝匪，於上前面奏及之，故有是命。旋以壽州爲要害之區，非公不克守禦而止。癸丑正月安慶陷，壽州戒嚴，公集紳士修城郭，籌團練，民心始固。定遠巨匪陸霞林謀不軌，於壽合定接壤處聚黨焚掠，公奉周文忠公檄，隨帶兵勇立擒陸霞林父子五人並羽黨陸雙林等四十餘人正法。奏聞得旨以知府補用，賜戴花翎。四月粤匪北竄，踞臨淮，踐鳳陽，躪懷遠，皆距州百數十里，居民一日數驚，公勤而撫之。水路則由兩河口以東立水營，旱路則由八公山以北布疑陣，城内則令紳士稽察出入，獲諜及逃兵即斬之。越數日賊遠遁，民間立碑以志。十二月廬州陷，江忠愍公戰殁。甲寅正月六安陷，壽州益孤立。有粤匪數萬人由六安竄至州城外六十里之正陽關，公即調練勇二千駐三十里鋪，令千總黄鳴鐸堵截兩河口水路，而自督兵赴關追剿，賊探知州城有備，先一日遁去。數日後隊粤匪蠭擁而至，公分兩路剿斃黄衣賊首二人，賊二百餘人。戰方酣而雨大至，槍礮不然，賊又突至。公歎曰：『天意也，吾何生？』爲左右曰：『公死城必陷，萬民塗炭矣！』乃退守州城。次日賊皆繞道竄去，城危而復安者再，皆公之力也。乙卯廬州克復，當事以公威名夙著奏，署府篆，丙辰三月實授。時閭井蕭條，瘡痍滿目，草竊之徒乘間四起，殲其渠魁，無敢蠢動。又值歲歉，設局平糶，民以得生。中丞福公奏請以道員用，得旨俞允記名，十一月奏署廬鳳潁道。時淮北捻匪勢張甚，固鎮之戰斃賊三百餘，奪獲牛車器械無算。餘賊遁而復回，勢益張，我軍望之失色，公令於軍中曰：『進則生，退則死！』三分其軍迎戰，賊詐棄輜重而走，公下令取物者斬。賊旋分兩路折回，公調中軍分應之。賊稍却而後隊踵至，衝突我軍，公又調左右軍合擊之，發大槍口稍偏下擊地，地陷乃祭槍，復發煙燄所及血流二三里。賊驚而散，我軍急迫之，賊屍相枕藉。是役也，以八百人破賊數萬而我軍無一傷者，僉以爲有神助云。丁巳二月，正陽關報捻匪復在對河肆掠，時公病未瘳即與蒙古副都統德勒格爾等渡河擊之，斃賊八百餘，追殺七十餘里，賊粉書於要隘曰『畏服君威，幸勿窮追』，公督兵將直搗其巢。至霍邱，忽得六安復陷報，即星夜旋師扼守正陽。賊已至馬頭集而粵匪復水陸麕至，轉戰之際恐賊襲壽州，遂折回州城。公於是時統率陝甘壽春四川各營，兵權歸於一矣。部署未畢而賊大至，蟻屯城下，急調兵進城整隊而出，連戰皆捷。衆以賊地雷爲憂，公曰：『無恐。』令於城垣下開深塹，設甕注水，浮鉦其上，令瞽者聽之，鉦作水鳴聲即對掘之乃免。賊百道攻城，有勸出戰者，公但令固守以懈賊心，而密授計於衆軍，分道出擊賊營。令城外團練遥作聲援，賊出不意自相驚擾，我軍圍而痛剿之，斃數千人。戰至天明，賊壘悉平，凡守城八晝夜而圍解。大府飛章入告，詔加按察使銜。公於是率勝兵水陸並進，轉戰而前。先後毁賊營四十餘，船百餘，殺數千人，遂復正陽關。詔給鏗色巴圖魯勇號。自軍興以來，皖省剿賊視他省爲尤難，以有捻匪與粤匪時分時合而土匪復從而響應之。公數年間剿著名巨匪季學盛於壽之于家圍，殲馬四、馬五於壽之東南鄉，斬王亮彩、鄧三虎於壽合之間，軍聲所至無不俯首就戮，而於粤、捻二匪尤思草薙而禽獮之。自復正陽後勇氣百倍，欲進剿六安而北捻復回，逼正陽相持一晝夜，後路防兵將潰乃暫退關外，而賊仍踞河西。公仍水陸進攻，屢戰而捷，而餉匱兵單，日夜焦灼。未幾勝帥抵正陽關之八里垛，公由間道進謁，請夾擊之於沫河口。立浮橋先渡馬隊，身率兵勇手旗而進。自辰至未鏖戰四時，骸中一矛墜水而亡，時丁巳閏五月四日也，春秋四十有二。公未殁前一夕，營之西北隅落一大星，流光如彗，公在營望見之，驚謂左右曰：『數日内當折一大將！』不謂公身自當之也。事聞，特旨照布政司陣亡例議卹，既入祀京師昭忠祠並本籍及陣亡地方昭忠祠，又許於壽州建立專祠。予謚剛愍，餘卹贈如例。娶郭氏，封夫人。子一厚增，候選直隸州知州。女二。公忠勇性生而臨事以武侯謹慎爲法，嘗與人論用兵之道，有曰：『上則操必勝之權，次則立不敗之地，上雖高於次，次實要於上也。』與士卒共甘苦，體恤周至，故人樂爲用，所向有功。臨陣飛礮自頭上過而身不稍卻，暇則吟詠不輟，時與文士相酬答。任州縣時，則勤於聽斷案，無留牘。嘗曰：『吾一刻閒即遺誤一刻公事，豈好勞哉？』在壽州時，營弁拾匿名書告煙鋪通賊，公訊其人有讐否，曰無，第數日前辭一友耳。索其人手書，驗之良是，立拘之，一鞫而服，衆推神於折獄焉。他如釐關弊以裕榷課，設錢局以通圜法，皆以其餘力措置及之。在皖屢立戰功，士民倚賴。自以受國厚恩亟圖報稱，至於捐軀疆埸銜恨以終。宜中丞福公祭公文有爲國家痛，匪爲其友之語也。以死勤事，公不愧藎臣矣。

陸長春《金剛愍公傳畧》：我國家重熙累洽，德化涵濡，民生不見兵革者二百餘年矣。守土之吏誠能勤撫字善，催科無曠，厥官已足報最。軍旅之事則未之前聞。自道光庚戌粵匪倡亂金田，蔓延各省，寇氛所至，或嬰城固守，或臨難捐軀，亮節孤忠，指不勝屈。求其有戡亂之才，經世之略，始爲循吏，繼爲名將，卒爲忠臣，如金剛愍公者，誠不可多得焉。公以縣令起家，至監司之任。居官不過十年，上游深器其才，畀以重任。其用兵也，能以寡敵衆，英謀勝算，決斷如神，賊畏之不敢近，保障數郡，堅若長城。天子將大用之，乃奮其神勇，力遏凶鋒，不避艱危，至以身殉。用之未盡其才，徒使毅魄忠魂含憤泉下。天未欲平治天下耶，何奪公之速也。褒忠典重，贈卹有加。予謚，予祠，予祭葬，又復官其子孫，世世不絕。公勳業爛然，國史自當有傳，其孤厚增恐行事浸久湮没，奉祖命以行狀來乞序傳，余何敢以不文辭。按狀公姓金氏，諱光筯，字念直，號濂石，世居浙江山陰縣。明季有官北直薊鎮標守備，諱士英者，闖賊陷薊州殉國難，是爲公之七世祖。子世芳，年八齡隨母徙天津，遂家焉。曾祖承基，力學好善，曾祖母徐氏。祖熤，安貧守志，鄉里稱長者，祖母胡氏。父鎔，勤苦自勵，經明行修，道光乙酉登賢書授江蘇睢寧縣知縣，加知州銜，封贈如其官。公生而穎異，讀書有夙悟。刺史公親自督課，寒暑不輟，爲文有法度，兩應童子試未售。乙未歲，刺史公大挑一等籤掣南河，以家事付公，無儋石之儲，授徒自給，家徒壁立而弦誦自如也。越二年，刺史公改官江南，板輿迎養，公由津侍奉來蘇，隨任金壇、奉賢、丹陽、陽湖、常熟各邑，簿書錢穀，佐理裕如，刺史公深倚畀之。暇則留心吏治，手編律例，詳加箋註，其所剖斷雖老於申韓之學者亦歎服焉。公既不得志於有司，思有以表見於世，乃援例以通判分發甘肅。既至委理積案，直者予之，曲者懲之，株連者釋之，民無遁情亦無冤獄。署巴燕戎格通判，其地回番雜處，魚肉居民，民愬於官悉置不問。公以番性悍，非大懲之無以除民害，乃督役往捕，番率衆抗拒，刃傷左臂。公請兵懲辦，事雖不果而忠勇之概已見一斑矣。旋以措資回蘇，留刺史公青浦任，懷才未展。戊申歲改官知縣。次年至皖，時江淮大水，田廬漂没無算。公奉檄至池太勘災，會池屬之青陽縣以徵收錢糧，鄉民將爲變。撫軍檄蕪湖觀察張公錫蕃往撫之，觀察諗公能任事，挈以行。至青陽，公先入城，呼父老曉以大義並陳説利害，民感且畏，事遂息。是年冬補建平令。庚戌正月檄署定遠令。定遠民俗慓悍，奸宄盤匿，號稱難治，大吏以公才故有斯任。既視事，以緝捕爲急務，親巡田野，訪民疾苦，有强凌弱、衆暴寡者必盡法懲治不少貸。莅事凡八月，宵小斂跡，民安其生。邑本包孝肅舊治，時稱孝肅復生焉。十月履建平任，治法一如定邑。商民有被盜者往捕之，贜犯俱獲，惟神速故賊未遠颺也。辛亥五月調補定遠令，邑民聞公重來，歡迎塞路，公亦以情僞周知，翕然一體。爐橋鎮土匪陳小唤子爲暴鄉里，羽翼衆多，公下車即擒獲，猶倔强不服，遂手刃之，觀者稱快。治定遠又凡八月，以壽州士民籲求借寇量移壽州。壬子二月抵任，壽幅員遼闊，頑梗之俗，强悍之徒，視定邑爲尤甚。公視獄見繫囚甚衆，乃悉心研鞫，俱成信讞。每更闌燭灺，胥吏皆有倦容，而公神采焕然猶與楚囚相對，旬餘辦匪案九十餘起，先後詳解，囹圄一空。吏有唆人鬬毆者，鞭之幾斃，故吏皆奉法，兢兢然如行冰上焉。先是河南漏網捻匪王某奉旨拏辦，時潛匿州境，公獲訊得實將誅之而王猝死，人謂其膽裂而然也。十二月吕文節公薦於朝，奉命調赴軍營差遣。州人士請於大吏，以寇信方急，壽爲要害之區未可使之去，公遂不果行。時粤匪已陷武昌，江南北郡縣皆震動。癸丑正月十七日安慶失守。二十三日壽州聞警，奸民以藏券争集錢鋪取償，將因以爲亂。公於鄉間馳歸，夜漏已三下，奸徒見公至，不敢發皆散去。尋獄囚多越垣逸，公親執數名手戮之，餘俱就獲。詰旦集紳士議練勇，修城郭，爲防禦計。有乘間劫敚者悉誅之，民賴以安。二月定遠巨匪陸霞林由安慶獄逃歸，糾黨數千人於壽合定接壤處大肆焚掠，皖撫周文忠公督兵剿辦，檄公於壽境堵截。公率兵勇徑撲賊巢，生擒陸霞林等父子五人，黨目四十餘人，解赴行轅，先後正法，餘黨盡散，三境悉平。文忠具摺保奏，得旨以知府補用，賞戴花翎，仍留壽州辦理團練。四月粤匪北竄，十二日踞臨淮，二十一日陷鳳陽，二十七日破懷遠，皆距壽百餘里，民一日數驚。公諭民無恐，水陸兼備，由兩河口以東削植竹籤，安置水營，由八公山以北雜豎旗幟，布立疑陣，並於山之要隘分設礟石爲攻守計。時壽州巨匪談家寶、鳳臺巨匪張茂俱嘯聚數千人，橫行無忌。公先散其黨羽，開誠布公，諭以悔悟免死，如抗拒則痛剿之。二賊既畏公之威，復感公之德，相繼投誠，後皆效死於軍。十一月撫軍江忠愍公甫莅任，三日賊逼廬州，廬壽毘連，民心大懼。二十七日陝甘舒制軍統大兵來援，抵壽舍舟而陸，供應周備又協濟守廬，軍需俱無誤。十二月十七日廬州陷，忠愍死於難，壽民愈懼。甲寅正月賊勢張甚，鄰壽州邑惟六安屑齒相依，十八日六安陷而壽益孤矣。二十四日賊數萬由六安而北，經距州六十里之正陽關。公駐軍三十鋪，令千總黃鳴鐸伏兵於兩河口，賊知有備，不敢深入而去。二月朔賊又大至，公據關爲營，隔河迎敵，賊愈增我戰愈力。礟子集公左右肩而下，公屹然不動，指揮自如。戰方酣，雨忽至，槍礟不能然，賊由旁路突至。公歎曰：『是天意也，以死矢之！』左右曰：『盍保州城，此陣可卻而州城不可失也。』公然之，遂多設疑陣，且前且卻，聲東擊西，賊亦不敢戀戰。次日遂向潁上竄去，壽城獲全。三月巨匪季學盛踞壽定接壤之于家圍聚衆數千人，聯絡數十里，勢不可制，公與參將劉玉豹剿之未克。御史袁公甲三奉命總辦安徽捻匪，檄公與候補知府張家駒督兵會剿。張意氣豪邁，亦一時英雋，公嘗與手書論用兵，曰：『上則操必勝之權，次則立不敗之地，上雖高於次，次實要於上也。』張深然其言。會天暑罷兵。閏七月朔復議進取，附近村落俱被匪佔，先悉攻毁，遂逼其巢，左右爲營，互相策應。次日匪三路來撲，堅壁不動，公窺匪鋭氣稍懈，親自擂鼓令兵勇迎擊，大挫之。二十日復進兵，匪槍礮齊發，子落如雨，公令於槍隙中手執擋牌，蹲伏而進，遂破賊巢，格殺甚衆，餘匪悉竄而于家圍以平。御史上其功，奉旨隨帶軍功加一級。時又有馬四、馬五、陳常四、汪履祥、吴雲程、尹傳貴、許胖孜、任敦化、黑魚鑽孜、吴三都督等皆著名巨賊，蓄黨多且悍，負嵎自固，莫敢誰何。公不憚艱危，相機搜捕於甲乙兩年間，一一殲除之，四境敉安，盜踪悉屏，則保衛之功非淺矣。乙卯十月廬州克復，大吏以善後事宜非有才望者不勝任。方伯畢公承昭檄公權府篆，壽民聞之請留於撫軍不可，欲爲攀轅卧轍計。公不得已於宵分輕騎出城，而城廂燈火熒熒，見公去，皆哭失聲，公亦對之泣下。既至廬，卹瘡痍，通商賈，籌防善後，次第舉行。丙辰三月即真[偵]其擾壽未獲之王亮彩又雄踞一村，時出剽掠，公殲之。會大旱，禾盡槁，赤地千里，民食維艱。有鄧三虎者乘機倡亂，公往剿之。分前後隊以進，匪傾巢出，勢稍卻，公引數騎後至。令曰：『我退彼必進，宜緩行以疑之。』匪恐有伏不敢逼，逾時率勁旅斜出截其隊爲二，矛刺三虎於馬下，餘衆悉奔。三虎誅威震遠邇，奸民無敢復逞者。公設局平糶，籌濟民糧。嗣所屬之無巢盧等處相繼收復，安撫災黎靡不周至。撫軍福公濟以其治行上，奉旨以道員記名。維時靈壁一帶捻首張落刑、張漋等焚掠村堡，殘害居民日厪，大吏憂，因奏請檄公署廬鳳潁道。十二月朔公至臨淮，偵知張漋等破固鎮，踞王莊，撲臨淮，已至三十鋪。公即日渡河禦之，次日黎明抵王莊，賊聞風先遁，民遭慘殺，草色皆殷。師旋，老幼執香跪道者數十里，公極意撫慰之。未數日漋等復擾固鎮，公志在肅清，統師進勦。十二日戰於固鎮，斃賊三百餘，奪獲牛車、器械無算，賊又遁去。十七日漋等糾集各捻匪約數萬騎，馬賊千餘，蠭擁而至，縱橫四十里，我軍望之失色，公背水爲陣，令曰：『前有勍敵，後有大河，進則生，退則死，設死於敵不勝死於河耶？』衆同聲齊應之，遂分三路迎戰，斃賊數百人。賊愈衆，公手發巨礮，口微偏下擊地，地陷隨祭礮復發，血流二三里。賊詐棄輜重而走，公傳令取物者斬。賊旋從左右兜圍，勢如潮湧，公令中軍分截之，賊稍卻而後隊踵至，衝我中權，公又令左右軍合擊之。呼聲動天地，無不一當百，賊大敗。我軍掩殺及溺水者不計其數，是役也，以八百人破賊數萬而軍中無一傷者，咸謂有神助焉。十二月無巢復陷。丁巳正月撫軍檄赴柘臯防堵，公設計先復巢邑，以賊死守不出，憤激成病，日益劇。撫軍令扶病回臨，以臨爲南北要衝，慮捻匪之復發也。浹旬公病未瘳，諜報正陽關一帶有龔得、蘇添幅附從張捻肆掠，亟欲除之。子厚增諫曰：『父病少瘥，未可勞鞍馬。』公曰：『賊勢披倡方期滅，此朝食敢言病耶？』遂行。二月初九日渡河擊賊，賊退，我軍追至，賊又退，我軍又至，追殺七十餘里，所過隘口賊俱粉書『畏服君威，幸勿窮追』大字。蓋公用兵神速，恐以全軍攝其後也。至霍邱，我軍少挫，隨聞六安陷，知州金寶樹殉節。六安爲正陽管鑰，星夜旋師，甫抵關，賊已至馬頭集矣。十六日賊水陸麕至，约十餘萬，公出戰衆寡不敵，更恐賊由陸襲壽，壽設有不虞，則全淮門户盡失，遂保州城。公於是時統帶陝甘壽春四川各營兵，在部下者僅千人。十八日賊布滿城下，公登陴巡視，鎮静如恒。次日令勇目李士甲等縋城出，斷橋梁，毁民舍，接仗於南門外。殺賊數百人，割取首耳百餘，奪獲礮位旗槍無數。二十一日復戰，賊長技乃地雷，皆以爲慮。公令於城垣下掘深塹，置水甕，浮鑼其上，令瞽者聽之，如鑼作水漾聲即揠之，賊不能施。正布置間，城中制藥局火起，兵民驚惶，内變將起，公以矛刺之，令有擅動者斬。少頃，搜獲奸細數十人斬之，事乃定。二十三四日，賊攻城益急，百道俱進，礮聲聞數十里，有請戰者，公但令虚張示怯，以懈其志。二十五日夜，星光黯澹，雲影模糊，公曰：『此戰機也。』密令兵弁銜枚疾走，潛分三道，兜襲賊營，預於城外設伏爲應。賊出不意自相踐踏，軍聲大震，殺賊數千人，餘悉遁去。質明賊壘悉平，圍城凡八晝夜，公城堞奔馳，目不交睫，士民驚爲天人。是時粵匪自桐城潰圍而來，捻匪自霍邱糾黨而至，內則驚疑不定，外則腹背交攻。乃能以孤軍揝拄挫折狂鋒，雖古名將何多讓焉？大吏以其事聞，得旨加按察使銜。公既解壽圍，圖復正陽，調集兵弁三千人，移營進擊，轉戰而前。四月初九日兩路夾攻，由康家店至枸杞園，踏毁賊營三座，生擒僞將軍吴守剛，斃僞先鋒張定邦、楊得應等。公時於軍中偵探洞悉賊情，遂於十二日進軍三十鋪，步步爲營。預令守備黄鳴鐸備戰艦，募水勇，與游擊成桂由兩河口進剿黄天澗，水陸環攻五晝夜。共破賊營四十餘座，船百餘隻，殺四千餘人，十六日克復正陽關。撫軍保奏勇號，奉旨賞給鏗色巴圖魯。公駐關休息士卒，將進攻六霍。不意粵匪甫退捻匪旋來，突有大股自三河尖回竄，直撲正陽，其勢猛悍，防兵將潰。公激勵將士不少退懈，陸路雙橋集，水路黄天澗，無日不戰。間有勝負，而賊恃其衆，負嵎抗拒。公焦灼殊深，夢中時呼殺賊。撫軍疊函慰勞並飛檄各路，添兵助餉，恐蹈危機，情見乎辭，蓋知公者深也。五月杪，都統勝公保馳抵八里垛駐軍督戰，公間道出謁，備陳要害，慷慨論用兵機宜，忠憤之氣流露言表。且曰：『公至民有託，某得以身報國矣！』

都統壯其言，甚慰藉之。時公與都統隔河而軍，議用浮橋以通兵路，遂於洙河口紮立浮橋，先渡馬隊，乃橋未合成而賊已突至，公左持矛右握纛，身先將弁，一躍登岸。我兵合集不過千人，自辰至未，鏖戰閱四時之久，創深力竭，墮水陣亡，時丁巳閏五月四日也，春秋四十有二。弁兵陳發科救護公屍，屹立河内，顔色如生。殁之日風雲慘黯，皎日無光，壽民皆縞素，哭聲達閭巷。廬鳳之民聞知悲號擗踴，有迎其櫬而泣拜於道旁者，蓋公德之入人深而所生全者廣也。公未殁前一夕，營西北有大星隕地，流光如彗，公見之驚謂左右曰：『數日内當折一大將！』嗚呼！孰知即公身自應之耶！都統暨豫皖兩撫軍先後以公死難事入奏，上深爲憫惻，命照布政使陣亡例議卹，恩給祭葬銀兩，遣官讀文致祭。世襲騎都尉，賜謚剛愍。建立專祠崇祀，京師昭忠祠並本籍及陣亡地方昭忠祠。聖恩優渥，特表精忠。公之志雖未畢於生前，公之名足增光於身後矣。公天性至孝，事親能得其歡心。兩弟思度、耀庚皆服官，友愛備至。訓子厚增以義方，居官廉潔自守，門無私謁，人皆憚之。自縣令以至監司，守正不阿，其素所樹立者然也。愛民如子，牧壽數年事事與民疾痛相關。逢公壽，萬家香火尸祝長生，至今猶循故事焉。其在軍也，食藜藿，飲澗泉，眠草薦，與士卒共甘苦。臨陣飛礮自髪際耳輪過而神色如常。日則簡軍實籌戰備，夜則秉燭畫策，手不停披，達旦不倦。每戰勝回必愀然不樂，歎曰：『死於鋒鏑之下者皆民也，不得已而裹脅之，敢以黷武尚哉？』尤能持重，嘗語人曰：『武侯一生不外謹慎，戰危事也，可輕嘗之乎？謀定後戰，致人而不致於人。』當時能軍者無出公之右。暇則揮翰自娛，歌詩見志，好整以暇，人謂有羊叔子裘帶之風焉。嗚呼！公才略如是，使天假之年，其所建立必有過於此者。乃不得大展其才而徒以援絕兵單一死報國，亦可悲已。公夫人郭氏，同邑庠生象謙女。子厚增，候選直隸州知州，襲職騎都尉。歲庚戌刺史公以胡太夫人春秋高，陳情乞養，僑寓蘇垣，尋以道梗未果歸籍，今命厚增扶櫬至蘇，將卜吉權葬。乃爲述其崖略，以俟操史筆者采擇焉。

馮桂芬《按察使銜署安徽廬鳳潁道金剛愍公墓志銘》：粵賊所至旁近數百里間，輒自亂自潰，如蜩螗沸羹而賊亦旋至汔於不守，雖吴、越馴弱之地皆然，矧江之北淮之南，民風剽輕，平時所稱盜藪哉。乃癸丑之變劇寇蔓延，帀於四境，群盜蜂起。獨能以偏隅展轉枝梧五年之久，廣袤千餘里中屹然不可動摇者，誰之功與，曰故署廬鳳道天津金公。公諱光筯，字念直，號濂石。系出漢中山王劉氏，世居浙江山陰縣，五代時避錢鏐嫌名爲今姓。七世祖諱士英，明季官北直薊鎮標守備，殉闖賊難。子諱世芳，八齡隨母家天津，遂占籍焉。再傳至曾祖諱承基，曾祖母徐。祖諱睍，祖母胡。父名鎔，道光乙酉舉人，知州銜，江蘇睢甯縣知縣。母田。三代皆贈封如公官。公屢困童試，家貧授徒自給。封公官江南，公奉胡太夫人就養廨齋。留心吏治，箋注律例成帙，爲法家所服。尋以例得通判，發甘肅署巴燕戎格通判。往時回番爲民害，官率不問，公獨往捕之，傷於臂。蓋公愛民嫉惡爲性，一生建樹兆端於此。久之改安徽知縣，會大水，青陽民以督賦急將爲變，撫部檄公往視之，公單騎至，呼父老曉以大義，陳説利害，民感畏，事遂解。署定遠縣，故多盜，公巡鄉甚寒暑若小疾無間，捕治輒滿品，盜風稍戢，民安之。尋补建平，復調定遠。鑪橋土匪陳小唤子暴鄉里，公下車手刃之，民大快。移壽州，公見獄囚衆，晝夜讞鞫，旬日結案九十餘，獄一空。咸豐二年冬，旌德吕文節公薦公才，命赴軍營，大吏以寇近州劇留之。明年春安慶陷，州聞警，奸民聚語將爲亂，公自鄉馳歸，夜漏三下入城。始不敢發，獄囚有逾垣者手戮數人。詰旦集紳士議團練，不數日戰守之具皆完。定遠匪陸霞林自安慶獄逸出，糾黨數千，大掠於壽州、合肥、定遠之邊，撫部周文忠公親剿之，檄公堵截。公率勇入賊巢，擒霞林父子五人，其黨四十餘人，送行轅。迎謁文忠突出抱持公褫其冠，易以花翎藍頂冠，曰：『好朋友。』公大驚，文忠曰：『霞林巨憝，吾慮其南連粤匪爲大患，故星夜督兵來，君乃探囊取之，吾何憂？』遂專疏薦舉，奉旨賞戴花翎，以知府用。既而賊連陷臨淮、鳳陽、懷遠，皆距壽百餘里，民一夕數驚。公令兩河口以東植竹籤，置水營，八公山以北雜張旗幟，嶺腰林杪皆遍爲疑兵，山隘分列礮石。州匪談家寶、鳳臺匪張茂皆嘯聚數千人，公降之後皆效死。是冬廬州陷，江忠愍公死之。四年春六安繼陷，州於是乎四面皆賊。距城六十里有正陽關，爲自南而北之門户。賊大舉犯關，公據關爲營迎擊，戰酣雨大至，火器不爇，賊又一軍自旁來。公曰：『天也！』欲死之，左右曰：『公死，城必陷，今退入城，城陷死未晚。』公然之，多設疑陣，聲東擊西，且前且卻。遂退經一水，無舟不得渡。頃之居民拏小舟來，曰：『小人有母、妻及子，買此舟以避難也。子號哭不行而止，天殆遺此舟以渡我賢父母乎！』遂全師而濟，賊疑有伏亦退。賊先後凡五犯關，公輒截之。大軍攻廬州無後顧憂者，公力也。于家圍匪季學盛集衆數千，聯絡數十里，儼然巨寇，公先後七閱月督兵再舉始殲焉。時又有馬四、馬五、陳常四、汪履祥、吴雲程、尹傳貴等在州境及定遠、六安、霍邱、合肥境者不下數十股，皆劇賊，蓄黨千百計，兩年中公不分畛域，次第討平之。次年大軍復廬州，大府選公爲守，壽民請留，公宵分輕騎出城廂，燈火熒熒。見公去，多泣者，公亦爲之淚下。一日抵暮廬城火起，公馳救，令曰：『嘩者斬！』一人嘩擒之，又指跣足婦四令并擒之，皆賊諜。合肥匪顧四匿城中，公丙夜潛出署，至其處誅之，無知者，民咸以爲神。六年大旱蝗，赤地千里，公設局平糶，下其法於新復之無爲、巢、廬諸處，全活以十萬計。剿巨匪王亮彩、鄧三虎。三虎尤悍，煽飢民爲亂，公手刺之馬上。既誅威震遠邇，奸民無復逞者。撫部福公濟列治行以聞，奉旨以道員記名。冬署廬鳳潁道，至臨淮，張捻等已破周鎮王莊，犯三十鋪，公渡河，賊遁。無何賊數萬，騎千餘，大至縱橫四十里，公背水爲陣，令曰：『進則生，退則死。死於敵不勝死於水耶！』衆曰然，遂分三路迎戰。公手燃大礮誤擊地，地陷祭礮復發，血流二三里。賊佯走，公傳令勿追。賊旋從左右兜圍，公令中軍截擊之，賊後隊踵至，又令左右軍合擊之，呼聲動天地，無不一當百，賊大敗，死者無算。是役也，俘云起事來未經此大創。公兵纔八百，人無一傷者，衆以爲有神助。頃之無爲、巢縣復陷。其明年春撫部檄守柘皐。柘皐，廬之屏幛也。會疾作，檄回臨淮。二月龔捻、蘇捻大掠正陽關左側，公扶疾出師追剿，半日行七十里至霍邱，與賊戰於郊。援賊大至，呼城中并力不應，乃退。未幾，霍邱陷，桐城賊突圍出，破六安，水陸並進直抵關。衆議多寡不敵，守壽州恐不支，不如退保臨淮，全廬州後路。公曰：『是怯也，賊且輕我，必守壽州，賊必懼我，攝其後若不支有死而已。』遂入壽。公是時已統帶陝甘壽春四川各營兵，而在部下則僅千人。民望見公旌纛，迎呼聲滿山谷。公曰：『無恐，吾與此城存亡耳！』入城，賊圍之數匝。城中知公至，皆攘臂登陴，輸芻糧，治守具，不令而集。令勇目李士甲等縋城出，賊方食譟而乘之，敗賊南門外。衆以賊地雷爲憂，公用地聽法應之果驗。地聽者，掘深塹置水甕，浮銅鉦其上，令聾者伏聽之，賊穴城外即銅鉦作水漾聲。始見《墨子》，蓋古法云。一日藥局火，公從容偵獲數十賊諜，斬之。賊攻城多死，公令城上多列旗幟而數易之。時募死士夜入賊營取一二首級，賊輒夜驚有聲。公曰：『懼我矣。』圍城之八夕，星暗雲迷，銜枚出師，設伏八公山爲應。分三道襲賊營，賊驚逸而八公山火起，賊自相踐踏。轉戰終夕，賊壘悉平。遲明見積屍滿野，遺屣百車。叙功加按察使銜。公遂進攻正陽，自唐家店至枸杞園，毀賊營三，擒逆首吴守剛、張定邦、楊得應等。進師三十鋪，令知縣劉錫齡、守備黃鳴鐸、游擊成桂、吉昌率水師會於黃天澗，毀賊營四十餘，殺四千餘人，淮水盡赤。水陸環攻五晝夜，三登三却，平旦復登，遂復正陽關。賞鏗色巴圖魯勇號。無何張捻等自三河尖東犯，公沿淮拒戰，互有勝負。粵賊偵公在外，潛師復陷正陽，公聞馳還，至沫河口、屠家窑見賊營四，一鼓下之，直搗北關，屢戰屢勝。會都統勝公保師抵八里垛，隔河而軍，公晉謁，議造浮橋渡騎兵。未成，賊突至，勝公檄公迎戰。

公在舟中左持矛右握纛，一躍登岸，兵凡千人，自辰至未戰不利，左右奪公胄請走，公不許。轉戰渡河而殁，時咸豐七年閏五月四日也。公生於嘉慶二十一年某月某日，春秋四十有二。公屍屹立水中，顔色如生。弁兵護之歸，壽民皆縞素，哭失聲。前一夕，營西北有大星隕，公曰：『不日恐折一大將！』乃自應之，悲夫！州有童謡云：『小将不如老將勝，西風吹斷壽陽橋。』及是果應。事聞，上嘉悼，命視布政使陣亡例贈卹，世襲騎都尉，謚剛愍，祀昭忠，建專祠。公忠孝本於天性，嘗謂弟思度、耀庚曰：『時事日棘吾必死，雙親春秋高，侍養事汝二人任之矣。』言訖淚下。又謂幕賓汪君榮桂曰：『吾自英夷兵起便以身許國，何待今日哉！』節儉廉潔，守正不阿。军興廳事不設讌，妻子或彌月不相見。在軍食藜藿，藉草薦，與士卒共甘苦。蠲一切陋規，所至卻供帳。曰：『我取於彼，彼取於民，民方倒懸，不救之轉累之乎？』大帥行營距不百里，不通一柬，以是失大帥心。在壽州，某觀察巡河，從者求站費，公欲置諸法，乞哀乃釋之。初至廬，廬新復，大兵未去，或奪民財，公懲以法。卒結隊入城，公亦率兵與巷戰，卒不能勝始服罪。翼日負荆大帥門，大帥笑謝之。舉僚屬極慎，曰：『中人以下無不以得失爲心，稍靳之，使有所羡斯可盡其力。』用兵善持重，多勝少敗。賊畏公比之黑虎，追賊正陽關外，所過隘口賊皆粉書『畏服君威，幸勿窮追』字。公之入壽州，賊首陳玉成聞跌足曰：『事不濟矣。』令其下裹糧而宿，夜聞風葉聲輒起視云。其論兵有曰：『上則操必勝之術，次則立不敗之地，上雖高於次，次實要於上。兵法所謂先爲不可勝，以待敵之可勝也。』上書大府論時弊，略言『大兵宜攻不宜守，地方官宜守四境不宜守孤城。』時皆以爲名言。戰勝歸輒愀然不樂，曰：『死者皆民也，甘心爲賊者十之一二耳。』軍暇賦詩見志，有古名將風。愛民如子，壽民感之，誕日萬家香火以爲常。丹旐出臨淮五河送祭者凡數千人，蓋功德入於人心有如此。配郭夫人，津庠生象謙女。子厚增，候選直隸州知州，襲世職。女二，長字張郁昌，次未字。先是封公侍胡太夫人寓蘇州，道梗未北歸。厚增奉公殯至蘇，卜以某月日葬於吴縣某原。以祖命賫行狀来乞銘墓，余子芳緝與厚增爲僚婿，表章忠義又夙志也，不敢辭。銘之曰：雕捍之俗，崇逵之區。豺虎一縱，先之羣狐。沸騰煽熾，蔓不可圖。硠硠金公，傲若有餘。指揮料量，苗薅髪梳。博棋九子，轉之覆盂。握蛇騎虎，目蓼口荼。隻手搘拄，五載崎嶇。在垣有寇，井里晏如。功在江淮，豈惟鳳廬。壽城十雉，箕稈空虚。焦炊户汲，梁欐松芻。薰以穳火，偵以瓶壺。凡八晝夜，法墨窮輸。開關延敵，起痍奮呼。峩峩正陽，雄絶當途。懸布一躍，拉朽摧枯。棼棼羣兇，嫉公剥膚。蜂屯蟻聚，有億其徒。窜圍鋒林，雨矢星珠。彼淮之陽，萬隊貔貙。霽雲嚙指，援潤力孤。張弮慷慨，盪決先驅。在險彌亮，臨危不渝。佻身飛鏃，誓命清渠。大星宵隕，陽曦晝糊。街號巷哭，幼攜老扶。公之矢志，與捧檄俱。龍淵太阿，謂汝知予。雙門並擬，乃白不朱。長城既壞，至尊悼吁。飾終之典，常儀有逾。北行道茀，營窆姑蘇。九龍蜿蟺，環護幽墟。忠魂毅魄，聿安厥居。英風萬古，重我三吳。

緘齋雜識：觀察字念直，在菴先生子。隨任年久，熟於吏治，初納貲爲甘肅通判，改官知縣，分發安徽。道光二十九年己酉補建平縣，戢暴安良，循聲卓著。咸豐元年辛亥調定遠。二年壬子署壽州知州，既抵任，在壽、霍交界地方拏獲著名捻首王某，四境帖然。三年癸丑二月定遠之朱家灣、張橋等處土匪突起，搶掠鋪户，裹脅饑民四千餘人，沿街焚燒，搶奪驛馬，王九子集之民尤遭屠戮。巡撫周天爵特派觀察統帶兵勇四面剿捕，三路進攻。先後殺賊數百人，奪獲大礮三位，抬槍四十九杆，賊衣三千餘件。生擒逆首陸遐齡并其子陸聚淕、陸連沅，凌遲處死。其黨李邦治等十一名梟示，餘衆解散。巡撫疏聞，諭曰：其在事最爲出力之知州金光筯以知府留於安徽補用，并賞戴花翎，仍留壽州辦理團練各事宜。五年乙卯十月署廬州府知府。是時廬州新復，爲皖之衝要地，撫軍及藩臬并駐此。觀察於軍書旁午之際，措施悉合機宜，大憲重之。六年丙辰巡撫福濟委審舉人淩煥案，巡撫上其治行，記名以道用。七年丁巳，署廬鳳道事，仍領兵駐守壽州。未幾，賊匪竄撲壽州，觀察嬰城固守。二月十九日賊從西北來撲，經觀察擊退。二十日賊攻南門，觀察督飭署壽州知州黃元吉等領兵由西門出城繞撲賊營，斃賊數百名，斬首二十餘級，焚燒賊營二座。二十一日賊攻東門，復擊斃數十名，賊不敢進。其北門撲營之賊，觀察派署鳳臺縣知縣李霖帶領勇目朱在國縋城擊退。賊怒攻圍愈急，觀察定議出城力戰，並令鄉團放火接應。二十五日夜半官兵由東門奮勇沖殺，賊匪倉皇失措，棄營奔潰。觀察督同將士追殺二十餘里，斃賊一千餘名，割獲首級二百餘顆，於是壽州之圍立解矣。經巡撫疏聞，諭曰：署道金光筯於賊匪猝至之時，激勵軍民同心守禦，遂能出賊不意，大挫凶鋒，自應亟加獎勵，賞加按察使銜。壽圍既解，賊屯聚三十里鋪、戈家店等處，並於正陽關迤東之枸杞園紮營三座。四月初九日觀察帶兵於雙橋地方接仗，斃賊甚衆。練勇孫家熾等各帶練丁三千名在迤南横擊之，我軍乘勢急攻，賊匪紛紛敗退。計斃賊二千餘名，自相踐踏者無數。觀察行近枸杞園又將兵勇馬隊分路圍擊，猛力合攻，立將賊營三座焚燬。追殺二十餘里，斃賊五六百名，刺死僞將軍吴守剛、僞先鋒楊得應、張定邦，餘匪敗竄。十二日觀察督率水陸兵勇並進，屢獲大勝，遂於十六日克復正陽關。巡撫疏聞，賞加鏗色巴圖魯勇號。當是時，都統勝保進取方家集，與觀察密議前後兩路夾擊。五月十二日都統等領馬隊官兵分路攻破王家壩。二十一日襲、張二逆率賊撲營，經都統衝殺斃賊甚衆。附近三河尖之小曹集、童家樓賊壘一律平燬，其賊船東駛者，亦擒斬殆盡。二十五日克復三河尖，餘匪奔至南照集，而觀察在正陽關迎頭截擊，迭獲大勝，阜陽所屬漸就肅清。三十日都統攻拔沙關，觀察隨同進攻河上之賊，焚燬賊船十隻，賊衆登岸狂奔，積屍滿岸，餘賊竄往霍邱。觀察與都統隔河而軍，議用浮橋以通路，遂於沫河口創立浮橋。乃橋未成而賊驟至，觀察督兵鏖戰四時之久，骽受矛傷猶復揮兵力戰，河深溜急，舟覆身殉，時閏五月初四日也，年四十有二。豫撫英桂、都統勝保疏請優卹。諭曰：按察使銜記名，道廬州府知府金光筯勇敢素著，屢立戰功。茲因攻剿正陽關捻匪，舟覆陣亡，實堪憫惻，照布政使陣亡例優卹。予謚剛愍，准於壽州建立專祠。嗚呼！自壽州圍解，賊膽已寒。由是戰雙橋，克正陽，搗三河尖，破王家壩，乘勢進攻，所向無敵。古所謂咄咄奇男子者非耶？余更聞之曹春生舅氏云，觀察貌温厚，性恬淡，與人對坐終日無一語。及發謀疆場之上，立功戎馬之間而人咸驚詫，以爲有古名將風。蓋貌温厚斯心必專誠，性恬淡斯志必堅貞，寡言笑斯臨事懼而好謀成。以是士卒用命，戰無不勝，而惜未竟其用也。十年庚申閏三月漕督袁甲三疏稱，故員金光筯歷任牧令，輿誦攸歸，力保危城，武功尤著。兹據光筯親族田履安、郭耐等稟請援案於故員原籍天津縣建立專祠。隨同陣亡勇目六品頂翎吕祥、邱常，六品軍功章貴、黄悦、祁視、祁和、周洪、姚山等八人一併附祀。并請將故員之祖父煛、祖母胡氏，父鎔、母田氏給與二品封典，以勵忠貞而維風化。奉旨允准施行。同治元年壬戌二月賜祭一壇，七年戊辰七月賜祭一壇。皖省紳民至今猶稱頌不衰。余既得讀吴縣吴公、烏程陸公所撰剛愍公之行狀、傳略，復就邸報中詳載者録之，以補未備云。歲乙酉鼎元需次吴門時與蕭山湯伯碩司馬相過從。司馬博極羣書，善行草，工文章。嘗言及馮景亭太史所撰《顯志堂稿》中有《金剛愍公墓志銘》一篇，爰借其書以補入。

朱太守式璟

鞫獄西曹似水清，白頭太守更南征。九原豈少家庭樂，孝子慈孫攜手迎。

《津門選舉録》：式璟字心石，嘉慶十五年庚午科舉人，道光九年己丑科進士。刑部山東司、四川司主事。湖廣司員外郎，總辦秋審處。江西司郎中。福建延平府知府，署汀州府同知。

《太學題名碑録》：式璟，天津縣民籍，道光九年己丑科二甲第十八名進士。

緘齋雜識：心石先生，家大人授業師也，原名棨，以名進士浮沈部曹間二十年始出守延平。咸豐七年丁巳三月，江西賊匪闌入閩省，迭陷邵武府各屬郡邑並圍攻建甯府城，王總督懿德調集兵勇前赴汀州駐扎，親督剿辦，未至汀州而賊匪分股於四月初七日攻陷郡城。時先生署汀軍同知事，與一子一孫同時投河殉難。經王總督疏稱，署同知朱式璟無愧見危效命與城存亡之義，大節懍然。奉旨朱式璟與伊子伊孫均交部分别優卹，贈太僕寺少卿，世襲騎都尉。初先生在京時寓居琉璃廠，家大人頻年入都造門謁見，樽酒論文，情意益形殷摯。先生既殉，家大人挽以詩歌。咸豐己未，家大人有事赴都，余亦隨侍應秋闈試。聞先生幼孫士傑都門留滯，貧苦異常，家大人訪之，見士傑年甫十四，狀貌雄偉，將來必有造就，且少爲資助，略盡師弟之情。歲壬戌士傑以疫没於山東，其廕難爲姪孫玉階茂才士琦所得，以知縣用。余欲爲先生立傳，惜未悉顛末，今將挽詩敬録於此。詩云：咸豐七年三月春，賊由江西竄入閩。邵武郡邑繼淪陷，忠魂熠燿飛青磷。心石先生守南劍，老謀畫策深城塹。矍鑠常存報國心，運籌帷幄空言戰。無端移駐佐汀州，司馬青衫滿目愁。四月南風賊驟至，金沙江上動戈矛。汀守倉皇先被難，孤城危急人心散。官吏逃亡半死生，全家殉節酬恩眷。先生有子復有孫，子孫忠孝萃一門。廉吏豈肯污賊手，河水同招屈子魂。飛章奏入聖心戚，綸音一例從優卹。祖孫三代殉於軍，清風亮節真無匹。吁嗟乎！秋曹廿載官浮沈，一麾出守囊無金。觱西重過琉璃井，想像梅花鐵石心。

喬二尹書年

憐君薄宦來東里，四載馳驅近魯邦。烈魄忠魂何處覓，空聞沂水響淙淙。

緘齋雜識：書年字鷺聽，天津人，祖以賢官浙江平陽縣丞，父聯甲太學生，書年由監生捐納縣佐，需次山東。咸豐八年戊午五月補沂水縣丞，駐東里店。十一年辛酉八月剿賊陣亡，計津人宦於他方而殉難者此外有汪公，其事蹟未能詳考，僅悉汪公爲蓮渠先生同族。迨咸豐三年癸丑十一月二十一日與謝明府同殉者有于鵬龍、于棟梁、賈平五三人，附祀謝公祠。咸豐八年戊午大沽之役，四月初八日陣亡官七人，其中鄭家口游擊陳毅、千總常榮魁、外委趙國弼均係津人。又滄城殉難録載有王蓮生，天津縣人；趙大官，天津縣人，大官爲劉鳳巢傭。均於咸豐三年九月在滄州死粤匪之難。復聞之家大人曰，同治二年癸亥署直隸提督恒齡，統領津標三營、大沽六營官兵攻剿山東賊匪，在臨清州迤南地方血戰捐軀，時六月十五日也。所有帶兵官六員皆津人也，擬保游擊陞補大名城守營都司天津左營守備張化龍、擬保都司都司銜守備陳康裕、擬保都司都司銜儘先守備天津城守營把總華雲彪、擬保守備陞補青縣汛千總大沽前左營把總孟毓奎、擬保千總陞補肅寧汛把總大沽前左營經制外委高崇、擬保千總陞補青雲店把總天津右營經制外委李鈺，均於是日力戰陣亡，經崇侍郎疏請議卹，而津標大沽九營官兵陣亡者不知其數矣。

于廣文壯圖

十年匏繫冷官輕，欲賦歸田不果行。骨肉全家齊赴難，一門忠節重儒生。

《津門選舉録》：壯圖字毅亭，道光十四年甲午科舉人，祁州學正。

緘齋雜識：毅亭先生爲虹亭進士族裔，性恬和厚重，爲人口吃，弱冠登賢書。喜游，嘗從舅氏馮石農明府攬勝探奇，琅琊姑蘇行踪殆遍。所藏書畫極富。晚年始得學官，養親訓子，冷署蕭條，閲十年遂與捻匪之難。同治七年戊辰四月大臣崇厚疏，稱祁州學正于壯圖在任丁母憂尚未回籍，本年正月間捻匪竄陷州城，該員罵賊不屈，身受三十餘傷殞命。其繼妻王氏、弟婦解氏、朱氏携其姪慶光、媳李氏、姪婦鹿氏、姪女大姑、女三姑、孫女成姑同時投井身死。懇請優卹，准於原籍天津縣地方捐建專祠，奉旨允行。

陳廣文成烈

賊逼孤城保障難，誰知巷戰出儒冠。一時父子同捐命，更有清芬起碧瀾。

緘齋雜識：同治七年戊辰二月初二日申刻，捻匪大隊驟至獻縣，由西北門繞至南門，訓導陳成烈登城開礮，斃賊數人。賊匪愈來愈衆，勇力不繼致被攻破南門。成烈與其子從九品陳康祥復與賊巷戰，寡不敵衆，登時一同力竭陣亡。其長孫媳聶氏、次孫媳牛氏、孫女五姑均投河投井，死節甚慘。鄉勇家丁跟隨同死者不計其數。經署直督大學士官文疏請優卹，敕部行。按：陳懷芳先生爲津中名宿，工奕能文。秋闈屢薦挑取謄録。與家大人交最久，家大人聞于陳二公事，成五古三十韻以哀之。詩曰：廊廟貴簪纓，不恥卑官小。封疆多瓌姿，每笑學官老。士窮見節義，顯宦趨避巧。倉猝死節臣，反出迂儒槁。觥觥兩廣文，生長津門道。一曰陳懷芳，昆季聯中表。文場久酣戰，妙藝藴腹稿。國手擅圍棋，明經首已皓。十載冷青氈，古稀亦壽考。小醜跳梁來，獻縣城難保。父子同巷戰，忠孝心了了。貞節及裙釵，都付河流浩。一曰于毅亭，奕世交情好。少壯登賢書，文陣誇横掃。槖筆游江南，詞章摛華藻。投老選冷官，全家聚芹茆。萱堂一旦萎，憂已心如擣。賊忽破祁州，髪指衝冠惱。罵賊刃攢身，强哉真矯矯。娣姒多名媛，古井葬窈窕。賊勢益猖獗，畿甸震驚擾。勤王十萬師，誰肯先征討。皆作壁中觀，飢鷹颺去飽。哀哉兩廣文，魂招霜天曉。賢哉兩廣文，恩畀專祠造。津邑尚節烈，後先輝映繞。金朱徐穆喬，寒族竹林倒。桑榆收晚景，苜蓿成勁草。長歌聊當哭，何患知音少。叨分閭里光，榮名以爲寶。同治八年己巳五月，大學士直督曾國藩疏，稱七年二月捻賊竄陷獻縣，知縣熊存瀚禦賊陣亡，同城訓導陳成烈、其子陳康祥一同遇害。其同時殉難者尚有訓導陳成烈之長孫婦聶氏、次孫婦牛氏、孫女五姑投井自盡。兹據合縣紳士呈，稱獻邑地處衝途，城係敗堵，當萬衆來攻之會、正八方受敵之時，陳成烈爲國殉忠，陳康祥隨父殉孝。此外如訓導之孫婦聶氏等合門節烈，均屬可憫可嘉，自宜以享以祀。懇恩准由紳民在死事地方捐建知縣熊存瀚專祠，訓導陳成烈、其子陳康祥一併附祀。

其陳成烈之孫媳聶氏、牛氏、孫女五姑並懇附請旌表，以彰忠節。奉旨允行。光緒九年癸未十月，大學士直督李鴻章疏，稱獻縣知縣熊存瀚殉難在獻縣地方建立專祠，其同時遇害之訓導陳成烈暨子陳康祥及都司馬寶臣等一併給卹附祠，均蒙允准。兹據獻縣紳士齊方書等以熊存瀚等在任年久，教養備至，見危授命，大節凛然，今廟貌已崇而祀典尚缺，邑人歌思未艾，洵屬遺愛在民，請予春秋祭祀。臣查熊存瀚等既建專祠，自應列入祀典，春秋致祭，以慰忠魂。旋奉旨，飭部行。

津門徵獻詩卷二終

津門徵獻詩卷三

天津華鼎元文珊

劉太守鈺

遠溯科名四百年，移家沽水卜䳭遷。試從魚化橋邊望，秋草離離起暮煙。

《衛志》：鈺，軍生，成化乙酉科舉人，丙戌科進士，選翰林院庶吉士。除户部主事、員外郎、郎中，常州府知府。

《太學題名碑録》：鈺，湖廣安陸府沔陽州民籍，成化二年丙戌科二甲第四名進士。

汪沆《津門雜事詩》：秋草離離魚化橋，科名盛事記前朝。一枝仙桂重攀掇，赤鯉蘭舟潑刺跳。原注：『魚化橋在舊衛學泮池上，明成化乙酉有雙鯉躍過，是年劉鈺、衛林同領鄉薦，故名。』

蔣詩《沽河雜詠》：科甲溯由成化始，泮池雙鯉撇波跳。衛劉秋賦同膺薦，三百年來魚化橋。原注：『《天津縣志》魚化橋在衛學欞星門内，明成化乙酉泮池内有雙鯉躍過，是年劉鈺、衛林中式，故名。劉鈺丙戌進士入翰林，爲津門甲榜之始。』

緘齋雜識：太守以天津軍生舉鄉薦並建坊於津，此魚化橋所由名也。而太學題名則云湖廣沔陽州籍，或鄉薦時爲衛籍，後改歸沔陽原籍登進士，未可知也。至宦游事績俟考。

張撫軍愚

生平政績著延綏，應有羊公墮淚碑。勳業文章鮮徵據，樓東難訪懋功祠。

《衛志》：愚，軍生，嘉靖辛卯科舉人，壬辰科進士，除户部主事。賦性剛方，涖政明敏，巡撫延綏嚴飭戎務，欽賜蟒玉。五十三歲卒於官，賜諭祭。父鳳，官生，贈山西按察司僉事。廕子元性，官生。祀延綏名宦，祀天津鄉賢，家有懋功祠在天津鼓樓東大街南。

《縣志》：愚，户部主事，歷陞督察院右副都御史。巡撫延綏以勞瘵卒於官。

《畿輔通志》：愚，嘉靖進士。巡撫延綏，涖政明敏，邊民輯服。

《延綏鎮志》：巡撫延綏都御史之官自有明始也，嘉靖時張愚任之。

《赤城縣志》：分巡口北兵備道张愚，天津左衛籍。進士，嘉靖十六年以僉事任。

《太學題名碑録》：愚，天津左衛軍籍。嘉靖十一年壬辰科二甲第四十六名進士。

《津門詩鈔》：愚字若齋，著有《蘊古書屋詩文集》。《思歸》詩云：投老惟躭物外情，青山原有舊時盟。才疏謀國無長策，學薄持身恥近名。貧剩蠹餘詩百卷，家遥蝶夢月三更。水雲何日梅花外，結个茅菴了一生。

緘齋雜識：憶往時天津北門内有黄甲聯芳坊，爲若齋撫軍立者，今廢。若齋仕宦在嘉靖年間，其文章勳業必有昭人耳目者，然代遠年湮，實難徵採。崇禎時徐公光啟《重修天津衛學記》所謂津門先達策高第，仕爲國華，竪爲國楨，如世廟時建制府中丞之纛者，勳名爛然史册，蓋指若齋與劉仁甫耳。愚，《通志》作遇。

劉總憲燾

書生馬上建殊勳，三徑歸來事種耘。文字二篇詩九首，幾回捧讀瓣香薰。

《衛志》：燾，軍生，嘉靖丁酉科舉人，戊戌科進士。授山東濟南府推官，歷陞督察院左都御史兼兵部侍郎。幼嫻弓馬，志尚韜鈐，屢叨重寄，累建奇勳。兩次奪情，屢疏求退。上封乃祖、乃父，廕子維城、維垣、維墉。居鄉惟以耕讀爲業，仕途不以進用爲心。修河防而一方受惠，立義塚而九死銜恩。齒德兼隆，功爵並懋。平生撰述最多，所著有書稿奏議行於世。才行詳著於司馬傳中。

《縣志》：燾修河防，立義塚，所至皆有惠聲。屢疏求退，家居惟以耕讀課子弟。生平撰述極多，所著有奏議等若干卷行世。

《滄州志》：燾原籍天津，由進士歷官總督，初爲兩廣，繼爲遼東。負經世之略，所至必建殊勳。世廟末年平海寇有功，應封侯爵，時分宜柄政，燾不先爲之地，因阻其封，世高其介節。

《畿輔通志》：燾素嫻韜略，屢著勳績。有奏議數十卷行世。

《延綏鎮志》：燾字仁輔，爲榆林道副使時，有題榆林詩云：千里如飛斥堠明，榆陽自古擅强兵。城懸紫塞雲常慘，地擁黄沙草不生。日落邊笳悲牧馬，天空漢月照連營。誰憐套裏中州士，獨向丹墀一請纓。

《太學題名碑録》：燾，直隸天津左衛軍籍，河南項城縣人，嘉靖十七年戊戌科三甲第一百四十八名進士。

胡宗憲《籌海圖編》：嘉靖三十五年三月，賊首徐海、陳東等自柘林沿海而來，欲取乍浦爲巢，進攻杭州，次及蘇常以至南京，兵備副使劉燾疾馳應援，與賊相持，官兵大勝，斬首五十有五，賊勢少挫。翼日，賊自金山而下者復萬餘，遂圍燾於城中，日夜攻擊，燾督官兵禦之，賊不得間，九日乃解。去由海塘而西，燾尾追之，斬首一百三十。五月，提督阮鶚入壁桐鄉，賊就圍之，副使劉燾遣指揮朱文、王彦忠來援，擒斬賊二百六十餘人，衆寡不敵，我兵遂卻。賊有復自松江來者屯斜塘、風涇、玉帶等處，勢甚滋蔓，燾令指揮王彦忠等逐之，賊大敗，復由横浦東去。徐海、陳東之解桐鄉圍而東也，陽爲聽撫心實狐疑，移屯乍浦城南營廠，改修舊船以圖出海。七月，總督侍郎胡宗憲知其計，外示羈縻而密檄副使劉燾圖之。燾引游擊尹秉衡兵伏乍浦城中，海挈妻子走海上艘，城上舉火，我兵四合競進，大敗之。八月，諜報秦駐山支嶺有羣倭棲之，其舟爲觸礁所破，不能長往，兵部郎中郭仁、副使劉燾時駐乍浦，即欲遣兵擊之，將士皆云窮寇據險難以仰攻，乃計令兵士挾降倭一人往説之，許其送付徐海，其黨五十餘人悉棄兵而來，因次第縛之。三十七年二月胡宗憲既擒元兇，其餘黨泊舟山之岑港，遣參政劉燾等監軍督戰，大敗之。

采九德《倭變事略》：嘉靖丙辰二月二十六日，賊首徐海率衆圍乍浦，城既陷，兵備劉帶川躬督男、婦運石擲下，賊不敢進。六月十七日諸賊與軍門通好，徐海親詣平湖城下納款，兵備劉帶川欲放賊入城中，士宦慮賊入城爲變，與劉帶川議左阻之，八月初一日徐海入平湖城。

胡宗憲《剿倭報捷疏》：嘉靖三十五年八月，官兵由平湖啟行，兵備劉燾督催官兵直抵賊巢。

王崇簡《畿輔明詩存》：燾字丕冒，官侍郎。次魚河詩云：黃沙迷漢驛，落日壓城樓。目斷天邊雁，心驚塞上秋。孤鐙憐自照，客枕暗生愁。今夜人千里，相看月一鈎。

《津門詩鈔》：燾有《晴川餘稿》，旋里後《言懷示諸子》云：除却東郊課子耕，歸來無事可關情。桃花芳草春三月，細雨斜風夢五更。好景眼前皆自得，遠謀身後笑徒營。鄰翁昨日來相約，白石橋頭聽水聲。碌碌風塵悵所之，人生投老是閒時。看來場圃衰無用，説到功名淡可知。一杖挑花何處醉，半肩荷月偶成詩。潞河且喜無多步，閒學兒童理釣絲。《蟂蟣祠》云：一江滾滾恨難平，義斷虢亭百萬兵。豈料弟兄藏怨毒，休言女子欠聰明。杜鵑血盡黄陵廟，蝴蝶魂飛白帝城。西望惠陵真萬里，年年青草傍祠生。

王國均《滄州明詩鈔》：燾多謀，善騎射，嘗巡視九邊，經略通灣，所歷名山勝蹟或禦大敵往往以詩紀之。年近六旬即具疏告歸，日事著作。又二十八年終，賜祭葬。《陌上行》云：適南適北苦局促，纔度深山又窮谷。西風一起煙水寒，何事苦隨馬蹄逐。紅塵如雪吹征裳，芳草斜陽途路長。豔冶芙蓉相掩映，翩翩鴻雁共周行。蹉跎跋涉行人早，馬箭車弓射秋草。問爾匆匆鬢上霜，如何多日還慵埽。有花須插滿頭回，有酒休辭斗大杯。任他烏兔相輪轉，信我乾坤獨往來。《過武夷山作》云：武夷山下野溪頭，笑解征鞍儘日游。六六山峰分兩岸，三三溪水向中流。虹橋不見金鑪冷，蟬蜕空傳玉骨留。回首茫茫天地闊，教人何處覓丹邱。《巡邊過清潤縣道中》云：路入耆延五月分，悠悠征旆送南薰。千尋陡澗響流水，萬里祥光浮火雲。古道未平留漢壘，殘碑半落見秦文。長途自誦北山賦，未轉扒山日又曛。《宿望海寺》云：明月浮滄海，松陰上短牆。啼猿哀夜永，旅雁恨更長。理向禪關悟，詩乘酒興狂。秋雲開玉宇，萬里共風光。

徐時作《贈太子少保兵部左侍郎劉公傳》：燾字仁甫，號帶川，永樂閒其祖自河南戍天津，遂家焉。燾生而穎異，經史屬目不忘，尤精騎射，慨焉有命世之志。登嘉靖戊戌進士，除濟南府推官，壬寅擢兵部職方司主事。丁未延綏有套警，擢陝西僉事，駐榆林歷三年，屢將兵出塞奏捷。庚戌以外艱歸，八月寇逼京都，奪情起復，薊督孫瀹請爲監軍。燾遇寇通州，一矢斃其酋，復大戰於功勞店，斬五百餘級。捷聞陞副使。十一月以内艱請歸，不允。在薊二年親出古北口者二，出喜峰口者二，出冷口者三，出桃林口者一。烽煙既息，復疏請終制，得旨即日就道，仍執杖服衰，凡大小祥及禫祭咸如初喪。癸丑倭寇浙，督臣不能禦，朝議奪情起補杭嘉湖副使。初徽人汪直、徐海與通番人陳東、麻葉等引倭入寇，盤踞於華亭之陶宅鎮，燾抵任率兵抵陶宅，挽强獨出去賊約四十餘步下馬發矢，矢輒中。賊卻，燾乘勝步追之，倭争渡水去。陳東復招倭酋迷里、只麻兩翼夾攻，燾親射只麻死，且戰且卻遂全軍而返。督臣促追剿，燾星夜抵上海，復敗賊於黄浦港。督臣復檄歸乍浦，禦新場寇。燾還乙卯三月徐海、陳東水陸大進掠乍浦，燾屢出奇兵破之，賊遂撤，圍攻嘉興。燾還帥家丁鏖戰，賊潰奔杭州。巡撫阮鶚在桐鄉爲所困，燾屯兵皁林橋，僞書調兵檄文使賊得之，遂犯南京。督臣大懼，賂徐海、陳東議和，適上督剿急，督臣委責於燾。七月燾率兵將間道入乍浦，東西掩擊，徐海聞兵集先遁，陳東隨之，燾乘勢截其後，親殺倭酋葉明，焚其巢，窮追至海岸，焚溺死者不可勝計。徐海等力屈來降，督臣允之，置賊衆於沈莊，奏上不允。八月燾以秘計獲陳東、麻葉，乃進兵大戰於沈莊，斬海。督臣攘爲己功奏捷，晋參政。丁巳八月海賊汪直引倭據舟山，督臣遣燾往剿，燾持短刀奮前斫寨，我兵争入，生擒直斬之。奏上加按察使。庚申倭寇福建，撫臣王詢不能制乃推燾巡撫，三月抵任，以大兵蹙之至長樂，倭一戰而潰，羣倭西奔興化、崎頭、楓亭等處，合舊倭沿海結三十六巢，燾督兵前剿至莆田，賊大潰，倭酋呵哈咳禿棄其巢夜走。燾曰：『賊首既逃，餘賊不能自固，此破竹之勢也。』即命諸將分督水軍截殺，大獲全勝。捷上晉右副都御史。七月漳州大盜王熙等羣聚於月港海滄，燾往撫之，全活者萬餘。十月將還省復有新至倭寇屯宏路驛，左右請間道入福清，燾直抵宏路登碧頭山，見賊衝山口而出。燾知衆寡不敵，令士卒先歸，單騎殿後，賊矢屢逼，輒以刀格之，由是士卒獲全。迨曉賊遁去，燾班師還。初閩撫王詢借廣兵，多猺獞無籍之輩，肆虐尤甚於倭，燾抵任每欲遣之，皆藉口殺賊不行。十一月倭警，燾遣廣兵頭目羅傑、朱相往剿。有王鳳、姚甫山者協衆以叛，燾發兵按之。鳳言致叛由羅、朱二人，必正二人之罪某等始解散。燾曰：『此反間計也。』次日王、姚復請，燾親至營中受撫，燾至營叱王、姚曰：『汝雖服罪，但法不可廢，各予杖四十，遣赴福清剿寇。』即諭羅、朱率衆還廣，給以關文資糧。羅、朱既行，王、姚亦請如羅、朱，燾允之。由是廣兵埽跡。辛酉正月晉左副都御史。江西賊陳念三等由崇安入閩，燾督兵討之，大敗賊於建陽橋，賊衆膽落，屯於黃田驛請降。燾乘小舟隨二家丁至賊所，宣以恩威，賊皆羅拜。及歸，天大雨，燾遣賊人拽船去驛三里而宿，仍泊舟以待，不三日而瓦解。是年以病歸。癸亥七月大同告警，吏部尚書嚴訥特薦燾巡撫。燾抵任率精銳三千出塞，夜抵毛兒莊，掩其不備縱火焚巢而還，寇氣沮由是不敢西犯。未幾，古北口、牆子嶺告警，京師戒嚴。大學士徐階薦壽總督薊、遼、保定軍務。十一月壽抵居庸，預伏兵於一片石，假巡歷山海爲名奮勇截殺，大獲全勝。捷上陞兵部右侍郎，賜銀幣。又疏請修邊牆、築營城官鋪，不請帑金，不派民夫，因兵而築，分地以修。上嘉納之。甲子陞左侍郎。乙丑七月壽以運糧艱難，發卒疏潮河，川水達於通州，可直抵密雲城下，省運費十之七。河成賞賚有差。隆慶丁卯九月寇由羅漢洞入，壽督兵護皇陵，一戰於雙旺莊，再戰於李家莊，三戰於周彥莊，四戰於平山營，又大戰於侼老臺。追至棒槌崖，幾獲其酋，邊患已甯。冬以病告歸。己巳兩廣巨寇曾一本、林道乾作亂，廷推兩廣、福建總督。四月抵廣，調廣西總兵俞大猷駐水軍三萬以防西南，調福建總兵李錫以防東北。以廣東總兵郭成、參將王詔隨軍進剿，五月敗賊於銅山澳，六月又敗賊於柘林澳。賊勢困，道乾乞降，一本死。捷聞陞左都御史兼兵部左侍郎，賜蟒服銀幣，贈廕。九月平潮、惠大寇林章等七千餘衆，十月平雷州賊林容等三千餘衆，十一月倭寇惠州府又盡殲之，殺倭酋烏七麻，閩廣悉平。壽在廣以水土致疾，兩疏告歸。庚午八月邊警，復召壽經略通灣提督各鎮兵入援，寇遂遁。十月以疾具疏辭歸。又二十八年而終，壽八十七。贈太子少保，賜祭葬。贊曰：劉公豐功偉績，照耀鄉邦。舊志無傳，殊爲闕略。其後人亦式微，考遺傳及墓碑率多蕪冗，因稍加點定列之藝文，非敢曰公之功績賴此而傳，亦欲使一代勞臣不終湮没耳。

緘齋雜識：仁甫先生原籍河南之項城，寓居津門，遂入左衛軍籍。中嘉靖丁酉舉人，戊戌成進士，年方二十有七。致仕後徙居滄州，今滄之南門外義塚係先生捐置。又有鵬程連步坊爲先生立者。祖名清，父名氣，封贈如其官。長子維城，軍生，廕入太學，除後軍都督府都事經歷，陞順天府治中河東運同。次子維垣，廕入太學生。三子維墉，恩生。徐司馬時作修滄州志時採其遺傳、墓碑爲之立傳，余讀之而證以明史其中不能無疑者有四。考《明史·胡宗憲傳》，蘇松巡撫曹邦輔殲倭滸墅，侍郎趙文華欲攘功不得大恨，遂進剿陶宅殘寇，宗憲與其將鋭卒四千，營甎橋約邦輔夾擊，倭殊死戰，宗憲兵死者千餘，文華令副使劉燾攻之云云。而徐《傳》則稱倭入寇於華亭之陶宅鎮，燾發矢輒中，賊卻步，追之，倭争渡水去。是趙文華先敗而使燾攻之，《傳》未詳載。此其可疑者一也。又《明史·淩儒傳》，儒，泰州人，穆宗時官御史，以永平失事劾總督劉燾，燾貶官。又《王治傳》，治字本道，忻州人，隆慶元年進吏科都給事中，劾薊遼總督劉燾不職。是燾因劾貶官而《傳》則先叙其戰功旋以病告歸。此其可疑者二也。又《外國韃靼傳》，嘉靖四十三年土蠻入遼東，都御史劉燾上諸將守禦功，言海水暴漲，敵騎多没者。帝曰海若效靈下有司祭告，燾等皆有賞云云。徐《傳》稱是年甲子陞左侍郎，次年乙丑疏河省費，賞賚有差。此其可疑者三也。又《王之誥傳》，隆慶二年詔以侍郎劉燾巡陝西延綏甯夏甘肅，按隆慶二年戊辰也。徐《傳》稱已廷推兩廣福建總督。此其可疑者四也。總之墓碑、遺傳溢美辭多，徐公修志據以立傳恐或失實。仁甫先生有《重修插花廟記》一篇，《滄州志序》一篇，余從《州志》内采入文鈔。又著有海防議，胡宗憲采入《籌海圖編》。

汪副使來

越國公孫數代傳，莊前古碣洗雲煙。史才高潔汪君復，北地修成宛委編。

《四庫全書提要》：《北地紀》四卷，明汪來撰。來字君復，天津衛人，嘉靖辛丑進士，官慶陽府知府。慶陽爲漢北地郡，故以名書。不分門目惟以時代先後爲序，採事蹟、詩文之有關慶陽者得八十一人，以後稷居首，次以涫維而自附其名於末。其前三卷題來名而四卷獨標北地舉人孫倌撰，蓋末卷皆來之文章嫌於自炫，故托之倌云。

《衛志》：來，嘉靖甲午科舉人，辛丑科進士。授刑部主事，歷陞山西兵備道副使、整飭密雲兵備、山東提刑按察使副使。蒞官正大，志在憂國。抑豪縱，培善良。居家不發私書，不接冠蓋。以詩文自娱。祀天津鄉賢，祀密雲名宦。

《縣志》：來居官嚴毅不避權貴，豪姓聞風斂跡。罷官日不妄通簡牘，冠蓋到門鍵户不納。日以詩文自娱。

《太學題名碑録》：來，直隸天津衛軍籍，嘉靖二十年辛丑科三甲第一百九十七名進士。

《畿輔明詩存》：來字北津。七律二首云：憶昔曾爲北地守，邊陲日日事干戈。黄羊嶺暮草花盡，白馬川寒烽燧多。月滿關山悲戍笛，秋深瀚海聽朝歌。只今卧病遥相憶，萬里蒼茫起夕波。直沽日月坐煙霏，籬槿門蓬生事微。萬里江帆秋水闊，一聲漁笛夕陽歸。入雲孤鶴上還下，出浪雙凫鳴且飛。最是野人多逸興，西風吹破芰荷衣。

王士禎《新城縣新志序》：以余所聞見前明郡邑之志不啻充棟，而文簡事覈，訓詞爾雅，無如康對山志武功。其他若王渼陂志鄠，吕涇野志高陵，韓五泉志朝邑。汪君復志北地，其地率秦地，皆比美於對山者，故余嘗謂前明郡縣之志無愈秦者以其猶有《黄圖決録》之遺焉。

董份《明故承德郎刑部山西司主事樂菴汪翁配安人張氏合葬墓志銘》：汪故甯國人，其先越國公之裔。明興有名仲者戍天津，因家焉，遂爲天津汪氏。名仲生禮，禮能力本居業以財雄。而禮有六子：濟、浚、瀛、淮、澤、澍。濟仕爲山西靈邱教諭。諸子皆善賈而瀛以鹽鹽起，益贍其家，蓋汪氏駸駸盛矣。瀛號仁齋，配趙碩人，是生樂菴翁，而樂菴以子來貴，封承德郎刑部山西司主事，配張封安人云。封君少任俠，喜趨人之急。嘗有客被盜發其篋千金，計無出欲死。封君則使人微知賊處，賊窘遂夜還其金，客驚喜出望外，分其金固謝，卻弗受。其陰脱人於阨不自爲功，多此類。然性忮，見里中豪睚眦好爲氣者必痛折之。尤不喜權利人，見權利人必以氣凌焉。故諸豪皆側目而里中人稱封君不畏强禦。封君已乃悔悟，屈節爲禮讓，悛悛自持。里中則又喜更稱封君長者。封君亦承其先業行賈，善任時而不責於人，往往能積纖致贍。初諸賈好游宴、飾冠劍、連車騎、馳逐夸美，多從歌伎，彈箏吹竽，詛呼爲樂，以爲賈不餘力而争財務此耳。獨封君雍容不喜争，亦不與諸賈同好。屏絶聲翫，意恬如也。惟善碁，嘗閉關與客碁。因俯仰嘯詠，終日雖在賈中，有物外之志焉。及受封，益絶意興著，不復問作業。自以荷明天子推恩幸被冠裳。嬰榮寵而身在閭閻，不當與搢紳往來相報，雖尊貴人至輒謹謝之。嘗有人暮持重金以事請者，謝絶尤力。門無雜客，惟日召曩所與碁者益驩。因曰古神仙多喜碁，以其足忘世也，蓋其志如此。張安人家世王市集，人能攻苦力勤，事封君父母惟謹。封君父歿，母趙嘗課孫讀過夜半，安人亦侍立過夜半，兢兢左右甚得其懽心，遠近稱孝。性儉約不喜簪珥綺繡之飾，及貴雖强之弗自得也。善治醯醬調膳飲，至老猶躬親按視，即弗親嘗觖觖焉。封君日夜教子來續學爲文詞，安人數從中趣之。及來學成登進士，爲尚書郎，守環慶，備兵甯武關。封君數貽書責以持身愛民之道，而安人亦教以守俸如泉，言當懼其流也。來所至多治蹟，有賢聲，蓋奉其父母教云。初安人壯時疾劇，召諸醫視之，皆曰弗治。有老嫗從海上來，投之藥立愈，問其姓，弗言，問其年，百八十歲矣，已而忽弗見，皆奇之。然安人竟先封君九年歿。封君生弘治四年二月二十日，殁嘉靖三十六年七月二十八日，壽六十有七。安人生弘治三年二月二十二日，殁嘉靖二十七年十月十三日，壽五十有九。封君諱宦字世卿，别號樂菴。子二。長即來，山西按察司兵備副使，娶王氏封安人。次耒，娶孫氏。女一，適劉佃。孫女一，適天津右衛指揮使應襲季春芳。先是封君嘗病痁，予聞副使君已有歸志矣，封君亟止之。既乃復苦瘍，副使君方在甯武，旁皇不能已，遂稱疾乞骸骨馳歸。僅閱歲而封君遂殁。予與副使君同舉進士，交善，嘗哀其志焉。兹將以三十七年夏四月初八日合葬其父母稍直口，以書乞銘。予發其書重哀之，乃爲銘。銘曰：始而爲俠，終則秉禮。其身在市，其心如水。誰能涉矣，泥而不滓。展如之人，宜顯厥世。惟其後矣，其德之似。克昌厥問，以事天子。親則弗待，瘞此雙美。大海之區，其流有砥。璧玉其埋，弗震弗圯［圮］。我勒兹銘，千載所視。

緘齋雜識：北津先生居城西十二里之汪家莊，余家先壠在焉。咸豐壬子二月赴莊修墓，訪得先生之父樂菴墓銘於村人家。三月家大人展墓之頃，手搨二紙以歸。文内叙汪氏先世特詳，家大人爲作跋語識於紙尾。今汪氏子孫式微，僅名富者一人耳。先生詩文亦不多見，《衛志》内載先生所撰《毛公德政碑記》一篇，余既采入文鈔。復讀《四庫全書提要》，知先生所撰《北地紀》之末卷皆先生所作詩文，恨未能購而讀之也。

倪太僕光薦

出門欲訪幽人宅，行到城南路渺茫。巨擘争傳倪太僕，名山著作付滄桑。

《衛志》：光薦，恩貢，任通州坐糧廳，歷陞太僕寺卿。以子綿祖貴，封奉直大夫，妻宣氏封宜人。

《津門詩鈔》：光薦字相如。《西山卧佛寺聽古松聲歌》：濃雨夜過朝煙凉，花氣引人來禪廊。入耳忽聞波濤狂，仰見虬龍參空翔。高枝盤作春雲黄，低枝拂地清陰長。横斜都有千尺强，鱗皮脱落腹飽霜。半死不死苦不僵，千百餘年閲滄桑。不知身歷幾興亡，青枝黛色猶蒼蒼。亭午不落朱曦光，中有天風吹海洋。上有仙人騎鳳凰，月明皎皎停霓裳。遥爲細細吟笙簧，又疑玉佩鳴琮璜。寺僧夜半行郎當，驀驚鐘鼓開佛場。神游上古溯鴻荒，何人種此形昂藏。留作濟人大慈航，慎勿遭厄值吴剛。

高爾儼《送倪相如先生之任營邱》詩：難將好雨挽干旌，一片濃雲似别情。霎靆幾曾遮望眼，廉纖祇自送春聲。淵明禄薄原如寄，司馬才優豈市名。百里可能煩卧治，琅邪從此播餘清。

高恒懋《倪相如詩序》：余自總角時即聞之先文端公曰天津倪相如先生爲吾鄉巨擘，詩古文詞皆能，自出機軸，以與古人相上下，其鄉之先達以及宦於津門者莫不歎服。一時造廬而請，履相錯、趾相踵也。余時心識其言而未獲見先生也，及先生以卓魯報最，晉秩民部而先文端公亦游宦京邸，余始得拜先生於庭。余後生小子，方治舉子業不暇，何敢與先生論詩文。抑且以先生殫心職業，或於筆墨之事不無少閒。熟知先生公政之暇，日手一編，不輟吟詠。每過先文端商榷政事外輒談詩文亹亹終日，先文端亦雅好不倦，以故余又得竊聞其緒論而猶未見先生之詩文爲何如也。洎余寄居津門，先生亦以冏卿在告。門庭相望，先生又以先文端之故推好於余，余因得時過先生之庭而讀先生之詩文焉。文之沈雄博大，爲唐宋而不爲六朝；詩之高華典貴，爲北地而不爲竟陵。余雖未能深窺堂奥然以觀昔自出機軸，上下古人之言。先文端其真知先生者哉！先生年邁古稀，四方踵門而請者不絶，先生應之毫無倦色，則先生亦可謂性情於斯道者矣。先生將以其刻行世而問序於余，余言何足重，但追述先文端之所以稱先生與先生之所以流連詠歌而不能自已者有如此。先生其或不以余言爲贅也夫。

緘齋雜識：津門倪氏世居歸極門外，後人因其氏族繁盛、仕宦顯赫遂稱所居之村落曰倪家臺。相如太僕爲明恩貢生，見衛、縣志。而《畿輔詩傳》作明進士，誤。詩文散佚，余僅採得《張處士像贊》一篇。處士名大中，芑洲明經遠祖也。芑洲家藏處士圖照一幅，繪處士衣青深衣，緇冠朱履，手秉如意，正襟危坐。崇禎丁丑元日相如題有傳贊，傳文磨滅，贊詞及款名尚堪辨識。贊云：而衷則慧，而行則涓。家則世胄，以儒開先。窮而能固，老而益堅。嗇者在人，豐者在天。厥齡則稀，厥髮則玄。方之鹿門，後昆遜賢。取似烏巷，壽棋罕傳。躬行君子，陸地真仙。介爾景福，方至如川。正是國人，詩云萬年。

李處士友泰

壁上揮毫信有神，寸箋片楮亦堪珍。清標亮節誰能及，遯跡黄冠古逸民。

《縣志》：友泰字仲白，號大拙，言行不苟，鍵户讀書，外不妄交一人。工書畫然頗自矜惜，世罕得之。尤精賞鑒，評隲古人書畫真贋立判。

《津門詩鈔》：大拙先生工畫人物、山水，然不爲人作。嘗於宴集揭壁上垩片盈尺，畫千巖萬壑，豆人豆馬，形態如生，争索之碎於地，人執一片去。有以絹素求者，弗爲也。工製硯製墨，老輩猶有藏者，與孝弟堂劉氏、遂閒堂張氏所製并珍於時。子大讓，工草書，得其家法，名重一時，亦不輕爲人書。

《畿輔詩傳》：友泰《賞花作》詩云：化工生一花，結構殊苦辛。自趺到須瓣，生之必一年，隳落吹繽紛。一朝顔色萎，闕一非完人。譬之人百骸，累積窮微塵。讀書弔古人，又是一花身。換花試改插，以答造化勤。我故特愛惜，敗之無半句。不如來飲酒，寂寞一生志。徬徨兩處心，我不能執藝。著書贈後人，我不能問字。人人作佳傳，初花積憔悴。那知後花榮，俗眼便驚異。一花纔爛漫，看花百日醉。久開不如墜，花亦猶人耳。柳下不勝謚，人人要易名。竹書不勝記。

王又樸《李大拙先生傳》：大拙先生者姓李氏，名友泰，天津人，生於前明崇禎之五年，鼎革時年十三，故自號曰逸民而隱其身於黄冠。性迂甚，以禮法自繩，不肎少逾尺寸，世皆目爲怪不顧也。嘗過市遇雨不覺踉蹌趨己，自咎曰誤矣，仍返始趨處徐徐行如故步。其他迂態皆類此，交游憚之，邂逅里閈中，無不引避者。然篤久要生死不易。友人子雖已顯，見之受拜如平時。有隋生者，奉其父命來謁，偶忘拜，先生大聲斥責，命跪庭中將予之夏楚，隋生叩頭謝，久之乃解。極重節義，匹夫匹婦有善行力爲表闡之。尤嗜古物，凡周秦彝器及金石刻、宋元明人書畫，一見即能别其真贋，無毫髪爽然。不善治生，又以嗜古傾資易所不急物，以故家日落而志操益勵不少衰貶云。餉司赫公以農部遣榷津關務，雅重先生名，以束帛求致先生，先生不可。乃躬造廬以請，先生則逾垣避，卒不見。先生曰：『吾草野逸民，豈可以見士大夫乎？』余得見先生時先生年已七十八，目炯炯如寒星，步履健甚，雖少年有不逮焉。生二子不教，名其長曰狗尾，次曰滑涯。謂不足以繼而冀幸無爲世用也。一女知書工繪事，白描人物不下李龍眠。然自以女子筆墨不可爲世人見，隨作隨毁，無一存者。後以家貧作大士像數幅，遣蒼頭走京師鬻以自給，不自署名其秘惜如此。以父黄冠也，亦爲女道士，終其身不嫁。王介山曰：余鄉重鹽鐵，市人趨之若鶩而先生獨清標如此，何其高也！宜乎，其聞風興起者有人矣，乃家庭之近能得之於其女而不能於其男，抑又何也？

朱函夏《李友泰傳》：友泰字仲白，大拙其别號也，少而慕義。有王金聲者，自山東携家赴京困於天津旅次鬻其子，同里邢秀才亦以貧鬻其女，先生一贈金遣之，一贖而嫁之。節婦梅氏歿，無以葬，先生葬之，正書以表其墓，人以是多稱之者。讀書不爲舉子業。好古其天性也，常覃精於金石之文，凡篆籀、分隸、碑碣、圖書，一切鼎彝古器考核品題，摩挲不能去手。臨書無苟筆，結體方嚴與其爲人適相肖也。造次舉步亦若有繩尺，不容改錯。遭婦人於塗卻立回身，度已去乃進。是以避俗成迂，踽行近僻，市中兒固姗笑之矣。里人陳玠與爲忘年交，有宋某慕其爲人，欲有所問遺而請介於陳子，陳往造之。冬月天寒，著短布襖出迎，入其屋可五六尺許，一榻僅容身，破硯置竈側，禿筆數管繩束之。性喜啜茗，茗熟接膝清談。聞叩門聲，宋使來餉，卻之甚力，雖陳詞懇，款十受其一，然迥非所欲也。晚歲松身鶴立，雙瞳煜煜有神。男三人，女一人。女知書工畫。先生嚴於相攸，既歿，女遂終身不嫁。

龍震《贈李大拙》詩：昔晤李先生，不知交一言。知與先生言，先生已閉門。忽忽二十載，乃得與快論。口若決江河，氣足壓崑侖。古人有奇蹟，獨賴先生存。古人有奇書，獨賴先生尊。先生心未足，尚欲搜乾坤。名岳萬里登，荒碑四海捫。奇哉李先生，真有古儇根。

張霔《贈大拙》詩：蟠泥樓上學潛夫，好古情深老鬢鬚。一度相逢一慚愧，問余新得異書無。

緘齋雜識：大拙先生生於崇禎五年壬申，事蹟詳王介山、朱陸槎兩先生所撰傳內。然王傳稱先生子二女一，朱傳稱先生子三女一，此猶可謂之筆誤。至王傳云生二子不教，名其長曰狗尾，次曰滑涯，謂不足以繼而冀幸無爲世用也。《津門詩鈔》謂先生子大讓，工草書，得其家法，名重一時。傳述互異，疑莫能明。近考《縣志》，有李孝女名芝圃，字卓菴，爲大拙先生女，幼穎悟，通《孝經》《列女傳》。母徐名鑾字煙玉，精繪事，女得其傳，尤工寫大士像。性至孝，不忍違親，矢志終身不字。女紅所入佐甘脆焉，母病侍藥餌，目不承睫。籲天減算以益母壽，迨殁，痛不欲生。父患疽，女口舐所患者四旬，疾賴以除。五十四歲卒，彌留時以二親未葬屬弟讓殮以白衣，君子嘉其知禮。

朱員外承命

輿圖殘缺憑探討，廟貌輝煌任往還。碑記序言留翰墨，循聲略見管中斑。

《衛志》：承命，官生，順治戊子科舉人，己丑科進士，山東鄒縣知縣。

《縣志》：承命由進士授浙江定海令，遷户部員外郎。幼嗜學，嘗讀書樓中，時端午家人進角黍，置飴一盂硯側，承命誤蘸之以爲墨汁也。

《太學題名碑録》：承命天津衛籍，順治六年己丑科三甲第一百四十名進士。

《鄒縣志》：知縣朱承命，字雪沽，天津衛人，康熙十二年任。

《津門選舉録》：承命順治己丑進士，山東鄒縣、浙江定海縣知縣，雲南安甯州知州，户部員外郎。

史樂善《雨汀詩話》：雪沽先生令山左鄒縣，代遠年湮，詩文散佚。偶閲《鄒縣志》得先生詩三首，雖不甚經營，姑存之以志其人。《登嶧山》云：不敢貪游屐，春郊此振衣。鳥穿雲外屋，魚隱洞中機。卜肆荒基在，書門舊篆非。孑遺眼底望，何策備年饑。又七律云：盛朝王會括名巒，不數雲亭在岱間。訪道定先絲竹里，探奇欲下穆陵關。鄒郊雙舄峰頭過，禹貢孤桐殿外攀。作繪若圖賢聖地，山容應得近龍顔。《謁孟廟》五古云：夫子生衰世，大道幾淪喪。縱横章臺下，戰士日擾攘。魏齊未得志，鄒滕空倉皇。巖巖泰山象，闕里分餘光。危微七篇著，日月行天章。古殿鬱崔巍，萬世永烝嘗。豈曰崇廟貌，幾希不可忘。七雄今安在，松檜茲蒼蒼。

郭師泰《滌襟樓古文所見録》：雪沽先生康熙癸丑任鄒縣，重修縣志，而《天津縣志》未詳仕鄒事，其年湮代遠有未詳與？抑修志者傳之失其真與？子同邑，孫函夏、紹夏，皆有聲津邑間。今其後人，余無識之者，恨不亟取其家乘而詳考之也，謹從《鄒縣志》采録序文、碑記二篇，著於録。《鄒縣志序》云：國家幅員萬里，重譯底貢，車書玉帛之盛，碁布鱗次於東西朔南。撫此輿圖，洵足邁軼曩代所爲。辨方訓土，陳詩采風之典久矣。厘然大備，凡諸道之錫福頒瑞者，簿領之内皆得取其形勝、風物而攟摭之，上以旌分土之榮，次以標宦游之概，而又其餘者，得參稽於古今廢興得失之林。雖微至於一事一物，無不足以別貞淫而觀奢儉，又況山川、城郭、土田、户版、人傑物華之大者哉！皇上御極十一載，中外休息乎無爲，嘉與臣民享和會之樂，爰是允閣臣請，特命各省大小諸臣纂修《大清一统志》，由邑而郡，由郡而省，進之館閣，以備乙覽焉。庚戌秋，承乏鄒土，齋戒受事，乃環一邑之耳目，復取舊志而增新之。夫鄒本春秋小邾國，與魯邦擊柝相聞，當時諸侯會盟必預，代有賢王。穆公之世，始改爲鄒，而至以之名邑，則在漢爲騶，在唐爲鄒也。邑乘尊榮，獨冠二東。則以孔子、子思、孟子大聖賢篤生其地，昌平有鄉，三遷有里，游跡一經，猶欣親炙。蓋泰岱居其北，濁河界其南，而龜蒙鳧繹濟汶泗沂諸山水，群爲枕帶。岳瀆靈氣，磅礴曼羡醞釀乎其閒，發祥厚偉，開萬古文学之祖，翼聖世文教之隆，繄此邑是賴，猗歟都哉！第遭明季，土氛殃波於境，再萌再靖，用煩王師。兵燹頻仍之餘，舊志殘舛日甚，詢諸遺老故家，罕有存者。於是雜采史傳於古，遍索記載於今。反覆考訂，殘者補之，舛者正之。而新猷所布，炳垂來禩，勒成治書，分目凡二十有二，兩閲月而告竣。其閭巷之卮言稗録，徵信無裨，既不敢濫收以塵清暇，而終缺略難備者，甯俟之淹博大儒續諸後日，聊自比於郭公夏五之疑云爾。邇歲五穀時熟，奸慝不生，沐覆載之洪慈，食柔能之遐福。俾附庸下吏幸得告無隕越。奉聖人學道之訓，守斯土斯民而噢咻之。惟冀和親康樂，灾害不生。

稽首報政，以對揚王休，是承命之加額於兹土者也。若簿書稍暇，焚膏繼晷之勞，恐不足以補尠見寡聞之咎。然讀昔人《括地志》《寰宇通志》《王會圖》諸書，要不過逞臆闘靡而已。若裒集羣乘，彙爲大編，藏之天府，陳之甲觀，則有舒向卿雲，同心潤色，以繼禹貢職方之鴻業。然後登泰華之巔，而囊括宇宙焉。兹帙其堪比之一枝片羽乎哉。是爲序。

《鄒縣關帝廟碑記》云：鄒署之東有關夫子廟，蓋自明萬歷閒縣令王公一楨所建，閱崇禎二年縣令黄公應祥者葺之，歷今三十餘載矣。庚戌季秋，余奉命來牧鄒，入廟禮謁。仰視榱桷，環觀垣壁，傾頹剥落，庭草繁生，惻然久之。住持者跪而請，余頷之曰：『固余責也。』夫關夫子，英風灝氣，撑持古今，凡有血氣者，争尸祝之、祀之固宜，况鄒孟夫子里也，天下頑夫傖父無不識孟夫子，即無不畏關夫子。蓋關夫子與孟夫子異事同揆，而其威靈昭赫，尤足以羽翼孟夫子之道於無替者也。祀之宜，祀於鄒尤宜。今其廟在縣治之左，彼都人士絡繹瞻祝，民之至斯廟者，必懲其頑；吏之至斯廟者，必悔其奸；士大夫之至斯廟者，必省其過；有司之朔望至斯廟者，必悚然敬慕，如對越於政事之堂，而不敢萌其貪虐。祀於鄒宜，祀於鄒之治左尤宜。用是捐俸鳩工，鄒人士亦樂襄盛舉。因其舊制而新之，前殿后寢，規模犁具，丹青黝堊，次第舉焉，不越月而落成。吾固知關夫子之威靈無日不在，而其所以庇鄒者，其爲民人社稷之佑相當更何如也。是爲記。

緘齋雜識：香泉先生名廷桂，幼有雋才，惜年未及壯而没。夫人李氏時年二十有八，冰霜苦守，撫養三孤俱克成立，年七十七卒。雪沽員外其次子也。雪沽以名進士出宰繁劇，所至有聲。子同邑，康熙己卯舉人。孫函夏、紹夏俱世其家學。

龍處士震

東海詩人老布衣，錦囊篇什富珠璣。西湖風月盤山雪，幾度流連樂忘歸。

《長蘆鹽法志》：震字文雷，號東溟，世居天津，業蘆鹺有幹濟才，振興家業。晚年退偃一室，絶交游。著古今體詩四千餘首。

陶梁《紅豆樹館詩話》：《玉紅草堂集》詩多至數千首，中五平五仄體一篇蓋仿何大復『寒風吹空林，落日照古塚』之作也。其詩曰：深深荒山中，小小草閣裏。幽人何貪眠，見客不肯起。猿啼孤峰雲，鹿飲古澗水。踟躕秋風寒，滿地落柏子。

陳儀《龍震傳》：東溟龍震，字文雷，天津人也。許身如杜陵野老，與時牴牾，訖無所就，而托於詩老焉。天津率用鹽起家，相矜爲豪。東溟少有分業，值數千金，一夕，徵逋賦吏至門，手持符，目眈齒齶將發聲，東溟迎謂之曰：『辦矣，旦日且上。』吏喑去，立召富人售所業，下其直若逋賦之數，旦日納之，家人皆惋惜歎詫，東溟笑曰：『取快吾意耳，吾不鹽，奴輩尚敢向吾門吠聲耶？』嘗治舉子業，庚午與試，鄰鋪方咿唔屬草稿未定，東溟已納牘求出，御史疑其犯貼例，啟視則七義粲然，驚顧曰：『何敏也？』既下第，遂舍去，曰：『吾益知昊壁中曲折，然不足再辱。』方東溟之棄鹽不業也，人多笑其不能事事，家人亦厭之，東溟大言曰：『吾義不爲公等所爲，爲即可立致。』會人有引地求賃不售者，東溟即與爲券，期三日付直，而挾券誼諸小賈，約與共利，遂出其金酬賃直，餘以資舟而貸鹽載之。於是募僮客，飾車騎，奕奕而去，家人皆愕。至其地設權任數與時消息，鹽大行，其獲三倍，以償諸所貸，操其贏以歸。日市牛酒，徵伎樂，大會賓客。向之笑者皆稱曰：『賢哉！仲子不持一錢，乃自致身若此！』東溟笑謝曰：『戲耳！狙獪之事，公等乃艷之耶？』即易券畀引地諸小賈，而退偃於一室，絕不與人交通。獨愛張仲子笨山之爲人也。笨山名霔，字念藝，兄爲藩伯，門業甲三津，而笨山蕭然無所與。嘗科頭靸履行街衢，或爲車馬客所辟易。所居如村舍，自題曰帆齋。又營別室於齋之右，則亦曰帆齋，客徵其故，笨山曰：『吾所居則帆齋也，既爲帆齋，容有常處乎？

此帆齋之義也。』因欷歔太息，人皆疑而怪之，獨東溟心知其意。東溟豪毅機敏，踔厲風發，如干將莫邪，所向無不立斷，雖斂其鋒鍔，光鑠鑠逼人，不可狎視。笨山則瀟散恬泊，如山閒林下人。兩人所趨若不同，而相得驩然，無所閒，皆喜爲歌詩以自娱。笨山詩如其人。尤稱東溟之詩疏蕩遒逸，如司馬子長之文，渾脱瀏灕，若公孫大娘之舞劍器也。然東溟實無意爲詩。東溟至性過人而窮於所遇，無以通其志引而自疏。又義不忍則激而爲狂，憤而爲僻，幻而爲不近人情，詭而爲使酒罵座。迫而爲孤、爲曠、爲達，要皆非其真也。其真無以自見則鬱勃輪囷，發而爲詩。其遇窮故其音悲，其痛深故其詞婉，其刺冷故其指微。隱而彰，邇而遠，温柔而敦厚，纏緜而悱惻，庶幾乎屈子之遺。自康熙甲戌至於癸巳，凡得詩四千餘首。甲戌以前詩皆芟去不存，其言曰：『詩也者，志也。自是之後，吾志定矣，前此猶妄意，將有所爲。』每與笨山道其故，未嘗不相顧流涕也。笨山已死，漠然無所向，更挫廉爲夷，頹乎自放。嘗閒出墟市中，沽村醪獨醉，醉則吟嘯而歸。或雜賓盈座，不忍驅之去，則與之飲酒，自爲監，飛觴糾令，客噤不得語，俱醉而後罷。嘗再游江南，一游山東，遇山水幽奇處，輒流連不忍去，憑弔感慨，至於泣下。既而發狂大叫，同游者皆駭，莫能通其意。往往拉野人、道士與之同飲，酣嬉淋漓，顛倒而不厭。

晚乃築别業老夫村，自命曰玉紅草堂。題其詩曰《玉紅草》。玉紅草，生崑崙之圃，食其實者，醉三百歲云。又《東溟詩序》：東海有詩而人者曰龍子東溟，人命之曰狂人。予求狂於人久矣，而卒不得，豈獨予不得，嵇叔夜亦不得也。有人於此不痛而呻呼，不怒而號且詈，不喜而笑，不悲而哭，則人相與狂之。是故被其譽者不怡，遭其詈者不忮，以瓦礫投人，人趨而避之。使嵇生而能若是，雖駡鍾會而瓦礫投之，無忤也。郭恕先庶幾得之，而其畫爲之祟，故猶未免乎累。東溟獨何修而得此於人哉，東溟自命曰廢人，命其所居曰玉紅草堂，命其村曰棗村。予謂之曰：嘻！子其爲櫟社乎？櫟社之言曰：予求無所可用久矣幾死，乃今得之爲予大用。雖然吾懼子之詩爲恕先之畫也，哀其集而觀之，則不呻呼而痛，不號詈而怒，不笑而喜，不哭而悲。試與人觀之，則不痛而呻呼，不怒而號且詈，不喜而笑，不悲而哭。夫人不知其喜怒悲痛之所在，雖謂之不喜，不怒，不悲，不痛可也。人謂之不喜不怒不悲不痛，雖呻且呼，號且詈，笑且哭可也。吾將使東溟抗聲而歌於燕之市，高漸離將擊築而和之。吾將使東溟爲變徵之聲於易水上，則荆軻當浮之大白。吾將使東溟托钵歌妓之院，曼節哀吟，薛濤輩將以金釵貰酒。吾將使東溟爲田横客挽而歌，則薤葉墮淚，白楊風悲。吾將使東溟爲成連弟子援琴而奏之，則海水汨没，山林窅冥，羣鳥悲號。吾獨不能使東溟索解於今之人也，今之人曰：不痛而呻呼，不怒而號且詈，不喜而笑，不悲而哭，是狂人也，已矣。東溟曰：不狂則祟，予何取乎玉紅？子爲我序而藏之棗村之中。康熙壬辰菊月。

錢陳羣《東溟先生又存詩稿序》：東溟所著玉紅草堂詩若干卷，太史陳君子翽未第時爲之序。好事者請以千金付梓，梓成東溟亦不復作詩。其明年余適游木［津］門欲一識東溟，聞其善懶不堪未敢一詣。木［津］門距京二百里，冠裳紛馳相望於道。貴客某某耳其名叩之則辭以疾，輒懷刺而返。其他落落不偶能以酒自豪者，東溟亦召之飲，羣以是知不見絶於先生也。飲必醉，醉餘作詩多見性語，然皆不存。從游弟子讀其詩，有所得退而録之，東溟知之猶正色相戒。一日余游香林道院，見一人白夾朱履與道人欹坐庭樹閒，作吟聲者，余亦遂入就坐，因識東溟，與語相得。明日東溟邀飲，留數日歡甚，東溟亦偕其同志詣余。後游香林，東溟每設餺飥、寒具相餉焉。歲餘無閒，其所得詩百餘首亦不存。則知東溟非不作詩也，不存也。因問其故，東溟曰：『人之於詩猶蟲鳥之有聲音也，蟬嘒午風，鷽嘑高柳，要皆自適已耳。必欲執管而傳之，操縵而調之，是豈蟲鳥之性哉？其與刻舟以求劍也何異？』余笑謂東溟曰：『先生達則達矣，然世所稱達者莫如莊周，其言祟虚無，齊得喪，一死生，豈尋常争尺寸之名者哉？而内外諸篇必假孔顔之徒以自伸其意，誠懼其説之不傳也。且余聞之大人先生往往輕其少年時所作，至垂老著書多不忍棄去。閲世久則見理真，讀書多則造詞淡，彼誠有所得於中也。』東溟默然良久曰：『子言是也。』遂從弟子請，於所游歷處得詩若干首彙爲帙。後作詩亦不廢稿，曰又存稿。其自題詩有『人壽不如紙』之句，則東溟亦自知其言之可以傳且久也。昔老氏不能却關吏之請，卒以五千言見於世。他日讀東溟詩者，其無忘余今日之一言乎。

緘齋雜識：東溟先生先世由閩遷江南，明永樂時居遼東。有名江者，先生祖也，始籍天津。先生生於順治十四年丁酉。姪圖耀官江南通判，先生庚辰、壬午兩游江南，蓋至其署也。後圖耀官河南汝甯知府，著有政聲。先生喜吟詠，有《玉紅草堂集》三十卷，書雖刊行而傳本絶少。又性愛游，遇名山勝境輒爲文以記之。《游杭紀略》《盤山游記》二篇余從集内采入文鈔。

張舍人霔

鑄就凌雲筆一枝，狂吟醉草寓奇思。中郎無子嗟何及，身後遺書付阿誰。

《長蘆鹽法志》：霔字念藝，號笨山。幼敏悟。工書擅詩名。由歲貢生官中書舍人。累試不第，遂杜門著書，止結二三文字交。著有款［欵］乃書屋、弋蟲軒、星閣、秦游諸詩集。

《津門詩鈔》：笨山書法古逸蒼勁，人以爲寶。津城内無量庵額三字係公手書，過者無不仰羡，後爲僧易去。

《津門雜事詩》：吾愛詩人張笨山，帆齋高卧屋三間。阿兄枉自稱豪舉，垂老何曾得遂閒。原注：『笨山名霔，字念藝。工詩古文，帆齋其讀書處。兄霖，字汝作，官福建布政使。園亭聲伎之盛甲於津門，構有問津園及遂閒堂。晚年被劾破家。』

龍震《記亡友張帆史交情始末》：友人張霔字念藝，又字蓺史，號笨山。其讀書處近水，額曰款［欵］乃書屋。每見帆影愛之，因又號帆史，復名其書屋曰帆齋。本封翁聞予公冢男也，因其伯子方伯公魯庵居長，乃行第二。有弟字念兹，好勇，舉武孝廉。封翁聞予公舊隨其兄光禄明宇公業鹽於長蘆，遂家天津，帆史即天津生也。十二歲時善臨鍾王石刻，十六歲時擅詩名，由明經授中書舍人，仍鄉試，累不第，遂不仕，杜門著書。與二三貧士作文字交，一二緇黄爲方外友，往來知名之士慕其名而造之，帆史不拒亦不戀也。予先大人與其父聞予公曾同貧賤患難，又同業鹽於長蘆，及張氏昌大，予家亦豐足，予與帆史固世好，兄弟也。先大人不禄，予年十六時帆史年十四，予孤不諳世務，成業漸凋而帆史父兄正當顯揚之際，予自哀不振，與帆史雖世好，實不屑一登其門也。予不受人憐亦不受人驕，里人疾予皆以放誕稱之。帆史之家亦嘗戒帆史曰『龍某放誕，莫與游也。』遂至二十餘年，比户之間不相聞問。予自庚午下第，遂不復圖仕進，縱情詩酒，時亦往來於道院僧廬間。辛未九月九日，予看菊香林苑，苑之道士王野鶴煑茗留話，值帆史同二三名士來就野鶴，欲偕往大悲院一層樓作登高會也。及見予乃笑謂曰：『能有興同往乎？』予曰：『老子興復不淺。』遂同往大悲院分韻賦詩，笑談竟日。予顧其動静乃熱場中冷人竊慕之。帆史亦私語人曰，龍某熱腸冷眼，非放誕人也。自此乃相敬愛，或一月一聚，或十日一聚，或一二日即一聚，或連日夜相聚。聚時即覓題吟詩，互相删較爲樂，如此者十二年如一日也。且予與帆史之性大相反，帆史好茶，予好酒；帆史好睡，予可日夜不睡；帆史寬而能忍，予隘而不能容物；帆史才大心細每多巧思，予於詩文多率意。其性相反，而十二年能相敬相愛如一日者，我兩人亦不自知，其爲何故也？我兩人幸無饑寒之患而實各有隱憂，所遭微不同而眼淚同是一副，故疾病愁恨無事不相關情也。予己卯夏時瘟幾不起，帆史爲我減飲食者累月。庚辰秋，予游江南，帆史爲我減興趣者一載。辛巳歸天津，相好愈篤，及壬午秋予再游江南，而帆史則神情慘淡矣。癸未冬寄我寄遠詞，云：『思君別，妾腸一日而九結。思君歸，妾腸一日而九迴。相思斷腸斷便了，欲斷不斷夜復曉。曉夜弄機絲，不辭費手爪。織就斷腸詩寄君，上織斷腸花，下織斷腸草。』又絕句云：『故人遠客石頭城，難慰相思夜夜情。縱識江南夢中路，江雲江樹不分明。』讀之令我淚下，然不意其即爲絶筆也。甲申六月三日，予自常熟發舟欲還金陵，至蘇州，吾姪謁辭宋開府，開府遂留之，委其督修沙船。予舟泊胥江月餘，非病非愁，逐日恍惚。忽於七月六日得家報，知帆史於六月二日捐館矣。予將信將疑，拭目再讀不覺失聲。自此如醉如癡，不可暫忘。每欲吟詩心便作痛，遂爲廢筆硯者三月。及卜居閶門外之莊園，秋光淡漠，獨臨邱壑，閒則喉咽淚涌，終不能成一文一詩也。九月晦日李霖臣書來，詳帆史消息，云帆史臨歿見兩道士來迎寫玉真經，遂一笑而逝。霖臣與予於帆史皆至交，霖臣有哭宿草一章，挽歌十首，情文哀切，予讀之復大慟，乃自謂曰：吾與帆史終不可無詩文以記之也，即日成絶句四首。又越一日，乃能書與帆史交情始末。帆史生於順治十六年己亥八月五日，卒於康熙四十三年甲申六月二日。著詩萬餘首，常畏火劫，乃斲石匣藏之。曾云『過五十當删定也』，豈意生四十六年而即長往乎。

帆史無子，有五女皆幼。聞其兄魯庵以第七子繼之，帆史可以無憾。但帆史慮無子者，慮其一生之心血無傳也，儻其兄魯庵肯盡發其所藏刊而傳之，帆史或真能瞑目矣。甲申十月一日書於姑蘇金閶門外之莊園。又《笨僊歌》：僊中有笨僊，我爲笨僊歌。歌聲非金石，獨覺慨慷多。於乎！笨僊不在山，笨僊不在天。騎白驢，握緑編。樵青漁，僮相隨。嘯傲蓬蒿閒。嗟彼芙蓉城，崑崙島。銀宮金闕，琪花瑶草。雲車風馬光紛紛，鸞旌鳳佩香繞繞。醉倚玉女肩，癢爬麻姑爪。移南山，倒東海。日月聽其喝呼，煙霞爲之變改。此非笨僊之所能，亦非笨僊之所好。不能與不好，往往爲雲中雞犬笑。噫嘻！吾聞僊是天上之隱人，隱是世閒之僊人。隱非僊兮僊所親，僊不隱兮僊不真。若笨僊之真，知隱善用笨。可以保年，可以消憤。吾將學焉而與之遯。又《孤坐蘇州莊園冷雨中念亡友張帆史》詩：空庭坐冷雨，殘煙澹老樹。念我夢中友，相尋兩無路。未覺死别苦，深悔生離誤。送我南行時，驅車不回顧。又《對菊憶帆史》詩：客散菊花静，盃茶坐野香。冷人不易得，死友最難忘。南國新愁滿，東籬舊社荒。鄉園幾千里，夕照白茫茫。

徐大鏞《笨山詩跋》：張帆史先生與龍東溟先生交最善。鏞偶閲東溟先生《玉虹草堂詩集》，見其哭帆史先生詩甚夥，並記其交情始末，因得帆史先生之詳。先生天津人，髫齡時便善臨鍾王，年未冠詩名藉甚。由明經授中書舍人，仍鄉試，累不第，遂亦不仕。著詩萬餘首，藏之石匣，曰過五十載當删定也。乃年四十六而即逝矣。生於順治己亥，卒於康熙甲申。東溟先生慮其無子，恐一生心血淹没不傳，曾有句云：『汝兄多子復多孫，五女何能慰汝魂。聞已許將姪作嗣，殘編斷簡可能存。不知生樂死何悲，汝死空教我淚垂。三十年詩付流水，孤吟獨愧老何爲。』蓋早知遺稿無人爲付剞劂也。嘉慶己卯之秋，鏞購得數册，率零星割裂或前後倒亂，方擬裝池，售主復攜來一卷，爰重價留之。閲一載之久，爲之補綴校對，輯爲六册，亦以表先生吉光片羽云。

吴天章《款［欸］乃書屋爲笨山作》詩：舍人讀書處，近傍漕河濱。豈效臨淵客，常逢曬網人。冰開魚弄藻，花落鳥銜春。愧我風塵久，淹留愛白蘋。又《笨山舍人忽登太華驚詫記實并示梁子芰梁》詩：吾家大河側，太華庭户前。肉重不能登，荏苒三十年。之子東海來，千里何翩翩。朝停嶽祠下，暮涉三峰巔。明星與玉女，俯視兒孫然。况此冰雪時，危磴雲中懸。飛鳥不敢過，奮勇凌蒼煙。鐵船今有無，菡萏或拘攣。明滅洪河流，混混星漢連。最愛落雁好，斗絶虚空拳。瀑布幾千仞，凍合寒光纏。琤瑽時一聞，有如筝折絃。往來青冥際，身已躡重玄。下不見猿猱，上已無飛鳶。咫尺即樊桐，呼吸帝座邊。毛女夜窺人，叔卿曉張筵。便應酌天漿，醉伴希夷眠。胡爲辭金庭，又復來井廛。語我上方事，如述珠宫還。鈞天聞廣樂，石髓溢瓊田。一食可不死，詫我貪生涎。東海有梁生，學佛機亦圓。骨瘦而好奇，恨不試輕儇。吾子來嬌惰，登階苦回邅。今兹峰頂行，鬼神實後先。駭歎當再拜，服子猛且堅。信哉無垢心，獨往乏遷延。却傷筋力衰，日減濟勝緣。春來青柯砰，黽勉衣一褰。不然一室内，冥默心如淵。游神於八表，聊當飈風旋。

朱彝尊《得張舍人霔皖口書却寄》詩：六年不見張右史，忽誦秦游一卷詩。韓孟元劉無定格，尤蕭范陸有餘師。歸逢灤鯽堆盤日，到及江花夾岸時。試計合并何地好，須憑來雁慰相思。

褚爽《答張笨山》詩：平生時酒興，入眼幾能兼。對影杯邀月，裁歌響振檐。古人思太白，今日見文潛。酬唱無塵跡，麤疏我自嫌。

梁洪《狂書雜言兼示笨山》詩：溪亭煙舍何有暑，風花弄影日亭午。水鶴上天驚晝眠，芭蕉葉大向人舞。揮毫發興偶然得，心手相師物無迕。松下石牀長丈餘，瓦盆研墨雙童苦。清陰滿地苔塵虚，十分神氣始展舒。卷袖力捉散卓筆，拂素大書擘窠書。方圓流峙形萬變，牛鬼蛇神各露面。奇醜詭怪外雄强，心正筆正乃稱善。

好事張顛早擅名，手操玉管懷藏硯。冰纨霧縠裁爲衣，揮灑淋漓墨花濺。與君同學異所趨，與君同志竟自殊。同學同志無遐邇，惟有筆硯同生死。又《帆齋與笨山夜坐》詩：海天一片月，此夕得相親。石影瘦於我，竹稍高過人。世情雲去住，道意水漣淪。清賞各無語，蕭然花外身。

張霖《皖江寄懷念藝弟》詩：江上不宜秋，秋容動深省。南岸楓葉丹，北岸荻花冷。天空無碧雲，雁字排高影。舉頭送鴻雁，目斷關山迥。豈不羨奮飛，同羣苦未整。吴江接楚江，愁思徒耿耿。

查曦《懷張帆齋先生》詩：憶昔别來日，西風八月初。秋深猶作客，雁盡未傳書。松菊淵明宅，蓬蒿仲蔚居。何時得載酒，重看惠莊魚。

沈起麟《夏日張藝史招集荷亭話舊》詩：雨窗知與一編俱，晴日移樽到水隅。翦燭吟成新句否，聯牀話及舊交無。藕花溪畔舟輕渡，豆葉村邊酒任呼。何日得歸江口望，風前攜客醉錢湖。

緘齋雜識：舊藏笨山先生乙亥年詩稿一卷，共二百七十六首，先生三十七歲所作，皆《津門詩鈔》未采者。内有雜感云：草服皇冠似野夫，半生心計已全麤。難尋五柳陶潛宅，不畫扁舟范蠡圖。玩世那辭人議論，無官久被鬼揶揄。海天萬里空搔首，鸞鳳羣高鶴影孤。年年風雨卧茅茨，潦倒行藏祇自知。秋水喜當澆菊日，春山苦憶採茶時。尚餘壯氣聞彈劍，豈少閒心看奕棋。獨恨交游文字累，相逢便賦莫相疑。不覺蕭蕭兩鬢蓬，十年作賦幾曾工。眼看文采風流輩，心比飛揚跋扈雄。有限浮名催落日，無端怪事笑書空。郢兒一曲山翁醉，那問秦青與解紅。免得風塵老異邦，閒居早覺片心降。柴門峯對三千仞，石圃田開二十雙。樽酒幾曾依北海，轍魚無復望西江。如何翦燭空村夜，猶憶聽詩謝守窗。

孟太守宗舜

晉唐書法漢文章，學仕兼優政績良。斯世若修循吏傳，甘棠遺愛説萍鄉。

《衛志》：宗舜，軍生，順治甲午科舉人，己亥科進士。廣西桂林府推官，江西萍鄉縣知縣。

《縣志》：宗舜，字亦若。生而穎異，以文章名。書法羲獻，後學多宗之。

《太學題名碑録》：宗舜，天津衛籍。順治十六年己亥科三甲第四名進士。

《萍鄉縣志》：宗舜，天津進士。康熙六年任萍鄉知縣，重農興學，起敝維衰。

甲寅楚逆陷萍城急，冒死赴郡，乞援爲恢復計，王師討逆，督餉給軍，繪圖贊畫，萍城以復。又爲民請命，得免屠僇。復任後招撫蠲荒，賢聲上達，陞本府同知。旋擢江南常州府知府。

楊光儀《題孟碣門先生崇祀萍鄉名宦録》詩：能禦大災捍大患，死爲明神生名宦。近傍宫牆俎豆新，盡瘁一官荷天鑒。先生寄蹟東海頭，系出鄒嶧非常儔。入對承明出作宰，彈丸一邑叢百憂。反側未消賊氛逼，兵單援絶無堅壁。壟飛公廨朝日昏，血裹朝衫夜鐙碧。九死一生力已摧，飛芻挽粟資良才。王師南下效指臂，斬除荆棘煙塵開。鐘鼎勛名光日月，共仰公才服公節。别有纏綿保赤心，萬家歌泣呼生佛。吁嗟乎，仁波洋溢潤萍川，政聲遠紹張與潘。家山迢遞沽水潔，後起之秀何翩翩。有誰具書告當路，千秋禋祀崇鄉賢。

絨齋雜識：碣門先生生平、學行詳《名宦録》一書。《名宦録》者，江西萍鄉士民所彙先生事蹟也。先生終於常州知府，或稱先生仕至督理南漕監察御史、提督福建學政，蓋屬傳聞之訛。余采其舊傳録於此，云：宗舜，字亦若，號碣門，先世居山東鄒邑，宋慶歷閒分居青之壽光，明永樂始遷天津。父應夏，字景明，致力邊疆，以功授都司，子三，公其次子也。弱冠補諸生，爲學使曹公秋岳、程公其相所重。

順治己丑丁父憂，甲午登賢書。己亥滇黔悉平，詔是年秋再行會試，公遂登進士。壬寅丁繼母憂。丁未春除廣西桂林府推官，未及到任，戊申改授江西萍鄉縣知縣。萍巖邑也，與湖廣醴陵接壤，俗獷悍最稱難治。明季張獻忠據焉，蹂躪殆盡。有異民結棚而居，以種苎爲業，爲萍民患。公廉知其故傳諭約束之，其志稍戢。庚戌袁郡大旱，穀價騰貴，棚民擾動，民欲請兵撲滅之，公曰：『無庸，彼饑民冀得食耳，激之且爲變。』公於是置有餘之穀於公所，平價出糶。取其中之恃强者置諸法，邑賴以安。癸丑冬，滇藩吴三桂反。甲寅正月報至，民皆倉皇，公曉以大義，期爲死守。二月湖南盡叛，城西六十里外即屬賊境，賊遣其黨康永綱、陶以温齎僞示至，悉擒斬之。楚中警報日急，棚民因而蠢動，潛通逆黨，邑西北諸鄉盡爲所據。未幾，擁衆薄城下，公擊却之。因與衆謀曰：『賊雖衆，皆烏合耳，綏圖之則有備。彼大嶺、九溪、三關等處實其巢穴，亟搗之可立殲也。』爰與袁協諸營分道進兵，一戰渠魁朱益吾授首，餘賊復與逆黨夏國相、韓大任、高得捷等統衆來寇。九月二十三日陷萬載，賊益熾。十月初五日，賊遣使持逆書至，公憤甚，即將其使解南昌斬之。初六日賊大舉入寇，衆十餘萬，臨湘東之烏石鋪距萍僅二十里告急請援，郡兵少不能應，諸將士以事急無援欲棄城走，公正色曰：『余守土官也，城存與存，城亡與亡，今日之事惟一死以報朝廷。』衆曰：『衆寡不敵，退守待援，久有密檄君豈不聞耶？』公曰：『吾志已決，有以此相强者，吾當以頸血濺之。』揮衆去。賊攻益急，勢難支，公北向再拜，懸帛自經。適訓導王公永新至，驚見，急呼家人救甦，公復引刀自裁，衆奪刀擁上馬，自東門衝圍出走郡城。初七日賊遂據萍鄉，且引衆寇郡城，會甘、穆二將軍統大兵至，賊稍引退。越數日，穆將軍收復萬載。賊之屯萍邑者，高塹深壘，聚糗增兵。時我兵雲集，郡城供億頗煩，知府李公以公督理糧餉。將軍復委公掌理兵刑諸務，不徇不枉，多所平反，軍民稱便。會袁州府同知缺員，巡撫董公即委公署理。乙卯冬定遠平寇，大將軍安親王岳樂進剿長沙，所需火器、夫車甚急，公辦給無誤。王嘉之，命隨營進剿萍鄉，且咨彼土形勢，公繪圖以進，王披圖喜曰：『賊已在吾目中矣。』公時在行幄，王每事咨訪倚任之，但以萍民附賊，命擬俟城下欲屠之，公聞之跪而請曰：『萍鄉彈丸黑子，歲入不過萬金，豈能供賊？賊運湖南糧爲食耳。至若築城掘池，皆棚賊附之，實非萍民。今王秉鉞南征，義旗所指，四方引領望救。萍城既克，若急下令安撫，禁屠戮，廣招徠，人將望風歸附，湖南可傳檄定也。况萍爲長沙孔道，軍供必由之路，留此殘黎尚可爲我國家用，奈何以爲附賊徼逆乎？臣敢以身家百口保之。』因慟哭不已，王意始釋。

二月十二日，王親督師至九里坪，賊拒於流江橋，久雨溪漲不克濟。至十四日糧且盡，王憤諸將之不用命也，督戰益力，遂渡橋至山巔，斬賊萬餘，逆黨夏國相宵遁。十五日萍鄉收復，城下之日未縱一兵殺掠者，公之力也。王留兵守萍，命公徵夫覓船運礮於長沙。時民蕩析離居，無從設辦，公設法招募，民不擾而事克有濟。後復以駐萍漢軍護礮往長沙，僅留緑旗兵二百名守萍。棚賊與瀏陽諸賊高得捷等偵得虛實，復襲破萍城，肆意殺掠，公閒道赴宜春請兵，賊旋退去，城亦收復。當是時，上遣温尚書勞軍長沙，道經萍鄉，謂公曰：『爾以孤城懸虎口，賊餌以高爵厚禄，乃能自矢忠貞，始終不渝，大節堪嘉。且城兩經賊陷，卒能保全印信，撫綏遺黎，康濟之才尤非易及，我入告時當首及之。』王念萍邑爲長沙咽喉，復調兵駐防。遺民皆避賊遠遁，飛芻挽粟。公不遺餘力，而心彌苦矣。時安福賊楊傑友過界殺掠，公與滿洲統軍巴公、姚公密謀發兵擊之，賊遂平。丁巳春陞袁州府同知，四月去萍赴任，士民焚香羅拜，攀轅卧轍，踵相接道。旁觀者亦感歎欷歔，泣數行下，蓋公之德入人者深也。同知職在清戎，袁衛旗軍經亂多逃亡，糧艘朽蠹，公修廢舉墜，軍困乃甦。戊午正月，棚民尚踞舊巢爲地方患，公率領家丁親歷賊巢，搜察各棚民，願入伍者隸營中，不願入者悉令回籍，於是袁郡百年之患一旦銷弭矣。值袁州知府缺出，佟巡撫語人曰：『袁郡久罹湯火，環境尚屬逆據，非賢守無由登斯民於衽席，舍孟丞其誰屬耶？』遂檄視知府事。半載以來輕徭薄賦，息物甯人。己未冬，陞授江南常州府知府。常州爲東南要區，連年洊饑，百姓流亡載道。公莅任即董理賑務，前此設廠給粥往往擁擠斃命，後至者率不得食，且胥吏侵蝕，豪强冒領多不可問。公周詳慎密，弊絶風清，遂令五邑數十萬衆均沾實惠。饑饉之後瘟疫流行，公捐購藥餌，延醫調治，全活不可勝計。夏秋閒淫雨大作，匯爲巨浸，公愀然曰：『災荒之餘，復遭洪水，豈天不欲活我赤子耶？』即檄各邑查被災輕重分數籲請，題蠲疏入朝廷爲之動色。遣部堂官親莅，公同踏勘，得實具疏入告。皇上大沛恩綸，蠲田租之半，民乃不至轉徙。常俗健訟至傾家不悔，公力矯其弊，非大故未嘗准理。閒有勘訊，雖世家大族不少瞻徇。三吴財賦實甲天下，而財賦之源全資水利。常郡南懷震澤，北枕大江，所恃爲蓄泄者惟孟瀆爲最要。孟瀆者，唐刺史孟簡所鑿，乃三吴水利一大尾閭也。公條列疏浚事宜上之巡撫，巡撫深納其言，疏上命即興工。大集僚屬經理，量地分員，計工授食，立樣樁號，段以程工。設草廠土竈以安衆，病者給以醫藥，勤者勞以酒食。至募工發銀，一不假手胥吏，故利溥而惠均，人勸而事集。舊有民謡云：『若要孟瀆開，還待孟公來。』工成之日，人咸以爲前定云。

至於修城垣之圮壞，嚴彙試之請託，委督漕糈覈釐弊竇，清糧單以杜飛洒，較斛斗以絶侵漁，使刁軍不敢横肆，蠹吏不致苛剥，皆從前督漕者所未有。其他敦行力學，良法美意不克殫述。壬戌五月公以病卒於任。公德性堅凝，涵養深粹，中不設城府，外不立崖略。不嚴而飲人以和，不怒而人莫敢干以私，不待躊躇而大事理解，不必震竦而夷險一節。居官十五載清勤供職，未始一問家務。閒喜與士大夫談理學大旨，以明倫守禮、崇儉尚謙爲本，推之忠君愛國、潔己循分爲用，而以精察實體、躬行心得爲功夫。又采古聖賢嘉言懿行筆之於書，以詔學者。當彌留之際，諸子跪受遺言，猶以敦倫重本、光大前人爲屬。荀子曰：『彼大儒者，處則服其教，出則被其功。』公庶無愧也夫。後二十年萍鄉士民請祀名宦祠。

周觀察人龍

理徹心融識自高，偶然下筆便雄豪。朱絃一唱兼三歎，任爾寒蟲共嘈嘈。

《縣志》：人龍，康熙戊子科舉人，己丑科進士。山西蒲州府知府。

《太學題名碑録》：人龍，天津衛籍。康熙四十八年己丑科三甲第五名進士。

《長蘆鹽法志》：人龍字雲上，號躍滄。康熙己丑進士。初任山西屯留縣知縣，居官清勤，士民頌之。遷蒲州府知府，有政聲。官至江西糧道。著有《居易堂文稿》行世。

周人麒《中憲大夫躍滄兄傳》：兄諱人龍，字雲上，號躍滄。中康熙戊子舉人，己丑進士。選授山西屯留知縣，調知清源，歷牧忻州，守蒲郡。丁艱服闋，補授湖北安陸郡守，以蒲州任内卓異，推陞江西督糧觀察。享年六十有四。兄初就外傅，聰穎絶人。塾師偶以他事歸，留四書題七約於回日交閱，師去則衆聚而嬉，師回無以應也，師大怒曰：『限明日繳，否則笞之！』兄一夜成七藝，次早交卷，點畫無訛，師大奇之。歸以其女，即吾嫂梁恭人也。兄之莅官也，治績冠一時，而大旨歸於愛民。康熙辛丑歲六月抵屯留，是時平、潞二郡連旱，兄下車日，大雨沾足，百姓歡呼曰『此隨車雨也！』嗣後歲屢豐。偶不雨，邑有三嵕山，去城百里，相傳其神司雷雨。徒步往禱，次日又徒步返，從者皆罷，或勸乘騎行，兄曰：『吾爲民不知苦也。』晉省秏羡重於他省，捉短封一事尤爲閭里害。兄惻然曰：『分釐之短非缺正供，短封豈可捉乎？其勿行。』邑人弇鄙無文，數十年無叨鄉薦者。兄以朔望日，集生童於學宫，告以讀書立品之道。次日課於庭，授之餐，評騭指駁一如授徒時。

由是士知向學，多以科名顯。壬寅秋，邑東鄙十三村被雹，捐千金以賑民，無流亡。明年因公赴省調知清源，遣人迎眷屬於屯邑，士民送於郊，已出境道旁候者，數百人泣如雨下，攀戀不能舍，則向之被雹村民也。既去屯，人思之，作爲歌辭，以識不忘。既抵清，教養一如治屯時。清邑水患最鉅，一爲汾河，繞城四面，約三十餘里，又洞渦水，在汾河東。嵰峪河，在汾河西南白石溝，經縣城西北，又轉而東與汾河合。秋雨稍多，諸水齊至，沿河田廬多没，爲民害者數百年。兄悉心籌畫，挑渠築堰，邑人賴之。署東有水一區，可十畝，蒔蓮盈沼，爛漫時，與邑中一二賢者，講學談藝於其旁，邑人愛而敬之，曰此濂溪遺風，不得以潘岳縣中比。牧忻時，會西鄙未靖，軍需旁午，承辦騾隻駝屧，養軍需馬千匹，皆報最，同官者師事焉。有善者則曰，此忻州法也。蒲郡瀕黄河，河水遷徙無常，山陝之民隔河争地，互控數十年不休。公請於上憲曰，臨河灘地，莫若以河爲界，黄河東遷，山西地少，即將山西無地之糧歸於陝西。黄河西遷，陝西地少，即将陝西无地之糧歸於山西。如此則糧隨地起，既無缺於正賦，因地納糧，又無累於民生。現在山陝沿河二千餘里，兩省各有湮没之地。飭令沿河州縣照糧查地，按地過糧，除鹵城之地照例題請免糧外，其餘退水之地，招令沿河居民認糧承種。黄河之消長以漸，十年一次稽查，庶偏枯去而爭訟可息。時又有丁糧歸地之舉，山右試行三十餘處，民大稱便，而紳衿富民多不悦。因有奏言便於無力之丁，不便於有田之家。便於田土肥沃之家，不便於田土瘠薄之户。山右丁糧多於他省，攤於田畝未免有輸納艱難者。世宗下其議於晉撫，撫檄察，兄抗言曰，無力之丁家無寸土，終歲勤苦，糊口維艱，輸納丁糧實同剜肉補瘡。補之不能必至拖欠，欠之愈多必至流亡，久而丁倒累户，户倒累甲。是逋欠者在一人，而受累者在衆姓，不特下累民生，久且上虧國帑。有田之民雖肥瘠不同，然地肥然後糧多，糧多然後丁銀之歸入者多。地瘠則糧少，糧少則丁銀之歸入者亦少。是不便於有田之民者甚微，而便於無力之丁者甚大。若以爲不便於有田之民而不可行，豈不便於無力之丁而反可行乎？不便於田土瘠薄之家而不可行，彼瘠土亦無之赤子將何以堪乎？若云山西丁糧過多攤於地畝，輸納艱難，夫以有地之家輸納尚且艱難，彼無力之窮丁輸納反不艱難乎？今爲有地之家計萬全，而不爲無力之丁求生路，殊非周急之道，亦失調劑之宜。君子平其政，焉得人人而悦之，今之不悦者，不過紳衿富户之數人，而大悦者，乃在煢煢無告之千萬人。若因其控告而不行，則豪民强紳可以得志，而赤腳窮民終於無告矣。在當日未行之時，事經久遠民亦相忘，今已行之數年，窮民歌德頌功。儻中止此事，窮民狃於數年之樂利，必不安於一旦之變更，後先相形有不啻奪之衽席而投諸水火者。且富户少而窮民多，其控告更不知若何紛紛也。議出事遂定。安陸俗刁健，訟獄繁多，兄摘發如神，兼以化導，數月民大治。府屬鐘祥三官廟堤、天門沙溝垸最要地，辛酉初夏雨彌月，江漲衝決，安俗堤工例用民夫，而工大人少，不能奏效，兄傳集鄰境士民，開誠曉諭以吉凶同患之義，民情踴躍，荷畚鍤而至者十餘萬人。兄親率丞倅邑令，指授方略，日夜趕築，捐資以襄厥事。時推陞江西糧道部檄已至，或以爲可領咨赴部，何太自苦爲？兄曰：『助夫由我招致，我去即散矣，伏汛一至民何以堪？』風露中與百姓同勞苦者兩月而功成。糧署素稱蠹藪，諸弊叢生，莫可究詰，兄至江右創立條規，加意釐剔，夙弊一清。南撫建三府爲糧道兼巡地，按巡各屬歲一周。囹圄冤抑多所平反，褰帷行部守令憚風采焉。惜乎！乙丑病作告歸，而終未能大究其用也。兄仁厚性成，尤喜獎拔士類。仕宦幾三十年自奉甚約，而三黨之親無不沾溉。貧不能讀書者，招於官署延师教課焉。張公元林者，太原寒士也，爲雍正甲辰分校武闈所得榜首，應詔保薦，令神木有聲，考滿陞州牧，歷任河南開封府。識循吏於櫜鞬中，尤爲僅事云。乾隆丙申十一月弟麒謹識。

緘齋雜識：躍滄先生生於康熙二十一年壬戌，二十七歲舉孝廉，明年成進士，歸部銓選。四十歲始爲縣令，歷官二十餘年，仕至江西觀察。六十四歲告歸，卒。所著《居易堂稿》至今津人誦法不已。先生之父名式度，諸生。桂林相國官天津觀察時爲撰周梅嶼傳云：君諱式度，字貽方，梅嶼其别號也。世居津門，祖、父皆有潛德。君少孤，值家道中落，思紹先緒於治生之外，折節讀書，年三十始補博士弟子員。性甘澹泊，不慕榮進，而於書無所不讀，盛暑嚴寒亦手一編不輟。嘗語人曰：學期有用，士君子讀書，當以克治身心、講求經濟爲要，若風雲月露之詞，偶寄閒情，無關實用，何足尚也？此其志趣，却春華而采秋實，已異乎世之徒事呫嗶、專工詞墨者矣。至於言論風采，倜儻不羣，不屑屑爲迂謹狀。取與義，臨財廉。甯人負己，毋己負人。親知有急難必多方排解，事已不爲德色。見人有片長即卑幼亦改容禮之，奬美不啻口出。其事不協理即面折不少假，故少年後進皆嚴憚君，有不善惟恐君知之也。門内肅然，一循禮法。教子弟尤嚴，所諄諄勖勉者，惟在立身行己之要，忠主庇民之大。年六十二卒，累贈中憲大夫。子人龍、人驥皆爲名進士，長任蒲州守，仲任御史。論曰：語云不知其人之祖、父，視其子、孫，不知其人之子、孫，觀其祖、父。予不及見贈公梅嶼，而長君人龍、仲君人驥與予相知有素，今來津門詢之士論，咸服贈公行義篤學，有古君子風。顧以富於學而嗇於遇爲贈公惜，吾獨以爲不然。自古爲善讀書之報不於其身，必於其子孫。惟其積之也厚，則其發之也益盛。贈公生雖不遇於時，而令子連鑣騰達，洊歷清要，治行卓卓，聲著朝端，皆贈公有以啓之，所謂因其子、孫以知祖、父也。自今以後益勵匪躬之節，恢宏濟世之謨如木之培而益茂，水之蓄而益深。所以繼贈公之志而垂諸後昆者，且方興未艾焉。則又所謂因其祖、父以知子、孫也，予當翹首跂之矣。

趙州判瑛

輸丁義産里人欽，溯本窮源意厚深。贍族緬懷范文正，事垂久遠勒碑陰。

《長蘆鹽法志》：瑛，增生。先世武清人，聚族居者十餘世，爲大小趙家莊。後移家天津，隸興國場竈籍。瑛性孝友敦睦，於祖塋旁置地七十畝，以所入納通族竈丁之賦。勒諸碑文，永垂於後。

緘齋雜識：修五先生，天津衛學增廣生。屢試不第，捐餉議叙州判，無志仕進，以著書自娱。家素封，敦宗睦族，鄉里稱之。修五撰有《趙氏義産輸丁記》，附録於後云：樂豫有言，葛藟猶能庇其根本。是故厚可爲也，薄不可爲也，矧薄我宗族乎哉？我趙氏始祖，明永樂時來自南中，占籍海堧，爲竈户，於武清縣趙家莊大小二處，聚族而居，十有餘世。國朝順治初年，我曾祖洪宇公徙居天津，逮我祖華亭公、我父佐君公三世相承，士農兼習，資産豐裕，務爲敦睦之行。凡我族丁，有長賦或力不能措，悉代輸之，償與否，固無論也。自時厥後，雖椒聊繁衍，而門户分析，素業亦已漸嗇，常恐失德起於乾餱，六行衰於任恤，繩武無聞，詎非貽厥之羞乎？瑛無他藝能，不敢狃於呰窳，而勤儉無失温飽，俾子弟輩占畢家塾，循樸素之習，保堂構之基，誠爲厚幸，然皆高、曾以來餘慶之所貽也。念水木之本源，今之支分派别，雖與瑛遠近有差，自先人視之，則軫愛惟均。而瑛乃薄之，敢乎哉？通計族竈丁共二十三丁九分五釐五毫，既不能使貧乏者悉家給而人足，而勉吾力以紓其困，俾丁賦無一逋者，於今三年矣；然而拳拳之意，願始終爲之，不啻三年也；又願吾子孫世世爲之，不啻百年也。因置得小孫家莊一處，計房基園田地七十二畝四分四釐四毫，距大直沽先塋里許，佃户十數家，每歲租銀三十五兩七錢三分，擇族中謹愿者遞司出入，凡二十三丁之賦皆取給焉，輸將無誤，安享太平之福，其贏餘爲春秋祭埽之用，合雲仍飫，餕餘盡歡而退。歲以爲常，亦可稍申敦睦之忱矣。自義田既設之後，上其事於官，案牘永存，又勒之貞珉，圖形柄具，子若孫必不敢據爲己有，族人之心必不敢妄生覬覦，如有不肖，協力攻之，此一時之過慮，料他日必有人加惠宗支，繼起而式廓焉，瑛豈無厚望歟？用是備書顛末，布告來兹，以待我趙氏之亢宗者。

洪明經天錫

沽上羣推晚翠堂，名醫濟世注青囊。自言心解非人授，佐使相須化古方。

周人驥《補注瘟疫論序》：吉人别號尚友山人。少勤學，日誦千言。與沈天譽先生及王介山、朱西廬、周月東、孫右紳諸人游，學益進。其處心積慮，不屑屑爲舉子業，而惟以實行、實學爲急務。余忝同里，備悉其平生。養寡嫂如母，撫諸姪如子；親鄰顛苦來告者，無鉅細周恤之，無倦色，其實行也。有批點古文、莊子、四書、論文入門、文訣諸書，卓卓能壽世，晚翠堂制藝，業經王介山先生校刊，其實學也。至於醫術，又復神明變通，所投輒效。先是吉人之兄殞於庸醫，傷感脊鴒。殫精醫術，而於瘟疫一書尤爲加意，嘗云醫治瘟疫，猶如走馬觀花，毫釐一差，即謬千里，可不慎哉？爰據吴又可《瘟疫論》詳加批註，博引諸家，兼抒己見，其明前人所未發，實導後人所未聞，是又可擅美於前，而吉人媲美於後也。以吉人之實行加以實學，又復多通醫術，批却導款取諸囊中，即是洵一代偉人與。今吉人没矣，嗣君式齋索序於余，余因顔之曰《補注瘟疫論》。

周人麒《晚翠堂遺稿序》：麒賦性拙鈍，幼無知識，爲文之道茫如也。年十七從吾師學於城東之中關，執筆稍有法度。緣家在海濱，未能常侍几席，居半載而去。後奔走四方，不相晤對者幾二十年。己未冬假歸天津，踵門請見。吾師出晚翠堂稿一編授讀，且命點定，麒既悔向者未獲盡窺其秘妙，而又以今之獲睹全編，頓開聾瞽爲深幸也，乃攜歸京邸而卒業焉。惟麒緇塵鹿鹿，未能深究其意，以步大雅後塵。是則有負師傳，惶然汗下者耳。

緘齋雜識：吉人先生，天津歲貢。王介山稱爲漢軍鑲白旗人，不可考矣。津人之善醫者，首推蔣僉事儀，儀，正德甲戌進士。《四庫全書總目》云《藥鏡》四卷，明蔣儀撰。是編前後無序跋，惟凡例謂《醫鏡》之鐫，駢車海内。今梓藥性，仍以鏡名。其載藥性，分温、熱、平、寒爲四部，各以儷語括其主治。後附拾遺、疏原、滋生三賦，以補所未備。詞句淺近，徒便記誦而已。而吉人所著《補注瘟疫論》，雖未采入四庫，亦頗行於時云。

王運同又樸

吴中水利成功易，山右鹽籌秉筆難。文倣望溪詩雅雨，等身著作及身刊。

《四庫全書提要》：《易翼述信》十二卷，王又樸撰。是編經傳次序，悉依王弼舊本，而冠以讀《易》之法，終以所集諸儒雜論。其大旨專以《彖》《象》《文言》諸傳解釋經義，自謂篤信《十翼》，述之爲書，故名曰《易翼述信》。而以朱子所云『不可便以孔子之説爲文王之説』者爲非。其徵引諸家，獨李光地之言爲最夥，而於本義亦時有異同。蓋見仁見智，各明一義，原不能固執一説以限天下萬世也。至其注釋各卦，每爻必取變氣，蓋即之卦之遺法。其於河圖、洛書及先天、後天皆不別圖，而叙其説於雜篇之末，特爲有識。其時位德大小應比主爻諸論，亦皆恪遵《御纂周易折中》之旨，闡發證明，詞理條暢，可取者亦頗多焉。

《縣志》：又樸，康熙庚子科舉人，癸卯科進士。庶吉士。歷官河東運同。

《太學題名碑録》：又樸，天津衛籍。雍正元年癸卯科三甲第一百五十二名進士。

《津門選舉録》：又樸，雍正癸卯恩科進士。翰林院庶吉士、吏部文選司主事、河東鹽運使司運同、陝西鳳翔府漢中府通判、江南廬州府江防同知。

吴鼎雯《館選爵里謚法考》：雍正元年癸卯，王又樸字從先，號介山。天津人。改授吏部主事，官至山西運同。

《津門詩鈔》：介山以古文受知於方望溪先生，許以力追秦漢。與王已山、張曉樓同榜，稱莫逆交。理學名儒，該通經史，文名重日下。開天津風會之先，詩有淵源。所到之處政有惠聲，尤精水利，返瀦爲田，江南宿儒多稱之。致仕家居。卒年七十餘。

《兩淮鹽法志》：乾隆十六年，又樸任泰州分司。下河由泰壩至東臺水道一百二十里，經秦潼大尖諸河水勢彌漫，舊無牽纜之路，鹽運往往稽遲，又樸請於湖河蓄洩機宜，案内併建長堤以利舟楫，議者以費重難之。又樸於水淺時乘小舟自以杖探水，知浮淤無多而底堅如石，初非溜沙。又檢《淮鹽志》載《楊公堰記》知其地原有古堤，遂出己資，取泰州浚河土實於簍，假空鹽艘之便，投秦潼最深處。築之月餘水中成堤二十餘丈，計費丈三金有奇。上官悉以其事委又樸，衆商捐輸，卒成其功。

《揚州畫舫録》：介山爲河工縣丞，以詩學受知於盧雅雨都轉爲詩友。來揚州會臨汾賀吴村宴集諸客於東園，介山有七絶四首，并題『平野青徐』於春雨堂。

焦循《易廣記》：天津王介山《易翼述信》十二卷。前一卷讀法，後一卷雜論，中十卷解説經傳而主於孔子之《十翼》。其説曰：『孔子，周人也。去文王數百歲，而近何以其説非文王之説，而朱子遠隔二千餘年，未嘗别得羲、文指授，何以反能知其爲文王之本意而特揭而著之也？尋味爻卦各辭，非彖、象傳實有不能明者。是孔子之説，即文王、周公之説，并非孔子自爲一《易》矣。若説《易》而不歸諸孔子，則人各異説，何所折衷而得其是？況孔子贊《易》而世目之爲《十翼》者，乃謂爲非三聖人之本意。夫既非其本意矣，而又謂之爲翼，則所翼者何等也？今余年七十，稿凡四易，惟篤信孔子之言實，所以發明三聖人之意，而務求其相合者。然究亦未嘗不合也，於是名之曰《易翼述信》。』介山此論極明，第其書本諸《左傳》蔡墨。如乾之初九則爲姤，九二則爲同人，九三則爲履，九四則爲小畜，九五則爲大有，上九則爲夬。推之諸卦，如屯之初九爲比，蒙之初六爲損，需之初九爲井，訟之初六爲履。三百八十四爻變爲三百八十四卦，而仍不出六十四卦而已。較之焦延壽《易林》則隘矣。何也？《易林》以一卦變六十四卦，用爲占法之繇，此則一卦僅變六卦，於占法且不完，孔子學《易》之旨未如是也。雜説多采安溪李氏，介山所服膺也，然書頗駁安溪。序於乾隆庚午七月。

周焯《寄王介山》詩：文者吾之心，友者吾之命。非文友莫聯，非友文誰正。況我同心友，具眼明如鏡。暌違八九年，所造益精瑩。立言期不朽，浮名安足競。韜光不問世，奚辭目傖父。一遇知者知，班張遂可伍。才如左太沖，尚藉玄宴序。笑問王廬州，誰爲士安侶。

鄭熊佳《贈王介山先生》詩：欲向沽西再卜鄰，重來鷗鷺益相親。退閒歲月都忘老，略分交情始見真。耆宿衣冠風近古，典墳著述筆通神。耄年不輟名山業，玉軸牙籤觸手新。

緘齋雜識：介山先生原籍揚州，其父客天津，遂入籍。康熙辛酉十一月二十一日午時生。丁卯就傅。丁丑娶婦劉氏。己卯入學，庚辰補廪。癸巳中副榜，庚子中式，癸卯會試中式點庶常。甲辰未及散館，改授吏部文選司主事。乙巳授河東運同，丙午署運使。己酉以那移庫項修鹽法志事被劾。庚戌發陝西以運同相對品級或運同以下等官試用，補鳳翔府通判。甲寅告病回津。乙卯入豫學使者幕，學使者，夏縣張考也。戊午回津。己未起復仍發陝以通判用。庚申署西安府同知。辛酉題補漢中府通判，協理關中書院事。癸亥江督尹公奏帶江南酌補署泰州運判。乙丑補廬州府江防同知。丙寅署池州府、徽州府知府。己巳請告，戊寅歸津。庚辰呈請三取書院延師訓課。癸未卒，年七十一。子一孝演，孫三人。著有《易翼述信》十二卷，《孟子讀法》十四卷、附録一卷，《大學讀法》二卷，《中庸讀法》二卷，《史記七篇讀法》二卷，《詩禮堂古文》五卷，詩七卷，雜纂二卷，年譜一卷，《河東鹽法志》十二卷，均有刊本行世。

張明府罍

伉直胸懷不自欺，此心但使鬼神知。月明如水人聲寂，想像秋闈閲卷時。

《縣志》：罍，康熙癸巳科舉人，雍正甲辰科進士。山東鄒平縣知縣。

《太學題名碑録》：罍，天津衛籍。雍正元年癸卯科進士，二年甲辰科補殿試三甲第十五名。

《津門選舉録》：罍字止山，雍正甲辰進士。山東鄒平縣、江南金山縣、昭文縣知縣。丙午江南鄉試同考官。

《蘇州府志》：罍知昭文縣，操守廉謹。常、昭城河歲久淤塞，乾隆十年力主疏通。與常令各分地界，工竣計夫八千餘名而人不怨。

《津門詩鈔》：止山先生少以文名重於三津，與王介山先生有二山之稱。同成進士，士林榮之。卒之日無嗣。金芥舟挽公詩云：老木寒鴉感舊羣，等閒便有死生分。自嗟身後知誰哭，因向生前倍哭君。康達夫挽公詩云：文藻空鄉國，悲風起故林。斯人今已歿，誰更繼高吟。則先生之生平可想。

余金《熙朝新語》：雍正丙午江南鄉試，房考張止山壘科分最久，自居前輩。每晚焚香拜祝神佑，如有積德之士求，暗中指示。各房笑其癡，咸揶揄之，伺其燈下閱卷時，以一細竿穿牖入挑其冠，張驚以爲神，拜祝如前。衆伺其坐定，又挑之，張遂捧卷上堂，主考已寢，張叩門告以神明指示之故，主考閱之，笑曰：『此文甚佳，取中有餘，君何必神道設教乎？』衆噤不敢言，及榜發，此卷已中式，各嘩然，告張曰：『我輩弄君耳。』張正色曰：『此非我爲君等所弄，乃君等爲鬼神所弄耳！』此論甚正。

紀昀《閲微草堂筆記》：張石粼先生，姚安公同年老友也。性伉直，每面折人過，然慷慨尚義，視朋友之事如己事，勞與怨皆不避也。嘗夢其亡友某公，盛氣相詰曰：『君兩爲縣令，凡故人子孫零替者無不收恤，獨我子數千里相投，視如陌路，何也？』先生夢中怒且笑曰：『君忘之歟，夫所謂朋友，豈勢利相攀援，酒食相徵逐哉？爲緩急可恃而休戚相關也。我視君如弟兄，吾家奴結黨以蠹我，其勢蟠固，我無可如何，我常密托君察某某，君目睹其姦狀而恐招嫌怨，諱不肯言。及某某貫盈自敗，君又博忠厚之名，百端爲之解脱，我事之債不債，我財之給不給，君皆弗問，第求若輩感激稱長者而已，是非厚其所薄，薄其所厚乎？君先陌路視我，而怪我視君如陌路，君忘之歟？』其人瑟縮而去，此五十年前事也。

沈兆澐《敬止述聞》：石鄰先生善書，得篆隸遺意。雍正癸卯進士，仕江蘇震澤知縣，著有循聲。卒祀名宦。

王又樸《祭張母元太孺人》文：嗚呼！又樸之登堂拜吾伯母也，自康熙癸巳歲始，時則令子石鄰薦賢書而又樸副之。先是又樸得拜伯父，公於庭命石鄰兄弟與又樸締交。云：天津去京師不數百里，近鹽逐末，四方之浮囂不靖者樂萃此以規利，莫不兢逐鮮肥，便辟矯誕，令人莫測所爲。而石鄰兄弟獨敦古義，相處日以敝衣冠游廛市，夷然弗屑，時人以爲怪，然又樸竊重之。及雍正癸卯，遂以前後榜成進士，又樸在館以迄佐鹺河東皆與石鄰俱，蓋依依不忍一日離也。又樸既與石鄰交如親兄弟，以故伯母之視又樸亦猶子也。歲時拜見，其訓誡又樸者，猶之乎訓誡石鄰焉。乃自雍正己酉，又樸落職後棲遲扶風倅署，而石鄰亦求五斗粟養親遂相違。又樸既以失志而貧，石鄰又更甚焉。中間遭險巇困踣幾不能存，然其骯髒猶昔也。今幸事得雪，補官於江左之金山，未匝月而伯母之訃適至。雖又樸猶驚悼悲愴不能自已，况石鄰之爲子者哉？嗚呼！樹欲静而風不甯，子能養而親安在。回思又樸之於吾二親，其情之可悲可痛亦如石鄰今日矣。雖然又樸老矣，思買田東郭與石鄰兄弟白首相依以終。昔日交好之情，然未知天竟何如，命竟何如，即使果能而求如疇昔之日，拜伯母而聆謦欬，竊其淑範懿言，歸而語諸婦。俾吾婦吾女儀之效之，又豈可得哉？嗚呼！一官匏繫千里，臨風欲執紼而無從。想梧棬其如在，有不禁涕泗之交流者矣。

周焯《送張宜山大令之鄒平任》詩：君豈折腰人，腰章胡焜燿。百里爲親屈，捧檄强一笑。原非温飽求，清名自可召。吾道屬和平，任情乖理要。孝子有移忠，仁人無竊號。行矣暫分攜，努力各深造。又《酬張宜山鄒平見寄》詩：休官下第渾閒事，一接雙魚感係之。譜縣有才君若此，逢年無技我何爲。世途半是荆兼棘，心境應從坎處夷。秋色滿前新酒緑，丁寧莫負菊花巵。

金玉岡《哭張止山先生》詩：伯道無兒漫自愁，免教身後有遺憂。任他細雨清明候，青草茫茫土一邱。老木寒鴉感舊羣，等閒便有死生分。自嗟身後知誰哭，因向生前倍哭君。

康堯衢《挽張止山先生》詩：解組心猶壯，談詩老益深。如何雙樹下，不復聽流禽。文藻空鄉國，悲風起故林。斯人今已殁，誰更繼高吟。

《畿輔詩傳》：譽題畫詩：踏屐秋登月下臺，碧梧陰静小徘徊。遥知鶴夢幽閒處，定有琴聲過水來。

緘齋雜識：石粼先生與王介山交最深。爲鄒平令，忤上官誣以贓問配，事得雪補官江左，丁憂歸。弟名譽，字北山，見《詩禮堂集》。初介山館選後，偕崞縣李原綸徽、蓬萊馬存齋金門及未入館者石粼先生等五人講究經旨，人笑其迂，然前輩敦本好學可想見矣。余曾見先生所撰同年李桐源庶常行略，介山有書後一篇。桐源名淮，號石林，桐源其字也，直隷高邑人。雍正癸卯庶常，旋以弟殁過哀致疾卒，介山爲文祭之，其婦傅孺人以身殉。俟後日搜得李公行略仍附録焉，兹記其梗概如此。

津門徵獻詩卷三終

津門徵獻詩卷四

天津華鼎元文珊

查解元爲仁

披吟伯虎遺詩稿，省識盧鴻舊草堂。招友開尊孔北海，通賓置驛鄭南陽。

《四庫全書提要》：《絶妙好詞箋》七卷。《絶妙好詞》宋周密編，其箋則查爲仁、厲鶚所同撰也。初爲仁采摭諸書以爲之箋，各詳其里居出處。或因詞而考證其本事，或因人而附載其佚聞，以及諸家評論之語。與其人之名篇秀句不見於此集者，咸附録之。會鶚亦方箋此集，尚未脱稿。適游天津，見爲仁所箋，遂舉以付之，删複補漏，合爲一書。今簡端並題二人名，不没其助成之力也。宋詞多不標題，讀者每不詳其事，如陸游之瑞鶴仙、韓元吉之水龍吟、辛棄疾之祝英臺近、尹焕之唐多令、楊恢之二郎神，非參以他書得其源委，有不解爲何語者，其疏通證明之功自不可泯。爲仁字心穀，號蓮坡，宛平人，康熙辛卯舉人。是集成於乾隆己巳，刻於庚午。鶚序稱其尚有詩餘紀事若干卷，今未之見，殆未成書歟。

法式善《清秘述聞》：康熙五十年辛卯科鄉試，順天考官趙申喬、江球。解元查爲仁，字心穀，宛平人。

《長蘆鹽法志》：爲仁字蓮坡，著有《蔗塘未定稿》詩集、《蔗塘外集》《游盤日記》《蓮坡詩話》。子善和，字東軒，亦工詩，著有《東軒詩稿》。

鄭方坤《名家詩鈔小傳》：爲仁字心穀。既罹患難，而導師爲贈道號曰蓮坡，故又稱蓮坡居士。十九舉鄉試第一，是爲康熙之辛卯科，主試者武進司農趙恭毅公也。公故以革銅商事與執金吾陶和氣者相水火，欲甘心焉。謂榜首固富人子，且少年名不出里閈，是奇貨可居，遂鈎致以興大獄，既鍛鍊成，而心穀當死罪，長繫請室，越八年始邀矜釋。嗚呼！悕矣。心穀固才士，既顛蹶無生理，乃就白雲司葺板屋數間，日讀書習静其中，高雲上人爲榜曰花影庵。七略四庫，恣意佃漁，結撰爲工，篇章日富。其自序云：綴毫肺石之上，染煙牢户之中。比諸哀雁寒蟬，自攄胸臆，含酸茹歎，詞意歉然。然鏗訇陶冶，實能與古人相頡頏。一時名士贈答頻煩。張得天尚書至稱爲唐子畏後身，而歎惜其有才無命。因憶當心穀下獄之秋，余方髫齔，遠近喧傳，僉謂其不識一丁字，如虞山所嘲一元氏，然者孰知其爲慧業文人，而才藻横飛若此也哉。心穀既出獄，則結園沽水之西，臨流植椽，閉門疊石。賦夕煙於琴幌，吟曉日於書牀。而津門爲水陸之衝，去京師十舍而近，冠蓋相錯，賓至如歸，投轄贈鞭，徵詩對酒。許渭符司馬所云『庇人孫北海，置驛鄭南陽』，而高宗山孝廉亦有『東山麗句諧絲竹，北海名賢共酒樽』及『甲部攤經丁部史，紅兒記拍雪兒歌』之贈。三復微哦，猶令人想見名士風流，太平盛事。

袁枚《隨園詩話》：升平日久，海内殷富。士大夫慕古人顧阿瑛、徐良夫之風，蓄積書史，廣開壇坫。揚州有馬氏秋玉之玲瓏山館，天津有查氏心穀之水西莊，杭州有趙氏公千之小山堂，吴氏尺鳧之瓶花齋。名流讌詠，殆無虚日。許佩璜刺史贈心穀云『庇人孫北海，置驛鄭南陽』，其豪可想。余宰江寧時，查宣門居士開贈蔗塘詩一集，蓋心穀先生所作。原籍海寧，寓居天津，十九歲即經患難，在獄八年始得釋歸。憐才愛士，置驛通賓。其詩精妙，蓋深得初白老人之教者。同友集空谷園云：郊居塵壒少，幽訪共沿回。柳下孤篷泊，花間白版開。高人還掩卧，稚子識曾來。小立窺鷗鷺，忘機客不猜。秋夜病中云：巷尾迢迢報柝聲，虚堂如水斷人行。雲移一朵月吞吐，竹嘯幾聲風送迎。不向枚生求七發，祇憑麴部覓三清。調糜煮藥經旬卧，白髮蕭蕭又幾莖。他如『酒無千日醉，事有百年忙』『爲問亭邊三五樹，春來花發幾多枝』，皆可誦也。己未余乞假歸娶，杭堇浦前輩爲余通書。先生命其弟儉堂禮登船厚賮，至今未敢忘也。先生有《蓮坡詩話》，載初白老人教作詩法云：詩之厚在意不在辭，詩之雄在氣不在句，詩之靈在空不在巧，詩之淡在妙不在淺。其言頗與吾意相合，特録之。

王昶《蒲褐山房詩話》：蓮坡先生早赴鹿鳴，被訐得罪，數年後得釋。因發憤讀書，博通典故，居天津水西莊，藏書萬卷。南北往來如萬柘坡、厲樊榭、趙飲谷諸名士，無不攬環結佩，延主其家，相與覃研詩詞書畫。又所娶金夫人含英，亦耽風雅，人望如仙。其集中句如『地偏人跡斷，潮定水痕深』『落花寒食節，飛絮午晴天』『晚徑黃花開有色，曉程殘月落無聲』『一榻茶煙留客話，半簾花影枕書眠』，皆中晚唐妙句也。今下世四十餘年，而莊亦改爲公廨矣。先生弟儉堂與予交善，而子篴槎給諫爲予同年，故得其風流好事如此。

《紅豆樹館詩話》：海寧查氏代以詩名，後占籍宛平，宗風猶能不墜，蓮坡居士其尤著也。五言如：『坐深涼意滿，吟苦樹陰移』『夢回春樹外，花落午晴初』『斷崖松影合，僻巷犬聲隨』。七言如：『客子吟鞭隨雁後，故人歸信在梅先』『青鸞已杳難傳信，芳草多情易惹愁』『功名可笑同槐國，日月唯應入醉鄉』『晚飯香芹烹鴨脚，小池新水長魚苗』『客來共試中山酒，秋到曾無一日晴』『曲水橋通芳草外，夕陽樓倚老松顛』『小拓茶寮斜倚石，別開棋閣略栽花』『時序驚心寒食近，風光轉眼少年非』『春淺蘆芽方圻蘿，日晴水髮自拖藍』『鶯老花殘春寂寂，酒消香冷夜厭厭』『小艇孤燈人獨卧，秋風黃葉雁初來』『開尊北海猶初志，射虎南山感昔年』『此心住世仍忘世，過眼新人非舊人』『春色淺深簾幙外，梅花消息酒杯間』。皆清新微婉，耐人尋繹。蓋蓮坡嘗學詩於初白庵主，又與厲太鴻、杭堇浦、萬柘坡、汪西灝諸君子游，故一洗粗獷膚廓之習，歸諸雅正，讀者可識其得力之所在矣。

《津門詩鈔》：爲仁一名成甦，字心穀，號蓮坡，又號花海翁。康熙辛卯解元，因事被劾下部獄數年。覆試得雪，賞還舉人，隱居不仕。蓮坡天姿清粹，博學能文，受詩於高雲禪師，旁通今古。自經患難後，息意名場，尚氣誼，喜結納。所居曰花影庵、曰澹宜書屋、曰古歡書屋，有園在城西，曰水西莊。大江南北，才人過津門者一刺之投，無不延欵，如萬循初、余樾檣、錢香樹、魯亮儕、劉雪柯、顧梅東、陳子翽、陳相國元龍、英相國夢堂，無不主於其家。月夕花晨，簪裾滿座，宴游觴詠，殆無虚日。一時有『庇人孫北海，置驛鄭南陽』之譽。最精賞鑒，縹緗錦軸，法物圖書，金石彝鼎，藏貯極多。其家愛養人才，詩書之澤亦最久。公之子鐵雲侍御，乾隆甲戌進士。孫誠，丁酉舉人。曾孫訥勤，辛酉進士，入詞林。足徵培植斯文之厚。

劉壽眉《春泉聞見録》：叔祖汾年公知福建安溪縣，攜眷赴任，路由灘河水清淺，姑母年方幼，憑舟弄水，水内石子磊磊，顔色燦爛，大小不一，心竊喜。忽又見一石子漾映水中，迥異他石，引手而得，色赭，長三寸許，廣二寸許，形同鵝卵而扁。内有觀音坐像，眉目衣文事事生動，身後緑竹三竿，本節枝葉直欹，反正之態與真者無少别，形透石背。天地生奇，理難臆度。寶勝拱璧，制龕供奉。姑母長，適大興查蓮坡先生，石亦歸查氏矣。

《吟齋筆存》：《沽上題襟集》載查蓮坡老人立春詩云：纔到東風百事妍，竹爐茶臼意蕭然。映窻清影梅枝瘦，拂几紅箋詩思偏。翦燕不妨隨俗例，畫雞曾記戲兒年。轉珠日月匆匆過，生菜堆盤又薦筵。平淡有味，詩境自遠。

厲鶚《蔗塘未定稿序》：詩不可以無體，而不當有派。詩之有體，成於時代，關乎性情，氣格之所存，非可以剽擬，似可以陶冶得也。是故去卑而就高，避縟而趨潔，遠流俗而嚮雅正。少陵所云『多師爲師』，荆公所爲『博觀約取』，皆於體是辨。衆製既明，鑪鞴自我，吸攬前修，獨造意匠。又輔以積卷之富，而清能靈解，即具其中。合羣作者之體而自有其體，然後詩之體可得而言也。自吕紫微作西江詩派，謝皐羽序睦州詩派，而詩於是乎有派。然猶後人瓣香所在，强爲臚列耳，在諸公當日未嘗齗齗然以派自居也。迨鐵雅［崖］濫觴，已開陋習，有明中葉，李、何揚波於前，王、李承流於後，動以派别概天下之才俊，啖名者靡然從之，七子、五子疊牀架屋。國朝詩教極盛，英傑挺生，綴學之徒，名心未忘，或祖北地、濟南之餘論，以錮其神明；或襲一二鉅公之遺貌，而未開生面。篇什雖富，供人研翫者正自有限。於此有卓然不爲所惑者，豈非特立之士哉？查君蓮坡以詩鳴久矣。蓮坡家海津，去日下數百里而近。舟車馳鶩，憧擾於耳目；門牆授受，誘接其心思，宜其詩之囿於派。而蓮坡掉頭天際，縱心遥遇，所託意者山水、禪悦、友朋、書卷之間，通脱雄鶩，滌煩釋滯，標舉勝境，流連景光，輒秀警不可刊置。間爲艷詩及樂章，非搴蘭佩茝之旨，即花飛釧動之悟，此其陶冶深而采擇富，殆無體不苞，以成爲蓮坡之詩體歟。蓮坡少嬰世網，息機最早。力田侍養，澹然一無所營，而通懷嗜學，博極古今。結友徧南朔，有江湖旦過之目。昔人所云隱不違親，貞不絶俗者，庶幾似之。讀者因詩以儀其人，并因其已刻者，以想其未刻者，知予言之不妄歎也。乾隆八年春正月五日序。又《戊辰六月六日舟中寄查蓮坡》詩：六月六日寺前船，客子枯坐愁書空。岱雲膚寸幾時合，汶水涓流何日通。豈有詩篇傳冀北，漫將米價問江東。美人咫尺勞相望，尚隔津門煙樹中。又《七夕查蓮坡招同英夢堂吴東璧陳對漚集南埼草堂分韻得荷字》詩：羈懷不可釋，憚暑期煙蘿。嘉招愜心素，南郭尋行窩。修梁百步餘，沽水通小波。絲楊盡踠地，彌望菱與荷。客來泠香中，遥吹銷煩疴。林蟬無輟響，秋思亦已多。坐中半故鄉，佳節感蹉跎。頹陽飛鳥外，新月層城阿。情話尊未竭，歸軒指斜河。又《哭查蓮坡》詩：燕南耆舊久相推，會面俄成萬古哀。漫滅虛充選人去，淹留直爲訪君來。乾坤劉尹誰知我，湖海陳登未易才。老淚臨風何處寄，手書猶在忍重開。

陳鵬年《花影庵集序》：予嘗從夏重兄弟游於慕園，性情尤近。稱素心者數十年如一日，亦數千里如一堂。才子蓮坡承其家學，稱著作林。《花影庵集》一編，其患難中作也。一日以集來屬序，予爲雒誦竟，憮然曰：予固患難中人耳，當險阻萬難時，輒以詩歌寫其鬱勃，見之者或以爲囈矣。蓮坡獨能處窞而平之，含毫渺慮。雖懍懍懷霜，神明自勝，其發爲言也，藹然廓然，非涵養至深，曷克致此？或謂蓮坡因花印影，以無相豁其根塵，故以之名庵，是集蓋其文字般若耳。予謂泡影露電，宗諦固然。若蓮坡行尚心亨處，憂患之道實深於易。試觀楊生棘置繫爻者不少寓言，儻必以清溪桃李爲詩禪，將白芷緑蒲都作師子比邱法界耶。其實風人之旨有非意識可求者。持此以質吾慕園，當亦拈花動微笑矣。康熙五十八年己亥九月。

張照《花影庵集序》：歲乙卯十一月，余被逮羈犴犴，黑風滿眼。明年三月獄未成而事已雪，乃有戚友敢入視。查君貢木世交也，然未謀面必欲至，請室相見。坐定訝曰：『此花影庵也。』余曰：『曷謂？』曰：『此地即余家心穀羈處也。事定後，一時名流攜酒榼，橐煙翰，觴詠於此，故爲熟游地。』余未識心穀，而耳熟同年友趙君侯赤之言也，其言曰：司農心傷心穀之獄至甚，其獄起於執金吾陶和氣。陶和氣之爲此獄也，爲司農革銅商事。銅商金姓王姓者欲甘心焉，而爲是獄也。心穀，才人也。余既懷亡友之言，忽聞貢木之語，心心穀非一日。出獄後，有客從天津來，攜《花影庵集》至，酒酣快讀，歎曰：『此我朝唐子畏矣！』特其詩猶若有不釋然者，夫乃猶見花而未悟其爲影，與抑見影而猶有花者存歟。影已非花，花不知影，而見花見影者，一見於花，一見於影。由花悟影已落二三，何况索花於影也。無花無影乃有庵存。此庵何名，曰化城。是但可小憩，未至寶所。何况花耶？又况花之影耶？客曰：『寶所云何？』曰：『花影集是。』客懡㦬而退。烏虖！能知此語如語實語，非前後不相應語者。誰乎，吾非心穀是期而誰與期。遂書爲《花影庵集》序。

查慎行《心穀無題詩序》：猶子心穀從患難中發憤著書，所爲詩多與古人相頡頏。其花影集經滄洲先生序而傳之，暇搜篋衍又得無題詩如干首，謁予爲序。予惟有梁鐘仲偉謂張司空文字務爲妍冶，疏亮之士恨其兒女情多，僅置中品似矣。竊謂司空千篇一體，謝康樂嘗以爲譏，若以華艷爲説不免過甚。夫屈騷佩纕荃山榛隰苓，開之古人興托有在，固不必因夢中蘭若并疑及楚天雲雨也。新城王西樵喜作艷體，有誠之者，西樵曰：是特阻吾兩廡升牢耳。鈍翁《説鈴》載之。余謂西樵蓋謾作是語，其寄托有無事自明者。心穀固學道人，從坎壈中得禪悟者九年矣。豈誠以瘁音弗華，乃以描脂繪粉自娛悦耶？昔王右丞抗行周雅，輞口元談，克踐摩詰之號，而《洛陽女兒》《閨人春思》諸篇餘力猶及焉。東坡與僧潛詩云『多生綺語磨不盡，尚有宛轉詩人情』，夫詩人之情亦何限哉？心穀出之宛轉，藴之遥深，庶幾香草美人共成千古。若叢臺崑體已成潭底蟾光矣。心穀年甚富，讀書日益多。他日撰述當更有進於此者，老人將重爲序之。康熙五十九年歲次庚子長至後二日初白庵主序。

王霖《蓮坡是夢集序》：予友查君蓮坡不得閒見二十年矣。今者朔風悽緊，葉落長安。曉日蒼凉，冰連沽水。念前期之契闊，動若參商。辱隔歲之招邀，不忘車笠。爰書驢券爲叩莎堂，接叔子於座隅，拜龐公於牀下。聚星不易，偏慳半面之緣。别雨何堪，幸報詰朝而返。驚看老大容貌都非，細數交游風流略盡。於是然通宵之樺燭，縱一棹之觥船。揮麈以談，擁爐而語。謂此生匏落且爲勞者之歌，終歲瑟居，竊比溺人之笑。吟到停雲落月都如天姥之游，賦成春鶴秋猿盡似臨臯之夜。三爻自足臣不如人，半路相尋君其知我。此是夢一集所由屬序於予者也。嗟乎！茫茫九寓同在大迷，鼎鼎百年誰爲先醒。僕書十上而刖足，米五斗以折腰。空想生花登岸，乏問天之句。何曾吐鳳縛船，多罵鬼之文。獨羨吾賢真能作達，栖林泉而神憺不見不聞，樂魚鳥之魂交無因無想。何處是不平之局，傳來皆絶妙之辭。汁灑金壺，雲霞舒卷。書抽翠管，金石鏗轟。固知占噩懼於當年，不煩太卜。詠升平於此日，已抵華胥矣。乾隆四年冬十月。

符曾《心穀抱甕集序》：向讀少陵東屯、瀼西諸詩，愛其賦景親真，造語熨切，非得田園之味者不能作。如狀稻畦之水則云『芊芊炯翠羽，剡剡生銀漢』；寫瀼岸之暮則云『春氣晚更生，江流静猶動』；模江雨之静則曰『高鳥濕不下，居人門未開』；繪山雲之薄則云『晴飛半嶺鶴，風亂平洲樹』。皆其悟由聽觀，不關懸擬。讀者不必遽盡其詩，但閲其詩首諸題、題下數序，已足以息塵心而希至道。是非少陵田園詩之獨真，蓋詩固未有不真於田園者也。查君蓮坡奉白華潔白之養，結園沽水之西，臨流植棳，閉門疊石，賦夕煙於琴幌，吟曉日於書牀，歲久成編，名曰《抱甕集》。氣和而色淡，旨遠而神恬。得意魚鳥之間，忘情埃壒之外。雖其中友朋文讌，道路往還，或多觸緒之吟，不盡閒居之作。顧其澄懷專注，雅思獨存。則於田園獨多，非有得於少陵之真者，能若是乎？夫吟詠之間，以達情性，情性之真，不寄於委佩彯纓，而寄於野弦山酌。袁小修云：文人之文，高文典册，莊重矜嚴。不若瑣言長語。無意爲文而神情興會多所標舉。斯論也，可以例文，亦可以例詩。幽閒之士翕性輕清，結情冷汰，隨筆點染，非山林語固無以自見其胸臆也。或曰抱甕非寔事，漢陰之後，誰復守其拙者。曰：事不必其相同而有，可以相類。水西之園逼臨河涘，決渠灌溉宜若易易焉者。不知河勢建瓴，峻堰危堤，不容一蟻。缺必鑿井得泉，海潮暗上始得俯仰桔槔以相挹注。取水少而用勞多，其於漢陰之拙相去無幾。噫！是固忘機者之所樂爲而不厭者也。乾隆二年春正月。

萬光泰《竹村花塢集序》：古今以詩名者不一人，其旨趣不一類。大約境有頗夷則言有哀樂，惟夫深於道者，處達而泯侈忲之辭，際窮而絕怨悱之音，故其爲言卓乎可傳也。予友查君蓮坡，少具不羈之才，掉鞅省門一蹶不振，遂絕意華膴，頫首書窟，作爲詩歌以自娛。予締交五年矣，偶出竹村花塢詩一集，畀予爲序。予嘗從蓮坡商榷歷代人物優劣及名物制度諸損益，蓮坡傾懷展臆，條指始末。莫不有以究極，其根抵則充。蓮坡之學登之巖廊，貢之大廷，詎不足以頌太平，備顧問，今乃僅以詩見，豈蓮坡之志哉？雖然予竊恠古來文士失時不偶，往往甘心沈溺，而激爲悽戾危苦之辭，甚者放情肆志，脫略禮法，其抑塞磊落之氣，視九域之大，覆載之寬，舉不足容其一身。今蓮坡寓意耕漁，暇即以載籍養其身心，以翰墨永其日月。

其發爲言也，和愉而不懵，疏亮而不迫，俯仰自適而無牢愁沈抑之思。所謂窮達一致而深於道者非耶。夫用舍隨時，迭有顯晦。惟明乎進退消長之故，則有所失於此，必有所償於彼，無所聞於今，必有所傳於後。嗟乎！蓮坡固古知道之士也，予敢以詩人目之哉。乾隆六年二月。

汪沆《蓮坡山游集序》：予甫冠學爲詩，請於先生長者曰：詩何由而工？長者曰：亦多讀書多游覽耳。時方事科舉學，聞而置之。稍長，盡取古人詩諷誦之，見其意境𣁋閎、神鋒標映者，大抵模山范水之作居多，而曩時長者之言始信。丙辰夏北走京師，歷吴楚齊魯燕趙諸地凡三千餘里，舟衝洪波，車駕巍坂，際羈愁無俚時，每託歌詠以舒其鬱轖困苦之思。詩不多作，作竟不能工，又疑所聞長者之言爲不可信也。尋客津門，獲交蓮坡，蓮坡少負逸才，轗軻不遇，手闢水西别墅，藏書數萬卷，枕葄其中，日事嘯詠。性好游，聞話佳山水不難重趼累驚而往顧，興旋發旋止。予私叩之，蓮坡應曰：古人之游有所乘也，我人之游有所俟也。雖然盤、西二山近界畿輔，曾一再陟之而且詠之矣。知予之游者子也，知予之游之未敢遽遠者亦子也，子不可以無言。予受而讀之，終卷若穹巖窈洞，近接於目也。雲霞蔽虧，朝霏夕煙，縈拂於几席户牖也。幽泉之琤瑽，林籟之蕭屑，與夫樵吟梵唱，禽鳥之音遞於耳，而互答於左右也。不禁作而歎曰：詩之工拙果繫乎游哉！然有難以理度者，假詩必游而後工，盤、西兩山裏糧擔簦者，一歲之内，趾相錯，肩相摩，不知凡幾。或游矣而不必能詩，能矣而不必盡工。即以予之弇陋，隔歲常策杖兩山，所作都凡近然。後知蓮坡之詩之工，雖結癖於山水者深，寔亦讀書之多，有以陶寫其靈能而抗懷於物表也。則予之請益於長者，不當徒求於游，而向者之説洵無可疑也。州有九歷其八，岳有五涉其四，予知蓮坡猶未饜意。他日行篋之作，定有什伯於此者，當更爲泚筆序之。乾隆六年夏四月。

吴陳琬《押簾詞序》：昔賢論詞，雖詩餘而詞有四聲五音，均拍輕重清濁之别，其爲之也，較難於詩。蓋以一字不合，一句未安；一句不調，一闋失節。故伏習者卒鮮，而以之名者亦闃寂無幾也。予友蓮坡才思超俊，履險能夷。時時招予坐花影庵，風簾雪檻，刻燭賦詩，外尤好倚聲。未幾，裒其新製若干闋丐予點定。抽妍騁秘，宫協律諧，且盡洗草堂、花間之餘習而出之以雅正，洵乎能爲其難者矣。子雲曰：能讀千賦則善賦。君大曰：能觀千劍則善劍。爲而不止，則把臂玉田，拍肩白石。古今人何遽不相及哉？

陳皐《押簾詞題詞》：國初以來，江左言詞者無不以迦陵爲宗，家嫻户習，一時稱盛，然猶有草堂之餘。自浙西六家詞出，瓣香南宋，另開生面。風氣一易，於是四方承學之士從風附響，知所指歸，數十年來流韻少替焉。予少有此癖，頗昧左高下濁之辨。己未夏北游，假館於蓮坡澹宜書屋。每風雨夕，酒邊燭外時同搯韻，而蓮坡於聲律之微必抉根溯源，究其旨奧。至於抽思掞藻，總在汰去侈蔓，一歸清真。故其所製激響空明，華而不靡，刻而不露，如幽湍之鳴，如虛林之籟，一本天然也。抑予聞之張叔夏云『詞以雅正爲貴』，志之所之，不爲物役。凡人嗜好交馳，志分而慮雜，其不爲物役者有幾。今蓮坡息影水西，屏絶塵坌，忘情於亞花姹竹之間，引睇於夕月朝煙之外，宜其落筆灑灑不爲字束，不爲句牽，而體裁衷諸雅正也。惜乎！竹垞、田居諸先輩久歸道山，無由是正。當今先路之導，舍蓮坡奚從乎？爰讀其集而綴數語於首。

釋成衡《蓮坡賞菊倡和詩序》：蓮坡居士具精進心，得自在力。雖羅煩惱之箭，如游歡喜之門。一四天下，妙鑒苦空。二六時中，自舒縛律。暇則招尋静侣，諮叩導師。心務熏脩，義皆解脱。前者丙申九月，令逢白拒，菊有黄花。齅七覺之香，拈來微笑。栽四禪之室，悟徹前因。於是幻儒生服者偕詠滄英，現宰官身者載賡泛醴。見知聞知之各異，疑有疑無。人相我相之兩忘，即空即色。都爲一集，足永千秋。嗟夫！交如其淡，最是秋花。友必於端，當留晚節。奚俟酈泉較勝貯以德瓶，底須栗里齊甘依然樂土。倡予和女，笙磬同音。入雅出風，瑶琨競秀。特是旗亭争唱詩駕高岑元白以前，經案重繙意傳文字語言之外。康熙五十九年正月。

釋元信《花影庵雜記序》：《花影庵雜記》一編，蓮坡居士在西寺時，與高雲古宿暨知交唱酬贈答之詞也。居士抱軼世才，於學無所不窺。日肆吟詠，尤以禪悦爲味。壯志凌厲，蚤預英髦，既而爲同輩所忌，顛躓彌年。其遇境皆他人苦眼鋪眉，愁怨百出之地，而居士處之淡然，築板屋數間，顔曰花影。筆公楮生日長自隨，暇則相與究妙明心，論尊勝品，流連往復，或咢或歌不啻飛屐雲表，結茅空山。高情逸致在松風水月間也。今夫花之有影，遞相和合。索影於花，花本無影。離花求影，影不自生。爲一爲二，兩者總無是處。彼衆香國具無量花，各各莊嚴，不受滓垢。而波奢羅花獨於衆中具悲惱相，然自清淨。寶目觀之自當作平等觀，不復於此妄生分別。今讀居士雜記，珠聯璧疊，既皆見道之言。而一二故人風雨不輟，其音其旨真足以敦古誼而勵澆俗。非其胸中別具洗心之經，視一切有爲皆如空花變滅。何以至是，偶爾顛躓。正如波奢羅花暫作異相於圓湛之境，了無礙也。今年春予來津門，因與居士共闡四禪之奥。而予與高雲又法兄弟也，同源合本，有觸於懷。快誦是編，不勝欣喜讚歎。聊作數語以弁其首，居士其又以爲老僧饒舌也。雍正癸丑三月。

吴廷華《游盤日記序》：言三盤之勝者，曰松曰石曰水，雪則未之聞也。夫薊北苦寒，何地無雪，而三盤之雪，獨傳於蓮坡諸君子之游。毋亦如日記所云畏寒畏險者多耶。蓮坡劇好奇，觀其捷徑蹈危，擁裘殭卧而不以爲憊，則誠無所畏矣。但以二十餘年之結想，而偶得暇以爲是游。則是游也，蓮坡且不自意而遑與雪期然，而造物之奇無幽不顯，以三盤松石水之勝經雪而倍奇，而入山者曾未之遇。山靈之鬱勃甚矣，而忽與好奇如蓮坡者值，又何所吝而不悉爲之呈。天柱之月傳於知微，華陽之雲傳於宏景，三盤之雪傳於蓮坡，古今如一轍耳。余好游而惰，又具不足以濟勝。於蓮坡兄弟入山之約訂後期者數矣，今蓮坡之游若爲之導者。讀其記若詩，蓋不啻與諸君子並入玉玲瓏世界而與爲酬唱也。爰贅數語以爲續游券云。

杭世駿《蓮坡詩話序》：詩話之作其肇於大小序乎，作詩之旨非序不彰，説詩之道廢序則鑿。後世衍其流者有二。清能靈解標舉雋異，《主客圖》是也，是謂傳其詩。歡場醉地感均頑艷，《本事詩》是也，是謂傳其人。吾友查君蓮坡少遭憂患，壹意聲詩。推衿送抱，倡酬日衍。目擩耳染，聞見日拓。出子墨之緒餘溢爲詩話，是殆能兼張爲孟啟之長者。余反覆觀之，歎君之用意厚也。昔嚴有翼以雌黄著號，葛立方以陽秋立名，持律嚴矣。然嫌其專以掎摭疵病爲能，失温柔敦厚之旨。君獨宏獎陳人激揚氣類，如人天集會有讚歎而無撝訶，不既善乎？嗟乎！大江南北，詩人如草蘩，不擇地而生，而名章秀句曾不挂於通貴者之口，不謂匿跡菰蘆者。甄綜遺事，轉能囊括一代之騷雅。試瞻海寓，苟非横目四足，以靈性相煦嗡者，其孰不願暱就焉。余才薄，不足以開設壇坫，而緇衣之好自謂不後於蓮坡，讀是編，已自憙乎，抑自慙也。乾隆辛酉春。

談汝龍《花影庵記》：花影庵者，紅薑老人顔查子心穀斗室之額也。心穀少年美才思，拘幽困苦。所著詩歌文辭，日久成帙。類皆抒寫其無聊感慨，有缺然於孝友之憾。故有蔗塘詩一帙，殊悽慘不忍多讀。老人向與心穀尊人天行先生三十年交契，一見心穀惻然憫之。微一開導，躍躍領悟。老人知其夙根非淺，即授之偈而傳以心。蓋亦澤公三生石上之緣，非泛泛也。予憶去年秋，心穀之妹聟李仁山，自河南歸，同集心穀齋中，爲述客所曾得一夢。見有長髯道士，丰骨珊然，若吕祖狀，仁山特敬禮之，因贈仁山一名一字。名係更字傍，左右模糊不復省，字曰蓮坡。仁山揖而受之，曰：名與字俱佳，竊願轉贈於妻兄心穀。道士微笑曰：若此固妙。仁山夢醒記之。去秋以爲異事，偶相告語，一年來未嘗再及也。兹老人既傳道，心穀爲懇法名道號。老人絶不思索，名爲成甦，字曰蓮坡。時予在坐，心穀輒深訝之，謂吾師得非夢中人乎？予亦恍然咄咄稱怪。師問其故，具述李夢。噫！吾不知前日之爲夢，而今日之非夢耶，抑不知今日之爲夢，而前日之非夢耶。古人有言，祖師亦是夢中人，又安知長髯者非即老人耶？大千廣千，倶非真境。空花幻影，亘古如斯。師殆夢中之先覺者歟，師亦莞爾。適心穀更懇顔其齋，老人曰談子之言足録也，即以花影庵贈之。緣授受時予爲證明，及命名字予知由來。心穀以爲是庵之不可無記也，予既義不可辭，爰述其事，殊愧言之不文云。康熙戊戌冬月。

釋明潛《寄查蓮坡書》：前雪樵入山荷惠翰教并花影庵詩，讀之覺幻境一空，竿頭更進矣，羡服，羡服。知半村尚在西曹，兩先生之人品、心術，豈合爲此中人哉？儒者往往有不平處，未解處，佛家所云宿業也。移形换影，此張彼李。不知此軀雖異，舊案未清，果報之説豈盡誣哉。先生近拜高云和尚爲師，聞之喜氣躍躍，何者？天下自有禪教以來，多少英雄豪傑信受奉行，豈盡詘於才而闇於識歟。非有實見性地可以悟徹死生，諸君必早斥之。其所以蔓延不絶者，可爲愚不肖者懲儆，亦可爲賢知之士另闢一洗心滌慮之境。并可爲思婦勞人，孤臣孽子不得志於時者，有托而逃焉。原不僅以制虚守寂爲了事也。朽衲已矣，一龕終老，復何所冀。憶初入山時諸凡强制，壯心未息。時或無名之餤偶然觸撥，不覺泣血呼天，恨死已晚。二十年來其氣漸平，實荷經典之力。足下得有暇時，幸勿存儒墨之見於胸中，試舉其書而讀之。自淵淵乎咀味甚長，始知老衲之言爲不欺也。今歲覺昏聵愈盛，惟有閉目念佛，潛修净土。花月情疏，詩文緣盡。即强拈之索然如槁木死灰，以此擱筆。承台意諄切，勉爲步韻。只可作夢囈觀，更不足以詩律之也。接到無題詩，竟成大帙，愈讀愈見靈活。要知此等題以可解不可解爲精秘。俗人不知，猥曰此近淫冶不可事此。然則離騷眷懷於美人香草，彼亦以爲桑濮中人耶。朽衲時時展讀，全得三百篇，精微不徒騷莊寓意已也。敬服，敬服。七月中青城有書來，冬春之間可以到山，此公於筆墨尚有興致。每思栩栩亭扶乩時兩道者無稍倦意，及今又成陳蹟矣。天下事皆可作幻境觀，不可執滯類皆如此。守素聞已作故人，不得一送，爲之惻然。常展玩水仙降乩和賞菊詩，足下實有夙根，不可視作游戲事。惟恐道念不堅，一入風塵又被迷惑。古來學道者多，證果者少，皆坐此累。凡居士學道，與釋子異，釋子須道其所道，不嫌枯寂，居士則以聖賢爲宗，盡其子臣弟友之道，如日用飲食之不可離。於沈著時須轉一念，曰佛家固有空花幻影之説，萬不可爲名利所用，如是便爲退步。昔之范少伯、張子房、郭令公實能打破機關，悟徹上乘者，世俗緇流豈可語此。以此不得不教他念佛參禪，禁其邪僻之念耳。辱在愛我，敢以實對。若爲中等人説法，便覺老朽之言爲饒舌也。

許佩璜《贈查心穀》詩：憶昔敦盤會，文游集四方。庇人孫北海，置驛鄭南陽。惠好情無極，風規志勿忘。相思歲將晏，青女正吹霜。鑿沼通瀛海，爲山擘岳蓮。胸能貯邱壑，性本嗜林泉。家有珊瑚網，居稱書畫船。愛君吟嘯處，何異小游僊。皇覽逢初度，詩歌燕喜辰。車屯三里霧，坐列九州賓。煒矣圭璋望，瓌哉廊廟珍。斑衣方侍養，愛日共長春。

高景光《天津雜詠投查蓮坡先生》詩：落華新釀燕泥香，煙樹參差碧水鄉。十里津橋閒騁望，雲帆江店小金閶。澹紅細雨桃花寺，嫩緑芳塘楊柳青。髣髴湖天晚景好，夕陽樓閣影亭亭。枝頭小鳥弄笙簧，油壁香車插野棠。記取踏青城外路，緑陰如幄巨家莊。玉壺春酒不須賒，月上海棠映碧紗。宴罷客歸剛夜半，雙鬟低按小梅花。

曹雲昇《查心穀昆季招飲賞菊席間即事分韻得青字》詩：颯颯秋風至，開軒納遥青。妙解幽人趣，金英燦一庭。照眼明綺席，落落綴繁星。嘹嚦歌聲遠，清音徹杳冥。艷舞擬回雪，仙佩鏘流鈴。疑雨空晚岫，翳日帶霓腥。瑣窗方隱隱，朱火簇熒熒。談笑淩江左，俠氣壯青萍。更迭飲醕醪，文藻發新硎。夜闌情密密，枕石難爲醒。四美稱良會，願試彝尊銘。

胡捷《贈查蓮坡》詩：對酒挑燈三十年，半生心跡寄詩篇。誦君花落午晴句，楓落吴江擬並傳。原注：『蓮坡坐夏詩有「夢回春樹外，花落午晴初」句，余手鐫牙章贈之。』

杭世駿《查蓮坡招過楊柳青歸游水西莊即事》詩：畫舸徵歌逐路新，淥陰疑水雨疑塵。雲帆不改家江景，邱壑真宜我輩人。世味漸如詩境澹，交情無假酒杯親。後期更指中庭樹，莫爲攀條便愴神。

周焯《查蓮坡招賞瑞蘭漫成一律》詩：觀蘭誠雅事，况屬素心盟。縱力疾何損，即當暑亦行。王香恣放瓣，君子善持盈。別自饒幽賞，流連進一觥。

徐天稽《重陽前一日同蓮坡看菊》詩：商飈罥頹林，高盼時一仰。浮雲廓以澂，天宇肅且朗。衆鳥驚蕭索，零露沾帷幌。徘徊步庭除，延佇發遐想。豈種南山豆，未暇東籬訪。壯夫感遲暮，志士困悒怏。游鯤奮溟涬，乘風適蒼莽。一坏渺大塊，曠然天地廣。世運迭倚伏，人事互消長。悠悠順物情，浩氣存我養。笑彼沮溺流，果哉甘長往。出處昧時行，試與聞清響。

佟鋐《八月四日查蓮坡招同張眉洲傅閬林游依緑園即席分賦》詩：佳會恐憎後，侵晨過辟强。凉蟬鳴老樹，密竹覆清觴。但乞閒中趣，何妨醉作鄉。幽尋吾不厭，步屧繞回廊。倏然林館静，一水抱名園。坐有濠梁樂，門無車馬喧。會心真不遠，得意欲忘言。凭檻蘆碕望，秋聲颯颯繁。

魯曾煜《贈查蓮坡》詩：嫋嫋秋風一檥船，聞君姓氏早裒然。敢云牝牡驪黄外，真在君廚顧及前。聽到微詞傷玉碎，貽來好句勝金荃。最憐絃索千場醉，失路英雄正少年。我未江干擬卜居，君猶憔悴似三閭。新交却在蒼凉後，舊事重提涕淚餘。善舞盗憂客試鶴，出游惟有子知魚。短檠何日同相對，風雨西窗夜讀書。

錢陳羣《舟過津門贈别查心穀》詩：片帆南下日，正爾畫眉初。人澹當秋月，詩清出水蘘。由來傳八采，别後托雙魚。好寄春明侶，今成博議書。

程可式《和心穀同年春深院落韻》詩：玲瓏綺閣鎖春深，境入桃源咫尺尋。滿院晴光風欲動，半簾疏影月初侵。且攜樊素調歌舞，好待桓君鼓瑟琴。韶景漫云留不住，主人題壁有新吟。

劉文煊《心穀自盤山歸用韋蘇州曉坐西齋韻戲贈》詩：雞鳴羣動作，栖鳥乃先去。山月尚留輝，林光稍分曙。黄髮未有期，紫芝不可茹。徒懷超世想，難免塵寰慮。歸路剩清吟，前游莫知處。

杜甲《二月二十二日將赴通州道經馬家口見心穀題茶棚寺壁詩知歸自盤山次韻奉寄》詩：聞策盤山杖，高情避俗喧。聽泉噴石磴，看雪灑松門。野寺留鴻蹟，新詩驗墨痕。勞生慙物役，空憶白雲根。

胡睿烈《題查心穀重游上谷雜詩後》詩：郎山山色翠螺浮，選勝重登三板舟。風帽雨巾煙水渡，荷纏柳帶驛亭樓。前游池館空攜屐，行篋箋題半屬愁。贏得新安橋下叟，往來呼作泛波鷗。又《清明日心穀招游水西雨甚不果旋以小部新聲補闕江皐作詩記事予次其韻》詩：水西花事太緣慳，咫尺翻如夢裏山。小巷賣餳春色暮，長廊過雨蘚痕斑。何妨絃管吹雲散，不使樽罍笑客閒。明日海棠還未謝，料應翹首竚柴關。

緘齋雜識：心穀先生生於康熙乙亥。年十七中辛卯科順天鄉試第一。癸巳因事被逮西曹，越八年始邀矜釋。《花影庵集》二卷、《無題詩》二卷，蓋皆獄中作也。庚子三月出獄歸里後，至壬寅年所作詩編爲《是夢集》一卷。放廢以後，息影水西，鋤花蒔竹，日與園父畦丁相灌溉。自雍正癸卯至乙卯十三年詩編爲《抱甕集》一卷。乾隆丙辰至己未，閒居澹宜書屋，時汪西顥、陳江皐下榻其中，日相酬倡，編爲《竹村花塢集》一卷。庚申春，策杖盤山，有《游盤日記》一卷。辛酉春，游京西諸山，并合前後山游詩都爲一集，名曰《山游集》一卷。辛酉以後之詩殆未刊行歟。先生又素諳音律，其所倚聲曰《押簾詞》。此外尚有《賞菊倡和詩》一卷，《花影庵雜記》二卷，《蓮坡詩話》三卷，總名曰《蔗塘未定稿》。心穀夫人金氏含英，亦工韻語，著有《芸書閣剩稿》，趙秋谷序以刊行。蓋沽上風雅之盛，實心穀先生導以先路云。先生卒於乾隆十四年己巳夏，年五十有五。又先生仲弟履方先生，才名雖稍遜於心穀、儉堂兩先生，而天性純摯則過之。工寫蘭，尤嗜吟詠，畫幅詩箋至今人咸寶貴。光緒十年甲申十月，河南撫臣鹿傳霖疏稱：原任淮南儀徵所監掣同知查爲義居官則循良譽起，行己則忠孝性成。嫡母馬氏病中思食鱖魚，禱諸海濱得之以獻而病遂痊。馬氏卒停柩未葬，鄰家不戒於火，延及其居，人勸奔避，爲義拒弗去，火竟不犯既熄，靈寢獨存。生母王氏患醫癰纏綿七十日，晝夜侍疾，刻不忍離。醫既吮之以口，癰既愈。生平居父母喪者三，靡不盡哀盡禮，廬墓三年。孺愛之誠，老而彌篤。又爲義側室朱氏，生長江蘇吴縣，年十八歸侍爲義，性情和順，淑慎温恭，孝事高堂，順從嫡室。爲義殁時氏年二十八歲，栢舟自矢之死靡他。殁年六十八歲，守節四十一年。又其同族孝子查體勤，父德藩游學絶音耗，奉母黄氏命往求，由豫之皖之江西以達於粤，登山涉水，乞食前行。及與父遇奉以還，父病不能寢，則覆卧以承父背，俾可休憩。母病思時鮒以進，冰堅不可得，禱於神而凍解，獲五鮒以進。父墓被雨甚，水漲懼被冲毁，仰天慟哭，水忽分流。其孝之感格神明久已聲稱嘖嘖，而型於之化尤可證諸閨門。厥妻張氏，江蘇吴縣人。奉侍舅姑，極能承歡養志，姑病危，焚香祝天，請以身代。潛割臂肉爲糜以饋，並蘸血書孝經求延姑算，未終卷而姑病頓痊。查孝子節婦例應請旌，兹孝子查爲義等或刲臂以抒誠，或吮癰以愈疾，或覆卧以支父背，枕簟躬承。或遠行以覓親踪，關山偏歷。籲求河海，獲有識之鱗鬐；感格神祇，返無情之水火。男子固克敦倫紀，婦人亦丕振綱常。洵堪矜式鄉閭，維持風化。仰懇天恩，均予旌表。奉旨允行。謹彙録心穀先生事績後。

于明經揚獻

秋風乍起鉺蒲颿，鱗介充肥慰舌饞。爲問何曾矜食品，可能五味别酸鹹。

《畿輔詩傳》：揚獻《過明陵》詩：北山林麓掩紅牆，曲折行來輦路荒。鼓側豐碑摧贔屭，參差古瓦亂鴛鴦。春深玉砌埋荒草，日落珠宫黯緑楊。幸賴熙朝多曠典，祠官歲歲薦蘋香。

《雨汀詩話》：擢溪先生，毅亭學博之曾祖也。有《燕平存草》《閩游紀》等稿。五古若《古冢吟》云：縱步踏荒原，蓬蒿叢凹凸。糾纏古木横，日落悲風切。風凄夏日寒，草黯愁雲結。中有古時冢，何代葬英傑。椰婆化爲塵，白骨浮邱垤。上有螻蟈鳴，下爲狐兔穴。螻蟈鳴不休，鵂鶹聲已歇。離魂何處招，黄泉埋碧血。誰將一滴酒，來浇霜露節。誰將一撮土，遠效周王澤。欲識英豪名，苔蘚没斷碣。既去復徘徊，悽愴不忍别。《過劉諫議蕢故里》云：披拂殘碑古道東，名賢舊址悵臨風。崚嶒氣節燕山壯，浩蕩胸襟易水瀜。龍批逆鱗留諫草，鳌遺高背愧雕蟲。荒邱駿骨沈埋久，千載留連冀北空。《詠史》云：卓越創成奇行易，平庸作到古人難。五言有：林明峰藴藉，雲淡岫娉婷。跛扈鵜公嶺，飄零豬母灘。具見魄力。

緘齋雜識：先生字萬峰，號擢溪，天津諸生。性慷慨，邑中義舉多賴之以成功。津門食品甲天下，萬峰久客他方，蓴鱸繫念。丁亥年歸里，因作食品詩并序。序文雖俚言小品，頗能道人性之所同。附録於此云：津邑瀕海，號魚米之鄉，鱗介充肥，四時繼美，久足膾炙人口。凡海鹹河淡應時而登者，素封者必争購先嘗，不惜資費。雖貧士亦多竭棉尤效，相率成風。余以游踪靡定，頻年不啖鄉土味，每一憶及，未嘗無秋風鱸膾之思。丁亥歲栖遲蓬户，雖非爲蓴菜言歸，乃以近俎垂涎，時復染指。第淡泊處境者亦資貪饞，徒蹈膏頰腥唇之誚，其未能免俗與標犢鼻者同轍也。爰托里［俚］詞以臚其味，識津俗之饜飫，亦以自比屠門之大嚼云爾。

胡茂才捷

晴窗誦讀伴梅妻，閨閣聯吟雙管齊。撰就芸香詩稿序，侍姬捧燭手親題。

《縣志》：捷字象三，天津人，順天諸生。幼穎異，遇書如宿讀。長工於詩，格律秀整，爲姜西溟編修所賞。博學强記，撰述極富。年四十無疾卒。

查爲仁《蓮坡詩話》：象三幼有神童名，十歲能詩文。與余同硯席者三十年。其詩清潤和婉，時出性靈。有和余元旦詩云：百歲渾消幾首詩，醉吟愁詠費相思。破正清興還無著，飛上梅花三兩枝。又有：高下歸鴻影，紅黄老樹村。愛閒身少累，媚俗骨無能。及『山擁白雲西塞雨，霜吹紅樹秣陵秋。貧入愁腸偏曲折，秋來詩骨倍嶙峋』等句。象三爲梅宫詹之珩所拔士，與泉亭老人魏燕公尚賓爲忘年交。

沈兆澐《讀書舫文鈔序》：今之爲詩文者徧天下矣，詩則多爲試律而不爲古近體。文則多爲制藝而不爲古文，以可以取科第、致通顯也。顧取科第致通顯者不必盡工試律制藝，而工試律制藝者亦未必盡取科第致通顯。是在有志者之自立而已矣，然士爲制藝而不爲古文也彌甚。竊謂制藝雖稱爲代聖賢立言，苟無心得不過爲優孟衣冠。是以金陳熊劉文不采入秘閣，名不濫入文苑傳。非鄙之也，以無當於不朽之一也。若古文則自抒心得，即所見稍偏，荀、揚不無小疵，朱、陸各有異同，皆不害爲大儒，非僅以文之工也。蓋文與行符，自躬行實踐中來，故文足貴也。夫古文之傳者絶少，豈竟無爲之者哉？大抵在己本無求名之念，子若孫珍藏手澤力難刊刻，又苦於鑒定無人。日久就湮，遂付諸斷簡殘編之列，若以爲有心棄置，即庸愚亦萬不至此。同里胡小帆以其先人象三先生古文見示，余亦溺於試律制藝者，然夙聞庭訓，於古文稍窺端緒。讀先生諸作，醞釀經史，獨抒心得，於顯微闡幽、表彰忠孝尤三致意焉。則先生之敦品勵行，志在聖賢，猶可略窺一斑。余服先生之立言不朽，多小帆之傳其先人著述於奕世也。爰不辭不文而爲之序。

趙新《讀書舫文鈔序》：古人云『文以載道』。今之爲文者，類皆襲史漢，貌唐宋，剽竊膚末以盜名，否則雕繢塗飾，支離怪誕，甚或以俳優、詼諧、攙錯於其間，求一顯微闡幽，揚清激濁，大有關乎世道人心而與道合者，蓋什百中不一見也。

鄉先輩胡象三先生工詩古文，曩於《津門詩鈔》中讀其詩，見其寄托遥深，意致清曠，望而知爲隱居樂道之士，求其文集卒未一見，心竊憾焉。歲乙丑，先生裔孫小帆姻丈取讀書舫遺稾，手自鈔録，將付梓人，不憚千里走書索序。公餘之暇反覆披閲，知先生之於文也，不事雕飾，脱口而出，傾吐其胸中所欲言，期於詞達而止。每遇忠孝節烈雖庸夫俗子，亦必推闡盡致，極意表揚。使讀者如見其人，如親其事。而禮義廉恥之性，怦然有動於其中，此誠有係乎世道人心者，古人所謂載道之文良不誣也。予生也晚，不得侍先生謦欬。今復作風塵俗吏，勞形案牘，學業日益荒落，其何以答小帆姻丈之命。然不敢以不文辭者誠以近世士大夫家子弟生長驕貴，競奢華，争田宅。先人手澤雖糊壁覆瓿不少惜。小帆爲先生五世裔孫，竟能舉先世散佚之文，集而成之，其文其事皆可風矣。或謂文止二十三篇，毋乃太少。然前人如羅鄂州、王長宗文雖少，卒不可廢。蓋文期合乎道而已，又何取乎多哉。同治四年春三月。

胡承勳《先六世祖象三公讀書舫文鈔跋》：吾家之遷於天津也，自象三公始。公生平喜交游，嗜吟詠，不慕榮利。每有所作輒驚耆宿，家天津學益進。時查氏方築水西莊，名流雅集觴詠殆無虚日，蓮坡老人獨與公厚。公年四十有三無疾而終。

著有《讀書舫文稾·詩鈔·詩餘·筆記》《歷代紀原》《江上吟》《少陵詩話纂》《日下舊聞録》《吉光片羽集》《鴻雪山房詩集》《讀畫編》《薤露集》《薤露遺音》。承勳擬次第刊行，以竟先志。兹先將讀書舫文稾鈔録參校，付諸剞劂。上以仰酬先德，下以昭示來兹，區區苦衷，庶幾稍慰。然非獨承勳志也，蓋自吾高曾以來所有志而未逮者，承勳竊繼其志而有以成之也。更期後起子孫克承家學，是不獨承勳之幸，而亦吾先人所厚望也夫。同治三年裔孫承勳謹識。

緘齋雜識：象三先生，友人小帆遠祖也。著有《讀書舫詩集》《歷代紀原》《杜少陵詩話纂》，均未刊行。又手鈔者有《黄石公素書》《孫武子兵法》《籌略前知》《奇門遁甲》四種。余皆借觀並將諸書序言采入文鈔。象三博極羣書，究心當世之務，惜年甫四十而卒。時方修邑乘，友人查心穀略述其生平，爲修志者言之。列諸人物，可見良朋之用心矣。象三夫人韻山亦善詩，見於象三所撰《芸香閣剩稿序》。序云：余友心穀幽羈九載始邀矜釋，與嘉耦含英夫人遂其唱酬之願。雨簾刻燭，花徑分牋，致足樂也。顧緑綺纔張，朱絃遽斷。拂牀簟冷，搴幄香銷。淚漬春衫，情何以遣。心穀既作悼亡詩若干首，情深語苦。若鵑鳥啼春，冷猿嘯月，使人難以卒讀。尋復哀其含英夫人前後所作，并唱和諸詩爲一集。跡其集中所載大都哀楚之致多，而愉樂之聲渺。豈詩之果爲人讖與，抑自知其慧福不能兼而預爲是無涯之戚與。余嘗深夜對酒讀之三歎，顧謂内子韻山曰：『讀此益增人伉儷之感。』韻山曰：『生死固自有命，所恨者歷憂患而未竟其樂耳！竊欲即其集中所詠夜合花之意，拈句弔之可乎？』余曰：『閨中偶詠，本不可以外播，然非所論於含英夫人也，汝試誦之。』韻山遂吟曰：『嫣紅取次斂幽姿，正是檐牙日墮時。可惜夜長難得旦，重開不見費相思。』余爲之慨然，因命侍姬媚川執燭，捉筆而爲之序。

周明經焯

卜硯流傳沽水濱，海潮菴裏獲奇珍。遺言克踐千金諾，鄭重緘封寄友人。

《縣志》：焯，雍正十三年府學拔貢生。

《津門雜事詩》：誰似七峰居士好，堆牀金薤觸琳瑯。橋亭卜硯新藏弆，玉帶生宜呼雁行。原注：『周月東焯號七峰，藏有橋亭卜卦硯，脩一尺餘，廣五寸。宋謝文節公物，背有程雪樓銘。』

《隨園詩話》：月東游海潮菴，得謝文節公小方硯，額鐫『橋亭卜卦硯』五字，背有元人程文海銘。月東珍重之，抱硯以寢。臨死乃贈查恂叔，一時題者如雲。錢辛楣云：眼中只有石丈人，江南更無厮養卒。紀心齋云：遠過一片韓陵石，留伴千秋玉帶生。

《蓮坡詩話》：月東賦詩務極妍鍊，不肯苟爲雷同。著有《卜硯山房詩》一卷。嘗作詠物詩，推敲一字未就，語人曰『吾爲此損眠兩夜矣。』其苦吟如此。又嘗待渡河干，時日已昏暮，孤艇獨横，傍厓絶無人影，因得句云：『唤船人不膺，水膺兩三聲。』且行且誦，後有同渡者見之匿笑，月東傲兀自喜，夷然不顧，里中人争傳述之。

《秋坪新語》：七峯工詩，嘗夜歸待渡，水邊煙昏人定，徘徊獨吟。忽得句曰：『呼船人不應，水應兩三聲。』不覺狂叫，失足落水，見者匿笑，七峯傲兀自喜，夷然不屑也。其集中有詠緑珠句云：『好花多自愛，寍止報齊奴。』亦可覘其寄託矣。

崔旭《念堂詩話》：天津周月東詠白蓮云：仙蕖濯濯原無染，素襪凌波更絶塵。淡影自臨秋水照，高情只許野鷗親。但留本色還君子，何必濃妝及美人。我亦近來消綺思，風清月白好为鄰。

高繼珩《蝶階外史》：月東上舍藏宋謝文節公卜卦硯，後贈查儉堂中丞，一時名士題者如雲。後復爲大興劉寬夫太守位坦所得。

朱函夏《周七峯傳》：周七峯，詩人也。喜漁畋羣籍，文以清省爲宗。學使者異其才，拔升上舍。當是時，朝廷振興風雅，大收海内鴻博之選，將謂七峯以文學起家，樹幟北地，一張吾軍，而孰意竟以病廢，惜哉！七峯饒才藝，工分書摹印。知名之士聞其法書名畫、彝鼎金石之屬所蓄甚富，造謁無虚日。一時文酒流連，推能詩者無不嘖嘖爲七峯首屈一指。七峯之爲詩也，四十以前涉筆婆娑，貌妍致雋而真意不必盡副。五旬後蘊情婉約，比物屬辭，理趣蠕動於含吐之表。苟天假之年，才緣學長，道自心生，駸駸乎追美古人矣。或曰：七峯好戴面向人。余應之曰：周情孔思吾不得而知之，是所謂眇眇如有所望，忽忽若有所忘，乃其好學覃精，結習使然。昔人引手推敲之狀，何以異此。嗚呼！七峯之後，欲覓一讀書種子如其比者，豈易得乎？七峯病日益劇，而能灑然於生死之際，自製挽聯辭旨洞徹。乾隆丁卯七月，余將有海上之行，詣七峯話别，七峯以挽歌見屬，心惻惻不忍爲也。會七峯卜硯山房後集編竣，乃依常熟錢氏《列朝詩小傳》之例，約舉成章，附之卷尾。七峯名焯，字月東，七峯其别號，常在余齒頰間云。

李鍇《周處士傳》：處士周焯，字月東，天津人。縱心古處，樸涫亡雕，幾不易與人交，交輒完初終雅。嗜詩，鈎索深入，窮神遺形，不得不已。嘗構思所親舍，出門不自覺遂陷淖中，援之而後出，乃囅然笑曰：『我頃得新句』，衣涴弗顧也。勝日與客游城東郊，衆方把酒高吟，茫忽失處士所在，既而得之於夕陽林薄間，顧且指點蒼茫，憺然忘歸。又嘗吟蟲豸詩，會將之長安，車脂牽馬首已西鄉，忽思得之，便徒步走汪徵君齋，商榷未安字，僕夫懆疾肆譙讓，亦弗顧也。昔君家朴見樵父忽走抱之，曰：『得之矣。』或以爲獲盜，朴曰：『我得句耳。』客嘗跨快驢摩肩過，故吟其董嶺水詩而訛其句，朴大憾，追趨叫呼曰：『君誤我詩，胡乃爲「河聲流向東」也？』處士詩癡，大類此。每自謂『痴絶』，又曰『嶔嶔歷落可笑人』，知者以爲不誣也。晚得『七峰』小銅印，又自號七峰，遠近咸稱之曰七峰先生云。

吴廷華《七峰小傳》：七峰，余友也。自丁巳秋投契於查氏之水西莊，今十又一年矣。余重游天津，七峰方假館海上，嗣以疾歸。一日扶病過余曰：吾生平一意孤行，其失也偏，吾子過許爲獨行傳中人。及草堂成，吾子記之，所刊詩集，吾子又序之，子誠知我者。近以四體不仁，恐旦暮死，與草木同腐也，願得子傳存之。余以七峰疾且瘳，進境自遠。今非論定時，且辭實不文，何足爲七峰重，辭之。七峰固以請且謂：吾抱此意久，幸耳目未眩，得子傳一讀，以慰我心，死且不朽。余固辭不得，因爲之傳。七峰姓周氏，名焯，字月東，七峰其號也。世爲天津人。初以名諸生貢成均不第，遂棄舉子業。專力於古，工詩，精小篆八分及摹印。法性堅確，凡所注意輒出全力赴之，坐是病且貧。少時會文友人家，門臨水溼，旁涸而中淖。七峰喜其曠，從涸處徐步，構思至極得意，不覺陷淖中，衆驚出之而七峰自若。偶作蟲豸詩，欲易一二字不得，會將赴都，膏秣且發矣，忽思得之，亟走汪徵君齋商定乃歸。輿人不耐其久，譙讓蜂起，七峰方喜得完作也，卒不較。又一日偕澹宜兄弟及諸詩人分韻東郊，逡巡失七峰所在，徧覓之，方徘徊林薄間，若迷若忘，村犬羣吠之。及入座食旨如土，衆方鬨飲，獨鬱鬱若不樂，累夕詩乃成。凡所箸多刻苦出之，嘔血不盡不已，七峰遂日益病，性不適俗。築草堂沽上，即以七峰名。所藏多古帖名書畫，金石彝鼎尤富，課餘摩挲自得，好至篤也。嘗從野寺得硯材污泥中，浴之則宋謝文節卜硯也。石佳而題識俱古，又重以文節之遺，晝夜懷握體爲之冰。每攜金過市，見佳具愛玩良久，及議直而金輒亡，爲之悵然返。又有懸黃子久真蹟求售者，直五十千，力不足給，日往留連其下，卒以所藏易歸，計讎幾倍之不計也。家素貧，受徒頗足自給，而盡於所購者居多。會有富將軍者來鎮海上，厚禮延致之，其窘如故。家人頻告匱而嘯詠不輟，七峰遂日益貧。生平嚴取予，重然諾，喜怒過即忘，於大節所在，每百折不回，儒者多重之。世皆笑其癡，七峰亦自謂癡，嘗爲篆刻曰『癡絶』，識者以爲道其實云。内史氏曰：士君子百行之敦，不成於巧而成於拙。蓋巧則多歧，拙則致一也。癡亦拙之類，晉王湛固世所謂癡者，及見其談易又以爲不癡，余謂『時方尚黄老，湛獨精於易』，此正湛之所以癡，七峰其亞與。惜以明經老，特傳其細行而已，然視漢譙玄、李業之儔，已並足千古矣。

汪沆《卜硯山房詩鈔序》：予友周君七峰，居天津東郭三里許。工爲詩。嘗聞其夜歸待渡河涘，煙昏人定，徘徊躑躅，擁鼻獨吟。忽得句云：呼船人不應，水應兩三聲。不覺狂叫，且行且誦。後有同渡者見之匿笑，七峰傲兀自喜，夷然不顧也。丙辰冬，予來天津，耳君名。明年偕秀水萬循初、宛平查魯存訪其居。門臨官河，老屋數間，草交於簷隙。書聲琅琅從户中出，比見無世俗。寒暄語坐甫定，盡出所藏書畫金石相評隲，駢談競玩，日暮始散去，後屢至率如初。七峰性坦直，與人交不設藩籬，邑士汲古者咸樂與游。家故貧，瘠田一區頻潦勿穫。授徒自給，束修所入往往盡舉以償書券，家人告米匱，掉頭而哦若勿聞，其高致又如此。曩時天津以詩名者芰梁梁氏、笨山張氏及其兄子逸峰舍人，標奇樹纇，各張一軍。同時僑公寓士，遠近翕集，稱極盛焉。二十年來聲沈響絶，不可復得。今七峰創詩社里中，里中人争附之。暇乃録其自爲詩如干首，徵序於予。結體也密，捶字也堅，命意也附，物而切情。使與當日諸公共壇坫，未知孰爲優劣也。語云：莫爲之前，雖美弗彰；莫爲之後，雖盛弗傳。梁君、張君之緒固藉君以不墜，而總持風雅，領袖後進，俾後之沿波討源者，論天津詩教之振，自君而始。予於君不能無厚望焉。

英廉《卜硯山房後集序》：周子月東績刻其詩成，余讀之歎曰：月東真强項人哉！客聞之笑曰：子不嘗見月東乎，恂恂一老書生，臞不任衣，子謂之曰强項，何其闇也？余曰：否否，子不嘗見前此之學詩者乎？上者附於杜韓，以撏撦爲竊取；次之附於蘇陸，以規仿爲能事。求其自有之性情面目茫乎不知安在。其不爲此者輒羣非笑之，學杜韓者恒嗤人爲弱，學蘇陸者恒嗤人爲拘。不知其自侈爲雄者，特杜之粗、韓之拗耳，自侈爲放者，特蘇之露、陸之俚耳。杜韓蘇陸之真雄真放，曷嘗有一於此哉？余讀月東之詩，如磵溜忽鳴，如籬花自開，清微蕭遠，自寫其性情所欲言，而一空撏撦規仿之習。然則月東乃傲然掉頭不肯爲衆人之詩，而自爲其詩者謂非强項而何？客爲之頷首不已。戊辰七夕日。

符曾《題卜硯山房集》詩：一卷攜來開闔看，竹風掩緑玉微瀾。座中炎暑忽消却，知是清詞冰雪寒。欲覓成連話水天，海山風浪激孤絃。清音祇恐無人賞，且爲囊琴就枕眠。

查禮《訪周月東秀才》詩：暇日訪高士，扁舟泛緑水。春花依岸開，眠柳因風起。閒禽向客吟，馴犬迎人喜。剥啄叩柴荆，應門走童子。茶鐺咽松風，塵談嚼宫徵。窈若空山中，嗒然忘城市。昔聞周彦倫，俯仰隨行止。歌嘯載籍酣，籌畫萃名理。今君磊落懷，出處同風旨。時或彈素琴，時或憑古几。時或酒盈杯，時或書透紙。玩弄秦漢章，點竄南北史。把卷一室内，户外常滿履。流連藴真趣，瀟灑絶塵滓。幽情堅寸抱，不逐浮華徙。余敢謂忘形，相對無彼此。茆檐挂斜曛，清興殊未已。醉歌徐返棹，月照波心裹。又《歲暮周月東招飲卜硯山房出觀所藏書畫》詩：晴雲炙窗寒色淺，翠幕無風春衎衎。主人愛客情意深，籤軸繽紛遞相展。古錦葡萄芍藥紋，名箋碧玉金花繭。活色生香盡陸離，膠山絹海相夷衍。水石羣稱董巨高，花枝共道崔徐鮮。斑斑古色溢眉棱，如際夏商見瑚槤。神品逸品總絶奇，天工人工我何辨。是時繞室鑪煙清，幾點疏梅茁枯蘚。大白頻浮興轉豪，指揮不覺金烏轉。滿目琳琅秀可餐，絶勝天廚嘗禁臠。别有珍奇什襲多，鼎彝章印紛華變。矜高不易五城觀，鄭重真同萬錢選。君不見道旁瓦礫積轉深，稂莠嘉禾各相眩。知己無多識者稀，奇材常受風塵覥。摩挲躑躅一悵然，新月初來暮簾捲。又《丁字沽阻風寄周七峯》詩：輕橈出煙浦，開樽擘蟹臍。艑郎喜無事，瀏亮謳聲齊。盲飈忽西至，號怒驅鳧鷖。陰霾叠水面，駭浪激危堤。中誰鬥罔象，余欲明然犀。潭深一篙短，影側半帆低。捎濆與擻漩，怪語於誰稽。嗟此尺水險，何異複嶂迷。泊岸日已夕，聊復事攀躋。念我同心友，咫尺通行蹊。柴門遠剥啄，蘭蕙盈秋畦。引領不相見，擘紙寄幽栖。又《人日過周月東卜硯山房觀鄭簠八分小篆册子用杜少陵李潮八分小篆歌韻》詩：春蓂初報布七葉，春冰漸薄如秋雲。盡説今年春暖早，疏梅已放香三分。呼朋共走卜硯宅，主人好古徵博聞。叢聚蟲書似蝌蚪，眼明贋本留其真。就中篆隸擅造化，夜應泣鬼晝駭神。開函已識谷口筆，徐觀愈覺心魂親。想當揮灑日，特立無與鄰。風流既往不復得，至今縑帛思其人。近來嗜好多皮相，燕瘦環肥異趨向。莫如吾友衡鑒精，是否加之項誰强。直沽水黑誰並肩，朱大導江墨蹟壯。二子風力咸豪宕，與鄭誠堪稱輩行。斜陽忽在户，飲酒還高歌。歌成聊復就君問，問我詩中意如何。又《題周月東所藏陳方來七峯圖册子》詩：周君愛古如愛山，搜羅不惜窮孱顔。舉眼欲出秦漢上，置身宜在邱壑間。昔年示我七峯之古印，土花斑斕含繡暈。余時曾作慷慨歌，題君壁上鴉成陣。今朝示我七峯之新圖，崚嶒怪石如犀株。墨痕都作蒼翠色，雲煙欲活相蟠紆。七峯乃是七洞天，十山之中百尺巔。中藏異書數萬卷，披圖使我心悠然。未見七峯書，聊續七峯句。三山九疑自此去。何當更倩西巖添短亭，寫我從君來往處。又《訪周月東不遇》詩：偶乘舴艋過君家，茆屋疏籬傍水涯。避客羣兒呼鍵户，留人老僕喚烹茶。菊花三徑書聲寂，晴日一窗帆影斜。暮向渡頭頻悵望，西風返棹散林鴉。又《雪後小直沽逢周月東》詩：偶作郊外游，積雪回風舞。茆茨緣岸低，隱隱鳴社鼓。林空挂寒暉，徑仄斷荒隖。日午動炊煙，野爵噪聲聚。忽逢東郭生，殷勤握手語。詩肩聳若山，心遠貌益古。相期春候暖，看花具雞黍。話久日西沈，月色照南浦。又《十一月五日同廷簡循初向叔季冶泛舟訪周月東不遇還過洪濟北極水月諸庵分韻得素字》詩：仲冬河未冰，潞水猶可溯。漁舟檥岸久，喚客起寒鷺。須臾縱棹游，晴光散林霧。故人居不遠，轉眼茆屋露。鄰煙動午炊，鵲聲噪枯樹。入門偏悄然，狼藉惟茶具。不聞室中琴，空脱户外屨。同人急呼舟，徑往無復顧。紺園舊可尋，次第隨閒步。初逢竹院僧，旋謁蓮臺塑。更探水月影，鏡花徵妙悟。回看月一鈎，人散斜陽渡。往蹟竟誰留，拈毫寫心素。又《早秋月夜懷周月東》詩：虚檐鳥聲寂，暝色入柴扉。秋至梧桐老，凉生豆莢肥。一庭花影碎，三徑足音稀。此際河干客，知應帶月歸。又《過慶國寺寄周月東》詩：故人家在河之北，水邊茆屋半欹仄。

朝來走喚渡河船，急溜淺冰渡不得。欲尋精舍過浮橋，禪話偷閒空百役。僧試新茶煮剩雪，想見故人舊顔色。故人卧病還卷舌，不吟而瘦久謝客。何日須跨煙外驢，與我共分松下席。老衲拈花一微笑，覺我詩思猶塵跡。人果何心我無物，松有枯時煙瞬息。又《亡友周月東子學上索題其先人遺墨册子援筆應之》詩：病自詩中得，人從别後亡。有兒遺墨蹟，無業廢珍藏。覓句神如昨，論交死不忘。平生惟剩此，一讀一霑裳。

程可式《題周月東七峰圖》詩：翠岱蒼巖迥絶塵，倩誰點染畫圖真。崚嶒面目知何似，須就雲山認主人。

萬光泰《橋亭卜卦硯歌爲周月東賦硯係宋謝文節公物有程雪樓題字》詩：寶峰山下兵如蟻，赤羽無光鼓聲死。天塹長江度若飛，何况弋陽半溪水。疊山先生飲聲泣，麻衣草屨空城裏。賣卜聊從季主謀，食薇不索長安米。一代冰霜兩鉅臣，信州信國東西峙。天跳地踔頻翻覆，虎困龍疲幾終始。遺石模糊世不磨，貞魂鬱栗呼難起。周君愛古搜奇僻，野廟荒凉憩游屐。手拾空壇一片磚，中含南宋千年碧。行押書多半莫辨，楚公題處猶堪識。聞道蒲輪下召初，薦章實自楚公迫。却聘書成命已孤，受辛碑在憂誰釋。周君愛硯勤藏弆，不寫風雲寫經籍。十襲文綈扃鐍深，三楹草屋莓苔積。由來正氣難銷黯，隨處榮光滿山澤。臨池勿寫卜居篇，恐有蟾蜍淚長滴。

陳臯《題周月東七峰圖》詩：海津瀦衆流，水豐嗇者山。百里浩藍浪，際望襍蒲菅。遥青與近黛，無由接眉彎。髯翁有夙嗜，痼疾煙霞間。詫以登覽奇，哈然豁眸瞯。謂耽謝公好，屐齒緣偏慳。積思調饑深，憂來如尋環。今晨視我圖，七峰森巖孱。參差垂列宿，窈窕攏妝鬟。峙立露神囂，中疑奔驚湲。是誰好手割，巧勝公輸般。遂令咫尺際，兀突開心顔。我家吴岫東，歸思縈刀鐶。君今好珍護，置歸几研班。不須一枝藤，蒼翠窮躋攀。從朝卧以游，至夕神往還。絶勝好奇者，陟險常多艱。

汪沆《人日同荆帆循初儉堂過周月東卜硯齋出觀藏弆書畫留題》詩：佳名愛人日，問訊小關過。沙路雪消後，江天雁去多。居然遠城市，不異住巖阿。蓬藋休嫌窄，門前有緑波。喜君卜卦硯，中泐謝公名。爲想下簾日，尚餘草檄情。直方存勁節，聲價重連城。伯仲誰堪並，峥嶸玉帶生。留客開書庫，呼童掃墨莊。煙雲作供養，金石剖毫芒。半日愜清賞，一簾縈古香。幸無寒具涴，評泊到斜陽。孤村暝色合，欲别復逡巡。且判循環飲，都忘率爾人。銘心皆絶品，清課屬閑身。只恐通靈去，還應什襲珍。

沈兆澐《感周月東先生》詩：我慕周夫子，風流不可攀。寒齋餘卜硯，傲骨老空山。磬響一時歇，余心適與閒。句如王孟好，零落百年間。

金玉岡《周七峰破硯銘》：周七峰有佳硯，忽墮地爲數片。七峰惜之，乃粘好如舊。爰作詩銘自刻於四周，寶之更甚於未破時。易簀前數日不授其子，贈友人高青疇。七峰、青疇之雅於此可見，余爲銘以志之。曰：達人之觀，無物不公。忍使玉碎，全不瓦同。玉碎瓦全，有周七峰。此石如鑄，傳必有宗。青疇高氏，墨藏之龍。寶此破石，其筆愈工。雲煙滿紙，鱗甲生風。

緘齋雜識：月東先生居津城東三里許，門臨河岸。幼工詩，有聲黌序，貢成均屢試不第，遂無志進取。晚年以病廢。著有《卜硯山房詩鈔》二卷。詩清新婉約，其佳篇雋句均載《畿輔詩傳》。朱陸槎悉以綺麗目之，未當也。又好古至篤，所藏彝鼎古金石名人書畫甚夥。謝文節公卜卦硯先生於海潮菴得之。又有佳硯碎而復整，金芥舟爲作《破硯銘》。後先生臨終時，一以贈查儉堂，一以贈高青疇，可謂篤於友誼矣。其生平事蹟詳李鷹青、吴東璧、朱谷齋三先生所撰傳内。

查處士曦

芥子園中佳什留，香林苑裏互賡酬。峻嶒骨爲吟詩瘦，更向黄龍作遠游。

許王猷《珠風閣詩序》：漢客行詣高卓，襟懷爽朗。沈浸六籍，含英咀華。每往來奇偉卓絶之境，以自廣其胸中之氣。與燕趙間豪俊交游，不欺然諾。樽酒論文，娓娓不倦。

朱函夏《珠風閣詩序》：余友查君漢客所著《珠風閣詩》既已梓行，乾隆戊午八月復裒集續集二卷。因周子七峯屬余選定務精而不務多，其識加人一等矣。昔趙秋谷宫贊與吴天章徵君並以詩名一時，趙持律謹嚴，吴托意閑婉，兩人趨向各殊，要皆不苟作。當康熙戊寅己卯間接踵來津，津之稱詩者翕然從之，而君以穎異之才與之周旋往復，有契於古作者之旨。故其詩日進不已，迄於老而益工。憶余初識君於香林院，察其言動渾然深且厚，抑抑然有儉約之思，而其爲詩也，一以簡易爲宗。嗟乎！文字但論工拙耳，豈以多寡爲低昂哉？唐之詩人《長慶集》最稱繁富，王孟卷帙寥寥無幾，而論者終不能加元白於右丞之上。十年前見趙宫贊詩一卷，僅百篇。最後見王漁洋選吴徵君詩一卷，亦不過百篇。雖誦彌旬，因自念向所爲詩病在貪多，欲痛加澄汰，因循未果。今已散佚過半，異日者流布數篇即爲深幸，未知其誠然否也。今於珠風閣續稿采其精者一百六十五首，質諸七峯更加裁正。然後付之剞氏，庶幾與趙、吴之詩先後相埒。要知麗水寸金，崑山片玉，争以爲寶，盜不以少勝多哉？

龍震《勉查漢客》詩：嗟汝雖新姻，與我實故舊。家因買書貧，骨爲吟詩瘦。事業久飄零，文字將成就。虚名忌早得，好勝戒輕鬥。結交多少年，浮華少忠厚。過失忘規諫，凍餓誰賙救。豈嫌立雞羣，只恐居牛後。閲歷尚未深，識見安能透。長鋏漫浪彈，高門休妄叩。志士惜光陰，君子慎屋漏。馮唐雪上頭，楊朱淚滿袖。勉哉千里駒，莫戀棧旁豆。

張霔《查漢客藥室》詩：年少賣藥客，逃名異韓康。醫理一早悟，舉國稱其良。所讀非方書，冰雪流古香。是花可坐卧，何必巢海棠。

朱函夏《偕查漢客周月東汪西顥韓成封集飲香林苑風雨大作探韻得十灰》詩：清都卓午氣森爽，海上刹那風雨來。虬龍狂攫魁魔樹，鼉鼓迅敲豐隆雷。酒應相勸沛然飲，詩正不妨如此催。老夫最喜觀變態，一笑雲破空青開。

查禮《和家漢客兄水西莊雅集原韻》詩：水外園亭曲徑偏，深林初夏日如年。

好花香散藤蘿架，修竹陰摇書畫船。薄酒數杯聊就席，野蔬一翦亦稱筵。最憐嫩捲田田葉，浮動池塘淺漲邊。小聚茆堂作偶然，游心溪口共山巔。催来夏景迎梅雨，消去春光剩柳煙。紫燕銜泥斜照裏，新篁解籜晚風前。詩添清韻流絃外，不讓西園雅集篇。

周焯《挽查漢客》詩：片札驚傳老友亡，當餐盜禁涕汪浪。藏書永閉珠風閣，拄杖誰過玉鏡堂。落落晨星悲社散，溶溶秋水憶情長。死生路隔神何隔，夢裏猶賡海上章。吟發天然友率真，如君真不愧先民。囊無佶屈聱牙句，座有嶔崟歷落人。聽雨也同消永夏，觀梅曾許醉新春。而今事事皆陳蹟，一度追維一愴神。

緘齋雜識：漢客先生生於雍正甲寅，先世本歙人，祖某寓天津，遂家焉。家本寒素，年廿餘始就學。工詩喜游，常奔走燕齊趙魏間。所如不合，遂東登孤竹，南浮大河，考發祥於留都，恣奇踪於玄塞。所經過者，雖野店荒塗，蒼山絶境，無不以詩紀之，亦可見無時不從事於斯矣。著有《珠風閣詩集續集》刊刻行世。

朱明經函夏

念湖校寫衣亭序，珠玉編成索購難。碩果僅存觀海集，老年筆墨更波瀾。

《津門詩鈔》：公性精專，讀書必窮其蘊，遂成名儒。方嚴不苟，造就津邑名彦最多。少隨祖雪沽游覽遍江南，胸之所蓄到處必發於詩，沈雄渾厚，根柢盛唐。某中丞開宴黄鶴樓，文士雲集，酒酣賦詩。公時弱冠居末，吟至『渚宫秋色惟煙水，大别山光自古今』，合坐歎絶，齊爲閣筆。瀕卒付其槀於受業汪楫之先生，未梓。

朱曉《谷齋集跋》：陸槎握管操觚必造古人真處，所謂真者在入木三分。讀集中《水中雁字》諸什則波紋浪影悉現唤雨驚露之狀，繪水有聲，繪月有色。襟期浩落，卷帙沈酣。詩云：三折力能沈野鶩，雙鈎勢欲掣鯨魚。余於作者正作如是觀。

周人麒《朱谷齋遺詩序》：谷齋先生以詩名遠近垂六十年矣。予十六七時赴河間應童子試，同人於驢背上誦其佳句，欣然嚮往之。嗣是偶見戚友談及善詩者，僉曰谷齋谷齋云。先生既善爲詩，鄉國無不知，當必有彙爲一集流傳人間者，而予顧未之見也。問之人或曰先生没而散佚無存也，或曰其稿爲友人所秘匿也。雖吉光片羽時時在人口，而全豹則皆未之窺。予以是歎士君子績學好古，不獨立言之難而獲遇知音之士，發幽光而廣其傳於後者更不易也。歲乙未課讀城中，獲交吴君念湖，念湖博學工詩，尤樂道人善。一日過予曰，谷齋先生詩，我今得之矣，行將莊寫成帙，且謀板而行之。爲之狂喜累日。六一居士曰斯文，金玉也。棄擲埋没，糞土不能銷蝕，不其然乎？秋八月寫成四卷，持以示予。讀其詩間有悲愁激楚之音而情深韻遠，時遇錢劉佳處，至其鬱勃淋漓，妥帖排奡亦兼有杜韓，儻所謂窮而後工者耶？世俗之情，言以人重，遇當路有氣力者筆方落紙，輒交口讚誦，如恐不及。大書精刻，玉軸牙籤，不脛而走千里。白雪陽春而出於寒素，則掉肩去之矣。谷齋先生一老諸生，窮困以死。死且二三十年，子孫陵夷衰微，不克守其先業。再更數年或數十年，誰復知有谷齋詩者。而念湖網羅掇拾於煨燼之餘，句讎字校，表而章之。古所稱『得一知己死不恨』者，谷齋先生之謂矣。念湖之表微闡幽，樂成人之美，如此其可感也夫。孫又申先生者，亦吾鄉耆宿也，精於制藝，雍正癸卯鄉墨天下傳誦。聞其全稿不下數百篇，津人至今想望而不可得見，大約與谷齋詩等。今谷齋詩既光顯於世，獨未知又申之幸不幸何如也。予於詩不求深解，近年來更絶口不談。感念湖之好義，實能先獲我心也。於是乎言。

周焯《朱陸槎招飲賞菊沮雨不果》詩：喜聽三秋雨，今朝忽不怡。虚承高士召，深負菊花期。勝事良多迮，幽懷空自咨。何當天宇静，重約醉東籬。又《送朱陸槎之粤西》詩：風流不必珠三斛，落拓還傾酒一卮。到處醉鄉知廣大，海棠橋畔獨題詩。楊葉洲南梅渚東，江山有助興何窮。二年好句奚囊滿，待子槐花秋雨中。

緘齋雜識：陸槎先生生於康熙十八年，幼隨祖父宦游半天下，弱冠回里補諸生，爲歷任學使所賞識。吴學使於雍正年間保舉生員四人，先生與焉，引見時失儀竟不果用。所著詩稿若干卷，僅從書肆故紙堆中檢得《觀海集》一卷，共詩六十首，卷首有錢塘朱秋亭跋識數語。斷簡殘篇，愈足寶貴。

周撫軍人驥

韓門弟子許知音，如飲醕醪仰桂林。贈答書堪銘座右，孳孳猶見古人心。

《縣志》：人驥，雍正丙午科舉人，丁未科進士。御史。

《太學題名碑録》：人驥，天津州籍，雍正五年丁未科二甲第二十六名進士。

《御史題名》：人驥字芷囊，號蓮峯，天津人，雍正丁未進士，授禮部員外郎。乾隆二年考選貴州道御史，補任廣東道淮安巡漕轉吏科給事中。外轉右江道，陞湖南按察使。陝西、湖南、浙江布政使，浙江、廣東巡撫。

《清秘述聞》：四川提督學院周人驥，字紫昂，天津人，雍正丁未進士，七年以户部郎中任。

《津門選舉録》：人驥字芷囊，雍正丁未進士。禮部祠祭司額外主事加翰林院編修銜，提督四川學政，精膳司主事，儀制司員外郎，丙辰福建鄉試副主考，貴州道、廣東道監察御史，吏科給事中巡視南漕，廣西右江兵備道，湖南按察使，陝西、湖南、浙江布政使，浙江、貴州巡撫。

《長蘆鹽法志》：人驥字芷囊，號蓮峰，雍正丁未進士。官四川學使表揚節孝，取古賢孝節烈分圖列蹟，刊布之曰《閨範類編》。歷遷浙江巡撫，分廠煮粥，剔除漕弊。築海塘，植樹畜，禁左道以及緝獲巨盜，清理滯案諸大惠政。公事之暇，必拈題爲文吟詩無虚日。著有《香遠堂詩文集》《蓮峰宦稿》行世。

《津門詩鈔》：公官侍御時，彈劾不避權要，以直聞。歷任封疆，風裁嚴峻，貪墨者望風解組。清釐夙弊，廢無不興，所涖之民畏威懷惠。卒以剛正爲權貴所中，數起數蹶，未竟其用，論者惜之。

賀長齡《經世文編》：陳宏謀寄周人驥書：聖天子明目達聰，廣開言路。爲臣子者惟有知無不言，言無不盡庶爲盡職，不必問之部議之准行與否也。司馬温公云：當志其大舍其細，先其急後其緩。而汲汲於名者深戒焉，此爲臺諫樹之鵠矣。臺中言事自以事在可行，方不虛建白之意。然果有關於國計民生雖一時格於時議不盡施行，而言爲人人心中所欲言，事爲近今所共見，存此一議安知異日不施行耶？此又不在乎一時之從違而在乎情理之不易也。若有事在必行而行之無益，且不如其不行者，則又不如其已矣。至於入告之體事，須關係尤須著實關係。而著實尤須平心静氣以出之，詞不必已甚，意不必過激，乃爲得體，於事始克有濟。古人所以致歎於立説之難也，建言者執其一二，動以所見不謬，極力形容。初不知情態不一，知有此説而不知更有一説，以此動難相服，反啟齟齬，皆此故耳。

牛坤《周蓮峯中丞傳》：周蓮峯中丞諱人驥，字芷囊，號蓮峯，天津泥沽村人也。公生而岐嶷，卓犖有奇志，資性端重，修眉目，美鬚髯，狀貌甚偉。幼補博士弟子員。淹貫經史，不屑章句，於書無所不讀，爲文如泉湧。雍正丙午舉人，明年丁未成進士，授禮部祠祭司額外主事。初視事禮曹即嫻於政體，諸前輩歎以爲不及，相推爲偉器。蒙憲皇特達之知，以主事加翰林院編修銜。提督四川學政，凡考試利弊興剔殆盡，三載中自青衿主文衡士林榮之。差竣復命，補禮部精膳司主事，擢儀制司員外郎，典試福建副考官，選授貴州道監察御史。丁母憂服闋，補廣東道監察御史，轉吏科給事中，巡視南漕，歷任科道前後三載。時恭逢高廟御極之始，方旁求俊乂，治益求治。公既博通經史，遇事直陳，不邀名，不立異，斟酌古今，言中體要。有關國計民生者建白最切，奏上每蒙嘉納，故名重西臺。授廣西右江道，下車日有苗民隔省争山，訟久不決，公爲勘定界址遂息訟，苗民歡呼而散。柳潯諸郡邑文風樸陋，每集諸生討論經義，授以讀書臨文之法，不憚勤勞，於是士風丕變。擢湖南按察使，刑家律例久嫻於胸。凡輕重得失，出入生死，無不平允。沈寃滯獄，爲之一清。去任日凡發奸摘伏計二百案，編彙成帙，題曰《臬楚摘案》。付之剞劂，見者允服。擢陝西布政使旋調湖南，楚南風土人情素所熟悉，一切設施更合機宜。偶值洞庭水漲，瀕湖居民奔走入會城，鵠面鳩形，死在旦夕。公捐廉分廠煮賑，計口授食，全活無算。調浙江布政使入覲，以歷任藩臬，著有成效。屢蒙召見，疊沛温旨，因拜浙江巡撫之命。公撫浙江二年，除漕弊，補積逋。植樹畜以足民，禁左道以厚俗。清理積案，緝獲巨盜。請公帑修築海塘，發倉穀活窮黎被水者。凡諸惠政，莫不畢舉。以失察前撫鄂公事，致罣吏議革職。去未幾有署廣東巡撫之命，諸大惠政一如撫浙時。調貴州巡撫，首清钱法，勸植棉麻，以充民用。奏開南明河，利銅運節經費，避川江之險且取道甚近。凡黔省民間百貨，絲枲鹽綈之屬，取資於鄰省者，皆因之流通。惟崖壑絶險，流湍激石，功難驟致。會有以縻帑累民爲言者，遂以此革職歸里。旋奉罰修完縣城垣，工方及半卒，年六十有八。公生平清介，才氣過人，職司言責，人謂有名臣之風。三歷封圻，廉潔自矢，未嘗謀身家之利。不與人輕交，無門户之見。每接僚屬諮詢民生休戚，風俗好尚，語不及他。凡屬吏賢否，隨事體察，恐其病民也。一切官書不假手賓佐，盛暑祁寒，躬親裁决，恐他手失於輕重也。善射。工詩，諸倡和者皆海内鴻博之士。精於書法，人得片紙隻字皆寶惜焉。著有《香遠堂詩集》行世。初中丞因公革職，罰修城垣，家資充帑，工未半中丞即謝世。時中丞側室崔氏、李氏方盛年，無子，家人有勸其改適者，二氏誓不從，遂脱簪珥相與守節，生平相親猶姊妹。中丞次子婦楊孺人亦年未三十而寡，有二子，於是合志撫孤。中丞撫黔時失察屬員，虧空罰令賠償銀兩，本籍僅有舊宅一區，没入於官家。益貧，賃居草屋數間存身而已。米鹽無所出，崔、李惟長齋繡佛，絶蹟户庭。不入其室則寂若無人，入室恒見其勤女紅以之給饘粥，供佛香燭。而所衣單衫布裙，補綻幾遍。嘗浣濯至再，絶無塵垢。歲時非中丞至親弗克見。有時饔飧不繼，竟日一餐，處之晏如，無憂戚容。人以爲有士君子安貧樂道之風，莫不異而敬焉。卒年皆七十。

《經史講義》：人驥官監察御史奏進《講義》三篇。《尚書》『安汝止，惟幾惟康，其弼直，惟動丕應。徯志以昭受上帝，天其申命用休』。《講義》云，林氏之奇曰，《大學》曰『知止而後有定』，人能安其所止，則意誠心正，舉天下之物，曾不足以動其心。如是則寂然不動，感而遂通天下之故矣。『惟幾惟康，其弼直』，言能安止矣。又盡此三者，然後有以盡夫『慎乃在位』之道也。陳氏櫟曰：『安汝所當止，静也。幾者動之微，動者幾之著。静而知幾以圖康，又得直臣弼之，則下應人心，上當天心矣』。臣謹按，人君以一身繫天人之重，所以下孚民情、上通帝謂者，存乎心而所以經緯萬端宰制羣動者，恃乎理。凡理之至，當恰好無過不及處，是之謂止。顧理散見於事而實以心爲樞紐，必心純乎理當萬感俱寂時，此心如鑑之空，如衡之平，渾然惺然，一無偏倚。然後事至物來，能灼見其理之所在，而因物以付，油然順應，罔不各得其宜。如是者，謂之曰安。然則止之云者，即堯舜相傳之中也。安之云者，亦即所謂『危微精一』之旨也。安、汝、止三字，固合内外、貫動静、徹始終，而言其於聖功王道，已總括無遺矣。而下又言『惟幾惟康，其弼直』三層者，蓋天下事理，萬變無窮，未事之前，固須時時體認，而事之初來必審之，而後是非可否不致誤於所從，故曰『惟幾』。事之既至必省之，而後委婉曲折細密周到不留幾微之憾，故曰『惟康』。而又恐一人所見或偏所處未當，必有左右之臣糾繩匡救於其際，政治乃盡善而無弊，故曰『其弼直』。凡此皆以申明『安汝止』三字之義也。林氏之説與《集傳》意義脗合。陳氏謂『安汝止』爲静，夫聖學動静合一，不偏言静，且『静而知幾以圖康』一語，於經文界劃亦欠分曉，似有不可從者。至於『丕應』『昭受』之故，蓋天人上下總此一理。至理所在，民心順之，民心所屬，天意因之。上有兢兢業業之主，下有孜孜贊贊之臣，一德一心，清和咸理，則四海之時雍風動，天命之申錫無疆，其理固信而有徵者矣。《毛詩》之綱之紀，燕及朋友；百辟卿士，媚于天子。不解于位，民之攸塈。《講義》云，吕祖謙曰，君燕其臣，臣媚其君，此上下交而爲泰之時也。泰之時所憂者怠荒而已。此詩所以終於『不解于位，民之攸塈』也。方嘉之又規之者，蓋皋陶賡歌之意也。臣謹按，天生民而立之君，固以生民之命特付於一人，而一人不能獨理，於是立官以爲之臣，使分任治民之事。《書》曰『明王奉若天道，建邦設都，樹後王君公，承以大夫師長。不惟逸豫，惟以亂民』。蓋言君臣之道，皆以爲民，必使民各得其所，而後克盡乎。其爲君，無負乎。

其爲臣也，使爲君者，宵旰憂勤，時時以民生爲念。而爲之臣者，不能仰承德意，顧祇苟且塞責塗飾耳。目視民間之疾苦，漠然不關於其心，則朝廷雖有善政之施，而奉行不實，利不果興，害不果去，澤不下究，情不上通，誠以所用之非其人也。惟是君爲主，而臣爲輔設。君於用人行政之際，或偏有成見，或信任不專，即有忠直公正體國愛民之臣，建一議而人訾其非，舉一事而多掣其肘。將以顧忌之念阻任事之心，而欲實政之及於民，抑又難矣。然則上下交而後德業成，明良會而後庶事康。君臣之相遇，豈偶然哉。《詩》所云『燕及朋友』，非徒慶臣之賴君以安，謂君有綱紀，而臣乃得安其身，以安斯民也。所云『不解于位，民之攸塈』，非以安民之事專諉之君，謂必君不解其綱紀，而臣乃得修其安民之職也。三復詩旨，於稱願中寓規戒，足見古君臣交儆之意。至『不解于位』一言尤千古爲君之炯鑒也。古來願治之主，當其始，莫不勵精，久之，治具已張見，以爲不妨稍逸，則左右近習即以聲色玩好窺其隙而中之，遂有不欺解而自解者。夫天下之疾苦皆一人之志慮所周，天下之才力亦一人之精神所鼓。一事解，所失不止一事；一時解，其害不止一時。古帝王制治保邦，兢兢業業，惟預防夫解之端，力遏乎解之漸，故朝廷之上，鼓舞振興，共相翊贊，此所以得民心而保天下歟。『不競不絿，不剛不柔，敷政優優。』《講義》云，慶源輔氏曰，湯之負荷，天休者，非有他也，本其聖敬只中道，上行更無偏倚，故其爲政，不强不弱，不剛不柔，優游寬裕。臣謹按，天下事理，不越一中。中也者，不偏不倚，無過不及之謂。如競也剛也，失之過者也；絿也柔也，失之不及者也。而總以心之偏倚致之，惟心主於敬，則偏倚之見不生，而過不及之弊自泯。輔氏申明中道，推本聖敬，誠有得於天德王道之奥旨者，臣請推而論之。自古英敏之主，每多好大喜功，其政失之競與剛者居多；寬大之朝易致優柔寡斷，其政失之絿與柔者居多。夫英敏以才勝，寬大以量勝，果斂其才而裕之以量，擴其量而濟之以才，於中道其庶幾乎。然使見理有未明，則以好大喜功爲戒，必至以苟且生廢弛；以優柔寡斷爲懲，必至以急遽啟綜覈。將免乎競與剛之弊，而絿與柔已中之；免乎絿與柔之弊，而競與剛又中之。雖孜孜求治而遇事周章，方補偏救弊之不暇，烏覩所謂優優者哉。朱子云『中無定體，隨時而在』，凡事之來，以成見與焉則偏。惟順其自然之理以處之，可行則行，可止則止，可急則急，可緩則緩，將見明作所以有功，不可謂之競與剛，惇大所以成裕，不可謂之絿與柔，而獨是事物之理。是非介在毫髮，從違判於幾希，况人君日有萬幾，非此心至虚至公，何以坐照無遺，權衡不爽，是可知致治之道不徒視乎才與量，而惟視乎人君之一心。《書》曰『啟乃心，沃朕心』。董仲舒曰，正一心以正朝廷，正朝廷以正百官，正百官以正萬民，誠以君心固天下萬事之樞紐也。夫從來銳意圖治之主，夙夜憂勞，何敢一息自逸。第恐精勤之久，或自謂已治已安，而左右近習窺探意旨，競以聲色宴游之娛雜然並進，君心因之而稍懈，庶事必因之而漸墮。歷觀史冊，炯戒昭然。《易》云『天行健，君子以自强不息』，是惟在謹好尚，遠嬖幸，矢兢業於深宮，防怠荒之潛伏，庶乎志氣清明，措施咸當。此聖學之極則，即政治之源流也。考《書》之稱湯有曰『不邇聲色，不殖貨利』，又曰『以義制事，以禮制心』，斯其説不有可與商頌參觀者哉。

趙世休《蓮峯舅氏香遠堂詩稿跋》：休自乙卯歲攻舉子業從舅氏受學，嗣是家居宦邸，未嘗暫離。習見舅氏天分過人，讀書目數行下，既久弗忘。其爲詩古文辭不屑屑規仿古人，而佳處率與暗合。有乞言者伸紙，直書絶無點竄。酒間談次，咄嗟千言。時或口授休書恒苦手不及赴，十餘年間積滿囊篋。辛酉冬觀察粵西，休弗獲從。迨丙寅省舅氏於湖南臬署，承命編校宦稿詩集。次第開雕，因並請刊古文，搜篋中散佚殆盡，存者纔數首。弗成卷帙，用附詩集後，庶令觀者起禁臠之思焉。

朱紹夏《懷周蓮峰》詩：結髮與君友，温文愜我意。近別且相思，況於杳天際。暮雲春樹間，茫茫莫能跂。但願開府公，英才早擢異。向讀韓公集，藍田丞廳記。雅興懷崔君，君殆其儔儷。一舟之桂林，道路阻且長。迢迢六千里，景物春初芳。山川極美麗，弗覺爲殊方。官署如村落，亦足以相羊。内擢須早還，萊服欣稱觴。

緘齋雜識：蓮峯先生爲躍滄觀察胞弟，生平事蹟詳傳中。所著《香遠堂詩稿》末附散體文八篇，余又搜得五篇采入文鈔。先生爲桂林陳文恭公門人，結契最深，贈答手札載《培遠堂稿》。先生官御史時文恭公寄書云云見《經世文編》。巡視南漕時文恭公寄書云：邇来漕政半由於例之太多，偶有未善即設一例，究竟法立弊生。所除者一二人之弊，而所苦者多矣。即如糧船食米，餘米原可聽其沿途得價變賣。既有益於旗丁，亦有資於沿河民食。乃竟視爲來歷不明之物，層層查禁，其所以禁之之故不過曰盜賣漕米。試問自有漕以來通倉果皆挂欠否，偶有挂欠果皆無追否，不此之審而惟以賣米苦爲禁例。究竟旗丁所帶餘米豈甘置之無用，不過徒爲一路弁兵所利耳，於事無益也。官右江道時文恭公寄書云：邊方風氣未開，民俗樸陋，其待治比中土更切，而見恩亦比中土爲易。榮莅未幾，保甲義學次第設施，想見約束與化導兼施，不同於俗吏之爲也。有一分實心自有一分實效，規模既定，持之以久，自克觀成有日也。官湖南臬司時文恭公寄書云：法禁於已然，教施於未犯。就鞫獄中得其致此之由，而隨事指點，因人化導，一時似難見功，久之必有移易。平時視教字爲迂闊，動謂人不可化誨，殊不知世間不可化誨者原自有人，而可以化導者畢竟爲多。司牧之官，平時無一點懼民不善之心，又無一句勸民爲善之語，直待事犯從而加刑，未刑之先如何不至誤犯，既刑之後如何不至再犯，均未之計，終非弼教之意。又云：湖南風俗素稱刁悍，年來訟牘日減，刁徒斂蹟。自是執法明允，訟無留牘之效。上下孚信，可以想見。至於上臺凡有興舉，下吏勉强粉飾，全無實際，反多擾累。久爲官場必有之積習，所見誠是。然當此生齒日繁，生計日蹙，凡可以有資衣食者，自當切爲計及。其間驟然获利者，民自争先爲之，何俟於官。其一時不能有利，小民力薄計短，難於興舉。須官爲導引，官爲籌畫者，亦自不少。預存一必行之見，强官民以必行，此好事喜功，固屬不可，而竟視世間無可爲之事，亦未免因噎廢食。惟相其地土所宜，行之有漸相宜者爲之，不宜者聽之，既不苦以所難，亦不至擾累也。天下凡百事體有一利必有一弊，决無百利而無一弊之事。始事或難觀成則易決，無甫行而即易成之事。朱子所以有七分利三分害，或利久而害暫即當行之，三分利而七分害，或害久而利暫則不當行之之説。吕新吾有毋執偶然之弊而皆常然之法，毋騖偶然之利而貽經久之害之説也。又云：卷牘中留一分精神即可爲百姓主持一分公道，官衙之是非即里閈之從違。境内二三頑惡有所警懼，良善得以保全者不少矣。能令州縣官时時事事存一點惟恐冤民累民之心，人人作釜底抽薪之計，日積月累庶可望教化興行，風俗移易也。官浙撫時文恭公寄書云：屬員中能於民事勤勤懇懇，不肯膜視者皆有志向上，雖所行未盡愜而路數不差，自當鼓舞而振作之。至於凡事只圖自占地步，不顧民生苦樂者，雖才具敏捷，或自負老到，究於地方無益。嘗有上司交口推爲能員，而體訪輿論竟大不然者。三代直道至今，在人公聽並觀考言詢，事庶是非黜陟，上下相孚，舉直錯枉則民服。此可爲知者道耳。又云：遥聞海水爲災，籌辦賑卹尤關重要，主持搘擋大費心力，道遠未悉底裏，耿耿在懷。吾輩肩此重任，惟有身先作則，持平秉公，隨事隨人，懲勸互施，不復稍存成見，不敢自弛擔荷。公可服人，誠能動物。爲之在我當如是，他非所計也，願共勉之。以上八則，語皆通達，大體士大夫當銘諸座右，因備録焉。

津門徵獻詩卷四終

津門徵獻詩卷五

天津華鼎元文珊

金學士相

英英弱冠擅詞華，驅馬欣簪翰苑花。舉筆不忘規諫意，卓然文字可名家。

《縣志》：相，雍正丙午科解元，丁未科進士。詹事府右庶子。

《太學題名碑録》：相，天津州籍，雍正五年丁未科二甲五名進士。

《館選爵里謚法考》：雍正五年丁未金相字琢章，號勉齋，天津人。授編修，累遷侍講學士。降復官至内閣侍讀學士。

《清秘述聞》：雍正四年丙午科順天鄉試考官蔣廷錫、劉師恕。解元金相字琢章，天津人。雍正十三年乙卯科福建考官編修金相，天津人。

《津門選舉録》：相字琢章，雍正丁未進士，翰林院庶吉士、編修，乙卯福建鄉試副主考，詹事府右春坊右庶子，翰林院侍讀學士，内閣侍讀學士。

《津門詩鈔》：先生端正嚴謹，學品兼重，爲一鄉之望。與周蓮峯先生同居京職，並有清正之稱。歷掌文衡，時推得士。

《津門雜事詩》：一枝仙桂重攀掇，赤鯉蘭舟潑剌跳。原注：『雍正丙午金庶子相入都秋試，途次有鯉躍入舟中，是年發解第一。』

《經史講義》：相官編修時奏進《春秋》。桓公三年夏，齊侯、衛侯胥命于蒲。《講義》云：臣謹按，春秋大義首重尊王，王者有道則禮樂征伐，朝會聘享悉禀命于天子，而諸侯不敢自恣。周室自平王東遷而後政教不行，勢微力弱，列國兵争。夫子託始于隱，明一王之大法要皆直書其事而善惡自見，初何容心哉。魯桓三年齊之僖公、衛之宣公皆非謹爾，侯度者也，曰蒲則紀其地，曰胥命則紀其事。命者何謂，約信也。胥命者何，齊命衛耶，衛命齊耶。大者宜倡，小者宜和。大則齊，小則衛。以齊命衛則歸功於齊，以衛命齊則齊僅隨從。不以强弱爲先後，故曰胥命也。然則正乎，曰不正也。命者天子之命也。天子命之教然後爲學。《周禮》大宗伯掌六禮，以諸侯相見春朝夏宗秋覲冬遇時會衆同，非此六禮無得踰境私出，此盛王之制也。今此之命出於齊衛，非出於王朝也。非出於王朝不正孰甚焉，不正曷爲予之，曰非予之也，近正焉爾。春秋之世，强欺弱，衆暴寡，戰争攻取殆無虚日。口血未乾，干戈從事。二國獨能結言而退，不復刑牲歃血，較諸朝盟夕替者不可同日而語矣。聖人善善長而惡惡短，《春秋》書此其即齊桓、晉文不没其功之意歟。或謂齊衛相命爲方伯則經未嘗明著其事，况胥命之後，齊衛未嘗有會盟征伐之事，則非相命以伯也明甚。二國爲會不爲盟詛，公、穀謂爲近正。荀卿謂春秋善胥命，程子、胡傳皆宗其説，豈不信哉。聖人予之而不盡予，貶之而不盡貶。權衡折諸至當，是非判於幾微，褒貶寓於言外，凡此筆削非聖人不能修也。官右庶子時奏進《禮記》。然夫古者，天地順而四時當，民有德而五穀昌，疾疢不作而無妖祥，此之謂大當。然後聖人作爲父子君臣，以爲紀綱。紀綱既正，天下大定。天下大定然後正六律，和五聲，弦歌詩頌，此之謂德音。德音之謂樂。《講義》云：陳澔曰四時當謂不失其序也。妖祥，祥亦妖也。大當，大化之均調也。作爲父子君臣以爲紀綱，言聖人立父子君臣之禮爲三綱六紀之目也。三綱謂君爲臣綱，父爲子綱，夫爲妻綱也。六紀謂諸父有善，諸舅有義，族人有叙，昆弟有親，師長有尊，朋友有舊也。先序之以禮，乃可和之以樂，然後有正六律以下之事。臣謹按：古今者時也，盛衰者運也。禮以節民性，樂以和民聲，則存乎聖人之德。當古昔盛時，草昧初開，文明乍啟，民生其間耕鑿之外，别無嗜欲。疲癃殘疾無其人，昆蟲草木無其異。此蓋乘天地五行最清之氣，生人生物獨際其盛。聖人者出，恐其無别也，則制爲三綱六紀以教之。使民明父子之親，識君臣之義，嚴男女之别，而大經大法由此以立。所謂禮以節民性也，而猶恐其或即於離也，則取諸六律以正之，使長短輕重之無差。準諸五聲以和之，使清濁高下之均宜。文以琴瑟則爲弦，長言詠歎則爲歌，觸物感情見諸比興則爲詩，宗廟享祀形容盛德則爲頌。凡此者皆所以化其心，知血氣之偏，消其亢戾粗厲之習，使風移俗易，天下和平，所謂樂以和民聲也。夫禮者理也，樂者和也，物得其理而後和。不得其理則其分不安，其分不安則其情不遂，其情不遂則其氣不平，此聖人作樂所以必俟之紀綱，既正天下大定之後也。故樽俎筵席者禮也，而非所以爲禮，羽旄干戚者樂也，而非所以爲樂。聖人德盛於中，文見乎外。欲民之納於軌物也，則仁敬孝慈，道積厥躬。而禮非虚設，欲民之血氣和平也。則喜怒哀樂，發皆中節，而樂非僞爲，故曰德音之謂樂。夫隆古之時，陰陽不忒，氛祲無聞，風雨時序，百穀順成，謂非氣運之獨盛乎？然臣愚以爲時無古今，運無升降，亦存乎人主之修德而已矣。昨年十一月二十四日寧夏地動，兵房盡皆坍塌，則損傷民人，何可忍言。我皇上深宫修省，降有明旨，特遣大臣前往周視，發帑撫恤，俾無失所。堯舜愛民之深，憂民之切，何以加兹。臣聞天道有關人事，災沴必無妄行。堯水湯旱，聖人不諱言災，亦不諉諸數。惟省身克己，深謀遠慮，爲未雨綢繆之計。堯則命官咨岳憂勤見乎辭，湯則六事自責翦爪爲犧。周宣王遇災而懼，側身修行，故詩人美之。然則聖王非因災而始懼，正因災而懼益切，亦可見矣。夫父母之愛子也，無不爲之計長久，稍有未安則殷勤告誡，不遺餘力。蓋其愛之也深，故其憂之也遠。

憂之也遠，故其戒之也切。想天父母萬物仁愛下，民之心亦若是焉矣，況人君固天地之宗子哉。故夫日月星辰麗乎天，山川草木麗乎地。凡反常爲怪者皆垂象示儆之意，正玉成聖賢之心。故曰惟天聰明，惟聖時憲。伏願我皇上念政事之既勤，則曰得無或即於懈乎。念游畋之既遠，則曰得無或戀於中乎。念讜言之既開，則曰得無有壅蔽者乎。念阿諛之悉屏，則曰得無有隱伏者乎。念民力之維艱，則曰得無有無衣無食者乎。念禮讓之宜興，則曰得無有相欺相詐者乎。念謹小慎微之爲難，則曰得無積小成大由微致著乎。念邊防武備之爲重，則曰得無偶致疏虞漸近廢馳乎。凡此者我皇上聖修純粹，睿慮周詳。業已無微不入，非臣下淺見陋識所能窺。然古人云，非知之艱，行之爲艱。非行之艱，終之爲艱。則思艱圖終，當有慎之又慎者焉。《書》曰惟德動天，無遠弗届。滿招損，謙受益，時乃天道。由此觀之，修德禳災孰大於是。伏願我皇上法大舜之格天，師成湯之日新，至誠感召，捷於影響。天氣和於上，地氣和於下，人氣和於中，五行順四時當，風雨節寒暑時，百穀豐登，庶民平康。豈非萬世臣民之福哉？官侍讀學士時，奏進《尚書》，儆戒無虞。《講義》云：林之奇曰，舜之盛德於淫佚怠荒諸事，雖不至此，然而儆戒之意實未嘗敢忘，此益之所以拳拳爲舜告也。臣謹按：自古帝王運際艱難，經營締造不遑寍處，有慮必獲，有爲必成。惟常懷憂危之念，故能燭照於未形，彌縫於未著，往往可憂之事自此而消。若夫太平有象，朝野清謐。常自以爲無足深憂，往往可憂之機已隱伏乎其中而莫之覺。由此觀之，有虞而知儆也易，無虞而知儆也難。無虞而知儆者道德之君也，有虞而知儆者英明之主也。無教逸欲，有邦堯舜之無虞知儆也。魏徵若在，不使朕有是行，唐太宗之有虞知儆也。若夫有虞而並不知儆者，斯又其次焉者也。夫有虞知儆非材識明敏者，不能悔悟深切。然俟事至而方爲之備，患至而始爲之防，則倉皇急迫，已有杌隉難安之勢。曷若國家閒暇，及是時明其政刑之爲愈乎。臨渴掘井，勞而無成。未雨綢繆，民誰敢侮。惟彼聖哲知覺獨先，深謀遠慮，無處弗周。盛明而念及艱危，一日而計及百世。何其愛民之深，憂民之切，至於如此其極也。漢唐以下賢君，類皆苟可以安而止。夫苟可以安而止，則未可安而必不止。可知也，是以得失參半，純疵相兼，治不古若其以此哉。明德如舜怠荒佚樂或有此，而禹陳克艱之謨，益申儆戒之旨。其言罔失法度，罔游於逸，罔淫於樂者，修之身者也。任賢勿貳，去邪勿疑，疑謀勿成，百志惟熙者，修之朝者也。罔違道以干百姓之譽，罔咈百姓以從己之欲者，施之天下者也。而貫徹乎始終，檢束乎內外者，則一以必儆必戒之心，植其體而握其機焉。在泰之上六曰城復於隍。言不知所儆則泰即轉而爲否也。否之上九曰先否後喜。言知所儆則否可轉而爲泰也。盛衰因乎時，補救存乎人。主治出乎君，翼贊恃乎臣。使君曰無虞，而臣亦曰無虞，君曰可虞而臣反曰無虞，其不至君日驕而臣日諂者，幾希矣。然則無虞加儆，豈獨君道爲然，凡屬股肱，孰不宜共體此心，以分任其責哉？

緘齋雜識：先生字琢章，號勉齋。嘗聞先生父名甌，誠心敬惜字紙，凡遇遺棄字蹟必拾之，有污穢者則滌之焚灰投於河，如是者有年。一夕適有友人邀甌赴童子試，始閲書便自能解悟，遂入泮。由是倍加敬惜，刊施惜字紙文，逢人勸化，二十年始終不懈。先生年十六補諸生，二十一歲登雍正丙午科解元，明年成進士，入翰林，洊陞内閣侍讀學士。未官侍御而御史題名所載者乃孝感金相，康熙癸巳科湖廣解元，甲辰進士，訛作琢章先生，誤矣。先生子世熊，乾隆庚午舉人，官河南襄城知縣，改樂亭教諭。善書。嘉慶庚午重賦鹿鳴，一時歌詠甚夥。考《縣志》載先生所撰《王節母傳》一篇，詩一篇。余從沈公《誦芬堂詩草》得先生序文一篇，復從友人處得先生所撰《朱公傳》一篇，謹將朱傳録此。《稼書朱公傳》云：公諱塏，字稼書，先世居浙江山陰，明永樂二年遷津。家素封。曾祖天成樂善好施，值年饑遠近就食者衆，乃出資賑貸，自冬徂春，存活無數，恩賜八品頂戴，事詳郡志。祖良弼，因西沽大道被淀水冲没，鳩工購石，修橋以利行人，立有碑碣。父註，承先人志業，雖中落而施予不吝。生二子，公其次也。苦心力學補諸生，授徒以養親。與兄曙峯同居，怡怡如也。屢困棘闈，親年漸邁，不得已如中州營什一以爲養。雍正己酉中州久雨，闈中水泛號舍下濕，公請於官購磚數十萬布地，士子免沾濡之苦。次子嘉善即於是科獲雋，人以爲天之報德不爽。甲寅旋津。乾隆丙辰，嘉善成進士，授刑部主事。公以刑曹決獄，人命攸關，屢遺書勗以詳慎。主事君恪遵父命，每當勘問，務期兩造平允。在部十餘年特命稽察，上諭館俸滿應陞。孰意積勞成疾，丁卯卒，公哭之哀。越五載，癸酉公以病痢告終。公生而穎異，卓犖不凡。事親以孝，待兄以敬。持家嚴而有恩，接物恭而有禮。遇親友不能營葬及婚嫁無力者，必佽助以濟其事。公六姪繼善生周歲，父母相繼殁，公視如己子。撫養訓誨，迄於成立，列膠庠貢成均皆公力也。雍正六年公父母殁，盡禮盡誠，哀毁骨立。兄曙峯卒，凡衣衾棺椁務從厚，猶以爲歉。公三姪從善卒，力爲殯葬。復訓誨其二子，期有成立。延師課諸孫，勸懲兼至。癸酉春，孫申慶入商庠，公喜甚，以爲讀書繼起有人矣。又慮商籍限於鹵額，乃依例納貢以便應試。公處事精詳皆類此。每清晨盥漱後携曾孫輩撫摩歡笑，分賜果餌，率以爲常。年近八十孫曾繞膝，一堂四世，可不謂享壽考而膺遐福乎。公生於康熙乙卯年七月初三日，卒於乾隆癸酉年八月二十二日，享年七十有九。將以甲戌之春卜吉葬於城西汊道口祖塋之阡。子三人，得善、嘉善、寶善。孫八人，貽慶、衍慶、申慶、碩慶、恒慶、兆慶、景慶、延慶。曾孫二人，祝年、卓年。憶先君子與公同學，齒則雁行。相與主事君幼共筆硯，長則同官京師，往來益篤，故能道其家世行誼特詳。及相丁母艱里居，亦時過從其家，獲睹公顔笑。頤養冲和，方謂盛德古處，足爲後生矜式。乃大數弗淹，一朝永訣。老成零落，是可慨也夫。其王傳、沈詩序，均載入文鈔。

周太史人麒

少小曾爲侍從臣，歸田老我著書身。百年已後徵文獻，闡發幽光賴此人。

《津門選舉録》：人麒字衣亭，乾隆三年戊午科舉人，四年己未科進士。翰林院庶吉士、檢討，大清一統志書館纂修。

《太學題名碑録》：人麒，天津縣籍，乾隆四年己未科三甲第二百二十七名進士。

《館選爵里謚法考》：乾隆四年己未周人麒字次游，號月江，天津人，授檢討。

牛坤《周衣亭太史傳》：衣亭太史姓周氏諱人麒，字次游，號晴岳，衣亭其别號也。天津泥沽村人。公生而端方，舉動如成人，年十二鋭然以勤學自勵。初入塾受書，每鍵關夜讀，書聲琅琅動四鄰，聞者早識爲遠到器。故少而能文，嘗落筆千言立就，文思之縱横，師友皆驚。謂公性鈍而學思遽進，蓋好學其天性也。乾隆戊午舉於鄉，明年己未成進士。蒙聖恩拔置詞垣，充大清一統志纂修官。乙丑五月散館，奉旨授翰林院檢討。維時方崇尚風雅，天子萬幾清晏。每引見詞臣分韻賦詩，公嘗恭進詩篇，雅意清裁，有初唐之風味，以此每邀恩賚。當道諸公與海内鴻博之士皆相推重，聲名藉甚。惟公體氣素弱，由少奮志學問不惜精力，故勞而成疾。嗣患疫症歷久不痊，遵例休致歸里，人皆爲公惜。卧痾沽村家雖貧不問産，惟閉户著書而已，於是鄉黨好學之士從游者接踵。嗣金金門太守文涫，公同年友也，時守順德。由順德調任天津，暇即過公。講道藝以順德文風不振，數科無叨鄉薦者，敦聘主龍岡書院講席，公義不獲辭。既抵龍岡，生徒聞公講説莫不鼓舞而前。彼處人士固敦實學，公因導以經術，漢唐以來所以爲文之法，自是肄業者日增，咸知肆力稽古，爲文學藪。太守耿公爲之歎曰：師道立則善人多，吾於先生見之矣。凡七年中，登賢書者五，皆出門下。人謂公大有造於龍岡，咸頌不絶於口云。時公年已七十，因動歸老之思，遂囊書旋里。平居品行清高，學問有本，所授生徒莫不因材而各得所成就。及歸家，生徒日益進。年八十卒於家。公性清介，雅量不凡，孝友承家，崇尚風節。少年勤學，老而彌篤，致休家居益發憤刻意經學，淹貫百家，以道義爲指歸。暑窗雪案，手未嘗釋卷，用力既勤，沈思既久，能發前人所未發，觀其著述，廣集衆論，推見精義，卒成通儒。著有《尚書檢明録》《毛詩簡明録》《禮記纂言》《左傳輯評》《史記約録評解》《昭明文選約録》《唐詩類疏檢定》《唐宋文録解》。自著《保積堂館課詩賦》《保積堂制藝》若干卷，他如古文雜體俱有定本，惟《孟子讀法附記》刊行於世。

周人龍《舟中寄衣亭五弟》詩：宦海分飛各一方，西江離緒更茫茫。南看桂嶺雲千疊，北望燕臺樹幾行。獨雁天涯春信杳，孤舟江上晚風凉。年來漂泊同鷗鷺，翹首鵾鵬萬里翔。

高喆《喜周衣亭太史見過》詩：除君誰枉顧，蓬户合常扃。入世成疏闊，言詩喜性靈。苔滋春雨緑，樹匝舊年青。元草從頭註，相期共一亭。

緘齋雜識：咸豐丙辰，余從郭仲彭處借觀其尊翁筠孫先生所輯《古文所見録》四卷，其中載衣亭太史文十三篇，余擇其闡揚貞節者二篇録於此。《梁貞女傳》云：

乾隆四十五年十月，津城南門内民梁進忠女奉旨建坊於其間，顔曰貞女。蓋闔屬生員廉女之行具狀學官轉申上憲，循例入奏，特邀恩命者也。狀曰女字同城袁天錫子進舉，年十六未嫁夫亡。女欲從死，父母防之嚴，不許則願歸袁氏，又不許則願侍父母終身不嫁。有姊欲奪其志，百計挫折極不情，女順受不校。後袁聞女志堅乃迎之歸，女服勤茹苦數十年如一日。有勸之嫁者絶不與面，其介石之操有如此。狀曰女之歸袁也，舅殁姑老，夫弟袁興幼弱。衣食無所出，女勤針黹，積工資。償舅殮葬之債，舉家賴以存活，其孝於舅姑有如此。狀曰女父母無子，依長女贅壻以養。其姊死，壻携其子他適。父死母無依，女迎寡母與孀姑同居並致孝養，其孝於父母有如此。狀曰女聞姊壻死於外，其甥流離失所，女復招來鞠養。竭針黹積蓄先爲夫弟袁興娶婦。又稟於姑爲甥娶婦而同居焉，其撫成孤弱有如此。凡此皆津城士庶所共睹聞，宜其上邀恩命如此也。然予竊有疑焉，女之貞孝仁知闔郡無間言，况姊妹之親而狀乃曰有姊百計挫折，相待極不情。何也？越二年，表侄欒飛泉來泥沽，歷數貞女生平。欒與梁比鄰而居，知之故最悉。蓋貞女者，梁進忠抱養女也，不知其所本。梁故貧，嘗負薪河干。有人抱女自官舟下與梁曰：此女正月八日生，今八年矣。其父將之任卒於舟，母亦繼殁，可善撫之。梁抱歸撫養遂爲己女，稍長知孝能得父母歡。父母愛憐逾親女，而其姊弗善也。姊既嫁，壻不能養，復歸母家，實主家計。常虐女，父母弗敢禁。女十三，姊見女端好，欲居奇，與媒約，將成，女忿然曰：人各有匹，奈何賤置我？誰與買我者，吾當以屍見之。媒色沮而止，姊怒曰：汝賤骨欲作夫人耶，吾將以乞兒配汝。自此凡有衣食來議婚皆阻不行。有袁進舉者落魄不能自存，且長女十四歲。來議婚，父母有難色，姊慫恿成之，時女年才十四耳。越三年，進舉議娶姊不允。進舉遂外出不知所往，繼有傳進舉落水死者。姊時向袁母求絶婚，袁母許之，親持婚書至。姊大喜，欲延入女室，女閉門不納。遥語曰：吾志已決。死有所歸，奈何以不義迫我。生死決於今朝，唯衆所命。袁母知不可奪乃反。姊赫然怒捽女髮，横加捶楚。鄉鄰救者皆遭辱，父不平，拳毆姊。遂自投於水，尋又自經，皆女與母急救始蘇。父母自此愈不敢争，姊晝夜咒詈，無復人理而貞女骨立矣。貞女受侮不能堪，一夕伺母熟睡欲投繯死，方引頸忽聞母大叫，聲甚厲。女急伏榻上，徐問其故。母流汗曰：適見二厲鬼排闥入攫人，吾急不能脱，故呼救。女聞毛髮俱悚，自是不敢復萌死念。年二十八，父足脛生疔甚危，女貧無醫藥。乃引刀刲左臂肉數寸，烹飪以進。舉家不知也，父竟以是痊。是時姊虐女益甚，動絶飲食。鄰媪有馮、姚、張、鄭四姓素憐女，私相議，欲歸女於袁，慮姊不允。會姊爲鬼物所憑，自數其惡四。媪乃得與母定議往勸袁母，五月初旬女歸於袁。六月父又病痢，女歸視。適姊亦抱奇疾漸不治，女不念前惡侍之幾一月。而父姊俱死，女殮葬之。袁母恃女之養壽至八十四，母傅氏壽至七十七，生養死葬無遺憾。此皆狀之未備者也。貞女貧無立錐地，義士於擢溪既爲具狀請旌，又爲醵金買地。築室數楹以爲建坊之所，未成而擢溪故。又有好義者王際飛數人終其事，乃得樹綽楔而奉祠焉。袁與生子紹安，爲貞女後。周人麒曰：《詩》稱女子之德者曰『無非無儀，惟酒食是議，無父母貽罹』，是女子無取乎，才也。《禮》曰『女子十年不出，姆教婉娩聽從』，是女子無取乎，勇也。然此爲安常處順者言之也。若值艱難危困之秋，則志非勇何由成，而事非才何以濟。今梁氏女以一手之所入能合三姓爲一家而衣食婚娶之，其才爲何如。及觀其面折媒氏及遥語袁母之言，其勇又何如耶。而合之乃以成其貞。謚法解曰：清白守節曰貞。又曰：大慮克就曰貞。不隱無屈曰貞。然則所謂貞者，固非畏葸無能之所可幾與。《孟節婦吴貞女合傳》云：大沽節婦孟氏、貞女吴氏萃於闕氏之一門，遠近稱賢者久矣。數年前即有屬爲之傳，以備邑乘采擇者而未得其詳。歲辛丑二月，表甥鄭果亭來泥沽，乃爲余縷縷言之。孟氏大沽人，年二十四歸闕維賢，字繩武。長子容。越三載，生子經野。甫一歲，容卒。

繩武薄産不足供饘粥，乃棄家游奉天。當是時，祖姑殷氏、姑吴氏俱在堂。夫弟品，年弱冠，聘室吴氏，未娶病瘵。經營呱呱待哺，仰事俯育人皆爲孟氏難之，而孟氏爲祖姑子，爲姑子，爲病叔兄，爲孤子父。蓋一身而數任兼焉。迨繩武歸自奉天，老病益困。夫弟品已没。經野七歲入鄉塾。孟氏食糟糠，鶉衣無絮。而舅姑未嘗凍餒，經野未嘗廢學。蓋竭力女工，結絨冠爲活計，以事以育也。一日值歲除，薪米俱匱，中表殷某餽米數斗，草二束，藉以度歲。里黨代爲戚戚而孟氏坦然安之。蓋是時年已三十九矣，而貞女吴氏來歸。吴氏，鄧善沽人。六歲隨母兄徙居大沽。年十七許字繩武次子品。越五年，未嫁品卒，女聞之屏色服不御。有來議婚者，女告於母矢志靡他，母李及嫂傅懇勸不從。母李病經年，腰脇痛不能著牀榻，女晝夜以手托之無倦。母卒，女同兩兄象乾、宗乾視殮畢，以首觸門扉幾絶。兄嫂急扶起詢其故，女曰：我之當死豈始今日哉？隱忍苟活者以老母在耳，今母已死可相從地下矣。兄嫂晝夜防護，譬解再三終不言。最後兄曰：妹但不死，無不可順妹意者。女曰：關氏二老尚在，使我往事之則可不死矣。其兄姑應曰：是不難，俟葬母後議之。既葬，兄終以歸關爲非計，微露其意。女尤其兄之誑己也，則大慟不食。兄無可奈何托其表兄鄭肅亭向繩武道女意。繩武歎曰：嗟乎！賢哉。雖然予家貧無以養，長媳孟氏苦節若干年，艱辛之狀有不忍見聞者。今又來一苦人，增予悲乎！且予聞歸太僕之論曰：女子未嫁而或爲其夫死及終身不改適者，非禮也。陰陽配偶天地之大義，終身不適是乖陰陽之氣而傷天地之和也。可爲我善謝之。肅亭復其兄，女聞之曰：我不知書，惟知此心不容昧耳。又不食累日，繩武亦知其志之終不可奪也。乃擇日議以彩輿迎之，其兄亦欲爲治妝具。女曰無庸，豈有未亡人而華服乘彩轎者乎？至日遂素服青轎而歸於闕。孟氏聞吴女之來也，且悲且喜。乃遣幼子經野宿於别室而已與吴女同居如姊妹，偕力以事舅姑焉。進問寒燠羞甘旨其執婦事也，同工組紃易粟布其勤婦工也。同居常非門內親不見，非梱内事不言，其謹身修德也。無不同挑燈共課經野讀，日夜望其成立而經野病殤。乃繼夫嫡堂兄哲字子濬次子經義爲孟氏嗣，二人共撫育之。甲午丙申間舅姑相繼死，喪葬胥如禮。吴謂孟曰：我今真可以死矣，但我死誰伴汝者，我二人相依爲命可耳。無何有同姓關某者死其妻，議再醮，里中遂訛傳節婦貞女有改適意。二人聞之對泣曰：人之多言不死之故也。乘夜裂白布一幅爲二，各執其一相對縊。幸子濬之妻陳氏同院居，覺而壞門入，救之良久乃甦，二人大恚必欲同死。鄭果亭妻李，吴氏母舅之女也。喻之曰：事之有無不能欺人，汝二人本無他志，若因訛言而死反似實有其意，而聞言羞忿者盍俟久而自明乎。二人始釋然。果亭又言孟吴之伯姑劉氏，年十九歸維賢兄維印，生子哲。維印客死，劉氏年二十三。貧無産，劉以針黹佐其舅姑撫育兩幼叔及兩小姑，各婚嫁之。教子哲成立，中乾隆甲子科武舉人。孟氏其觀感而興，吴氏亦聞風而起者乎。周人麒曰：貧困而全貞守節者幾人哉，二人同心而冰操共勵者又幾人哉，闞氏兩世三賢而孟吴更爲罕覯。固足徵聖朝德化之隆，亦闞氏家風之善也。劉氏卒年七十一，孟氏現年五十一，吴氏亦年幾五十矣。潛德幽光，終當必發。余恐他日傳聞異辭，據所聞之確者以存其真。嗟乎！人受天地之中以生，豈獨婦人女子哉？

查撫軍禮

屢試文場不得意，納資且作農曹郎。生平閲歷半天下，西浮弱水南蠻鄉。

《長蘆鹽法志》：禮字恂叔，號儉堂，一號鐵橋。先世江西臨川人，父日乾遷居宛平，僑寓天津。業蘆鹺。禮幼敏於學，十五歲即著詩名，博覽經史。由主事官廣西太平府知府，有惠政，士民爲建生祠。歷遷四川川北道、松茂道，會金川不法，大兵進剿。禮督運糧餉，率兵擊賊，擒寨首喇嘛等斬之。開修楸坻新道，大輸帑餉。

奉旨奬勵之，大兵凱旋仍留總理屯政。隨遷按察使，挐獲兇番噶克朗忠。歷遷湖南巡撫，赴闕謝恩。因積勞瘵發，卒於京。

《蒲褐山房詩話》：中丞爲蓮坡先生弟，能吟詠。喜賓客，襟抱與兄相似。尤嗜古印章、金石、銅瓷，自吾子行、王厚之而下名人銘刻者無所不備，藏弆至有千餘。生平莅蜀最久，而居西南松潘徼外者十嘗七八，崎嶇險阻爲羌人所服。偶歸省，重築楊文憲升庵，蓺花竹，招邀爲文酒之會。然亨衢初達，遽賦龍蛇，此勞臣志士所爲扼腕太息也。

《紅豆樹館詩話》：蓮坡居士闢水西莊，館大江南北之彦。時恂叔甫弱冠，每有倡和出語已驚一坐。洎官京曹，輦下名士咸與攬環結佩，文酒之讌無日無之。《銅鼓堂集》清新婉約，出入王孟韋柳間者，出守粤西以前作也。登山臨水，慷慨振刷，駸駸乎闖杜陵之室者，滇蜀軍興，馳驅戎馬間作也。清而能腴，雄而不肆，誠與蓮坡居士異曲同工。而驅役卷籍，刻畫性靈之處殆欲突過伯氏。嗜畫梅，跋語附見集内。儲藏唐宋人名蹟及金石碑刻最多，今聞俱散失矣。

法式善《梧門詩話》：錢塘符幼魯舊藏梅花研，楊子苑仙見而作歌。查儉堂愛苑仙之才妻以女，幼魯即贈研爲聘且圖焉。阮吾山賦詩云：琢就琳腴潑練光，湘奩添得紫雲香。才人一曲梅花引，不用吹笙學鳳凰。花影娟娟鬟影嬌，東窗紅日麝煤調。玉臺好試珊瑚管，鏡裏春山著意描。

王昶《蜀徼紀聞》：乾隆三十六年自永昌赴成都。十月十五日子刻過半邊山止於逆旅，無人夫不能行。秉燭危坐，思查儉堂方爲四川松茂兵備道，小金川各夷境皆其所轄也，乃作詩四章寄之。云：烽火頻年歷瘴鄉，又隨定遠過華陽。陌刀二百軍鋒鋭，組甲三千殺氣揚。星拂參旗開北路，地窮井絡入西羌。書生參佐真何補，聚米憑君指戰場。决策凌冬鏟賊壕，木坪瓦寺陣雲高。雜夷何敢思蠶食，上將重煩運豹韜。羽檄徵兵三道集，繩橋挽粟萬夫號。熏香畫省南吴客，袀服頻憐壓孟勞。東華游醼昔時同，獞酒猺刀讖語中。擁傳君先辭薊北，從軍我亦度岡東。梅花人日勞相憶，杜宇春山望不窮。何意天涯雙鬢白，维關風雪并臨戎。杜陸清才萬古傳，敢誇詩筆鬭前賢。江山寥落身將老，戎馬閒關病未捐。遠道驚心悲陟岵，餘生回首念歸田。祇應共醉郫筒酒，欲訴牢愁更悯然。二十日抵成都。十一月初五日從軍西行。初六日過桃花關，舊有索橋，過橋西即草坡路，較從汶川行近一站。乾隆十一二三年，軍行皆由此。後兵罷撤橋，復由汶川，以舊設汛兵可詰察往來夷衆也。至是兵備道查君禮請復之，方鳩工抵汶川縣。縣城纔半里，民居不滿三四百，無館舍。查君余舊識也，方以督理軍需駐此，乃往就之。夜闌翦燭，相對如夢。四川行兵舊例以山徑峭仄，不可用馬馱載。故皆役州、縣民背運糧米、火藥、銅鐵諸物，謂之站夫。西路兵萬餘人，日支糧百餘石，須夫三百人運之。又應運火藥、銅鐵之夫稱是自草坡至向陽坪十四站，已須站夫萬人。而凡綠旗兵一千人須長夫四百人，合計滿漢兵萬餘人又須夫四千餘人。前此軍需局雖派各州、縣民一萬二千以應西路之用，然地方官祇令鄉保率領以行。沿途無程限，無檢驗，往往遲留停滯，甚有逋逸者。是以兵抵汶川時夫不足用。查君禮撤站夫爲長夫以應之，而站夫又缺。及是兵至達圍，距向陽坪三站復須站夫幾二千人，無可撥者。糧缺乏，軍中啖粥三日。二十三日晚督糧事重慶府知府吴君一嵩以糧數百石至，衆心始定。二十二日查君在雜谷以詩見憶，余次韻答之。旌竿毳幕遠層層，風起焚輪不自勝。掠地雅翎飜雪色，凝霜馬背起冰稜。碉城隱隔前山霧，堠火齊明半夜燈。同是戰場同晚歲，新詩吟罷涕沾膺。先是相國至汶川令查君禮隨營知雜事，會福昌言三雜谷各願出兵會剿小金川，三雜谷者，卓克基、松岡、梭磨也。二十八九年間，三土司與綽斯甲、巴底、巴旺、沃日、小金川、黨壩、瓦寺號九土司，嘗合力攻大金川弗能克。嗣小金川先與金川合，三雜谷亦首鼠兩端。而金川先以妹妻松岡，又以革什咱女予黨壩爲比昵各土司，計時三雜谷中梭磨女土司卓爾瑪爲長，知恭順。金川乃遣頭目來約和親，復欲立其姪楊忠旺爾吉司革什咱。卓爾瑪雖不從，然往來日益密，福昌不知也。阿公爾泰亦允之，命與提督議行。及相國至向陽坪，乃命調三土司三千人，屬總兵書明阿帥固原兵一千統之，由曾頭溝大板招進討。蓋曾頭溝可通澤旺所居之瞻固擒澤旺，僧格桑必奪氣且大兵從西南兩路進，而曾頭溝從東北來，小金川自不能支。議定奏聞，乃令查君赴别蚌山，會副將五福往駐樸頭調其兵。而雜谷度與小金川來往踪蹟内地必知之，已懼。且有司以禁小金川人下壩，故並禁雜谷番民，於是益自疑。小金川復使人揚言大兵由梭磨境入曾頭溝，實欲襲三土司，雜谷信之，乃遣其頭人言比歲荒歉不能自存活，乞免出兵且阻糧運之入梭磨境者。於是茂州、松潘武職皆謂梭磨斂火藥軍器，又於納札諸處下寨閲兵，邊民相驚恐。查君以報請免調，相國許之，因遣人慰三雜谷，卓爾瑪撤兵歸。而查君回至松潘，五福亦還駐樸頭。

趙翼《簷曝雜記》：儉堂爲粤西太平守，署園有大榕樹一株，其榦旁出者四。儉堂謂可架屋其上也，乃斫木爲書室，名曰榕巢，并以自號焉。明窗净几，掩映緑陰中。退食後輒梯而上，品書畫，閲文史，頗爲退閒勝地。丁艱去，接任者來熟視笑曰：此中大便甚佳。遂穴其板作厠舍。

梁章鉅《楹聯續話》：廣西宜山縣爲黄山谷先生謫居地，城中有山谷祠堂。查儉堂撫部守慶遠時重新之，並製聯云：忠孝振綱常黨籍編名氣節宛如東漢，文章垂宇宙詩宗衍派門庭别啟西江。

馮金伯《墨香居畫識》：榕巢以部郎出守廣西太平，擢四川松茂道，旋陳臬事。金川平定叙勞超授湖南巡撫，至京請訓，得疾終於里第。寫山水花鳥俱極精緻，尤善墨梅。

吴嵩梁《石溪舫詩話》：乾隆壬寅余年十七，查公恂叔過河南訪先大夫於修武縣舍。命余出拜，極蒙奬許且解所佩荷囊爲贈。至湖南復寄千金與先大夫，同建撫州南館於京師。蓋公自述在前明家於臨川紫石村，故至今猶敦鄉誼如此。

杭世駿《銅鼓書堂詩序》：儉堂涖蜀之三年盡裒其己丑以前之作，走使徵序。余戢影蓬廬，發書而讀，如見儉堂萬里之外。頭白知交，惟兩人在。儉堂之詩舍余孰爲元晏哉。儉堂難兄曰蓮坡先生，耽嗜風雅，狎主齊盟，海内詞人靡不向風景慕。同時廣陵馬氏遥遥相望，余南北往來兩家園林必留信宿，親致師摩壘其間。而蓮坡遂繼以昏姻之好，故余弟畜儉堂亦不余嗔也。今上龍飛廷試，鴻博之士得十五人，餘皆報罷。然輦轂人才於斯爲盛，其時水西莊之賓客亦視前後爲最盛。刻燭分題，藏鬮鬬酒，蓮坡應接無倦容。而儉堂年甫弱冠，肩隨秦晉，才情騰踔，出示一篇則已驚其夙素。猶憶史館下直，苦吟無俚。餽問來自尺五城南，安成之食，潘園之果，堆案盈几，喜動家人。而儉堂蠆尾細書，緘詩投贈，意殷摯如其兄。自丙辰至癸亥，首尾八年。一旦余以言事罷斥，忍痛別去，常恐前死無相見之期。乃隔廿餘年余猶幸存，不見蓮坡而兩見儉堂焉。儉堂以戊辰歲官農部郎，尋外擢單車赴嶺表，取道與余相見於西湖。會余膺羔雁之聘，主講粤秀書院。儉堂自慶遠來則又相見於五羊城，蓋在壬申夏五時蓮坡下世，未久見儉堂且痛蓮坡也。蓮坡與余談藝最洽，儉堂之詩杼軸性靈，原本忠孝，猶蓮坡之教也。今披其全集，少作已自可傳，而傳儉堂者尤在服官以後之作。重葺黄文節公祠，探湘灕二水發源處，浚靈渠，修秦郡監史禄遺蹟，美政藉藉人口。杜拾遺一代詩史，未歷方州元道州咨嗟民瘼，治具無所恢張。儉堂身際清時，有猷有爲，不敢以虛聲竊盜。一編治譜見於盈寸之詩，前賢對之有餘媿矣，而乃仕優則學，自視欿然。歸裝載石，清風動林。余不見儉堂而見儉堂之詩，匪惟競爽蓮坡。詩之有用於世，此其明效大驗矣。儉堂具方圓可施之才，今觀察川北以六條計吏行且駸駸大用矣。有方召之臣必有方召之詩，如江漢常武者豈以一官一邑之治爲足衡量吾儉堂也耶。姑就其所已編者而論之如此。蜀道遠在天上，繼見無日。余髪種種猶思，揮魯陽之戈延景桑榆，序儉堂他日未見之詩也。

顧光旭《銅鼓書堂遺稿序》：儉堂先生弱冠即蜚聲文苑。舉博學鴻詞科試不利，又困京兆試，乃以資爲農曹郎。世咸謂文章無命豈知魁偉絶特之士，天必試諸盤根錯節之交。以淬其鋒而礪其鍔，然後畀以重任，而履危而能安。視險而如夷，見義而必爲，見可欲而不動。不似尋章摘句，以科第顯於時而無所樹立者。故其發爲文章乃經世有用之文，非徒學士謳吟之物。先生之長君湆守桂林致書於余，乞校訂而爲之序。余胡足以知先生之集，然余之知先生者，嘗自許在筆墨之外，則筆墨所及又烏敢辭。先生遭逢明聖，仕宦三十餘年。南至南越，西浮弱水。蒼顔白髪，據鞍揚揚。諸番羅拜，萬姓待哺。仰之若父母，尊之如神明。而先生之勞其心力，苦其筋骨，不顧身，不顧家。犯大帥而不以爲忤，折僚友而不以爲非。遇倉猝而不驚，任非常而不變。每於拈韻揮毫，流露古君子立身行義之本，固未可以晚近詩人目之也。嘗試取而誦之，時或驚風雨泣鬼神，時或諧韶濩沮金石。想其握管摛詞，句斟字酌，一筆不苟下，大抵千錘百鍊而合於自然。藉非浸淫百家，陶鎔萬有，其孰臻此，閎中肆外，從心所欲者哉。先生尤工於詞，深得姜史三昧。有德者必有言，世之學者自此可知，古君子之行有不徒虛車之飾者，然則彪炳史册，照耀旗常而爲世楷，則洵乎其在筆墨之外也哉！

陳宏謀《寄查儉堂書》：蜀風悍野，五方雜處，不似粵中醇樸。平時所謂咽嚕子者不僅懲創於已犯，必須解散於未然。平時依草附木，呼朋引類，遇事則隨聲附和。故散之則見其少，聚之則見其多也。保甲之法在他省或難見效，在川省則易於見功。此到川之處有所稽查，庶不至猖獗爲害矣。

蔣士銓《題查恂叔太守榕巢圖》詩：潭潭府中太守居，簿牒滿案圍吏胥。公餘卻嫌官事擾，何處掩關宜著書。池上老榕壽百歲，入地參天閲人世。斧斤赦後得全生，風雨來時堪自蔽。一枝撐立孤鵬騫，一枝横偃蒼龍眠。池邊倒影鏡花舞，岸畔側身隄蟻穿。中間架屋小巢露，賢守新營讀書處。繁柯巧構豁檐楹，密葉微開通牖户。瘴鄉淫毒五嶺同，可有麥麯山鞠藭。樓臺豈但坐卧適，腰脚亦免沴濕攻。方丈真如鳥窠綴，半夜吟聲出天際。山川幾處借雕鎸，木石居然無廢弃。嗚呼！名賢所過勝蹟留，後來攬結思前修。碧梧翠竹多鸞鳳，下視憐他鵲與鳩。又《查恂叔太守招飲接葉亭看丁香分韻得眠字》詩：北地花開此最先，孌枝紅杏恰隨肩。蕊成丁字名非假，氣雜辛香性亦偏。小宴重張詩老宅，斯亭曾見永和年。春光九十堂堂去，讓與山公枕麯眠。那要滄浪十萬錢，花時觴詠繼前賢。虚廊静得山林趣，怪石欹如鶴鹿眠。種樹幾人成過客，看花半日比遊仙。持杯醉問風流守，底事歸無宅與田。瞢騰都忘養花年，春色園林已爛然。昨夜痴尋槐筴夢，今年歸作海棠顛。飲耽文字存餘韻，事若流傳感後賢。試裂長縑寫巾袷，座中還仗李龍眠。又《喜晤查榕巢方伯》詩：絳節朝天赴帝畿，新銜藩伯有光輝。皇華衹覺期程遠，文燕應憐故舊稀。到處標題鐫石壁，多年傳唱繡弓衣。重來接葉亭邊過，手植丁香已數圍。冷署浮沈廿四年，霜痕漸覺點華顛。辭羈終謝三升豆，買棹欣承五萬錢。轉戰蠶叢收瑣甲，銘功劍閣憶飛鳶。期公開府洪都去，應導兒童拜錦韉。又《懷查恂叔方伯》詩：瘴鄉三十年，鐫詩遍巖壁。榕巢住仙官，胥吏無從覓。露冕看詩翁，撫字多勞績。

徐觀海《集查儉堂觀察淩波小築分韻得送字》詩：春陰罨畫溪，小雨輕寒弄。草堂瞰衆山，蒼翠萬態貢。清讌陪羣公，瀟灑脱塵鞚。殷勤玉局仙，撥雲開新甕。潑刺釣浮鯈，不煩結魚緵。舉樽吸山緑，跌宕差伯仲。座中振清嘯，逌然響鸞鳳。遥憶載石游，杳冥窮幽洞。仇池穴玲瓏，觸我游仙夢。兩年踏蠻荒，幾爲弋所中。馳驅古戰場，鳴鏑每高控。悠悠塞上鴻，心事餘惚恫。雄譚夜轉深，不寐雜歌諷。何時逐歸航，蘭槳春波送。

彭元瑞《題橋亭卜卦硯爲查儉堂太守作》詩：其修九寸博半尺，厚不及寸土花蝕。云是朝天橋上亭，賣卜簾前淚和墨。一聲白雁江南飛，三日潮頭招不得。更無趙家半塊土，惟有先生一片石。崖山風雨已十年，臣心不轉如石堅。從容就義誠非易，疊山後死文山先。百年橋崩硯始出，四百年來傳勿失。太平太守好事者，對客摩挲恒永日。留將玉帶生並垂，石不能言觀者悲。當年病餓憫忠寺，壁間太息曹娥碑。

錢大昕《題查恂叔太守榕巢圖》詩：太平賢守政多暇，廨西一池緑波瀉。不須岸上更牽船，頗喜枝頭可築舍。一榕婆娑數畝餘，材不材間天所赦。直幹樠空風日遮，横枝卧水龍蛇化。向背俯仰隨面勢，似與先生作間架。巢居之閣有前例，嘉樹何嫌吾久假。開徑衹須就樹根，安窗恰好尋葉罅。一榻以外長物無，十笏之居樂土借。水氣微茫只似秋，月光穿漏偏宜夜。判牘何曾公務妨，覓句且將熟客謝。身居瘴鄉貌更腴，日坐斯巢美無價。只今卜宅傍春明，尚戀前塵如味蔗。乃知寄托苟不凡，一枝居然勝廣厦。不然打頭矮屋長欠伸，樹猶如此徒悲吒。天南榕樹多無限，此樹因公得名乍。丁甯莫掃舊巢痕，他時好與甘棠亞。又《獞酒詩爲查恂叔太守作》詩：三年粤西賢太守，薏苡明珠百無有。獞人遮道送公歸，各各獻以一盛酒。金臺召客勸客嘗，色黝而黑甘且香。好添南徼虞衡志，滿酌青州從事觴。

查誠《讀儉堂叔祖銅鼓書堂遺稿》詩：讀罷長篇涕淚沱，唾壺一擊一悲歌。少陵身向蠶叢老，新息魂驚薏苡訛。百戰場中三史熟，半生詩裏萬山多。瘴鄉蠻洞英風在，老去應輕甲乙科。

查昌業《答儉堂叔病中見寄》詩：倦馬初從日下歸，巷南書札欵荊扉。騷人善病知吟苦，遷客多愁感物非。幾度看花孤勝日，三年問路向斜暉。何當爲掃苔花榻，共卧東軒看鳥飛。又《小至前四日儉堂叔招同周元木萬循初高季治李放亭四徵君兄堯卿集借舫用少陵韻》詩：刻燭分牋次第催，盍簪好共唱酬來。當年世事真流電，終古文章豈劫灰。走馬君聽官舍鼓，探時我憶嶺頭梅。春明門外冰霜客，且進澆寒酒一杯。又《都門留别叔儉堂農部》詩：官鼓迢遥戍鼓頻，更端離合轉傷神。往來無候慚陽鳥，寒暑安居羨逸民。空橐易嵌青簡策，敝裘難拂玉階塵。窮途賸有東平在，臘去枯條漸向春。又《叔儉堂招同人近圃看荷小飲》詩：出郭看花遠市囂，步兵後乘載春醪。宰官自昔稱通隱，詞客於今例酒豪。争把碧筒歌水調，不須紅袖擫檀槽。林塘清讌歸途晚，扶醉登車月已高。

杭世駿《查三自津門寄惠吴綾》詩：舊年一裘破見肘，今年一襖紕如麻。衆人著衣取完備，獨我滿體生槎枒。想因風尖縫易拆，或者韻苦手屢叉。如斯解嘲辭亦妙，於理不足祇取譁。老妻紉針請補綴，凍手澀縮含皸痂。到門先防牆厲角，入市尤犯囊盛沙。憑君冷眼忽窺破，開口一握動左車。直沽估船市三倍，吴綾白地光清嘉。横者尺五縮三丈，闊幅朶朶青蓮花。封書遺我二百里，其辭甚質幣則華。翩翩紈袴湜袨服，令聞廣譽將安加。吾儒志不在温飽，緼袍以外遑知他。未能免俗且學俗，恐媿兒子矜豪奢。亟呼縫人試新樣，朝元著向同官誇。又《湖亭送查郡丞之粤西》詩：人向南天日倍長，仙舟小住水雲鄉。羡君佐郡年方壯，笑我歸農興尚狂。莫以跕鳶愁馬援，更因叱馭重王陽。峥嶸五管無由到，回雁頻煩寄一行。又《寄查三司馬柳州》詩：别去剛三月，離懷積萬重。鴒原終古痛，馬鬣幾時封。世事悲秋雨，吾踪歎轉蓬。隧銘思执笔，真覺涕無從。又《次韻查三司馬龙溪興復黄文節公廢祠》詩：高天有意插翠屏，兩峰寫出宜州青。玉龍掉尾繞西郭，至今溪水流清泠。瓣香夙奉黄山谷，溪上傳聞結祠屋。祠屋荒凉五百年，令我瞠乎蒿遠目。此邦攝守心相知，垂腰黄綬官不枝。秋风入廟拜栗主，落日下馬剜苔碑。愛其人者烏猶愛，况復黄公足千載。雲榱碧甃雖漏穿，靈爽於今定長在。潭潭畫壁蝸篆侵，庭前野蒿長一尋。蹲檐怪鴟嘯山鬼，冥冥那得閉吟襟。挑鐙細讀東都史，坡公既往誰其似。直節難磨元祐碑，詩才妙得飯顆旨。黨牛怨李處一朝，正士喑伏羣小囂。帝念荒服少光怪，特借魁宿輝瘖杓。單車刺促入蠻府，蟪蛄秋賡獨吟苦。從游學子進如牆，似爲南樓補環堵。墨池演漾不可方，流公遺澤如溪長。臨溪葺宇得吾友，州民世祀毋徊徨。神乎歸來飄以忽，老魚醉飽擲波没。弦詩試學摩圍句，風播清音上林樾。

王鳳儀《題查儉堂觀察北征集後》詩：玉壘金城路逶迤，鼓鼙聲裏向關河。鞭絲帽影堂堂去，又聽西風出塞歌。雪花六月犯貂裘，塞北風雲接素秋。行盡蜀山七百里，亂霞黄葉是松州。玉門誰更繼班超，老去戎軒鬢半凋。卻喜歸來笳鼓競，載將詩稿過紅橋。櫜筆年來髀肉生，新詩百讀感商聲。短衣匹馬吾猶健，恨不從公作騎兵。

劉文煊《雪中儉堂出貢木所寄滄州十年陳醖會飲以名酒過於求趙璧爲韻分賦得酒字》詩：美酒清而醕，所難必者壽。清醕世所希，壽更不易有。余家越溪僅知越，鄉釀實居天下右。紅泥印開香滿堂，愛惜珍藏等璚玖。結交老漸多，嗜好亦云久。近知北地新潑醅，滄州竟與越州偶。十月寒氣嚴，陰霰落虚牖。促斝欲聯吟，畏寒均束手。儉堂主人真好客，呼童攜出一甕酒。謂是君家老孫子，藏之十年不忍剖。因君知味登君堂，君復公之共良友。吁嗟月旦無真評，少者居先老者後。釀王獨不然，耄耋居上首。乃知醉鄉政化醕，不與世味共衰朽。人生有酒即可家，守株何必越溪口。又《爲魯存題秋莊夜雨讀書圖用韋蘇州秋夜韻》詩：秋莊聽雨零，懷抱轉悽戚。

蟲吟砌下響，風亂葉閒滴。微凉上袷衣，餘潤生虚壁。几静有南華，香清永今夕。

吴廷華《中元海光雨泛圖爲魯存題》詩：去年海光水如帶，今年海光水如海。繡壤綺陌俱汪洋，惟賸紅鐙畫船在。蒸黎方墊洪波憂，詩老反追赤壁游。吾知酒腸滿貯蒼生淚，一歌河滿四座都作商聲秋。以之哀哀占利涉，敢任麻姑歎小劫。臨流共試濟川才，不作霖雨作舟楫。豪氣衝蕩雲漢清，雨師退舍皎月明。邑人久未辨夜色，歸舟兩岸聞歡聲。儂住西湖亦澤國，共濟知非舟子力。披圖忽見我友心，印否印須自相得。生平未解盂蘭經，莫説三車羣動九地靈。又《魯存出其從孫貢木所遺滄州十年陳醖會飲以名酒過於求趙璧分韻得趙字》詩：漢人重舊醳，酋久遜清醥。如人寂處涵養深，渣滓銷鎔光獨皎。君家滄産陳釀多，在在青縈與白繚。昨朝又聞來酒船，十載深藏更矯矯。杯行到手風味絶，彷彿羣僊住縹緲。三屯九醖皆臺輿，玉瑞金瀾空膠擾。醉來上下古及今，雄辯高談夜清悄。酒中故事追熙甯，獅子城邊務四繞。自從燕雲鋒鏑鳴，此地羈縻疆索小。不聞貳師出燉煌，但憑三女限燕趙。東陲妄擬西酒泉，十萬錁錢民集蓼。此酒雖美空清瀓，烽燹紛紜醉者少。老夫生際太平日，日日糟邱酒爲沼。直拚老此風雅壇，任爾黄雞解催曉。又《秋莊夜雨讀書圖爲魯存賦》詩：萬箇寒聲捲秋樹，讀書正好夜掩户。打窗夜雨勢方張，如瀉詞源傾四部。我昨把卷來水西，分得壁光坐藝圃。素心三五快聯牀，主人獨作聞雞舞。雨氣行歸京兆街，化作煙雲千萬縷。今年讀書此君亭，明年讀書容成府。披圖應說舊巴山，有人共此秋莊雨。

汪沆《秋日雨中水西莊雜詠和儉堂韻》詩：高梧借緑到虛櫺，鎮日無人坐窅冥。差喜池添三尺漲，牀頭試覓種魚經。數帆臺上倚闌同，葦澱微茫望不窮。縱少馬家山一角，眼前奇絶是空濛。秋色先尋到水邊，溼雲懵懵障遥天。菰蒲一霎蕭蕭響，摇過吴江鴨觜船。翠竹參差映白沙，江邨物色可移家。香茆乞我三間屋，欵户來看扁豆花。又《雪中魯存出滄州十年陳醖會飲以名酒過於求趙璧分韻得求字》詩：酒經列品逾千種，我未遍釂徒冥搜。邇來酒國第甲乙，南數越州北滄州。譬之嵇詞阮旨各有致，二者妙理當於象外求。直沽地接清風樓，鯉魚灣水緑似油。紅砂大甕家家窨，昨朝雙鴟遠自五壘城邊寄，恰值雪花門外吹瀌瀌。手皮瘴瘃毛蝟縮，霜稜勁折銀貂裘。故人興發恣拍浮，開樽盎盎春意柔。不速之客，周南張北中央劉。爲言漉藏剛一紀，二十三務無此清而瀏。杯傳到手不復留，泥飲争效巢鶴囚。醉鄉自昔矜上頓，麴部便可營糟邱。人生何必萬户侯，釀王亦足傳千秋。坐聞枯樹鳴寥飂，羲和叱馭無停輈。仰屋著書非良謀，何當移傍磚河古驛住。日夕茗艼，卧看青天鷗。

又《題魯存秋莊夜雨讀書圖》詩：有書何日不可讀，古人偏自惜三餘。雨無雜喧夜無擾，一卷勝讀百卷書。夫君此意師董遇，獨翦秋燈傍秋樹。有時俛首勘羣經，有時抱膝哦長句。繞屋竹梧榆柳樫，淒淒摵摵攢雨聲。雨聲來，雨聲去，漬墨磨丹窗送曙。又《小驖歌》詩：查郎神駿獨愛馬，馬上彎弧左右射。銅街十二選龍媒，千金不惜酬豐價。名駒市得鐵連錢，惆悵丹青乏曹霸。圉人曉控立當階，振鬣一鳴凡馬啞。請君食以玉山禾，請君覆以黄葵帊。逐電追星縛鬼章，盡掃欃槍報闕下。不然負此絶塵姿，短轅跼促何爲者。

陳臯《題魯存秋莊夜雨讀書圖》詩：宵霖凝陰，墨雲擁户。山堂㳂寥，風泉薄怒。一燈熒熒，緗帙如堵。埋頭其間，上下千古。樂以忘眠，不知夜午。唯聞蟲聲，助爾攻苦。

萬光泰《中酒不寐懷魯存在三河》詩：中酒不能寐，疏簾引細風。懷人春樹外，高枕落花中。邑小知誰伴，情高語自工。紅龍池上月，應滿稗溝東。

胡睿烈《以洞虚子簫貽查魯存并作長歌侑之》詩：家有竹簫圓且直，歲久深藏如淡墨。晦潛不與常籟同，養得陰陰古初色。有時秋月當階明，涼露數點銀河横。臨風自吹參差曲，疾徐不減松間聲。上有法王諸弟子，條衣應器交相似。或慈或猛形貌莊，偏袒右肩趺兩趾。我聞迦葉聞琴舞婆娑，多生結習難消磨。諸天未斷殑伽耳，猶傍茄君鸞鳳歌。東坡之贊太虛記，細字蠅頭似針細。逡巡膜拜逡巡觀，繁手淫聲豈同例。憶昔洞虛鏤此簫，竹林幾度迷昏朝。千尋奇材選數尺，宛於瓦礫披瓊瑤。六孔連珠合矩度，明星的的遥呈露。嗟彼贋作徒辛勤，竊取形骸失真素。魯存故是神解人，几琴無絃常積塵。木桃自愧難貽贈，幸與吟聲早暮親。宵來霖雨連繩滴，緑草紛綸纏砌石。焚香不捲北窗簾，挂壁簫囊潤如溼。

緘齋雜識：恂叔撫軍生長津門，寄籍宛平。事蹟詳遺集内，余僅採其後序以立傳。云：恂叔名禮，號儉堂，恂叔其字也。父曰乾，字天行。輕財好客。業鹽策遂家天津。子三。長爲仁。次爲義，字履方。安徽太平府通判。次則公也。查氏世居京師，自天行始居天津而别業在焉，即世所稱水西莊是也。公偕兩兄讀書其中，互相砥礪。藏書累數萬卷。東西名士麇至如歸，尊酒詠歌殆無虚日。再應鄉試不第乃援例以主事注選。乾隆十三年戊辰五月授户部陝西司主事，是歲公年三十有五矣。未一年發往雲南以同知用。未赴旋改廣西，補慶遠府理苗同知，署慶遠、平樂二郡，以廉幹稱。又視榷潯州，奉檄修復靈渠水利，遂擢守太平。太平界安南，爲廣西邊境，猺獞雜居。公撫循教擾，瘴鄉窮谷，巡行殆遍。尤以振興文教爲先務，創建考棚、書院。獎進諸生，教以讀書行己之要。在郡八年，邊人愛戴，而公以生母王夫人年高陳情終養。去郡之日，民皆衣冠送，越境始别去。立生祠於書院以祀焉。中途聞訃匐匍抵家，恨終養未遂。服除不忍言仕，家居三年。三十二年丁亥八月補四川甯遠府知府。甯遠生番强悍，良民素受荼毒。公馭化有方，民患稍紓。明年十月授川北道，旋調松茂道。三十六年辛卯有小金川之役，檄调隨營。明年二月奉旨專司西路糧餉。將軍温公又奏委總理北路糧餉。小金川既平奏委清察户口及屯政。又委赴北路安設臺站。三十八年癸巳將軍温公進剿大金川，駐軍木果木。賊勢猖獗，軍營戒嚴。公时駐美諾，請兵往救。兵遠不能驟至，遂夜調就近糧臺兵二百餘人，募丁壯百餘人，偕游擊穆克登阿往援，時六月二日也。行至猛固橋聞喇嘛寺糧站已失，士卒狼顧不敢進。公諭士卒曰：我退賊必躡我，我軍亂賊必乘亂擊我，勢難免矣。整旅而進，以待後軍必無患。會松茂總兵福昌亦自美諾至行次，破碉遇伏。公令丁壯擊之，擒寨首二人，喇嘛一人，斬之，餘賊驚遁。聞賊攻八角碉甚急，乃分兵令把總李自經救八角碉，穆克登阿守破碉。而公與福昌馳回美諾，爲禦賊計。蓋是時遍山皆賊，而美諾爲要地，恐兵單不足恃也。夜部兵丁多舉號火，賊望之不敢下。越日將軍阿公令侍衛領千人來守美諾，然是時木果木已失，美諾勢不能保，乃退守達圍。公自軍興以來，督理兩路糧餉，事繁責重，心力耗竭。及元戎失利，賊勢益張。折衝矢石之間，閱二十晝夜，寢食俱廢，鬚髮盡白。大兵再進仍總理卧龍關内外糧餉。先是三十七年有曾頭溝糧遲之議，總督文公奏參革職，尋加道銜。至是實授松茂道，仍革職留任。三十九年甲午正月將軍阿公進軍谷噶山，籌改運道。或由卓克采之夢筆山，或由梭木之筰馬山。召公問計，公謂二道皆紆遠不便，請開楸坻之日爾拉山以通饋運。阿公遂委公督作。山高五十里，故無蹊徑。積雪恒六七尺，終歲不消。衆以爲難，公曰：視此謂不能通，何以更擣金酋巢穴。乃度上下形勢，縱火燒凍，凍解即鑿石爲磴。不匝月而工成，自此挽運徑捷，節帑無算。阿公疏聞，諭曰：查禮在軍營辦理糧餉，素稱得力。此次開修楸坻新道，尤能迅速。所有從前革職留任處分加恩開復，用示獎勵。是歲果羅克番民劫掠青海蒙古部羸馬千餘，總督文公以公久任夷疆，奏調往按其事。明年三月總督富公以軍儲事重，奏調回營。隨將軍明公、參贊舒公籌辦糧餉軍火事宜兼撫馭綽斯甲、三雜谷。各土兵以諸土司素敬畏公，得以指揮如意也。四十一年丙申大兵凱旋，公仍留綜理屯政。而果羅克復有劫殺蒙古公里塔爾之事，朝廷遣理藩院郎官阿林偕知府倭什布、參將李天貴出黄勝關緝賊不獲，三人皆坐削職。諭曰：查禮係四川能事之員，熟悉夷情，應令前往果羅克將緝犯之事迅辦。公於長至後發成都，而總督文公於前二月已撥兵五百出紅橋關矣。公曰：果羅克生番獷悍而土地遼廓，無城郭室廬之聚。倏去倏來，人如鳥獸。非如金川尚有巢穴，可以兵力取也。且兵少則力單，兵多則費廣。大勞之後，豈可復動。今我兵出關賊已潛踪遠遁，以數百之兵投浩茫無際之窮邊，何益之有？乃亟檄官兵入關，揚言塞外苦寒，俟來春再舉。而密調三雜谷土練四千，令裹糧會於松岡。銜枚急進，至境始宣。言曰：我來緝賊，餘人無罪，不必驚疑。於是酋長麻克蘇爾衮布進見，公納之。問賊所在，對曰不知。越數日再問，對如初。如此數四，公怒曰：爾爲土司，縱賊行劫，罪一也。使者奉天子命，至境上不即縛賊以獻，罪二也。匿情黨惡，不以實告，罪三也。賊即爾矣，何必他求。命檻車解送成都。初酋以公接待頗優不爲備，及見執乃惶怖。具言賊主名區處悉擒之。由是西北諸夷皆震悚。四十四年己亥五月授四川按察使。西南夷瞻對所屬蕃民攻劫裏塘熱寨之麻塘寺，焚殺僧衆。又往按之，獲犯噶克朗忠等正法。公善於撫馭調遣土兵，無不讙呼效用。蓋得古人以蠻夷攻蠻夷之法，故所至除慝解紛，不勞而定。次年陛見，上詢歷年邊事甚悉，公奏對稱旨，轉四川布政使。興利除弊，事無巨細，必詳審而後行。曰：事有小不慎而重爲民害者，不可不察也。使民無害，爲利已多。或言公久於兵間良苦，今位方伯，官高望重，可以少休。公曰：官高多責，望重多尤。吾爲此懼，敢求安乎？四十七年壬寅九月陞授湖南巡撫。十二月入覲，恩諭留京度歲。二十八日召見，奏對良久。時偶感風寒，蒙諭曰：好自調養。次日夙興痰喘氣逆，遂整衣端坐而逝。時年六十有八。著有《銅鼓書堂遺稿》三十二卷，子渲刊以行世。公性穎異，少好學問。工詩能文，老而彌篤。雖戎馬倥偬，簿書填委，未嘗一日廢書。其温柔敦厚，慈祥愷惻之意，往往見於歌詩。而於軍國機宜，民生利病，講求尤悉。臨事應變識大體。嘗語其子曰：自古邊患，莫不始於小而成於大。近兩金川雖已蕩平，然軍興五載，傷耗多矣。古人言，兵家之勝，貴於未戰，至哉言乎。

于進士豹文

抱膝茅廬認舊栖，生成妙筆異恒蹊。黄岡小草何人序，嘖嘖高名不厭低。

《津門選舉録》：豹文字虹亭，乾隆三年戊午科舉人，十七年壬申科進士。

《太學題名碑録》：豹文，天津縣籍，乾隆十七年壬申科三甲第一百九名進士。

《津門詩鈔》：虹亭先生短身貌陋，口能自容其拳。天才警敏，目下十行。博通今古，無所不讀。借人書一覽即歸之，終身成誦。壬申會闈中三藝已成，又易三藝爲短篇，主試者獲公卷如得拱璧，登上選。後歸班鬱鬱，病膝而没。里人惜公奇才未竟，有名士青山之恨。

《念堂詩話》：朱竹垞云『殘雪未消雙鳳闕，新春先入五侯家。』張蠙詩也，劉績易『殘』以『霽』，易『新春』以『春風』，攘爲己作，遂以此得名。然『竹影横斜水清淺，桂香浮動月黄昏』，林君復易『疏』『暗』二字，竟成千古名句。旭按：黄仲則『淒凉道路看人面，浩蕩川原信馬頭』，人頗傳誦。實從王芥子『逶遲道路看人面，爛漫雲山信馬蹏』來。王又從老杜『薄俗看人面，全生學馬蹏』來。展轉脱换所時有也。石曼卿詩『意中流水遠，愁外舊山青』，于虹亭《秋草》詩作『意中流水盡，愁外暮山低』，了無情味，與君復異矣。

于巨樹《南岡詩草序》：歲在著雍困敦之端陽，吾兄虹亭先生遺詩鈔竣，蓋距先生之殁忽忽六年矣。共計詩一千五百四首，次爲十六卷。由是斷簡殘編始有完本，半生心血弗致銷亡。藏之家塾，貽之後輩，而長逝者恨其或有窮乎。昔漁洋山人訂其兄西樵《考功集》成，備述海内耆宿評論之語，以冠簡端而第自贅一言以附於末，明其不敢序也。余何人而敢序吾兄之詩，然而不能已於言者誠以悲從中來，情難自禁也。余性謭陋，酷喜詠歌，讀書津門，學步數載。先生不憚口授指畫，以示詩家三昧。是以風前月下，酒闌燈灺之間，凡有所作余輒得録而讀之。辛壬［巳］病膝，卧牀經年，猶自口不絶吟，手不停筆。悲歌慷慨，鬱陶莫釋。一往蒼涼蕭摵，侘憏無憀之音。與夫伏枕呼天，呻吟欲死之聲，若斷若續。易簀之前，含淚握手而訣余曰：吾生平詩草久思繕寫成帙，郵致長洲就正於年友沈歸愚先生而刊以問世，今齎志不果。吾弟爲有心人，願相屬。或者可俟於異日乎，兄則夜臺望之矣。嗚呼！言猶在耳，琴不成聲。春草池塘，徒增悼歎。而余學亦遂不復進也，將何以報命於地下哉。先生詩凡數變，總期清峻遥深，一歸於性情之正。昔王西樵題《孟山人集》曰『一從時世矜高唱，誰識襄陽孟浩然』，而先生題《考功集》云『連珠共信寒於水，獨鶴何心解向人』，微旨所寄亦可知其詩格之自命矣。爰以鈔録之顛末，略爲敘述，以俟論定。嗟夫！日月幾何，風流頓盡。弔村落之荒邱，攀墓門之枯樹。讀兹遺編而不禁潸然出涕也。

繆共位《題于虹亭先生南岡詩草》詩：聰明有本學有源，發而爲詩皆名言。字亘長城古意存，使我讀竟欲尋苦無垠。但覺破空清氣相吐吞，中有奇形異采精靈光怪隨放奔。神女之針不見紉，昆吾之刀不見痕。在一邑則一邑尊，乃無負乎三江五湖九河之水赴津門。

緘齋雜識： 虹亭先生，毅亭學博之伯祖也。著有《南岡詩草》十六卷稿藏學博家。虹亭之詩有足傳者，余欲借觀學博秘不示人。虹亭與沈歸愚侍郎同年，虹亭編成詩稿乞歸愚作序，歸愚未之應也。今將虹亭《讀明史詩序》録之，其詩則見於詩鈔，兹不具載。序云：自古亡國之史類成於興朝，語嫌觸忌，實録爲難。惟我國家發祥遼海，疆域攸殊。世祖皇帝順天人之應，入平寇亂，蓋得天下於逆闖，非得天下於朱氏。與漢之高帝，明之孝陵異世同符，匪唐宋覬覦者比。其於勝朝不獨罔事翦除，所以矜恤之者至優且渥，宗社靈長有自來矣。聖祖皇帝復於萬幾之暇，特命文學諸臣纂修明史，詳加睿定，天語重申務存實録。積數十年之久，更歷兩聖始克告竣。故能明並皎日，細盡秋毫。大書特書，一無回護。洵前史所未有也。不揣固陋，竊從授徒餘隙恭深繙閱，逾歲乃周。前後三百年事犁然在目，因成絶句百首，用以表章先民而導揚盛烈。即偶參管蠡，要期發明史意。一切瑣務，有史所不載者兼採他帙間爲補入。雖挂漏尚多，而治亂之源流、賢奸之梗概略具於斯，聊備後人讀史之一助云。

張明府湘

汪紀齊名詡異才，解龜攜得竹牀來。性情曠達無拘束，願與周旋醉百杯。

《津門選舉録》：湘字楚山，乾隆十八年癸酉科舉人，十九年甲戌科進士。江西餘干縣知縣，辛卯科江西鄉試同考官，新城縣教諭。

《太學題名碑録》：湘，天津縣籍，乾隆十九年甲戌科二甲第二十一名進士。

梅成棟《張楚山先生傳》：先生名湘，字楚三，又號礎珊。父光第，康熙甲午舉人。先生乾隆癸酉、甲戌聯捷進士。知江西餘干縣事，改官直隸新城縣訓導。公少負雋姿，有文名，書法冠一時。家天津城西之永豐屯。時與汪楫之先生舟、紀蘭坡先生春有三才子之稱。官餘干時風骨清峻，廉隅甚飭，豪强爲之斂跡。值郡守某公以貪墨著，公薄之。其所諉諈一概不應，銜公久矣。然頗愛公書，求之諄，先生謾曰：『湘書非大醉不工也。』一日守招僚佐置盛筵，出佳醖，勸公甚殷。酒酣出絹素迫公書，公舉杯笑曰：『張湘非不爲人書者，顧視其人品何如耳。公務迫書，此手可斷，書不可得也。』守顔變頰赤，斥曰：『狂奴，必褫［褫］爾官！』公擲杯於地，曰：『湘三年於此如羈囚待録，求脱桎梏久矣，何以一官相嚇耶？』拂袖出，因是罷官。囊無一錢，附糧艘得歸。惟携一破竹床，同里姚公應龍爲繪竹牀圖，一時名流題詠甚夥。吴念湖太守詩云：楚三先生磊落人，謫官歸去窮坎坷。一錢不肯留看囊，一牀剩足支高卧。徐東川觀察詩云：自得此牀真閒曠，月夜梅花冷紙帳。金野田先生詩云：時卧北窗下，忘懷聽鳴禽。會逢故人來，分榻酒共斟。其風概可想。司鐸新城數年，終葬於天津。子梓蔭，乾隆丁酉舉人。孫巖，嘉慶丁卯舉人。俱放達，有先生遺風云。

周人麒《竹牀爲姪倩張楚山進士賦》詩：破竹爲牀樂静便，虚心高節尚依然。珊瑚玳瑁多相妬，莫遣清風四海傳。蕭然一榻劈霜根，上有西江舊酒痕。敬拂輕塵安枕席，不教夢裏忘君恩。

金思義《楚山先生竹牀》詩：拂袖歸來鬢有華，一牀相伴足爲家。擕將江右高眠日，坐對河陽照眼花。掃榻正堪招六逸，睡心差勝覓三車。他時載向新城去，肯爲無氈更怨嗟。

徐瀾《吴念湖太守招集思源莊餞張楚山先生之新城分體七古》詩：張侯大才高莫攀，九天唾瀉珠璣圓。秃毫一掃蕉葉黑，淋漓不數君家顛。致身自許青雲路，誰復徒供折腰具。百里絃歌單父琴，三年鵩鳥長沙賦。只今歸卧如懸匏，石田茅屋荒蓬蒿。大隱非山亦非市，膠庠足以營其巢。秋花照溪溪水紅，蘆蒲瑟瑟摇悲風。林塘野樹松榆暮，亂蟬聲咽天邊鴻。此時坐客慘無色，青衫欲溼酒行急。眼底壺觴不盡歡，他日相思難再得。筑亦不擊高漸離，璧亦不餽僖負羈。憐君揮手從此辭，飄然一去歸幾時。欲别未别水之涯，君不見七十二沽煙漠漠，明朝何處孤帆落。

緘齋雜識：楚山先生著有《大雅堂詩草》，先生孫魯瞻孝廉所彙也。魯瞻與梅樹翁交稱莫逆，嘉慶甲戌魯瞻携先生詩草屬樹翁編定。樹翁讀之稱其詩五七言古體發源青蓮，奇氣奔放。如九折洪流汪洋屈注，動宕萬象毫無涯涘。後魯瞻謝世，此稿遂失。道光己丑魯瞻弟松崖自河南回津，復攜一卷徵序於樹翁，而魯瞻所彙者十不存一，樹翁爲撰序以歸之。

解明府秉智

階前玉樹盡知名，老向林泉寄此生。良友不能來乞米，撰成佳傳具深情。

《津門選舉録》：秉智字月川，乾隆十二年丁卯科舉人，淶水縣教諭。二十二年丁丑科進士，甘肅安化縣、永昌縣知縣，乙酉科陝西鄉試同考官。

《太學題名碑録》：秉智，天津縣籍，乾隆二十二年丁丑科三甲第五十二名進士。
《津門詩鈔》：公苦於力學，性凝重，有識量。退休後教子姪皆登賢書，居鄉以謙厚稱。朱仰文夫子嘗從公受學。壽七十餘。
紀昀《解月川先生小傳》：先生諱秉智，字月川。先世自山西永濟徙天津，今六代矣。先生幼而穎悟，读書一目數行。角藝輒冠其儕偶，年二十一入縣學。父觀復公以經營家计不得已弃举子業，期望於先生者甚至，先生仰體親心，亦奮自淬礪。乾隆丁卯舉於鄉，壬申會试未售，揀授淶水縣教諭。性故端介，不能随俗爲俯仰。一切世路酬應之禮亦落落不欲爲，惟殫竭心力，務举其職而已。幸儒官閒署不與吏事，僚吏亦以度外置之。故得與诸生晨夕講肄，文風士氣，蒸蒸日上。至奉諱歸里後，淶水人猶間關請往主書院，则先生之有造於斯土可知也。丁丑成進士，分发甘肅以知縣用，得凉州府屬之永昌。永昌故衝衢，驛使往來轉運絡繹，先生仍堅守素志，正供所應有者纖毫不敢闕，所不應有者亦不纖毫溢額外，竟坐是罷官。既而大吏知輿論多惜公，奏留會城使自效，隨監送新疆開墾户口遠至伊犁，來往備極瘁勞，先生恬如也。凡奔走五載，得復原官。乙酉八月又授慶陽府屬之安化縣，故瘠土也。甫蒞任即早霜傷稼，前署事者報未明，先生力請於上官得闔境普賑。丁亥復霜災，視前倍重，蒙恩於正賑之外加賑兩月。時需糧多而倉儲少，欲從部價以一石一兩折給，又糧貴而價不足。大吏遂奏請半用賑糧半用折價，原無積穀之州縣則准以時價采買，每石較部價贏八錢，所以宣布德意者甚。至安化故無積穀，例得采買萬石。有導先生領采買之價而以部價給民者，先生毅然不肯，且以奏定之價出示俾通知。遂結怨於僚友，先生淡如也。然坐是公事多齟齬，乃於己丑四月移疾歸。歸而門庭蕭寂，惟日與兄弟訓課子孫，暇則以棋酒相娛樂，名其堂曰友于。又繪三荊同株圖，文士多題咏焉。如是者三十年，林下優游，不萌一出山之想，蓋自守確自知，審其所見者遠矣。嘉慶三年八月卒，年七十有九。先生子道倬，戊申舉人。以余與先生爲同年乞爲傳，余乃叙而論之曰：先生之仕宦亦坎坷矣，而年未五旬飄然解組，享林泉之樂三十年。兄弟怡怡終身無間而子與猶子皆登第，其所得孰爲多也。聞先生乞歸時甘肅風氣騷騷華侈，久而遂有監糧之獄。白首同歸則先生之坎坷其亦天佑善人，使青山獨往與，正不必以所如不合爲先生惜矣。

周人麒《解觀復月川兄弟同壽序》：郡城解氏以孝友文章爲邑望。乾隆丁卯余初識月川於京邸，嗣以月川宦游，余亦歸里，不相見者幾三十年。歲乙未，余課讀城中，月川令子道倬及其諸子道峻從余學。余始登其堂，見其與兄觀復、弟思順，兄弟之間怡怡如也，退以語人，人曰此友于堂家風也。觀復負儁才，弱冠有聲庠序。既數奇乃棄舉子業，治生計以務成其弟之名。月川成進士歷任甘肅之永昌、安化，署州牧，觀復實左右之。迨月川謝病歸，合兄弟食指數百悉同居。足蹟不出户庭，惟兄與弟賞奇析疑，以共笑樂十年矣。余聞言益敬之，既又以三荆同株圖索題。蓋有感於景式之傳、士衡之詩而作也，觀其圖可知其心矣。余又因以信人言之不謬而友于名堂爲不虚也。己亥四月十六日觀復七十初度，而月川六十懸弧之辰即在十月二十四，觀復令子通也來乞一言以佐觴。余觀五倫之道，君父之外莫重於兄弟。蓋夫婦朋友以人合，而兄弟以天合。夫婦朋友皆既壯而後相遇，兄弟則自孩提以至耄耋，其相聚也最久。妻之與友即不幸而失之，猶可以他求。兄弟而偶失一人則雖遍索於九州四海之廣，擇一人焉補之而萬萬不可得。乃世之人往往好施於朋友而吝惜於骨肉，溺情於妻子而疏薄其手足。且或因燕朋之浮談而生其疑，聽牀第之讒間而激其怒。雖號稱賢達，强持禮貌於大廷廣衆之間。而田廬貨財則彼此之見未能釋然於隱。微審如是，雖富貴利達甲於鄉邦，而彼此相對亦覺其索然而寡味。今觀復、月川之友愛老而彌篤，則當其稱觴祝嘏而互相酬酢，此亦人生之至樂也已。或者曰難，弟思順兩兄所不能忘情者，舉觴之際而少一人焉得無有感極而悲者乎。然而感由友愛而生也，友愛之至則視弟之子猶己之子。視弟之子猶己之子即不啻弟之長存矣，復何憾乎？此余所以勸二公之不必戚戚也。夫友愛者仁也，仁者必壽，孔子言之。司馬伯康年八十，温公時其寒煖饑飽之節如護嬰兒，而俱以老壽蕃祉稱於後世。二公其有司馬之風與，余故樂而爲之序。

汪舟《送解萬周之任甘肅》詩：崆峒西望鬱岧嶢，符使新銜促去軺。鳥鼠三秋隴阪潤，魚龍萬里塞垣遥。奪標差喜初尋陌，作吏休云困折腰。爲憶河陽移北地，香霏花縣藹蘭苕。郵亭分袂景蒼凉，回首雲天别路長。惜子遽教親案牘，愧予未許老耕桑。芝蘭有味交終合，魚雁無情意自量。此去應須各努力，可知漢制首循良。

緘齋雜識：月川先生先世爲山西望族。有名仕衢者，明光禄寺署丞，奉使封藩有功。明亡與其子鼎甲棄官，始自蒲坂遷津。世業鹽策，至先生已六代矣。先生生於康熙五十九年庚子，乾隆丁丑年三十八歲登進士，出饒霽南學嚳門。生平事蹟詳紀文達所撰傳内。子道倬亦登賢書。姪道亨，先生甚愛之。道亨既卒，先生哀其死而爲之傳，誌痛也。傳云：從子道亨，字通也，一字通野，後以于思故爲人作字署曰沽上髯。其爲人爽直誠樸，無委曲，少機變。弱不好弄，數歲如成人。及讀書天分稍鈍，而能苦讀，卒亦有所成就。詩偶爲之，成輒棄去，非其好也。

好作字，出入於趙、董之間而自成機軸。求書者日不暇給，長幅短簡無不各愜其意以去。爲文以清正爲宗，不事塗澤。歲壬午，年廿四始補博士弟子員。丁亥少宗伯德取置優等，得食餼。後與周君大迂、韓子紹魏、繆子佩斯、郭子澤宇、韓子荔山、周子雅原、馮子静涵、欒子飛泉、金子寗一、孫子荷亭、李子遜之、張子素先、葉子雨村、汪子溶川、郭子筠坡、中表馮坤三游，詩文遂益進。十應京兆試不遇，其命也。居家以謹厚稱，自尊長以逮臧獲，不聞有訾議之者。家計非所主，偶言及輒發奮，欲佐余之不逮，而願卒未償。其於父母，朝夕餅餌必加意理之，不敢忽。病則侍湯藥，衣帶不解恒數日。父患遺矢症，躬自糞除，有時以手掬之不爲穢。間與諸弟談藝外，作人行事之道無不諄諄及之，諸弟咸以師事焉。與親戚朋友交，急人之難，解人之紛，不辭勞而又能任怨。授徒六載，盡心誘掖，不事敲撲。卒之日，親友及門哭之者罔不失聲，固其所也。初娶牛氏，遺一女，聘馮。繼李氏，遺一女，字張。又繼劉氏，八載未育。噫！是人也，既靳其科名，又促其年壽，終孤其似續，何其窮也，其可哀也。夫余子道倬痛之甚，以子開三爲之後。朋友作歌以哭之。其一章曰：憶君痛君死於孝，誰非人子君難效。到頭不改赤子心，斑衣日博雙親笑。一從醫藥侍庭幃，形枯骨立神虚耗。太翁起後令子亡，茫茫天道爽其報。嗚呼一歌兮悲何深，白頭二老哭黄昏。其二章曰：憶君痛君孝且悌，竹林小阮同瑰異。尚嗤阿咸太疏狂，兢兢獨守猶子義。家聲繼武一生心，唾壺擊缺傷淹滯。生不成名身已死，啾啾燈底幽魂泣。嗚呼二歌兮君季父，仰天長慟淚千縷。其三章曰：憶君痛君未有兒，鸞膠三續石麟遲。蒼天竟吝伯道子，空房獨泣黔婁妻。昔年爲盼小星照，今年並驚玉樹摧。年去年來人已逝，逝者長恨無窮期。嗚呼三歌兮悲君後，蘭移蕙叢君知否。其四章曰：憶君痛君筆墨工，揮毫落紙雲煙濃。酒酣耳熱氣象雄，自稱我是硯田傭。但有髯字皆絶筆，琳琅珠玉觸處逢。逢時不敢舉頭望，拂拂壁上生悲風。嗚呼四歌兮餘故紙，銅章石硯徒然耳。其五章曰：憶君痛君氣象和，委心任運甘消磨。萬苦千辛秘一心，飲人自覺醕醪多。任他蟻鬥與螳怒，欣然一笑永無波。於今道路且流涕，奈此時衰運蹇何。嗚呼五歌兮欽君量，書空咄咄同惆悵。亂日天道兮難量，噫嘻命數兮難當。哲人萎兮聲氣隔，正士逝兮朋友傷。思其肝膽兮堅於金石，嗟其遭際兮困於名場。別哀親及弱弟兮竟撤手而長去，舍寡妻與稺女兮胡賫恨而云亡。某等欲搔首而問彼蒼之夢夢兮奪此窮人其何意，更欲瓣香而質神明之赫赫兮起此錮疾其何方。吾輩其何以祛此痛惜也，君靈其何以竟在渺茫也。君其免夫此生憂戚也，君其待夫來世軒昂也。嗟心交之不長兮，願異世之莫忘兮。换形體而不異肺腸兮，續金蘭而仍共行藏兮。同聲一哭兮敬奠壺觴，靈其有知兮歆此椒漿。

俞軍門金鰲

破虜將軍鎮兩湖，五年入覲到皇都。生平屢沐君恩厚，繪作金門待漏圖。

《閲微草堂筆記》：俞提督金鰲言嘗夜行闢展戈壁中。戈壁者，碎沙亂石，不生水草之地，即瀚海也。遥見一物似人非人，其高幾一丈，追之甚急，彎弧中其胸，踣而復起，再射之，始仆。就視乃一大蝎虎，竟能人立而行，異哉！

《滌襟樓古文所見録》：余讀公家傳，其深仁厚德不可勝數，足爲士林師表，卓然古行君子也。官兩湖時和相國欲納交焉，公毅然不附，人臣大節於是可見。

緘齋雜識：俞軍門金鰲字厚菴，天津商籍。乾隆三年戊午科武舉，榜姓金後復姓俞氏，七年壬戌科進士。由參游洊陞提督，辦理新疆軍務，動合機宜。受國家特達之知，屢叨寵異。乾隆辛亥繪作金門待漏圖并撰序文附於後，遍徵名人題詠。余惜未見其圖，僅將序文録之於左，俾讀此序者想見厚安生平矣。序云：歲乙酉金鰲承乏兩湖屆五稔，戀闕情殷，諄請陛見。蒙恩俞允，隨於嘉平二十三日抵都。翼日召見，温諭曲至。旋奉命在乾清門行走，恩旨著於紫禁城騎馬且諭在外許乘轎。金鰲叩頭，言固不敢。上曰：我特令汝如是，汝其無辭。新正十三日召入恩榮宴元宵，無日不隨至，山高水長，賞坐觀燈。身依輦轂凡三十餘日，無日不近天顏。一日或數受恩賚，燕笑譽處詩賡湛露，恐猶莫罄名言。每值漏下四十刻，齋肅入東華門。攬轡撫躬，啣感鏤骨。自念犬馬之齒加長，犬馬之報缺如。聖德不次拔擢，賜花翎，衣一品服，垂三十年於兹矣。計通籍五十餘年，自問無尺寸長而生平叨沐異數，不一而足。初任山左備值東巡，步行天橋四十里，隨駕上泰山巔。禮成賞各辦差人員綢緞銀牌，金鰲獨得金牌一面，此遭逢異數之始也。自參游洊歷提督，前後在甘省凡三十餘年。周歷巴里坤、烏魯木齊、伊犁、葉爾羌等地方，偕督臣辦理善後事宜。隨伊犁將軍辦理屯田。創立城廓臺站，絲繩貫索皆出自聖心裁度，而金鰲以一介武夫獨得欽遵睿訓於二萬里外，亘古未闢之土，建制規模俾參末議，此異數之至鉅者也。歲在甲辰，皇帝舉千叟會燕黄髮台背。聚集闕廷者三千人，在御前親蒙手賜玉觥者二十二人，而金鰲名次第十九。又命賦詩紀事，對以未嫻吟詠。上顧笑曰汝爲香樹小舅且受業其門，又豈未解吟詩者耶？龍光盛典，優渥難名。他若征回匪大小數十戰而帝憫其勞，前後具摺帝信其實，廷對直戇而不以爲忤。指摘有人牽連書之者，或因以被議而金鰲獨荷寬宥。種種異數總出尋常擬議之表。此皆由我祖父積功累德，遠澤覆庇。用能丕承聖眷，光迪前人。我子若孫沐皇恩之浩蕩，與天無極無論。爲文官爲武職，或顯或晦，竭盡心力，以祈無負國恩即以無負祖澤，胥可瞻斯圖而憬然思、皇然奮矣。乾隆五十六年臯月上浣厚安自題。按厚安之詩不多見，聞之少枚兄曰金芳舟玉珽，黄竹老人胞弟也。性嗜琴。曾繪圖照一幀，題詠頗夥。記厚安軍門題絶句云：韻送濤聲出翠林，披圖忽起白雲心。倩誰添我青松裏，聽取高山流水音。

津門徵獻詩卷五終

津門徵獻詩卷六

天津華鼎元文珊

金處士玉岡

善畫工書蘇玉局，耽詩嗜酒李青蓮。南船北馬遨游徧，博得人呼作地僊。

《長蘆鹽法志》：玉岡字西崑，號芥舟。性恬澹喜游，梯山航海徧歷山川。精繪事，善書，工詩。有《天台雁宕紀游》一卷，《浮槎詩》一卷。

《津門詩鈔》：先生高淡性成，慕陶宏景、林和靖之爲人。工詩善畫，自成一家。游蹟遍天下，名山邃谷，縋險鑿幽，俱留題詠。晚年游羅浮，卒於鄭公蓬山電白縣署。

沈銓《師橋讀畫記》：芥舟老人，吾邑高士也。畫山水變黄王細筆，自成一家，設色亦極淡雅，洵推逸品。余生也晚，以未見其風度爲憾。歲己酉與張桂岩主簿邂逅京師，桂岩以古琴見貽，軫與雁足均係宋磁，並云是芥舟老人故物，後歸同邑牛師竹先生。桂岩又從而得之，今以贈余，欲斯物仍歸故土耳，余感桂岩之深情，因附記之。

《紅豆樹館詩話》：芥舟野服幅巾，江游海覽，所至佳山水輒流連不去，津門人士至今高之。五言佳句如『殘鐙秋雨驛，衰柳夕陽橋』『老傷親故盡，貧厭子孫多』『衰顏殘夢裏，孤影亂山中』『枯藤寒繫月，遠火夜燒雲』『林鴉猶未起，旅客已先行』『花陰封蝶繭，草色染蛙衣』『秋遞蟬聲苦，風梳柳意涼』『春深山寺雨，夜坐石樓鐙』『捲簾通燕壘，掬米散禽糧』，俱清切新逸。

梅成棟《金芥舟先生傳》：余童年已耳熟芥舟先生名，觀其筆墨幸稍稍能解。迨余娶婦金氏爲先生之姪孫女，始於外家縱觀先生平生著作，益知先生之爲人。先生孫麗江内兄屬余爲先生傳，余愧無以表先生之逸行，又恐先生遂湮没於斯也，謹掇其生平大略筆之，以俟夫修邑乘者。先生名玉岡，字西崑，號芥舟。其先浙江會稽縣人，留寓津門，遂家焉。先生幼有至性，以孝友聞，家餘薄産舉以畀諸弟，事兩親盡孺子歡，閭里欽重之。然性高潔，恬退不求仕進。博覽羣書，精通百家，工詩善畫，當道重其學，争聘不就。喜游，凡海内名山川莫不徧歷，嘗泛海至尉陵島觀日出，東越鴨緑江，探長白。兩出嘉峪關，窮冰山雪嶺青海無人之境。登天台，跨石梁，下視白骨森森。南游棲霞雁宕，眺西湖，入山陰，問禹穴，訪蘭亭遺址，省先人墳墓。所到必有題詠，蓋不獨求奇問壯，聞知天地之廣大也。值金金門先生守天津時重先生之爲人，書坡公句贈之，曰：『身游萬里半天下，僧卧一菴初白頭』。其風概可想。居城之西北隅，構其宅曰杞園，有亭曰篬筤，顔其室曰黄竹山房，植黄竹一叢，晚自號黄竹老人焉。暇則蒔花壘石，與沽上諸名士風雨相聚。畜一鶴甚馴，每煮茗彈琴，鶴侍左右若童子。詩主性靈，天懷高淡。著有《天台雁宕記游詩》一卷，《浮槎集》一卷，《嶺南草》一卷。不下二千首，備極雲林瀟灑之致，一邱一壑俱含天趣，可謂詩中畫，畫中詩，先生兼之。尺幅片紙，人争寶之，故遨游時槖筆硯，一老僕負襆被，蕭然遠行，不持資斧，到處鬻畫爲眺覽資。窮極幽遐，搜剔異境，雲水一生焉。年六十三游羅浮，卒於嶺南之惠來縣。先生嗜飲，卧牀側嘗置巨酒罌，詩興與酒興同發輒取瓢探飲之。易簀之夕，酒罌中忽飛出五色蝴蝶一雙，大如掌，翩翩繞先生舞，栩栩隨風去。是夜有人聞先生卧室中有大聲如雷，驚視之已趺坐化去。移其牀，衾褥閒詩稿積寸許，中有絶筆詩四首，語多了悟，蓋自知來去者久矣。羅浮乃真仙洞天，先生心羡神往，殆出塵而拔俗歟。

鄭熊佳《哭金芥舟先生詩序》：先生名玉岡，晚年改名舟，又改名介，字西崑，芥舟其號也。少時家計豐饒，好讀書飲酒彈琴作畫，不樂仕進。及壯薄游四方，凡天台、雁宕、黄山、九華、泰岱、嵩高、太華、天山、西藏無不探奇縋幽，窮其勝而後已。繼又浮南海至普陀，瞻謁大士像，鬚眉逼現。壬午癸未閒，輕身航海由瀋京至姑蘇，往復數見海中龍出，浪涌如山，幾瀕於險要。其志在壯游，非爲蠅頭利也，歸來偕金質夫太守出塞外，固先生篤宗誼而一生眈情山水亦可概見矣。戊子秋，余銓選粵東，先生因羅浮未游，慨然同行。由閘河出儀徵，溯大江而南抵羊城，路遇名勝無弗有作，積久遂成卷帙，名《粵游草》。己丑至惠來，辛卯又移電白，五年之久未嘗相離。佳晨令序，月夕花天，無不各有吟詠。余鞅掌簿書，靡暇搦管，每先生首唱，余次韻步和，爲《山舟草》一卷。去年冬，余于役會城，三月歸，先生卧疾，余戚然憂之，未幾愈。今年春夏之交，屢發屢止，精神稍減。八月十四日聞先生寓齋有大聲如雷，視之已怛化去。嗚呼！可傷也已。歿前五日猶吟絶命詞在牀褥閒，殮後搜得之，詩甚清麗，去來了了，似有前知者。先生與余二十載忘年之友，近十餘年益親密，生平不設城府。好飲酒，慕劉伶阮籍之爲人，醉則清曠不羈，然衝淡恬和，從未使酒罵座。詩喜放翁，畫倣雲林，書法得鍾王遺意。精於考證，一字未得其解，無不遍覽書史，務求其詳，易簀時猶手一編弗輟也。嗚呼！先生芳行若此，而客死天涯，豈不痛哉？爰賦四章，以志顛末云。

喬耿甫《與金芥舟先生書》：旗亭一晤忽三四年，小詩送別，雖未覿面長者，不忘猥蒙裁答，慙悚交并，匪言可喻陳也。翁遂即長夜殊堪痛惋，聞有挽歌寄津，猶以未見爲歉。以垂白一老，漂泊江湖，所繫念不止一故老友，而此一老友例應一切放下，想先生參破六如，亦可以一痛而已。遨游之興猶未竟耶，翰墨之緣猶未疏耶，先生真天地閒奇人。耿甫不能從先生登高山，入深林，劃然長嘯，把酒賦詩，每以爲恨。雖先生只一見耿甫，耿甫之慕先生蓋非一日矣。往者竊見先生爲王飛濤學海作秋槎圖，望洋溟渤，咫尺百里。爲故陳翁績作荷鋤小照，長松怪石，野趣森發。題詠含蓄古峭，各肖其人意，甚愛之，不能忘也。耿甫别字五橋以行也，亦以姓。雖南塘之路足未曾經，而野竹青霄，名園緑水神往久矣，先生其有意爲作五橋圖乎？爲作五橋圖詩乎？故里後生無以爲慰，但於數千里外丐老人筆墨極屬不情，然焉知登臨詩酒之餘，不有一段勃勃清興，吮毫抒藻，塞故里後生之厚望乎？近作一首録呈一笑，便鴻來北，仍希高吟。正月二十一日鐙下，耿甫頓首上。

王希曾《黄竹山房詩鈔序》：余始知芥舟先生能畫，既而知其能詩，又既而知其能文。先生之畫，功力深厚如癡，神味淡遠如迂。詩則追踪於涪放二翁之閒。文不見他作，天台、雁宕、田盤紀游不下數萬言，模山範水，胎息柳州，寫一時情事，又得坡翁海外趣。昔人云『乾坤清氣得來難』，先生胸無點塵，視世之鶩於名利者若將浼焉。一生極意於游，收山川清淑之氣納諸毫端，以之爲畫，則或密或疏，天然邱壑也；以之爲詩爲文，則至性至情，與境俱化也。余生後於先生，雖同里閭，未識先生之風采。家弟問渠侍御爲先生姪壻，乾隆丁酉至癸卯，余來往都門主問渠邸齋，時爲述其梗概，余心嚮往不置，而先生下世抑已久矣。先生次孫麗江又以遺集屬余弁言，因爲論之如此。余雖不識先生而所以識先生者，固自有在。

王履謙《金芥舟遺詩序》：芥舟先生詩畫名噪津邑，前輩多推許之，而字則鮮有稱述焉。余生也晚，恨未見先生之丰裁，而剩稿遺編亦未嘗一覯。道光甲申，余自豫南奉親諱歸里，於金炳文家獲見先生詩草二卷，係隨手鈔録者。因時紀事，因事寫心，不假斧鑿，自抒性靈，字雖草草塗鴉而真趣自在，心竊好之。炳文爲先生曾孫輩，而余之姻家也。余適有炊臼之戚，炳文爲余作伐，續婚於先生之曾孫女。吁！遺詩兩卷若預媒合之也。嗣是得縱觀先生全集，計二千餘首。先生詣至高，以筆墨自娱，不樂仕進。好游名山勝水，以佚蕩其志氣，生平所歷天台、雁宕、羅浮諸區，足跡幾遍天下。凡巖壑之幽邃，雲霞之綺麗，與夫竹石花鳥之争奇鬥妍，收入胸襟，託爲歌詠，故其語語天成，意境迥超塵表。復觀其畫，畫亦如詩，蓋皆意主於高淡，不屑作俗家塗飾態，其性然也。余尤愛其書法之妙，骨力蒼遒得鍾王遺意，顧世鮮有稱道之者，豈以其詩畫差勝而遂掩之歟？抑以先生之好在彼不在此歟？余謬有詩癖，但株守一隅，登臨未廣，雖暇時偶一寄興亦第蟋蟀之吟，不出户庭耳。至於字畫，把筆茫然。茲因論先生之詩並及其畫，且更表著其書法，以質後之論先生者，冥冥有知，或可慰作合之緣歟。

《吟齋筆存》：芥舟老人在京都騾馬市街鬧廛中，忽漫吟曰『雪嶺界空天際白，無人回首望西山』，一老叟徐步在後，詫曰：『公得毋仙乎，胡高曠至此？』延入酒市中，詢知爲英夢堂相國，休沐閒游也，訂交而去。

徐雲《題金芥舟黄竹山房》詩：一座草亭裏，煙霞與世忘。簾垂竹影暗，花夢蝶魂香。酒意饒春興，棋聲動夜凉。月明人静後，幽怨起瀟湘。

金銓《寄芥舟先生》詩：别是初春夏又過，陰陰庭樹鳥慵歌。貧中世慮消難盡，静裏離愁感更多。沽上傭書今復爾，長安賣畫近如何。儻逢斯道堪容處，願負奚囊出薜蘿。

查昌業《題芥舟舅氏東游詩卷》詩：驅馬平原道，曾瞻泰岱雲。萬山回大野，一嶂起空雯。毓秀真無匹，探奇獨見君。振衣凌絶頂，長嘯吐塵氛。幽尋來濼水，策蹇出山陘。名地君初到，仙源我舊經。湖連朝雨暗，峯壓晚城青。想見行吟處，秋風古歷亭。

梅寶璐《黄竹山房詩草跋》：芥舟老人，璐之外伯曾祖也。所著詩全稿共二十餘卷，前經先君子選訂二册，計詩七百餘首。道光乙未金杏林明府需次南河，屬其校刊，歲戊申始行開雕，迄今三十餘年，杏林已歸道山，詩板亦不知散佚何處。茲表弟鶴山茂才達瀾恐全稿就湮，由族中搜求底本，屬璐重爲編訂，清繕稿本。璐不敏，誼不敢辭。敬讀数過，除殘缺模糊及不經意諸作外，逐次編訂，共計詩二千數百首。伏念老人一生梗概，先君子並諸前輩所撰傳序已詳言之，無庸復贅，而逸品仙心胥寓於詩情畫意閒。溯想一笻撥翠，雙屐穿雲，絶壑幽巖，不憚勞苦。即一花一木未經人道者信手寫來，無不入妙。益歎乾坤清氣湧集毫端，爲近今人所難及。臨編無任低徊，實手澤而衍家傳，吾於鶴山尤心折焉。光緒三年丁丑七月。又《題詞》詩：此卷足千古，孤身萬里游。才清終脱俗，筆健獨横秋。山水資青眼，星霜鍊白頭。珊珊仙骨在，有約住羅浮。有詩皆入畫，寫遍舊游山。品在老莊外，情怡鷗鷺閒。泠然成絶調，偶爾謫塵寰。庾嶺吟梅後，魂應化鶴還。寄跡來沽上，山陰舊有家。熱腸聯骨肉，冷眼閲繁華。身世餘詩卷，煙雲賸畫叉。遺編頻浣誦，低首賦蒹葭。

緘齋雜識：芥舟老人書、畫、詩，時人稱爲三絶。著有《黄竹山房詩集》藏樹君先生家，後將此稿與金湘門觀察、金杏林明府各一部。杏林官江蘇時爲作序文以刊之，然佳篇逸句遺漏實多，不過全稿十之二三耳。老人愛游名山勝蹟，有雁宕游記一篇，余已采入文鈔。

吴太守人驥

逸才清福一身兼，鄴架分排甲乙籤。東閣延賓開夜宴，風流太守憶吴髯。

《津門選舉録》：人驥字念湖，乾隆三十年乙酉科舉人，三十一年丙戌科進士。山東蓬萊縣、歷城縣知縣，東昌府同知，萊州府知府。

《太學題名碑録》：人驥，天津縣民籍，乾隆三十一年丙戌科三甲第五十四名進士。

《津門詩鈔》：公性倜儻，修髯偉幹，工畫竹旁及詞曲，人號風流太守，又有吴髯之稱。公幼年喜徵逐，廣交游，晝則歌場綺席，到處逢迎，夜必讀書，每侵晨先拈題爲文一首，然後盥沐見客。及登仕籍，慷慨揮霍，好獎引後進。即家居文酒之讌無虚日，有孔北海風概。

《蜨隱園書畫雜綴》：念湖官東昌府同知，工蘭竹，收藏書畫俱精妙。

《滌襟樓古文所見録》：念湖先生工詩善書，尤工繪畫。喜詞曲，嘗酒後耳熱偕二三友人演南北二調，雖老樂師不逮。偶潑墨作枯木竹石，亦颯颯出塵。故其風流倜儻，文名噪津邑。後官山左有政聲，誠偉人也。

阮元《小滄浪筆談》：天津吴念湖人驥官東昌司馬，襟懷曠達，所在有賢聲。放衙後惟以吟詠自娱，畫竹得九龍山人遺意。尤喜獎譽後輩，一時寒畯多倚賴之。生平收藏名人書畫甚多，有惲王合作扇面廿幅爲最佳。

查誠《吴人驥傳》：念湖性機警，方瞳戟髯。爲詩詞刻燭立就，文喜駢儷。雅善詼諧，工絲竹，精繪事，以材藝稱。

洪亮吉《後漢書訓纂序》：惠定宇先生《後漢書訓纂》采綴衆家，凡有異同增損皆摘入卷中。其門下弟子朱邦衡爲之繕寫補綴，彙爲一編，未經録入者桂進士未谷復爲補成之。定本既出，適吴念湖司馬入都，爰力任剞劂之事。瀕行復索序於余，時司馬刊閻百詩《古文尚書疏證》甫竟，復能以餘力校刊此書，公諸同好，是亦今之汲古主人矣。

黄易《盧江太守范式碑跋》：唐李嗣真以此碑爲蔡中郎書。吴念湖以鄭氏《通志》所載：一、盧江太守范式碑，註云蔡邕書，濟州。一、魏范式碑，註云有碑陰青龍三年。是范式實有漢魏兩碑，李嗣真所指者乃蔡邕一碑也。

孔廣森《爲朱榆圃姊夫撰蓬萊縣知縣吴君人驥堂上雙壽序》：僕牧兖移轅宅嵎，

秉節凡百令長。首識蓬萊，問靈禽於枳棘之棲，廉馴羽於中牟之界，牛刀作譬，溢我弦歌，魚釜來塵，表兹銅墨。條其政最，東齊之寮寀無雙；諜其宗華，西漢之治平第一。每謂太中恭謹，生男著石相之祠；韋逞名通，有母善《周官》之學。賢如吴君，其必有自者也。乃知芝房九秀，並蔭靈根，松徑三條，相尋碩隱。霅川春瀲，舊題南郭之廬；清滏冬温，新築西豪之里。平生幕府，紅近池蓉，奏記文章，青餘鏤管。數名嚴挺五侯，重其標棱；歸傲景鸞七部，周其履屐。而況梁春有耦，萊畚相將，夫人本掾斛之賢，仲子尚辟纑之義。筠篋記艸，屬安定之禮宗；荻障徽言，授王融之書學。是以君家養炬，此日龍衡。入洛市而槐垂，過河陽而花發。惠班隨子，即述賦於東征；張孟遷階，方上壽於北第。三心五噣，丙丁之極曜相煇；二首六身，甲子之朔籌尚少。斯則瀛洲金菜，長生之藥何窮；壺嶠芸蓬，扶老之枝自長。僕今者杜陵男子，江湖長翁。已除故吏之嫌，曾附同官之雅。宜成醪白，願侑春觴；易縣泥青，愧留冬愛。晉卿善禱，周史贈言，汝墳一章，海隅千里。春花鶯亂，秋水鱸肥，岫桂招人，陔蘭戒養。有懷遠道，重霄望鳧舄之飛，歸去鄉園，百歲介鳩笻之祉。

沈峻《題吴念湖司馬爲周南橋别駕書菩提葉册子》詩：我昔客南海，縱步訶子林。入門秋氣肅，古木澄幽陰。老僧欵茶話，虛廊流梵音。指示菩提樹，高榦聳百尋。摘葉沃以水，葉爛如湯燖。細薄類蟬翼，作貢同兼金。貝多寫内典，遂爲世所欽。南橋官粵嶠，獲此還抽簪。吴髯作小楷，佛語留蹄涔。雲煙三十載，持伴伯玉吟。披函薝蔔馥，恍甜杪欏深。願公勤護惜，絶勝書來禽。朗誦第一義，帝釋儼降臨。皈依苦無術，老病交相侵。鈍根迷漸頓，何爲來去今。庶憑刻楮技，一證妙明心。又《和吴念湖漢延光殘碑歌》詩：古物存世非徒然，或關鑒戒知賢奸。莫言勒石盡真實，碔砆往往淆璣璇。東漢以來好標榜，草野遥執朝廷權。誰其作俑由李相，之罘泰岱誇流傳。頌秦詛楚亦妄耳，至今零落霾秋煙。遺愛去思有公論，不須鐘鼎勤雕鐫。延光此刻想復爾，餘二千歲猶自堅。吴君倜儻雅好古，之官所得惟詩篇。摩挲斷碣發三歎，三十四字兼虧全。吁嗟神物有顯晦，明珠墮水光騰淵。前古文字尚質實，豈若末俗求工妍。銕檠半折出古甃，銅爵已毁餘花磚。萬事疑信弗深辨，八士猶復争成宣。君誠儒者作循吏，太史記傳垂千年。殘碑新句兩昭灼，愧我學步離言詮。儻能卧讀許三日，秋風鼓枻東溟邊。

張湘《銅硯歌爲吴念湖作》詩：鍊銅裹硯古無聞，龍尾鳳咮名紛紛。兹石埋藏幾千春，一旦拂拭標清新。中有五銖同見瘞，蒼茫不解當年意。文貝都作蝴蝶飛，土花半蝕蟾蜍輝。野人相顧識不得，延陵公子攜持歸。歸來傳玩歎希有，試取松煙盪磨久。霜毫濡染何淋漓，夜夜墨光寒射斗。錦襲玉裝傳不朽，我聞叩門乞一見。端溪雪浪鋪寒練，九原古氣鬱氤氳。紫石青銅相吐吞，有如蚌珠璞玉分。胚渾石之潤兮栗而温，光陸離兮燦星辰。摩挲令我驚心魂，先生寶之壽子孫。

李符清《秋日招吴念湖司馬芥園小集》詩：筵敞高亭酒漫斟，園林殘景見秋深。海門落日孤帆影，塞上寒雲古戍陰。聚散無常拚醉飲，升沈有定不關心。西風莫咽桓伊笛，南北鴻飛有好音。又《秋日同吴念湖游海光寺》詩：凉雨初晴野色幽，招攜斜日共登樓。滄江水冷魚龍夜，古寺風高鸛鶴秋。倚檻談天真碣石，臨池得句即滄洲。何期蘭若人文聚，半是新知半舊游。

緘齋雜識：念湖先生官山左時於農家獲銅硯一方，甚佳，因自號銅研。勤學好問，廣交游，尤與孫淵如觀察爲道義交。收藏金石文字頗富，喜刻前賢著作。文采風流，一時藉甚。余采得先生文字三篇，附録於此。《蘇常義冢記》云：余友沈二香以同人公置蘇常二郡義冢地，屬余記其事。噫嘻！此善舉也，余何敢以不文辭，爰爲之記。曰：生人不幸而饥軀，而旅游；又不幸而夭札，而災癘；極不幸而終鮮兄弟並無室家，以至游魂無所，旅櫬無歸。求所謂青麥在郊，荒煙宿草者且不可得，何累累也。當其初亦有同旅以及友朋尚能報其親戚而晳其鄉里，久之而厝於廟，暴於野，並莫知其生何姓，居何止。夐夐家室，有求其死所而不知者，又可悲也。苟非鄉之人爲之安其體魄，志其姓氏，記其里居，則異日者將安所指其墟而知其爲某某耶。則義冢之設，豈惟是埋骨掩體之爲，誠不可以不亟亟也。顧事有當爲而不能爲者，有得所爲而不善於爲者。亦有得所爲，善於爲，而或未能計及於久遠者。皆籌事之難於逆料者也。然而見所當爲而不得其人，即得其人抑或詘於力，即有人與力而一時未能克竟其功，事怠於垂成，力虧於善後。然則舉一事而謀於始，計於終，成於久者，蓋若斯之難也。今諸君以蘇常二郡人之在東省者向無義地，請於觀察宋公、太守徐公、邑宰吴公倡始其事，復有福中丞捐資助其成。於歷城南郊買地十八畝，收客死之柩而葬焉。明界止以防侵占，議規條以計久長。是誠所謂見當爲而爲且得所爲，而善於爲并能爲之，而計及於久遠者，良足書已。若夫日增月益，則仍不能無望於踵事者焉，遂爲之記。《顏魯公竹山書堂聯句詩帖跋》云：竹山聯句墨蹟安麓村得自太倉王氏，正定梁相國曾借摹於秋碧堂帖中，後不知所在。今年夏，余乃得自山右高姓。曩觀梁刻如圜、穿諸字幾不成文，竊疑其贋，今睹真本乃翦横卷改裝成册，凡諸訛謬皆裱工以意綴成之，如馴之竪筆，拂字左方。又因蠹蝕處用墨塗傳，故稍肥。計不過十許字，無損於全帙也。曲阜桂未谷擬重摹上石，蓋魯公琅邪人，欲存其手澤於山左，遂鐫石嵌置潭西精舍。其裝本之謬則仍之，梁刻之失則正之，不敢以私意遷就其間也。刻始於九月，成於十二月。同觀者徐惕菴大榕、張春田度、劉松嵐大觀、徐蘇亭紹薪。刻者楊敬，時年八十。乾隆甲寅人驥識。《忠孝軍彈壓印考》云：濰邑于生獲古銅印一，縱横寸許，重十四兩。面篆『忠孝軍彈壓印』六字，旁注如其文，背識貞祐三年十月日山東東路行部造。云得自濰水之崖，按金志濰州隸山東東路。貞祐初楊安兒等叛據州郡，殺略官吏，山東大擾。時僕散安貞宣撫山東東路，置行省於益都。萊州之捷，剿撫兼施，計功賞爵，印或造於此時也。顧史稱正大二年取河朔諸路歸正人悉送密院，月給三倍，授以官馬，得千餘人，名曰忠孝軍。貞祐三年去正大尚遠，不應預有是軍，且百官志無彈壓階級。貞祐初元兵下涿州，始設京城彈壓官，三年河東南路宣撫使胥鼎乞許便宜置總領義軍使副及彈壓官，當是時山東東路未嘗請設此官也。又按安貞傳，貞祐三年十月安貞遷樞密副使，行院於徐州。是十月又爲安貞將欲去東之時，亦不應復造此印。綜核傳志，輾轉不得其據。然銅質斑古，銖兩尺寸復符金制，必不出於贋作。意者萊州捷後，餘孽未盡殲除，貞祐復兩賜赦書。其臨陣俘虜以及投誠歸正人數衆多，縱之則難圖，留之則防其變，於時特立一軍而策以忠孝之名。重之以彈壓，假之以符印。老成謀國於去任之時，爲此權宜之計。以戢其衆而安其心，理勢所宜然也。哀宗國事日非，其設忠孝等軍安知非據此已成之效而欲令諸歸正之人爲股肱之寄哉？孰知此曹亡命之俘，暱近之而終不可制，反以速其亡。蓋天下權宜之計不可經久，一誤用而其流獘且至於大壞者，誠不可不慎也。

趙嵯尹琳

掘土休誇一撮多，神明默禱志無他。性情耿介留遺愛，豈以浮言罷濬河。

周右《東臺縣志》：琳性耿介。嘉慶二年丁巳濬竈河掘土如石，衆曰此主疫，不利請止。琳禱於神曰願疫我，工不可輟。果事竣而琳没矣。

《雪鴻小記》：琳題詞集韓致光句云：蓮花幕下風流客，各自風流一種愁。莫道風流無宋玉，不勝情緒兩風流。前歡往恨分明在，腸斷蓬山第一流。蜀紙麝煤添筆興，不知人静月當樓。

緘齋雜識：先生字冰匏，號夢倩。由監生官兩淮安豐場大使，嘉慶二年歿於任。

先是乾隆五十八年癸丑夢倩轉輸都門，得交金壇蔣醉峯孝廉，時醉峯編輯蔣氏《游藝秘録》初成，夢倩爲作序以傳之，亦可謂篤志翰墨者矣。余將序文載入文鈔，兹不復録。

王刺史希曾

自昔手栽常藉雨，而今身聳慣吟風。樹猶如此人將老，七載相依欣慼同。

《津門選舉録》：希曾字愚山，乾隆二十五年庚辰科舉人。河南武安縣、魯山縣、安陽縣知縣，浙江秀水縣知縣，湖北蘄州知州，廣西象州知州。

《彰德府志》：武安縣知縣王希曾，天津人，舉人。乾隆三十三年任。

《津門詩鈔》：公歷宰繁劇，所到皆有治績。能斷大事，發奸懲蠹，無所畏避。孝感大姓活埋饑民十一人，守令憚其事莫敢發，公署漢陽立雪斯寃。大府以爲能籌辦軍儲，羽書旁午，積勞成疾，卒於廣西象州牧任，士民懷之。

李憲喬《題一梧齋畫册》詩：寧飲建業水，不食武昌魚。如何來象郡，却憶武昌居。漢陽有遺愛，争趨爲結廬。晴川樹歷歷，孤木表一梧。爾時方罷郡，闔扉還著書。人事浮雲過，俯仰十載餘。此來牧蠻民，豈以楚粵殊。不種柳州柳，自比愚溪愚。我當如元結，作銘非峿浯。獨許王漢陽，可與游梧湖。

王友亮《題一梧齋畫册》詩：指日分符漢上過，重尋大樹感婆娑。當檐一桁花如雪，應比先生兩鬢多。

陳萬全《題愚山一梧齋》詩：鄂渚煙波溯渺漫，使君高閣倍清寒。自憐疏雨吟長夜，未抵龍門百尺看。

李寶裔《題一梧齋》詩：晴川閣上經年住，檣燕沙鷗日日過。冀野誰空伯樂馬，山陰新養右軍鵝。梧桐夜雨三年病，楊柳春風萬里波。爲問純齋老宗匠，借園修禊更如何。

緘齋雜識：愚山先生，菊農明經之祖也。生平事蹟，余未之詳，僅録先生所撰記文二篇，讀者可略知其宦蹟矣。《一梧齋記》云：一梧齋者，江城客寓之西齋也。余自甲辰牧蘄，繼權漢陽，先後奔走會垣，强半僦居此舍。丁未左官後遂挈家居焉，計七年於兹矣。齋前青梧一株，初僅及肩，輒歎宦海茫茫如萍無定，待緑葉成陰未知此身又在何處，因誦白傅『十年結子知誰在』之語爲一慨然。比歲以需次北行，旋膺瘡痏，全家寄此竈突幾不黔，愁呻痛吟，日鬱鬱不自得。時見牆陰嫩翠，颯颯吟風，則如對忘年小友，令人心境灑然。年來鳳條垂蔭，彌綠庭軒，非復拱把之觀矣。回憶七年中波光電影，夢境迷離，如歷華嚴一小劫，而欣慼與同者惟此一梧而已。同里陳子青立作圖齋壁，王子建中復繪此册，而余自記其顛末，聊以江上青陰資爲宦途游歷云爾。乾隆辛亥七月記。《于役三防苗峝記》云：乙卯如月黔省有苗民之變，大帥駐辰州，公相駐銅仁剿討。余奉檄赴羅城之三防塞交界堵禦，凡山之宮羅者皆坳也，始抵牛鼻有歸安都宿二坳，路已崎嶇然籃輿尚可行越。縣治而西有楊梅坳，土人云自此至三防約二百六十里，實計三百里而遥。黄金嶺以西皆高山仄嶠，輿馬不能通，人坐竹兜以便登躡折旋。有所謂鐵石山者，上聳峭壁，下臨深潭。初無徑行，高下盤曲皆在峯巒上，跬步間足垂二分在外，一失跌則爲潭中魚矣。至冷水坳，路僅一綫，飛淙噴石聲砰訇如雷。緣山而下稍有平窪處，滙爲池瀏然而清。仰視巉巖如削，横矗排空。上有瀑布千仞，猿猱在旁掬水而飲，若悠然自得其樂者。因坐石上觀之，恍到匡廬、天台諸勝境，不復知有苗峒之險矣。再行數十里，登大小磨盤山，牽挽上下約皆三十里。至山頂，忽陰雨，四望茫茫，山川草木皆化爲雲。直如飛錫躡虛，塵念都消，意取法華緣覺無上法門一證之，余此來殆有前因耶。信宿咸在苗樓牛欄中，仲春天氣猶似隆冬。逾磨盤山行二十五里即三防，主簿分駐處也。蠻煙瘴雨，冷日愁雲。氣候之陰寒，水土之惡劣，無有過於此者。由三防而進一百六十里抵黔省交界處，名曰因崗。山更高，路更險，並無樹木。由因崗至琴崗，又一百餘里，皆此類也，日行三四十里輒覓苗寨而居。中間或駕天橋，或登雲梯。攀藤而上，牽絚而下，行路之難生其土者尚怖之，矧余自邦畿來絶徼不特爲生平所未經，亦夢寐所不到。土人云，此地交三月瘴氣甚盛，中者必危。今幸邊隘寧貼，苗民涵濡聖化，耕鑿相安，且距銅仁鎮箰甚遠，即黔苗弗用靈亦指日底定。此地共事文武官弁皆可倚，鎮撫十有五日，邊境晏然。遂於閏二月九日言旋，天氣晴霽，度大小磨盤及冷水諸坳，高下草樹了了可數。誦東坡臨城道中，退之衡山語。履險如夷，不啻生入玉門也。爰就所涉歷者記之。

欒孝廉立本

絳帳傳經授教多，子能謀養奈親何。王裒至孝鬬天性，讀到毛詩廢蓼莪。

《津門選舉録》：立本字飛泉，乾隆四十八年癸卯科舉人。

《津門詩鈔》：飛泉天性醕摯，奉母王安人至孝。父母俱能詩，聲律本於家學。

教授生徒最盛。守母制時著《慤思録》以表其親，鄉人韙之。

《紅豆樹館詩話》：飛泉留意風雅，嘗輯津郡前輩詩若干卷爲《津門詩彙》。在梅樹君廣文《津門詩鈔》之前，惜未見傳本。

李符清《慤思録序》：余癸卯登順天賢書，與飛泉欒君爲同榜友，都中往來未深悉其家世也。及庚戌夏余宰津門，訪飛泉過從甚密。飛泉爲人醕謹篤行，有古儒者風，鄉里重之而文名尤著。余校童子所得士，多出其門。嘗爲余言飛泉少孤，事太夫人至孝，太夫人雅有才識兼通詞章，飛泉生平學問出於慈訓者居多云。余間爲詢及，飛泉輒泫然出涕，每以太夫人期其科名甚切而不克親見爲憾。因持《慤思録》一册示余，余受而讀之。具述太夫人言動行事，則見其事姑嫜，相夫子，儼然少儀内則也。睦婣族，御婢使，儼然史箴智囊也。夫古之賢母如留賓授經、畫荻丸熊之類，皆能内行純備，言動可風。復能以慈母而兼嚴師，使其子卓然自立，成名於後世。如太夫人者真可與陶、韋、歐、柳争烈矣。至其本性情以間爲詩章，又太夫人之所諱而不欲以此自見者也。語有之修德者獲報，飛泉遵太夫人之訓，文行矯矯而能掇取巍科。當立見其黼國家，揚名譽，大足爲太夫人慰。今且汲汲然録其嘉言懿行而思所以不朽其親，是真能率其慤然孺慕之誠也已。以余爲年家子問叙於余，余宰官也，采風徵行是宰職也，因欣然志之。乾隆庚戌。

緘齋雜識：飛泉先生性至孝。母王安人工詩，先生學問出於母訓者多。著有《津門詩彙》若干卷，梅樹君先生《津門詩鈔》蓋本其書而增輯者也。又有《慤思録》一卷，述王安人事蹟甚詳，内有安人行略一篇，余采而録之。行略云：母姓王氏，世居静海。外祖麟，乾隆丙辰副貢生，徙居天津。母秉性寬和慈祥，温厚無偏倚私曲之見。生平喜讀朱柏廬《治家格言》。雖善詩恒不欲人知，曰婦道無成，何敢操觚染翰與文人學士争名。于歸之前數日居南城内，城樓中火藥忽焚，人家牆壁俱飛，舉家狂奔，母倉皇出户，旋自止，曰：『蹂躪中吾豈可以身與耶？』入室閉門負牆而立。俄有石壞窗入，著榻而陷，母堅立不動。越日火始息，竟無恙。吾父嗜吟詠，每與友朋酬答。然於母之能詩未及知也，後從棄紙中得刺窗詩云：蓬窗何用碧紗籠，聊度金針一望通。寄語小蟲休漫入，此間止許透清風。固詰之，始知爲母作。祖母卧病，日須十餘餐。母方在妊，夏酷暑，母日營饌餌侍奉，因而積勞成疾。歲辛酉，吾父客柳州，有言粤省山川之險者。母憂思成詩云：寒夜凄凄夢不成，關山險阻憶長征。却憐兒女無愁思，枕側惟聞鼾睡聲。父適粤久無音信，母備歷艱辛，作長律書懷詩以寄意。父自粤歸，課立本等讀書，嚴時加鞭責，母輒爲之勸救。張廣文廷錡女，名懷清，幼字王室，年將及笄聞婿歿，女變色入厨自投於甕。訛傳氣猶未絶，母曰：『此不必救，以成其志可也。』俄言已死，母曰：『得之矣。』爲詩以弔之，詩云：嗚呼張氏女，未婚夫已傷。綱常存血性，節烈懍冰霜。氣禀乾坤正，名傳遠近香。舍生取大義，青史可增光。從堂姑適于氏，家貧饔飧常不繼，母時餽問。一日姑來曰：『吾承嫂惠多矣，然每賜必當吾匱乏，是誰告之耶？』母泫然曰：『汝不見吾常使寬兒往戲乎？暗捫爾竈，竈冷故知不飯。』姑聞而泣。丙戌立敬爲武昌衛千總，奉母南游居武昌館署。聞雁思鄉，詩云：回雁排行叫碧天，忽驚兒女隔經年。倚門空悵音書渺，遥指鄉關在日邊。庚子六月母病痢數日，自知不起，即屏藥餌。曰：『吾年逾七旬，三子皆科名，一女爲太守婦。濟濟五孫，吾願足矣。』病遂篤。立本述。

沈封翁峻

吴川作宰著循聲，忽向流沙萬里行。出塞絶無遷謫意，依然詩酒自陶情。

《津門選舉録》：峻字丹崖，乾隆三十九年甲午科副貢生，廣東吴川縣知縣。

《津門詩鈔》：公謫戍新疆，釋還家居，鬻書自給。顔所居曰隨緣。自署云：陶令歸來惟乞米，鄭虔老去尚箋詩。敦友愛，重氣誼，教子雲巢成進士，登詞垣，人謂循良之報。

《紅豆樹館詩話》：先生謫官塞外，與大興龍雨樵倡和，詩名藉甚，人稱龍沈。旋里後手訂其詩，分少作、宦游、塞外、歸田，總名《欣遇齋集》。令子雲巢太守先刻宦游、塞外二集，餘刻未竟，兹所録皆已刊本也。先生詩出入漢魏唐宋諸名家而不襲其貌，渾厚宕逸，於少陵、東坡爲尤近，其自序云：宦游旅寓，足蹟半天下，登臨酬答，感懷紀事之什遂盈卷軸而詠物無與焉。觀此可知其取境之高，造詣之深，非摹擬纖巧家所得儷也。書法王、趙，端凝有骨，嘗拓墨刻行世，當與韻語並傳。

《吟齋筆存》：沈存圃先生峻遣戍玉門，輯人投贈之作合爲一卷，題曰雪泥鴻爪，曾屬棟題詞。余最喜余公作沛長律二首云：禄養何如菽水歡，蕭然風味等儒酸。當年早説還家好，此日誰憐行路難。信是多窮詩律細，却因善病酒腸寬。青鞵布襪從軍去，猶自狂吟興未闌。吟得新詩手自編，西征恍是賦歸田。窮通有命真如此，曲直由人或未然。臣罪敢辭行萬里，君恩且去住三年。玉關迢遞書難寄，雙鯉何因取次傳。嘆喟之中立言有體。韓桂舲司寇崶五言二首亦肅括。萬里微生在，開函淚更彈。重還生馬角，兩度拜雞竿。瞥眼風濤過，餘身歲月寬。海津高卧稳，勞爾憶同官。三載爲廉吏，卑棲百粵東。深文心轉白，噩夢我甘同。地冷哀鵑淚，天回退鷁風。何當重把酒，笳吹問詩筒。司寇曾爲先生事鐫級，故詩及之。

王寶仁《沈明府傳》：公諱峻，字丹崖，號存圃。世居浙江餘姚，自曾祖宏嗣北上不得歸，占籍天津。祖允齊，太學生。考世華，江西廣豐縣巡檢。祖考兩世單丁，至公兄弟三人。兄嶧，弟崐，公其次也。公生五歲隨任南豐，調廣豐。從師讀書，或廣豐公自課。十五學爲詩，與兄倡和。輯先正格言爲《資鏡録》，選唐人詩爲《唐詩宗》，遇老輩工詩者究其學。廣豐公于役黔中，公隨往，縱覽山川風物，業益進。三十始歸邑，院試并第一。明年乾隆甲午中副榜，明年試補鑲白旗教習。丁酉考職第一，授州同鄉試取謄録。戊戌教習期滿，引見以知縣用。壬寅丁廣豐公憂。丙午選廣東吴川縣知縣，明年夏莅任，歷五載。辛亥秋以鹹案去官，明年定議効力新疆，九月自廣州歷贛江皖豫陝甘，出玉門關過哈密抵迪化。悲思離緒，一寄於詩。爲都護公子授經師。節使記室有大臣招赴喀喇烏蘇，酬倡尤樂。越丁巳奉旨賜環，二月行。自迪化歷戈壁雪山入關，七月還天津。離鄉十一載，行三萬里矣。既歸兩子名噪於學，連得孫。以嘉慶二十三年五月十二日壽終里第，春秋七十有五。公之初莅吴川也，博諮民間疾苦，務休養生息之。俗健訟，公剴切曉諭作聽訟説。其畧曰：聽訟宜公，宜明，尤宜速。儻訟不即訊，訊不即結，則良懦甘心隱忍，奸宄愈縱恣而無所畏。作折獄論，其畧曰：凡折獄，凶人多刑求，而吉人不用也。無才者多刑求，而有才者不用也。初入官者多刑求，而歷練久者不用也。不佞不酷本之公明，處之審慎歸於平允仁恕，庶得祥刑遺意。始至訟繁，久且旬不過數人，以立斷故訟庭無事。邑人士輒來求書，公謂天下惟勞者能逸。又曰喜清静者必自憂勤。始信然。吴無歉歲，或詢救荒策。公曰：救荒無上策，備荒無下策。備荒莫如重農事，重農事莫如籌水利，其次莫要於立義倉。引魯仕驥勸分不若開渠，抑價不若通商，遏糴不若廣糴，行粥不若蠲户。林希元二難三便六急三權六禁三戒之説，謂皆救荒要論。又云：災民宜分不宜聚，勘災宜親不宜委，報災宜實不宜隱，恤災宜遍不宜漏。然有備荒之法而後可行救荒之事，亦惟先有備荒之法庶不至有救荒之事。地濱海，時海氛未靖，公籌定章程，赴硇洲巡視。其防海議謂：外洋利哨探，内洋利攻擊。善攻擊者勤操演。設團練而其要尤在絶盜。需堵禦之法務合一以固海岸，防港口致力於盜所從入。行之有效。硇洲既爲盜出没地，有將弁思邀功妄拘海濱細民十七人，誣指實。公廉得其枉，請於大吏得省釋。海常多颶風，某年大作，壞商艘溺死無算，公憫之，有詩紀事以示戒。既出資築城，爲築城引亦示之戒。他如葺學校，修邑志，皆捐廉爲之。嘗曰吾治無他，省事而已，省事在安静，安静在不煩擾。條教煩則惑民聽，徵索煩則傷民財，興作煩則勞民力，改革煩則驅民以所不習，禁令煩則强民以所難堪。官多一事民多一擾，知其爲擾而已之民，已不勝其病。在任五年人德之，迄未一到省門，卒以微過被嚴議。去官日士民泣而遠送，所知識靡不扼腕，而公一無怨尤，嘯歌自若。旋里後葬兩親，補家乘，編年譜。續輯格言爲《竈嫗解》，附以閲歷所得訓兒輩。親見令子成名而後考終。所爲詩三千餘首，手勘定。嘗謂詩道性情亦須論法，而法自神明變化。詩貴妙悟，亦資學力。詩不宜説理陳腐，亦非爲艷情而發。其卓識名論可槩見，而所重於公不在是，余故詳次其言行之有關治要者。公配曹氏，後公十七年卒。子二，長兆沾，次即觀察公兆澐，今爲江安糧儲道。系曰古循吏入國史，今非子孫貴顯或難之。然卓卓言論行事如公裨益多矣，即署於史家而口碑自在，足式後世，矧子若孫相繼而宏其緒也。觀察公治我江南，推本前人，又垂訓其令嗣。公雖見抑當時，詒謀不自遠且大哉！

龍鐸《存圃塞外詩鈔序》：蓋聞秋士能悲風，人善怨。登高臨水，舒長嘯於林端；即境寫心，飛逸情而雲上。一行作吏，時寄美人香草之詞；萬里從戎，不作劍拔弩張之態。遂使洛陽紙貴，頓教紫塞春回。乃有章武名賢，休文夙望。聲馳藝苑，風雅溢於科名。出現宰官，繭絲變爲撫字。河陽花滿蜚清音於珠海灣頭，梅里香濃叶逸韻於紅蕉館畔。祇以微愆之偶挂，遽膺遠謫以長征。只離星海三千，徧踏秦關百二。親朋一哭記譜巾車，書劍三生詞成瓠落。別海門兮秋泛東離黄菊之期，弔潯江兮夜游司馬青衫之淚。陰晴異態，南嶺送而北山迎；雨雪載途，曉風尖而殘月墮。所幸元戎下士，書記雍容共知。都護憐才，館餐稠疊。悵天涯之淪落，不相識而相逢。念交分之纏綿，亦有神而有道。同游汗漫情往，興來獨立蒼茫。倡予和汝，起秋笳之陣陣；腸斷霜鐘，眄歸雁之行行。魂銷雪笠雖淋漓盡致，詎忍涉於怨尤。即慷慨當歌，總不離乎温厚。從此山川草木別有奇芳，試看鳥獸蟲魚俱成異采。花門頡利考據爲耳目所經，月窟天方部落亦指揮可畫。問尋橦與走索，輪臺新唱竹枝；化犢劍與牛刀，玉壘更傳鐃吹。此日羈臣載筆不貴陳編，他年軒使採風或資外史。

余作沛《送沈存圃詩并序》：存圃少負儒才，數奇屢躓於場屋。念太夫人春秋高亟思禄養，俯就一官，來爲吴川令，非其志也。吴故瘠區，君能耐官職，儉約如寒素。五年未嘗至省門，當路罕識其面。卒以細過被劾，莫有爲緩頰者。至是來省，愛君者相見恨晚。而張松園廉訪、吴曇繡觀察憐才如命，見其詩尤重之。君獲戾甚微，大憲從嚴定擬，二公争之不得，遂有西域之行，人甚爲扼腕。君初不介意，在請室中猶不廢吟詠，無一怨尤語。吾不知其胸中視榮落升沈爲何事，蓋其所得於中者多矣。予曩承乏電白，君謬以予爲識途老馬，有疑事輒以書來詢，予必竭其愚，君亦多所採納，故意氣尤相洽。乃者部檄敦迫，君行且有日。爰賦二章，以志遠别之感云。詩曰：禄養何如菽水歡，蕭然風味等無官。當年早説還家好，今日誰憐行路難。信是多窮詩律細，却因善病酒腸寬。青鞵布襪從軍去，猶自狂吟興未闌。吟得新詩手自編，西征真是賦歸田。窮通有命當如此，曲直憑人或未然。臣罪敢辭行萬里，君恩且去住三年。玉關迢遞勞相憶，雙鯉何因取次傳。

徐通復《題沈存圃先生雪泥鴻爪卷子》詩：漫勞昔友慰還嗟，收拾殘編護碧紗。衮衮諸公憐腐草，皤皤一老笑空花。葆真不信無肝鼠，樂育非添有足蛇。紙上知交零落盡，青衫溼透付琵琶。歷盡艱危苦自禁，迷陽未礙楚狂吟。足非經刖輕和玉，尾到將焦識蔡琴。今日我心寧轉石，當年衆口枉銷金。讀公自述增嗟歎，惆悵秋空氣鬱森。

徐楝《牧令書》：峻救荒策云：吴邑無歉歲，客偶詢救荒之策。余曰救荒無上策，備荒無下策。客曰何謂也。余曰備荒莫先於重農事，重農事莫先於籌水利。凡爲司牧者下車之始，即詳問境内山溪若何，有無陂塘溝澮。壞者修之，廢者復之。虞泛溢爲患則築隄以捍衛之。水利既興，多備穀種。如地恒慮水則以不忌水者種之，地恒慮旱則以不畏旱者種之。凡舍旁田畔以及荒山不可耕之處，相土所宜廣植果樹，亦足以濟五穀之缺乏。若煙草之類，悉厲禁。或農家涉訟速爲訊結，俾不致曠廢時日，如此則農事舉矣。其次莫要於立義倉。義倉之穀不勸捐於凶歲，而勸捐於豐年。法爲最善當師朱子社倉意而損益之，聽民自議自行。以出入之數歸民，以賞罰之權歸官。官民相制，事可經久，此皆備荒之策也。至於救荒之策則勸分也，抑價也，遏糴也，行粥也。然皆不能無弊，魯仕驥謂勸分不若開渠，抑價不若通商，遏糴不若廣糴，行粥不若釐户，語極切當。明林希元云，救荒有二難：得人難，審户難。有三便：極貧民便賑米，次貧民便賑錢，稍貧民便賑貸。有六急：垂死貧民急饘粥，疾病貧民急醫藥，病起貧民急湯米，既死貧民急募瘞，遺棄之兒急收養，輕重繫囚急寬恤。有三權：借官錢以糴糶，興工作以助賑，貸牛種以通變。有六禁：禁侵漁，禁攘盜，禁遏糴，禁抑價，禁宰牛，禁度僧。有三戒：戒遲緩，戒拘文，戒遣使。此皆救荒之策也。大抵災民宜分不宜聚，勘災宜親不宜委，報災宜實不宜隱，恤災宜徧不宜漏。然必先有備荒之法而後可行救荒之事，亦惟先有備荒之法，庶不至有救荒之事。范忠宣在襄城時歲旱，度來春必乏食，遂盡藉境内客舟，召其主諭之曰：民將無食，爾惟販五穀貯佛寺，候缺食時吾爲爾主糶，衆賈樂從所蓄，無慮數十萬，諸縣饑而襄城之民不知，是亦備荒之一道也。嗚呼！以實心行實政，尤存乎其人。徐致初評曰：聞之熊勉庵先生云，救荒不患無奇策而患無真心，真心即奇策也，是固在牧民者矣。峻折獄論云：折獄以平矜釋躁，從容詳細爲主。吕刑曰非佞折獄。言佞人不可以折獄也，儻恣其才辯以口給禦人，致愚民應對失措，遂謂能窮其説，塞其口，炫聽斷之。長爲同寮所莫及，是直謂之佞，不可謂之折獄。又或好用刑求，無辜必將誣服。路温舒曰人情安則樂生，痛則思死。箠楚之下，何求不得。況取供於刑求之下，解上每多翻異，可不慎哉。嘗見折獄凶人多用刑求，而吉人不用也。無才者多用刑求，而有才者不用也。初入官者多用刑求，而歷練久者不用也。不佞不酷，然後可與言折獄。易賁象山火火雖明而在山下，明不及遠。故曰明，庶政無敢折獄。旅象火山火至明而又在山上，明無不照。故曰明，慎用刑而不留獄。惟本之以公明處之，以審慎無枉無縱而一歸於平允仁恕，庶祥刑之遺意歟。徐致初評曰：合圖民録中數則而總括之，頗覺條貫。

緘齋雜識：存圃老人，家大人外祖也。生平事蹟詳年譜内，著有《欣遇齋詩集》

十六卷。余後生小子，何敢妄加評隲，僅將老人所撰《簡菴兄家傳》録入，可見友于之情篤矣。傳云：兄諱嶧，字東巖，號簡菴，乾隆丙午科舉人。生於壬戌年九月十八日丑時，以辛亥五月十四日酉時卒，得年五十。子二，兆源、兆瀛。女一。同懷弟峻爲廣東吴川令，是歲八月凶問至，既爲位祭而哭之。於是撰次生平行事立傳，附家乘以貽後嗣。兄長峻二歲，性和易徑直，寡嗜好。與人接罕寒温語，遇知己談論輒娓娓不倦。善事父母，承顔下氣，能得歡心，以故數十年未嘗離左右。又性狷介，不妄取予。自奉喜淡泊，鄉黨稱爲真孝廉云。初先君子筮仕江西，兄與峻皆幼穉，挈至任所。貧甚，力不能延師，就外傅者十年。官廨饒池臺卉木，常偕弱弟崐藝樹畜魚爲樂。日課一詩，怡愉無間，竟不知人世間尚有何事可好也。峻既冠，附舟北旋，與試入諸生籍。既而中副榜充教習，不克南返。兄娶嫂氏踰數年，先君子乞休歸里。兄始游泮，旋中庚子科副榜，授徒鄉塾以爲養，由是文益精。先君子有聲庠序，久困場屋不得已俯就簿領。見兒輩前後列科名，嘗謂兄曰：汝弟以甲午中式二十八名，出座主嵩閣學之門，今汝師及名次恰符，亦是佳話。逮兄舉於鄉，而先君子已棄世五年，不獲親見爲憾也。兄體素羸弱，少患咯血，庚戌禮闈以抱恙不得與試，憤激而病益增。家居静攝，恒惘惘不自得。嘗與峻書云，余病不足慮，惟弟作官好爲之，勿蹉跎，他日或能對床聽雨未可知也。其言若甚戚者。嗚呼！孰知兄不久化去，而峻竟墮落至此極也。先是辛亥二月嫂氏卒，太孺人哭之哀，兄方思繼娶以慰母心，乃數月兄遽殁。太孺人益慟悼，遂致不起矣。泉下有靈，兄與嫂尚得追隨侍側。而峻困躓餘生，何日歸田哭拜墓下乎？兄工篆刻，嘗作小畫寓興而已。所著詩文詞賦數百篇，爲《嚶鳴集》藏於家。嗚呼！兄年甫五十，作鄉里善人乃不克膺中壽。峻少不自暇逸，足跡邁萬里。徒以一念竊禄遭際多艱，較兄勞逸奚啻倍蓰，功名文字又遠不及，更何敢冀後福、享大年乎？今峻病且殆，視世事益澹。自度無以取重於後，安得如兄之文傳峻者乎？臨紙涕泣，諸猶子其勉旃。謹傳。

張主政虎拜

廬墓難忘寸草心，半生謹慎懍官箴。量才玉尺何人授，佳壻翩翩竟嗣音。

《津門選舉録》：虎拜字召臣，乾隆三十三年戊子科舉人，三十四年己丑科進士。内閣中書，己亥恩科江西鄉試副主考，宗人府主事，提督河南全省學政，戊申壬子科順天鄉試同考官。

《太學題名碑録》：虎拜，天津縣民籍，乾隆三十四年己丑科二甲第四十五名進士。

《中書舍人題名》：虎拜，天津人，乾隆三十四年由進士到閣。

《清秘述聞》：乾隆四十四年己亥恩科鄉試江西考官、内閣中書張虎拜，字嘯崖，直隸天津人，己丑進士。解元陳上理字作棟，南昌人。乾隆五十三年戊申預行正科鄉試第十八房同考官、中書張虎拜，五十七年壬子順天鄉試第十三房同考官、宗人府主事張虎拜。

《長蘆鹽法志》：虎拜字嘯崖，官宗人府主事。以孝聞，賦性誠慤。居官清慎，生平無矜浮氣。著有《妙香閣詩集》。

《津門詩鈔》：嘯崖幼警敏，性至孝，母死廬墓三年。英年釋褐，居官清慎，善鑒别人才，所取士多騰達。尤工楷書，阿文勤公桂最重公之品，凡其家先人碑銘墓志篆刻罔非先生所書。卒之前一日，夢入冥府，上坐者五人冕服嚴肅，末坐一神揖公曰『須公見替當即來』，醒以告人。是日入朝回，冠裳未脱坐逝。公女亦能詩，適牛公次原。

周璠《張嘯崖先生傳》：公姓張氏諱虎拜，字召臣，號嘯崖，天津人。公之先世居撫甯，遷居天津至公已歷數世。蓋自公以上忠厚傳家，代有偉人。公生而端方，貌豐體厚，儼然儒者氣象。初髫齡受書，沈潛好學。嘗以青燈自課達旦不寐，故發而爲文章，超越儕輩。中乾隆戊子舉人，明年成進士。歸部以知縣銓選，公才非百里志切上進，因改職中書，供職内廷。朝考上列，遂名書御屏，果蒙特達之知，典試己亥科江西副主考。如劉公鳳誥、程公卓樑皆公是科所得士也。次年庚子由中書加翰林院編修職銜，提督河南學政。拜命之日，中州人士聞公學品，寒酸並慰。初試開封所取皆一時英俊，謁見時多有感泣者。他郡人士方期公次第按臨，得以作我人才，興起風化。不意公以外艱去任，皆爲公惜。服闋起復原官，充戊申科順天鄉試同考官，如汪公滋畹、王公宗誠、姚公烝皆公所得士也。又充壬子科順天鄉試同考官，得士如吴公邦基輩，當時皆稱俊彦。公在中書歷俸最久，出入禁闥，舉止肅然，敬慎和平，介然特立。時大學士阿公出爲將帥，入贊綸扉，勤勞王家，聲名炫赫，未嘗輕交士類，獨重公品。公恐涉門户之見，未與周旋。久之，陞宗人府主事。公淹貫經史，奉職清閒猶復温習故事，嘗手一編不輟。敝車老馬，謹慎趨公。米鹽恒不充，公處之晏如，未嘗以室家不足爲戚。一旦疾作，遽爾告終。卒年五十有三。生平工詩善文，尤精書法。人得片紙隻字，咸寶惜焉。公既卒，鄉黨長老莫不爲之悼惜。謂公心仁厚，事親克孝，敦德立品，罕有比倫。節操清廉，後進足式。方期學驗諸行，遽然溘逝，竟不得大展其用也。惜哉！

張虎士《嘯崖兄傳略》：兄歿於乾隆甲寅三月，猶子尚幼，於兄之行誼恐未能盡悉。至先世事蹟，余生已晚，僅聞其略。近今老成凋謝，子孫即欲知其略而無從矣。吾家自洪武四年由安徽鳳陽府遷居直隸河間府，又徙永平府撫甯縣，今所居之傅家店分屬臨榆縣，去山海關十餘里，故家譜云山海張氏。吾高祖魯庵公少孤，既任福建藩司年方四十餘，以母早歲劬勞家業，未獲頤養，即告養旋里，不復出仕。因鹺業在蘆，故常在津門。魯庵公一生尊賢重士，濟人之急。一時名宿皆主於家，尤與吴天章相友善。爲工部主事時每逢鄉會兩闈，四方之士出都者贈以資斧，留都者多延至。津門築有問津園、一畝園，迎送無虛日，晚年家業頓落。曾祖逸峯公、祖元白公歷四十年非常貧苦，惟以孝友詩書相守。至乾隆某年先伯南杓公課讀奉親，先君方十八歲，敝衣隻身往見方靈臯先生於桐城。因訪吴楚親故，歷險歷病幾至危，及得資助歸津，夜叩家門，祖母以去時僅付一耳鉗爲路費，豈有復能生還之理，驚以爲死魄也。迺復治鹺業，鳩集族人卜葬逸峯公於今之思源莊。是時兄入泮，至戊子己丑聯捷。兄賦性誠慤，容止端謹。自幼口無擇言，讀書精專，不知饑餓寒暑。

事親盡歡，及官中書迎養於都。寢膳必謹，公餘侍左右，不復知有他事。偶有疾病，醫藥兢惕，不能言語形容。伯母曾以婢過責諸嫂，兄嫂乃偕跪聽訓，色愉始起。逮伯父母歿，先君亦繼歿，家道復衰。兄居官無所資費，每至衣食不給。從不解營逐，牛師竹挽言云『家貧官冷不易其操』，蓋紀實也。故試士以得出其門爲聲譽，其典試豫章，提學中州，槩絶風清，不述可知。中州士子於其丁艱回籍，俱用素色手版書名跪送於道。居中書廿年，大學士阿公頗重之，遂益爲當事者所阻抑。遷宗人府主事，官益閒冷，惟以寫字賦詩爲事。時與竇公汝翼同官署，吏以誤拆公文爲之司者應獲咎，兄乃杜門不出以避祈請諉避之蹟，久之事亦解。壬子春，廷試考官，故事彌封，及取定名次皆可得詩，以知其人。相傳惟九名未知爲誰，詩有云『大矣乾資始，明哉帝奮庸』，蓋詩題爲『王道如龍首』，乃兄詩第七聯也。即此一二事，可想見其守己之嚴。兄嫉邪如仇，外亦頗無所忤。其有所怒，鬚輒憤張，殆剛方之氣出於天性也。甲寅三月三日無疾坐逝。此後如遇抱道德而能文章，知兄平生者求爲之傳，尤兄之幸矣。

張鳳翽《書先大夫嘯崖公傳後》：翽不幸少孤，於先大夫行實鮮所聞知。曩者叔父衛臣公手書先大夫傳略，翽受而藏之，嗣又得周海村所作傳稿。迨宦途奔走垂三十年，求與先大夫生平至交，立傳以徵信者卒不可得。歲辛卯秋來守銅仁，喜晤徐春帆先生。先生道德文章於今罕覯，且與先大夫同官京師，最稱莫逆。因撿傳略傳稿呈之，先生拳拳舊誼，遂爲之立傳。嗚呼！先大夫逝世將四十年矣，而此傳竟成於春帆先生之手。是殆有數存乎其間耶？抑亦幽靈不昧必欲其傳出自故人爲紀實耶？翽筮仕以來，寡所建立，恒恐墜先人緒。謹校讎付梓，恭置座隅。庶乎昕夕静對，如聆庭訓，亦以示後世子孫無忘祖澤云。

李廷敬《張嘯崖舍人思源莊》詩：客路渺何極，幽居喜乍尋。水雲三畝宅，堂構百年心。谿徑隨欄曲，房櫳隱樹深。直慚遊蹟少，咫尺未登臨。竹杪垂雲榭，舟中欵月堂。故人隔煙市，旅夢入江鄉。蔣徑憑誰翦，陶籬恐就荒。歸心還鬱鬱，把酒對方塘。

沈峻《送張嘯崖赴兖州》詩：蒼山隨征輪，遥天圍四野。誰知適魯人，舊是采風者。良材得滋培，堅金入陶冶。潮州師趙德，蜀士感司馬。君誠君子儒，敦厚而瀟灑。聚散亦何常，扶輪宜大雅。燈明雪屋中，草白雲林下。握手定欣然，别意不須寫。

緘齋雜識：嘯崖先生生於乾隆七年壬戌，二十八歲聯捷成進士，官中書。庚子督學河南，未及任滿以憂去，是以《清秘述聞》略而未載。後遷宗人府主事。乾隆五十九年甲寅卒，年五十三。子鳳翽，由謄録歷官貴州知府。先生工文章而傳者頗少，余僅得先生所撰《閬峯徐公傳略》一篇，亟爲録入。傳略云：公徐姓，諱如源，字崑來，閬峯其號也。先世居浙之會稽，明時有宦薊遼軍者挈家屬宛平，遂籍焉。曾祖敉功，字采臣，康熙丁卯舉人，徙居天津。祖震英，字藝圃，考職州司馬襲，治生計有隱德。父觀孫，字雪崖，雍正乙卯舉人，歷官惠州武定知府。公少隨父任粤東西，及閩中山左皆從。初雪崖公之令漳浦也，濱海。奸民盧茂等謀不軌，詭言得宋趙後裔，編逆詞要盟惑衆，議奪城未舉。公覺之時雪崖公以理要讞出，得公報書夜馳歸。偵獲内應者若干人，公遂護倉庫籌餉，兵事鎮定安詳，民無惶志。尋集兵獲逆匪等殲之。及雪崖公守武定，適接壤有臨清王倫之警，公仍奉父命設防守，有備無患，吏民皆安堵如故。公年既壯援例得縣令，筮仕於豫。初任長葛唐縣，補虞城，所治得賢能聲。虞故瀕大河，防河數有功。後河決青龍岡，工三載始竣。公先後司麻廠，理引河料廠，掌灞臺土方。躬權核，不假手吏胥。兢兢然以體國恤民爲念。每晨夕視工，嚴寒盛暑無少間，亦不自知其勞也。調杞縣，縣學校久廢，公爲興修之，士氣大振。旋調祥符，大河南北有疑獄胥取決其手。會臬獄有踰垣者，因猝發幾難制，公至督兵立擒之，寘諸法。最薦第一未行，又有會鞫王金之獄。王金者柘城積匪也，有膂力，謀劫獄出其黨。事覺糾衆抗官兵，巡撫畢公馳剿盡獲之。緣坐逮引甚繁，承按者卒莫得其端緒。畢公命訊之，閱二夕得其實，論首從罪如律，脱無辜者蓋數百人云。蒇事入都引見軍機大臣，承旨詢柘城縣事，公據實對，覆奏報聞，擢同知，需次題知信陽州。臬使穆公廉其才留郡垣襄讞事，惟允公每折獄不動聲色，委曲詳至。娓娓如道家人事，而獄情畢獻。無縱無枉無五過之疵，無鷹摯毛擊之怨。見者神其能，究未嘗炫才以累及同官也。尋補下南河同知，丁父憂歸。服除抵豫不及歲，以前積勞成病，卒年方四十八。公性孝友，慷慨廣交游。其應川運例至都也，囊白金裁二百許，戚若友，奇其器，又多其義，遂集腋佽成之。比至官，寒素之士過者踵相接，苟有求靡不應。僚屬之暫困省垣者竭力資助。無德容，無倦色。曰：吾非爲貧仕也，奈何坐視人困而不一援手乎？昔雪崖公莅官三十餘年，清白自矢，解組時囊無長物。迨公之没也，一如雪崖公云。然自公世後，豫省寅友士民集弔哭且哀，海内士被其容接者，齒及公輒涕泗交横下。即素未謀面聞其名者，猶爲之咨嗟而太息。於乎以此思公，公可知矣。故次其遺事爲之傳。論曰：公志行近古人，殆得之庭訓者多，當隨宦辦賊時略見一斑矣。史氏紀王延世治河堤，黃次公理疑獄，文翁之儒雅，朱邑之惇厚，得其一皆可傳，公殆兼之，惜天未假之年耳。

抑又聞公臨歿前數日，預自書治命並訣親故寅好書，凡數十餘函。届期出付從弟篆沙，署日月竟，易衣冠，端坐而逝。無亦其慧業者，然哉。

邵詹事玉清

澄懷園裏動秋思，老輩風流共詠詩。行到荷花最深處，沿池小步立多時。

《津門選舉録》：玉清字履潔，乾隆二十七年壬午科舉人，吏部司務。四十九年甲辰科探花，翰林院編修。丙午山東鄉試副主考，國子監司業，上書房行走。己酉庚戌會試同考官，詹事府詹事。

《太學題名碑録》：玉清，天津縣籍，乾隆四十九年甲辰科一甲第三名，賜進士及第。

《清秘述聞》：乾隆四十九年甲辰科會試考官大學士蔡新，尚書德保，侍郎紀昀、胡高望。探花邵玉清字履潔，直隸天津人，五十一年丙午科鄉試山東考官、編修邵玉清，甲辰進士。解元宋鈞。五十四年己酉預行正科會試第五房同考官、編修邵玉清。五十五年庚戌恩科會試第十房同考官、編修邵玉清。

《館選爵里謚法考》：乾隆四十九年甲辰，邵玉清字朗巖，天津人，授編修，遷司業。

《師橋讀畫記》：乾隆癸丑午日訪邵朗巖太史，太史出賜畫王鑒墨筆山水見示，紙本，長約三尺，寬一尺四五寸。思致幽深，景物奇雅，絶非平素蹊徑。展玩之餘，令人蕭然意遠，余見元照畫當以此爲冠云。

洪亮吉《澄懷園即事》詩：破曙同看入左門，金爐宿火尚餘温。傳經不愧真司業，分課皇家五代孫。原注：『邵司業玉清督課嚴，時分授皇元孫經。』

吴錫麒《澄懷園日記》：嘉慶元年正月二十九日，那繹堂來示，知派上書房師傅之信。二月六日，移至園中暫居裴于光寓齋。七日，進上書房。四月二日，午後達香圃、童梧岡、王震定諸前輩，秦易堂司業，王介堂、邵朗巖、萬禾圃三編修集寓齋小飲，逢場作戲，以酒爲名，老輩風流，鄱陽暴謔，亦一時佳話也。七月二十九日，同人沿池小步，披草踐深，援葛越淺，青蟲絡帶，白露沾衣，真覺滿身秋氣也。過邵朗巖編修玉清寓居，乃荷花最盛處。而零環斷珮，半雜荒蒲，碎紫疏紅，翻多寒蓼，榮悴異致，怒焉傷之。循徑而南有樂泉在焉，乃張有堂先生所闢，倪迂江前輩書碣尚存。石隙一泓，窺影如鏡，今勿汲已久矣。正徘徊間，片雪忽飛，急雨驟至，衫履淋漉，滑澾而歸。是日綿綿不止至夜，遂作洪霖燈暈篷聲，宛入江南一夢。

緘齋雜識：吾津進士賜及第者，自朗巖先生始。先生品端學粹，工書法，能文章。居京秩二十餘年，謹慎趨公，拒絕請託。供職内廷授皇元孫讀，督課最爲嚴密。分校春闈者二次，典試外省者一次，當時稱得人焉。同邑董松巖司訓景州時重建學正公署，先生爲文以記之，今將記文附録於此。記云：景州學制明倫堂後迤東舊有學正公廨數十間，號舍、齋房、射圃咸備，後因傾圮日久，遂致湮没。居是職者，每權僦民房，苦無課士之地。辛丑冬，董松巖先生甫莅任，按志得其故址。東界董江都祠，西連訓導署，南界明倫堂，北至魏大司空宅。牒請州牧鄒君清丈而出之，欲即重建而力有未逮。越四載，新任州牧薛君至，乃假先生二年學正，俸爲土木工役費，闔邑紳士亦踴躍樂輸，以贊其成。於是庀材鳩工，建大門三間，講堂三間，游廊三間，齋房五間，東西廂房四間，饌堂三間，週圍牆垣三十餘丈。計費白金二百六十餘兩，不三月而告成。寓書於余，俾記其顛末。余讀而喟然有感，曰：人豈不貴各盡其職哉？四民莫不有業，即莫不有託業之所。農之於畎畝，工之於官府，商賈之於市廛，皆其所也，士何獨不然，學舍者士之所也。學官者董士之業，其業俾勿失其所者也，故即以士之所爲所。士失其所則業荒，官失其所則職曠，先生可謂不曠厥職矣。且先生家非素饒，所受禄俸亦無幾，乃不爲家室謀。獨勰勰爲學校計久遠，俾州之秀英得執經問難，朝夕絃誦於其中。有以陶淑而裁成之，將見人文蔚起，必有倍盛於曩昔者。蓋先生用意良厚，而所見者誠大也。薛君樂成人之美，紳士亦識急公之義。皆足志者，爰并書之，以爲來者勸。乾隆乙巳冬日。先生之詩亦不多見，憶千叟宴詩内載先生詩數首。聞之拙安老人云，朗巖先生子名棻，乾隆甲寅舉人，仕山西黎城知縣。太夫人版輿就養，諄諄以廉儉爲訓。棻潔己愛民，不名一錢。緣事與壺關令互訟幾得罪，黎城民數千赴省請留，事得白。禦冬有贈以狐裘者，棻曰生平未曾服此，却之。調永濟湖南常甯，所至有聲。

徐舍人通復

半畝黄花鋪地匀，每逢佳節宴佳賓。迷離鞠圃今何在，更願來生作主人。

《津門選舉録》：通復字菊圃，乾隆五十一年丙午科舉人，内閣中書。

《津門詩鈔》：公家居不仕，性愛菊自號菊圃。崇尚高逸，花時偃仰菊中以爲樂。好善樂施，嘗獨力捐修郡學，立恤嫠會，種種義舉甚多。六十自壽云：深恨此生未修到梅花地位，但求轉世仍號爲鞠圃主人。越年遂卒，若讖語云。

沈兆澐《釀秋書屋文序》：鞠圃先生工文章，性嗜菊。爲文之暇，藝菊盈畝，手自灌溉。無種不備，黄花滿徑，余嘗冒雨而賞焉。憶嘉慶戊辰夏，集同人角藝於釀秋書屋，先生謬以余文爲冠。秋闈報罷，爲扼腕者之久。嗣余入詞館，游山右，迨辛巳歸里而先生没矣。嗣君聲仲裒先生文若干篇，問序於余，余烏足以序先生之文。顧先生夙愛余文，余何敢以不文辭。先生幼聰穎，善强記。嘗讀項羽本紀九千餘言，一覽成誦。弱冠登賢書，授中書舍人，不仕。家素封，服食如寒畯，賦詩飲酒泊如也。其爲文瘦而不枯，淡而彌永。刊落浮華，獨標蒼秀。超然於塵壒之外，真意盎然，有令人挹之不盡者。先生往矣，讀先生之文，如見先生焉。先生之菊亦荒矣，讀先生之文，如賞先生之菊焉。嗟乎！上下數十年間，人事變遷，故交零落。其文字湮没而無傳者，何可勝道。聲仲猶能搜輯先生遺文，不使與秋花同落。余既感先生之知己，又嘉聲仲之用心，爰書此以弁諸首。

梅成棟《鞠圃主人種菊歌》：菊圃主人號菊聖，愛菊真以菊爲命。雪裏培根春日分，四時顛倒通花性。忽聞異種産杭州，翩然一笑東南游。寸芽抱持四千里，護若愛子置胸頭。六月隆隆日如火，手把鴉鑵立花左。深鋤淺築古苔盆，背炙肩燔四體裸。夜半怪雲海上來，驚風驟雨聲㔶㔶。赤脚冒雨夢中起，淋漓運菊上石臺。百十三種誰賓主，收拾寒英註寒譜。陰晴風雨未能閒，久亦相安忘其苦。木樨香殘天氣涼，主人盼菊到重陽。蒼紅艷紫遞開放，配合五色羅書堂。枝枝疏影弄橫斜，主人四面圍寒花。位置霜姿作清供，竹几紙帳生煙霞。菊高八尺朵如斗，萬花俯首看花叟。相顧怡然淡不言，古味相償一杯酒。年年我爲看花行，主人倒屣歡顔生。請吟瘦句酬花意，謂我同多菊性情。我愧無從下筆處，胡爲君逐陶潛去。從此東籬花事荒，冷煙化作飛飛絮。昨聞返葬杭州墓，此是君曾抱菊路。魂來自有菊花知，菊花含悲泣秋露。人生癖好每不同，心事學問寓其中。林逋梅花周子蓮，主人千古並高風。

緘齋雜識：鞠圃舍人家世以資雄，而性頗恬淡。愛菊所植不下數百種，每值花盛開時，折柬招友，飲讌於其間，無不盡歡而散。菊中有所謂徐家紫者，其種蓋出於先生家。聞之邵竹虚先生云，余階升明府挽鞠圃哀聯最佳，其聯曰：菊徑開尊此後黄花誰作主，麥舟賣葬迄今白骨尚銘恩。蓋階升及朱憲百塋地皆鞠圃所贈，亦可想見其高義。

金處士銓

野田書法掩詩名，四壁蕭然樂一生。當道車軒頻枉顧，造廬不見主人迎。

《長蘆鹽法志》：銓字汝衡，號野田，天津附生。玉岡之族曾孫也。賦性冲和，不求名譽。孝事母，年六十餘一如孺子慕。接物謙藹，無急言遽色。精書法，斷章尺幅，人争惜之。善奕。工詩，每吟成輒棄去，曰不足傳，亦不欲傳也。以故留者僅數首。晚年益貧落，閉户索居，恬淡自甘。卒年八十。

《津門詩鈔》：先生書法鍾王，詩宗陶阮。高淡性成，不慕榮顯。李海門宰天津，贈句云：六書褚登善，五字韋蘇州。與康達夫、郝石臞、查次齋、周大迂結社聯吟。卒年七十餘。

汪啟淑《續印人傳》：野田生而謹信誠篤。家無居業，苦志力學，既采芹品行爲膠庠冠。静居一室，研經讎史。惟以鑪香茗盌暢其幽趣，不屑屑於應舉文字，時游意六書章草，寄情篆刻，一以秦漢爲宗。其刀法蒼莽秀勁，絶類何雪漁、蘇嘯民。與李放亭定業、高青疇秉爲時並重。年踰四十即不赴棘闈，舌耕自給。與吴明府人驥相倡和。遇俗子傖父兼金乞一紐印、尺幅書掉頭去。余向從董小池主簿處即耳習其名，壬寅秋乞假南歸，道經直沽，維舟訪之。其高致疎野，瀟灑溢於所聞。及見所著《野田印宗》，則名實相副，又承舉所製數章見遺，因登之譜而爲之傳略云。

《吟齋筆存》：吾鄉老諸生金野田先生名銓，工書善詩，貧老以終。風襟蕭散，與人談從無激言峻色，而風骨崚崚，對之自足生敬。邑侯李公符清耳其名訪之，贈句云：沽上知名士，如君第一流。六書褚登善，五字韋蘇州。有道貧何病，無田菊是秋。我懷風勵意，文字訂交游。四十字可作先生小傳。有《題野田采菊圖》五古一首絶佳。海曲有高人，超然絶塵俗。結廬魚鹽市，閒靜寡所欲。詩書得味深，簞瓢亦云足。抗懷希五柳，采采東籬菊。人澹契自真，一室寒香馥。昔我慕孤踪，回車窮巷曲。踰垣不可見，門外徒彳亍。竭來文字交，尊酒情最篤。出圖屬我題，森森神氣穆。正值黄花節，秋光滿君屋。我歸三徑荒，輸君盈一匊。蓋邑侯訪先生三次乃得一見，叔世不惟如野田之品者寥寥，求如李邑侯之求賢重士豈易得歟。

《滌襟樓古文所見録》：野田先生書《集君德頌後》云：辛丑秋霖，草屋漂摇而傾頹者，適當置書簏之隅，掃除檢視，莓濕殘缺過半。所藏漢孔季將碑僅取七十餘字，攜而質之吾友念湖，云：去歲親閲斯碑已鐫刓濶其畫，非舊矣。且孔君季將爲北海融父，因擬爲同時蔡中郎書，亦當時右軍，可寶也。爲《集君德頌》一篇，余遂裝潢成軸，書此識之。

梅成棟《金野田先生傳》：嘗讀列史，見古高士如晉陶潛、宋林逋諸人，泉石孤清，不滓塵濁，心慕其人，每以生不同時爲憾。今觀吾鄉野田金先生者，其清風潔操殆無異於古所云歟。先生籍本山陰，隨父來游於津，童年入籍，補博士弟子員，絶意進取。工草隸諸書，於晉魏唐宋名賢真蹟靡不搜覽規摹，精求神理。性篤孝，堂上雙親各壽九十餘，先生鬖鬖白髮盡孺子歡。家故貧，鬻書自給，人争購之，門檻爲穿。善奕。能詩，詩宗陶阮古淡之旨，絶煙火氣，吟成弃去無存稿。風雨之夕，焚香默坐。或與二三老人彈棋飲酒，陶然終日。性不喜争，人亦無與争者。蓋胸次坦夷，迥超塵俗，莫測其涯際也。有問先生者，曰：『公一寒若此而貌充然，意欣然者何也？』笑曰：『人有所欲則有所求，求不獲遂必有所不樂。故多營營亦多戚戚也。予何營哉？境之窮達任諸天，無以與吾力焉，故無在而非樂境。』先生之持論若此。阿雨窗制軍林保都轉長蘆時雅重先生名，數造其廬不得見。後屏騶從，徒步來訪，遂訂文字交。李海門先生宰天津時訪之，入門見籬菊數叢，槐屋中一鑪一硯，古帖數十册。凝塵滿案，道宇翛然。留詩云：有道貧何病，無田菊是秋。風概亦於是可想。年七十七忽病眩暈，數日卒。無以殮，有勸先生子蔭亭告於當道者，蔭亭曰：『吾父一生不受人憐，顧於身後我敗之耶？我罪多矣。』卒鬻宅以葬。先生名銓，字鈞衡，野田其號也。子蔭亭，名樹，能書，有父風。

李符清《贈金野田》詩：沽上知名士，如君第一流。六書褚登善，五字韋蘇州。有道貧何病，無田菊是秋。我懷風勵意，文字訂交游。

緘齋雜識：野田先生性至孝，暮年事母不倦。立品高潔，書法尤工。余家藏紫竹杖，先生手鐫篆銘云：一片閒雲隨去住，百年身世任高低。語意俱佳，良堪珍貴。復得先生五律一首，惜失其題。録之以志景仰。詩云：閒窗讀秋水，耽寂未曾游。忽有雲間鶴，來盟海上鷗。煙沽翳遠樹，池館帶平疇。高詠名園暮，移樽月滿舟。

齊觀察嘉紹

并門煙樹吟懷健，鄂渚雲山别夢遥。晉秀楚材歸藻鑒，使君兩度駐星軺。

《津門選舉録》：嘉紹字衣聞，乾隆四十四年己亥恩科舉人，五十五年庚戌恩科進士。内閣中書典籍協辦侍讀，軍機處行走，刑部福建司、貴州司主事，河南司員外郎總辨秋審處，甲寅湖北鄉試副主考，乙卯山西鄉試正主考，丙辰會試同考官，廣東南韶連道，江西鹽法道。

《太學題名碑録》：嘉紹，天津縣民籍，乾隆五十五年庚戌科三甲第十四名進士。

《中書舍人題名》：嘉紹，天津人，乾隆五十五年由進士到閣。

《樞垣題名》：嘉紹，直隸天津人，嘉慶四年二月由内閣中書充補軍機章京。

《清秘述聞》：乾隆五十九年甲寅恩科鄉試湖北考官齊嘉紹，字衣聞，天津人，庚戌進士。解元王烜，沔陽人。六十年乙卯恩科鄉試山西考官内閣中書齊嘉紹，庚戌進士。解元黄茂，夏縣人。嘉慶元年丙辰恩科會試第十八房同考官中書齊嘉紹。

沈嶧《與齊秋帆次韻》詩：近市門常掩，安問歲屢遷。瓶空元亮粟，囊乏少陵錢。白石歌良苦，青雲志益堅。試看垂翅鶴，豈受俗人憐。

張問陶《題齊雲翹同年小照》詩：有喜春林鵲影多，雲根默坐養天和。千花爛漫香如語，一水瀠洄静不波。問對韶光寫襟抱，妙無塵事到巖阿。畫圖容易摹清福，可奈蒼生竚望何。

緘齋雜識：衣聞先生性情謹飭，工吟詠，通籍後讀書中秘。儤直樞垣十餘年來文衡屢掌。著有《筠翹書屋試律》二卷，嘉慶庚午冬，備兵南韶時刊以行世。考津人充軍機章京者，王公學海乾隆四十三年七月由中書充補，徐公炘乾隆六十年九月由中書充補，焦公佑瀛道光年間由中書充補，馮公柏年咸豐年間由中書充補，與齊公共五人耳。近時李菱舟農部於同治八年充補，光緒四年考取記名者則孟志青中翰、沈鹿苹駕部也。

張明府樹之

琴臺荒廢樹蕭疏，萃聚名流闈試廬。歲暮馳驅成短句，四山風雪一肩輿。

《津門選舉録》：樹之字德滋，乾隆五十一年丙午科副貢生，五十三年戊申科舉人。河南魯山縣、舞陽縣、祥符縣知縣，嘉慶戊辰河南鄉試同考官。

《雨汀詩話》：德滋大令有擬郭景純游仙詩云：瀟灑離塵埃，泠然御清風。雲霞入懷袖，天籟發虚空。朝見赤松子，暮遇黄石公。王喬顧我笑，安期時一逢。放情歷九州，長嘯過崆峒。仙臺何縹緲，佳氣鬱青葱。採芝終南裏，息足青溪東。燕昭與漢武，相望誰能同。筆致清超，有出塵之概。

緘齋雜識：先生字德滋，號津槎，又號芥香。父麟書，庠生。公禀性岐嶷，天資穎悟。襁褓中能識之，無及四歲教誦唐詩即了音義。十餘歲就傅舅氏家，朝去暮歸，往返八里未嘗以路遠稍息。一日公自塾歸，突遇大雨，家奴手持油傘被風捉去，及至家衣履皆濕，公不以爲苦，勵志益勤。十二歲應童子試，凡爲詩文倚馬千言，觀者咸嘉賞焉。十九歲補諸生，榜未發公志在冠軍，因散步康莊，偶逢演射戟枝之劇，暗卜曰，如是案當標名則即射中，已而果然。公在喜疑之際，遥見家僮飛報，曰已取中矣。公聞之以手加額，曰此草芥也，而高年期望藉茲稍歡，詎非厚幸。入泮後即壓卷食餼，文名藉甚。乾隆五十一年丙午科中副車，五十三年戊申科遂魁鄉薦。闈墨一出，膾炙者遍鄉塾焉。公方欲成進士以快初志，及嘉慶六年辛酉大挑，母李宜人謂之曰：汝身弱多病，我又衰老，倘得一官，藉圖禄養，未始非汝孝養之意。於是奉命就挑，以知縣用，分發河南。八年癸亥秋，審辦固始積案平反頗多，迄無冤獄。旋代理息縣，甫四十餘日即得民心。九年甲子冬，署舞陽縣事，安良除暴，節己利民。半載餘，清結八百餘案，人以爲神。公勇於急公，不避艱險。嘗歷唐縣之湖河鎮大河屯時值山水暴漲，石橋湮没無路，公馬陷被溺。幸遇拯救而出，因之兩脇受病。又歷泌陽之角子山十八盤山，歲暮天寒，風雪交至。公不禁愴然有感，遂成『四山風雪一肩輿』之句。十一年丙寅補魯山縣，魯雖簡僻接壤宛洛，自楚匪滋擾之後民情非昔，案牘迒遝，治理殊爲不易。公整飭地方，一除從前積習。每逢斷獄不恃箠楚之威，必爲反覆開導，使其心折誠服，訟端由是遂息。魯人素務農桑，粟麥繭帛悉有恒業。公勤加勸課，使無曠時。雖經歉歲，耕織之利有所攸賴。又爲設立義田，以贍貧乏之無告者。公餘之暇，考課士子。因琴臺舊基建立書院，所取之文一以清真雅正爲宗，而士習爲之一變。十三年戊辰鄉試充同考官，闈中襄校，窮力搜羅。撤棘來謁，知所薦皆寒畯知名之士。其他政績，不可枚舉。在魯九年，丁母憂歸。越二載，丙子公卒於里。聞之竹虛老人曰，德滋先生有王貞女詩最佳，蓋津門王氏女，莊邑尊兒婦盡節者。余幼年曾見有刊本，其詩爲五言長古，僅記一聯云：『與郎百年期，相見只今朝』。蓋弔孝時尚未蓋棺也。

沈觀察樂善

一麾出守向南天，良友箴規韻語傳。九十九溪環月鏡，此中游宦亦神僊。

《津門選舉録》：樂善字同人，乾隆五十七年壬子科舉人，六十年乙卯恩科進士。翰林院庶吉士、編修，江西道監察御史，嘉慶庚申福建鄉試副主考，壬戌會試同考官，貴州銅仁府、黎平府知府，貴東兵備道。

《太學題名碑録》：樂善，天津縣籍。乾隆六十年乙卯科二甲第四名進士。

《清秘述聞續》：嘉慶五年庚申恩科鄉試福建考官、翰林院編修沈樂善，字同人，直隸天津人，乾隆乙卯進士。解元張光浩，霞浦人。

《館選爵里謚法考》：乾隆六十年乙卯沈樂善，字同人，號蕺山，又號秋雯。天津人。授編修，官至貴東道。

《御史題名》：樂善字同人，號秋雯，天津縣人，乾隆乙卯進士，嘉慶七年由翰林院編修考選江西道御史。

《滌襟樓古文所見録》：蕺山先生少時喜誦古文，從余大父筠坡公游。十年成進士以去，先生與余家固世好。其著作之富，宜多有所得，惜觀察貴東卒於官，而無子以世其業，先生之詩古文詞，恐無人收拾。

李符清《爲沈蕺山侍御題王蓬心太守山水》詩：亂山雜還連雲起，隱隱人家翠微裏。溪路彎環谷口盤，豁然忽見大江水。山外樓閣江外天，浪花漂泊釣魚船。詩人已賦瀟湘去，三十六峯空暮煙。

張問陶《送沈莪山樂善之任銅仁》詩：頻年京輦共周旋，芸館烏臺互後先。愛我琴書常印可，羡君珂馬忽翩然。民安更望修苗政，官好尤宜惜俸錢。九十九溪環月鏡，此中游宦亦神仙。

緘齋雜識：莪山觀察字同人，號秋雯，莪山其别號也。乾隆庚戌秋應童試時邑宰爲合浦李海門先生，閲其文愛之，拔置前茅。受知於南滙吴泉之學使，入學。壬子舉鄉薦，乙卯成進士，點庶常。嘉慶二年丁巳授編修。三年戊午乞假歸，謁海門先生於鹿巖，聘修清苑縣志。得讀《海門文鈔》，因撰後序一篇，余著録文鈔中矣。四年己未銷假供職，五年庚申放福建主考得人最盛。七年壬戌會試入闈充同考官，考御史補江西道。十二年丁卯出爲銅仁太守，未數年觀察貴東卒於任，無嗣。莪山工詩能文，官翰林學益進。時與張船山檢討唱和，出任銅仁，船山以詩送之，且寓箴規之意。論文則與管緘若農部相契，韞山文稿初脱輒與之商訂，莪山即綴數語以歸之，交情於是可見。獨惜莪山詩文散佚不能流布人間，以傳後世，其亦莪山之不幸歟。

牛太僕坤

公門桃李滿滇南，甄拔孤寒素所諳。曾是少年舊游地，文場校士喜停驂。

《津門選舉録》：坤字次原，乾隆五十一年丙午科舉人，嘉慶四年己未科進士。户部主事，提督雲南全省學政，户部員外郎，内閣侍讀學士，三品卿銜太僕寺少卿。

《太學題名碑録》：坤，天津縣民籍。嘉慶四年己未科二甲第三十七名進士。

《清秘述聞續》：坤字次原，順天大興縣人，進士，嘉慶二十一年以户部主事任雲南學政。

《津門詩鈔》：公性倜儻，不拘拘細節，卓朗自喜，雖肆應無窮而積學不倦。督學雲南時，因尊公宦游舊地，加意士林，宣幽達滯，殷殷以培養風化爲己任。滇人口碑載道，可謂克紹先緒者矣。

《吟齋筆存》：邑前輩牛次原先生坤，憶津門詩曰『三月河豚八月蟹，故鄉雖好我無家』，蓋先生少隨父師竹觀察宦游四方，家居日少，故多蒓鱸之思。然性伉爽豪俊，不可一世。最重氣誼，李海門明府有《辛亥中秋夜都門別牛次原孝廉》句云：『月正團欒轉別離，天涯落落我相知。每憐家計艱難日，最見交情患難時。

五嶺梅花歸作賦，三盤秋色好吟詩。天邊自有南飛雁，莫惜雙璫慰所思。』時次原尚未仕。後於嘉慶己未成進士，官至閣學。緣萬年吉地事譴戍新疆，時先生年近七旬，有人謂牛公其不回乎？余曰不然。因引《漢書·丙吉傳》以證之。吉疾病，宣帝憂吉不起。太子太傅夏侯勝曰此未死也，臣聞有陰德者必饗其樂以及子孫，今吉未獲報而疾甚，非其死疾也。後果愈，帝封吉博陽侯，邑千三百户。上書固辭，自陳不宜空名受賞。上報曰朕之封非空名也。蓋吉爲人忠厚不伐善。自曾孫遭遇絶口不道前恩，而宣帝深知之。次原先生有墓園在薊州盤山下，族人未葬之棺百餘口。或艱於力薄，或礙於年向其無子孫者，遂致暴露。次原視學滇南回，曰：此纍纍者何日就安耶？乃不謀於衆，擇吉一日盡葬之。此一事已卓越不可及。吾津王善舟太守未遇時多遭人白眼，惟次原識而原之。其他慷慨不可枚舉，吾知天必有以報之也已，而果蒙賜環。今年已八十，精神矍鑠。喆嗣爲山右平陽太守，公享禄養正未艾也。

張葆光《懷牛次原》詩：倦游別君歸，至今違鄉里。三年皖江濱，兩年潁水涘。廣陵春風中，白門秋色裏。知交半零落，饑驅任轉徙。艱辛難具論，撫事念知己。是夕秋氣深，獨坐對文史。殘鐙來隙風，凉雨灑窗紙。尚憶連牀夜，雨中談名理。

諸子笑余醉，屋漏不肯起。君家老工部，新詩如子美。五夜游瑶臺，同車盡奇士。野風激歌吹，秋空月如洗。歸來自沽酒，對酌坐簷底。步出南西門，悵望涼河水。彼澤美蒲荷，迄今憶中沚。謂君美無度，期許意無已。人事乘夙心，離懷幾年矣。有客西北來，輒復問吾子。致書多未達，遠懷當亦爾。

緘齋雜識：次原先生原籍天津，三十五歲成進士，授部曹，改歸大興，放雲南學政。尊翁香東先生曾爲澂江太守，洪稚存詩所謂『澂江太守老能奇』者是也。雲南爲先生舊游地，所拔取者多寒畯之士。後先生因修工獲譴，褫職遣戍新疆，蒙恩赦還。晚年寓居濟南，卒年八十餘。

津門徵獻詩卷六終

津門徵獻詩卷七

天津華鼎元文珊

王太守有慶

蘇守千年追白傅，吳民萬口頌青天。明經未識荆州面，特詠風詩當挽聯。

《津門選舉録》：有慶字餘齋，嘉慶六年辛酉科舉人。江蘇豐縣、元和縣知縣，泰州知州，太倉直隸州知州，松江府、淮安府、蘇州府知府，丙子、己卯科江南鄉試同考官。

《津門詩鈔》：善舟刺史長身修幹，襟度和雅。少清貧，以文學受知於周棟材、初頤園兩先生。敦孝友，重交游，故舊多所存恤。蒞官以慈惠化民，去後人輒懷之。在泰州時麥秀雙歧，紳士製聯頌之曰：是儒吏是廉吏是循吏名達楓宸行作公卿大吏，能安民能養民能教民恩周蔀屋允宜父母斯民。

《畿輔詩傳》：有慶有《將任松江留别泰州》五古四首云：策名際昌期，志不在簪組。一官笑浮沈，先後蒞兹土。敢云治劇才，終朝對文簿。古來重儒術，籩豆化椎魯。虛堂奏琴絃，百里歌且舞。夙昔抱此懷，於今愧無補。又聽驪駒催，尊酒兩番祖。臨去重踟躕，何者比召父。水鄉足禾稼，恒抱饑溺憂。洪湖偶溢溢，千頃隨波流。再來撫凋瘵，所見皆鵠鳩。哀嗷起中澤，湛恩無不周。原注：『去秋上下河俱被水災，余奉檄來辦理賑務。』皇仁感穹蒼，億兆蒙其休。秋稻亦已種，夏麥亦已收。冷風翼清畝，嫩雨滋良疇。願爲父老祝，滿車兼滿篝。折獄非所長，務欲平其情。堂皇理案牘，哀我蚩蚩氓。如何桑梓間，乃作雀鼠争。長官乏教化，蹙然心怔營。秉彝各有好，安用撻與髖。慎勿廢爾業，慎勿荒爾耕。毋觸牙爪威，胥吏多狰獰。相期敦古處，含餔樂升平。海陵古名郡，圖經惜叢殘。百年考文獻，蒐羅良亦難。倡予喜有和，梨棗功將完。編摩狥人意，往往遭譏彈。同志慎商榷，直筆嚴增删。泰堂月皎皎，方洲水潺潺。徘徊訪遺址，振觸傷離顔。撫卷緬疇昔，風流不可攀。

《壽眉脞録》：滄浪亭在吴郡府學東，五百名賢祠之側。道光年間梁茝林方伯重修之，繪圖徵詩。王善舟先生守蘇日題七古一篇云：有宋人文盛一代，誰其冠者蘇與歐。文章政事兩殊絶，得之山水爲獨優。宦游所至發清興，東南笠屐到處留。三吴殷麗甲天下，金迷紙醉俗尚浮。大雅不作問誰繼，吴中花鳥黯欲愁。国初商邱宋開府，風雅獨擅古與謀。名賢已逝百餘載，至今想像傳吴謳。懿哉我公擴文治，主持韻事追前修。滄浪一隅閲八代，其間興廢理可求。公於斯亭有神契，豈與往者争千秋。一經品題倍身價，重使嘉樹增風流。君不見美斯傳兮傳斯愛，何必侈言五岳與十洲。

緘齋雜識：善舟先生宦江南十餘年，循聲卓著，嘖嘖人口。余採先生行述立傳云：有慶字餘齋，號善舟，先世居山西陽曲，明天啟間遷天津，遂家焉。七歲受書，勤苦倍成。人稍長，慨然有志聖賢之學，塾師問公讀書有得乎，公曰學當以誠爲先。孔子於易，乾卦曰立誠。以是傳諸曾子則曰誠意。曾子傳諸子思，以訖孟子則曰誠身。某意如此，不知有合否。師大奇之。乾隆五十六年辛亥，年二十二，受知於南匯吳稷堂先生，補諸生。嘉慶六年辛酉舉鄉薦，七年壬戌會試後考補景山教習。十八年癸酉豫東用兵，公以書生橐筆從軍，賊平同撫軍以公名保奏。十九年甲戌選江南徐州府豐縣知縣。豐縣故稱難治，公擊斷明決，處之裕如。老猾夙蠹束手不敢爲奸，訪訟師于光斗叔姪治其罪。有劉搭拉者，死而未獲其屍，公訪知劉妻賈氏爲陳鄉頭所占，曰『得之矣。』遂拘陳並劉妻。陳匿牀下自知不免，反走出乃變聲曰『今日我始見青天。』咸以劉之魂附陳，故有是語。先是陳與賈氏有姦，欲殺劉而不得，乃與其友張二謀，遇劉於途，乘其醉而阬之。於是一鞫具服，並寘諸法。又有許文豹者，殺人數年不能具獄，公密訪於古廟，遇其黨乃廉得其情，遂定讞。公資性明敏，長於摘發類如此。李大麻子者，豐之巨族也，有勇力，善騎射，癸酉教匪之亂，倡率鄉勇千餘人在劉家集堵禦。教匪銜之，其黨誣以與匪通，百制軍檄公嚴拿，從人懼弗往，咸謂李公子驍勇，非兵不可。公曰：『團練鄉勇以衛州里，義士也。宜無罪，當善告之。若兵聲先聞，彼或懼而遁去，是真驅之爲匪矣。』乃變服與張千總至其家，李出問姓氏，公以實告，李大驚。公曰：『毋恐，吾素知爾，能脱爾於死，雖然爾必親詣督轅請罪。』李長跪感泣，公與以馬，並騎至縣中始加鐐具，傳送督轅。並爲之湔雪其冤，嚴鞫無據，得釋歸。豐故多盜，公下車即召捕役授以方略，偵賊所在。散捕者爲商賈醫匠之服，先後至其地，分布遠近，於是盜無不獲。山東教匪郭泳清者潛匿於河南永城縣境，公密訪得實，乘夜猝至其地擒之。山東鉅野大盜劫邑人孫忠家財並殺人，積年不獲，匿於豐沛之閒，公亦誘擒之。嘗謂欲弭盜，先治捕。治捕無他，恩威並用而已，故莅豐三年盜無所容。時督撫以獲郭泳清遂得保奏，奉旨以知州用。二十三年戊寅調蘇州府元和縣，元和與長洲、吴縣俱倚郭，當都會之衝。期會徵發獄訟，簿書以及奔走迎謁，日不暇給。吏遂得因緣爲奸，往往案無結期。公蒞任三月，舊案悉結。凡訊兩造輒爲開陳義理，至有悔悟泣下，敂首解散者。有兄弟某相告訐，公不問曲直，自訟德薄，無以化民爲委曲，曉以天性俾自反，兄弟感泣而去。其他折獄，原情定讞，人皆悦服，雖盛怒不輕用刑。嘗曰刑者所以警衆，非以騁吾虐也。時吴中連歲小旱，公議賑貸，勸捐輸。濬城河，修學宫，捌義塾，懲博塞，禁婦女遊觀，朔望講鄉約，籍游食無賴者跪而聽之。間有爲害鄉里及借端煽誘者，悉痛除之。在元和六年，政蹟卓然。憲司亦察公勤慎，奏陞揚州府泰州知州。會吴中大水，因留公勘辦災賑，鳩集流亡，撫安耕作，諸事畢舉，吴民稱頌不休。道光四年甲申之泰州任，復以元和賑事奏請議叙，奉旨以同知直隸州知州陞用。前年洪湖決口，運道梗阻。漕督與督撫先後疏請海運，得旨允行。賀方伯以公有幹才，請於督撫委至天津驗收米石。事竣，督撫上公勞勣，蒙恩加知府銜。時泰州被水，公捐廉助賑。嚴侵冒，謹支放，無濫無遺。先是公嘗著《救荒要論》，其畧曰：一曰勸捐輸。小民旦不謀夕，必待奏請然後賑濟，則民已轉於溝壑矣。若仿漢汲長孺之發粟，又今日有所不行，故莫如勸捐，然或强索，勢迫而要以必從，是欲救貧而先擾富矣。必長吏親詣其門，委曲開導，加以優禮，並許以旌奬。或偶有小過，亦不施以法。如此無不踴躍聽命矣，是即周禮安富之道也。一曰覈户口。其法即宋蘇次參各書其大小口數，應請米若干於門，其後余童第上中下爲三等是也。今則變通行之，則應賑若干豫有成算。既不至於冒濫，亦無不均之患矣。一曰定遠近分給之法。凡放米放錢，日日給之則太煩，煩則怠惰。故當著爲令，曰近者給三日，次近者給五日，在三十里内者給十日，三十里外五十里内者給十五日，更遠者給二十日。如此則先有定期，不至徒勞奔走，且不至於荒其業矣。又有輯流移、埋殍骸、施藥劑及施粥不如放米、放米不如放錢諸論。而其要則歸於得人，得人則隨其時地之宜而用之，不得其人則良法亦歸於弊藪。持論精切，識者比之宋董熠《救荒全法》云。故公之辦賑，因地相時，法無一定，悉臻妥善。又嘗從容語兄曰，賑饑不可假手吏胥，假手吏胥則吏收其實而民受其名矣。勸捐不可多派委員，多派委員則官增其肥而民重其瘠矣。聞者以爲名言。明年麥秀雙歧，州人繪圖以獻，一時士大夫題詠甚多。公每莅一郡，典章文物尤所經心。泰州本漢之海陵縣，至南唐昇元二年始建爲州。公取覽舊志，病其考訂未當，且上距修志時已及百年，其間風俗、沿革、户口、賦税、人物、政蹟各有異同。乃開局纂輯，釐爲若干卷。未及鋟木，題陞太倉直隸州知州，未莅任。七年丁亥六月署松江府知府，會濬吴淞江，制軍檄公總理其事。先是公宰元和時值道光三年大水，公嘗論蘇松常三郡之水以震澤爲尾閭。嘉慶年閒開濬吴淞江費民錢二十餘萬，迄未成功。及今吴淞江劉河皆淤塞成田，獨湖水淺狹，葑茭蔓蔽。誠能次第開濬，疏瀹壅塞，則蓄泄咸宜，旱潦有備矣。制軍韙之而不能用，至是奏請疏濬，一如公言。吴俗獨信巫覡，歲時求福，男女塞路，而松郡爲尤甚。故公下車即徧禁諸淫祀，獨修葺名宦祠。府試得童子徐繼榮、繼達兄弟卷時繼榮十三歲，繼達十一歲。因其母以苦節聞，繼達又遺腹子，故拔之前茅，以示旌勸，是歲兄弟皆補弟子員。松江案牘稍減而公皆手定招稿，所援法比一一精密。治松江一載，吏畏其威，民懷其德。八年戊子秋擢淮安府知府，淮安與揚州皆兼轄河務，而淮安在上流責任尤重。公每聞報水過碇若干即乘單舸沿河上下，引流釃渠，俾無汎濫。慎宣防，嚴啟閉，飭材料，卹徒庸，覈功辠，信賞罰。奉職據法，一無所撓。九年己丑夏蘇州府缺出，詔督撫揀選能員調補，督撫素知公才能任劇，於是合詞以公奏請，奉旨准其調署蘇州府知府。公以蘇州四方輻輳，商民環集，易於藏奸，故每夜必變服巡緝，夜深始歸。假寐半刻，又至院司論事。文書旁午，案牘如山。嘗謂小民積月逾時，裹糧待鞫，必當電掃以清積獄。故每至案問未決堅坐堂上，必事竟然後起。凡屬邑以獄上者立斷遣之，鞫詞悉口占手判，不假羣吏。吏之老姦宿蠹，但奉行文書，無敢骫法舞文以獄爲市者。人見公治事過勞，因以諷勸，公曰：『吾鞠躬盡瘁猶懼瘝職，就令如是安得事事無憾，盡吾誠焉而已。』八月二十日按察司獄不戒於火，囚佚者八人。公立督丁役當夜就獲，不失一人。是年十一月十九日以疾卒於蘇州郡署，年六十歲。子式如明府汝玉更名琬，道光丙午科舉人，官江蘇丹陽縣知縣。公生平簡肅厚重，外如其中，仁心應物，滀風洳然。讀書不事章句，愛誦宋儒書。於近時最喜湯文正遺書、李文貞《榕邨集》及方靈皋先生文集、于清端政書，蓋三十年未嘗釋手矣。性孝謹，事父母先意承志。篤友于之愛。不治生産，有餘則與兄弟共之。事兄如嚴父，至老弗衰。嘗誦李文貞語曰『蔑訓詁者無師，滯章句者無得』，故取材不以一格。丙子充同考官，得士貢青選等七人，所薦丹徒嚴保庸、上海曹樹奎、長洲彭藴章、王嘉禄、吴縣潘遵禮諸君並有名於時。守蘇州日所延曹孝廉楙堅諸君皆東南知名之士。論者咸以陳恪勤官此，一時魁宿皆寓郡齋。繼其盛者惟陳觀察芝楣與公兩人而已。及公卒，梁方伯茝林歎曰：江南郡守有經濟才者以李君葛峯、王君善舟爲最，今皆未竟其用，惜哉！吴縣沈明經秉鈺與公素不相識，特著挽句云：蘇守千年追白傅，吴民萬口頌青天。紀實也。

喬茂才耿甫

青衫潦倒魯諸生，和靖移居句早成。籬畔無花全種菊，門前有樹且聽鶯。

《津門詩鈔》：五橋善書，神似滀化閣帖。能以棉濡墨作擘窠大字，人以爲奇。

性疏狂，不拘行檢。年六十餘貧瘠以死。

《雨汀詩話》：五橋先生初名樹聲，後獲漢印，文曰耿甫，遂易之。家素貧，嗜臨池，雖嚴寒勿輟。應童子試，學使者視其草曰沈厚蒼勁，是學二王而得其神髓者，遂入泮。自是求書者日益衆，有所得輒沽酒賦詩，鄉里有貧乏全畀之，無宿儲不少顧。晚年無子，瀕卒遺墨蹟一篋，謂其室曰以此鬻諸市，終汝身不盡也。所爲詩蒼凉高古，自成一家。同邑趙芝軒藏先生書舊作横幀，皆《津門詩鈔》所遺者，如《將發湖北送别李八參軍楝之官杭州》云：我欲荆襄去，逢君此宦遊。臨安多勝蹟，李白愛乘舟。尊酒易爲别，分途各占秋。憑高懷想處，黄鶴古時樓。不見云不見崔，秋水於今四五年。余情同顧况，憶我定淒然。聞道欲相訪，還攜買酒錢。饑驅更何適，悵望隔風煙。《寒食》云：寒食西村路，東風萬柳斜。出城多酒肆，隔水見桃花。宿草芊綿長，新愁爛漫加。白頭成底事，海國正吹笳。《過朱四澗庵故宅》云：故人三四載，杳杳隔重泉。忽過西村曲，柴門落照邊。兒童猶可識，詩法竟誰傳。歎息空庭竹，蕭森拂水煙。《登西村小臺懷朱四》云：閒愁滿寥廓，悵望獨登臺。海國秋將晚，荆南客未回。白頭有底惜，黄葉故相催。向夕翻蕭瑟，北風天外來。《出郭》云：出郭竟何適，蕭蕭楓樹林。舊游渾未改，新恨轉難禁。涕淚沾秋草，風煙颯晚襟。便歸還獨處，誰識伯牙琴。《偕友人郊游二律》云：一共旗亭飲，忽然兩過秋。才聞歸故國，更欲到羅浮。塵事從今謝，山心得自由。煙霞吟不盡，還向畫中收。未赴西山約，言尋郭内塘。余情淡秋水，人影亂斜陽。隨柳窮幽徑，探源得竹房。忽忘來赤縣，野興覺偏長。又《移居》斷句云：籬畔無花全種菊，門前有樹且聽鶯。

郝仁《過喬五看菊》詩：流水沽村外，秋風落日斜。閒尋幽士宅，來看傲霜花。抛管書方罷，銜杯興又賒。餘芬儻贈我，相伴老煙霞。又《送喬五入都》詩：朔風吹暮雪，之子去長安。出郭遠相送，臨歧欲別難。單車沙磧迥，荒店夜燈寒。此後遥相憶，孤雲西北看。

緘齋雜識：聞之少枚兄曰五橋詩體格清蒼，浩氣流轉。書法流傳頗夥而詩不多見，嘗於先生所書横幅中掇拾數首。《秋日之楊青驛宿梅岑村舍有作》云：到此愜幽曠，淹留竟不行。溪村名士宅，雞犬故人情。帆影過窗暗，秋光入座清。直西楊柳驛，青靄但縱横。《秋夜泛舟歸重過梅岑村舍》云：墓門瞻禮罷，買棹趁斜暉。水濶秋逾净，夜凉人始歸。中流明素練，回首失荆扉。憶昨聯吟處，前村燈火微。《乙未重九同人小集思園分韻得園字》云：高可登何處，危亭在小園。到來秋樹合，坐見晚花繁。漁笛聞三弄，村醪盡一樽。歸船載明月，始覺暮潮喧。

康明經堯衢

百首詩成酒未消，數椽老屋意逍遥。寓游園裏誰風雅，第一高人海上樵。

梅成棟《康達夫小傳》：達夫姓康氏，名堯衢，號道平。慕高達夫之爲人，故字其字。幼能文，爲名諸生，屢試未售，遂棄舉子業，著詩以終。性通脱不羈，嗜飲，三爵微醺，興發高吟。常載酒獨行，遇古寺茂林輒留連終日。晚年自號海上樵人，著有《海上樵人稿》十二卷、《津門風物詩》四卷、《雲構詩談》四卷、節録《女誡》一卷。詩不專宗，上溯魏晉，下迄元明，無家不覽。取材既博，纂言必精。沈鬱頓挫中能具凌雲出塵之致。傳作甚多，以卷帙浩繁，剞劂有待，人咸惜焉。先生風規稜露處爲鄉里所欽，遇不平事慨慷敢言，使人心折。紈袴輕薄少年遇先生或侮慢，能指名呵叱鼠竄，遁不敢忤目視。嘗館李氏，主人風雅，築寓游園邀名流作文酒會，奉先生主詞盟。一日有江南宋某者，貴公子也，華服來，岸然倨坐。視先生一老寒儒，意頗輕之，睨視曰：『公亦能詩乎？請借一觀。』先生曰：『咄，余僅能肉食耳，詩何足觀。君此來必解詩者，何分題一吟，限百韻。先成者飲酒，後成者罰以飲水三盂呼。』人來繕寫，先生隨口朗吟，頃刻盡十餘紙，百韻俱成，觀者無不驚詫叫絶。宋握筆搆思，顔赤汗下，日昳不能成一字，託溺遁去，四座嘩然笑。先生喜施與，然家綦貧，見戚友困乏，傾囊無吝。人知其如是也，無賴者或對先生唏嘘作愁苦狀，多紿其錢去。一歲硯田所入恒薪水不繼，晏如也。居破瓦屋數椽，瓦不足以草覆之。竹樹蔭翳，詩書課子外，風天雨户，酌市醪，吟詠其詩，興復陶然。年六十二無疾逝。卒之日，晨起盥沐，賦詩未終，命子書之，合目鼾聲，端坐化去。子二，長業醫；次游泮，能詩，有父風。

《念堂詩話》：天津詩人康達夫，乾隆乙卯同試矮屋中，談詩良久。後至津門以詩卷示余。《春日石橋晚步》云：行吟忘日暮，橋外踏平蕪。水漫東西淀，春生大小沽。好風吹不定，高柳意全蘇。歸路頻回首，斜陽淡欲無。《九日同郝石臞登芥園樓》云：即目高樓上，闌干倚大河。歲華秋又老，風雨夜來過。遠色碧山暮，寒聲黄葉多。愁心向朋侣，不醉欲如何。聲色臭味俱好。

《雨汀詩話》：達夫先生詩才曠達，神似放翁。《念堂詩話》及《津門詩鈔》皆選之。余又見其《春及軒詩》一卷，佳句尚夥，姑隨録之。《春閨曲》云：美人蹙蛾眉，癡坐守繡幙。停針憶遠人，春光日蕭索。芳華不自憐，流鶯無住著。二八顏如花，争禁東風作。朝朝吹花開，暮暮吹花落。《艷雪樓》云：詩客風流地，樓空艷雪妝。佳人難再得，勝蹟豈能常。對草思眉黛，看花憶舞裳。至今沙際水，何處睡鴛鴦。《送舍弟之雄縣省姑》云：送爾寒流外，秋光動白蘋。牽衣問歸日，别路感行人。骨肉存遺老，艱難愧此身。到時休話舊，多恐痛傷神。《讀孟襄陽詩有感》云：古人既已没，千載有遺音。歎息不能見，躊躇空我心。新詩傳竹露，高致卧雲林。欲往尋幽躅，荆門山水深。《讀開天遺事偶成》云：新豐初進謝阿蠻，秦國夫人見可憐。一曲纏頭三百萬，無人知是賜來錢。禄山沃酒不勝懷，帝眷當年莫與偕。倉猝漁陽鼙鼓動，可曾悔到賜金牌。恩寵梨園昔見來，上皇親制紫雲回。誰知馬舞池邊日，樂部捐生只姓雷。《雨泊楊村》云：舟回遠送浪花昏，岸上人家盡閉門。今夜高堂如有夢，秋風秋雨泊楊村。《重過廢園》斷句云：孤村日暮空花落，一徑春荒自鳥啼。《病馬》云：此日千金應減價，他年萬里可争看。《漫成》云：蕉鹿迷踪誰破夢，蓼蟲雖苦不離心。五言云：斷雲斜度雁，殘照遠銜山。閲人流水緩，懷舊好風薰。詩情綿邈，不類伉直人所作。

崔旭《津門雜記》：康達夫《曲水園》詩，自注云：余家别業易姓後名南溪，别業家聲舊，池蓮開並蒂，時人以爲瑞。次年曾大父暨祖父偕歿，家遂貧。詩云：别業家聲舊，津門衆口傳。春光沿岸柳，異兆滿池蓮。到此拋雙淚，於今過百年。望中空佇立，懷舊夕陽前。按：曲水園在城東南隅，今仍名康家花園。又老夫村在閘口下，乃東溟山人龍震别業，今亦廢。

郝仁《哭康達夫》詩：拈毫淚先垂，悲君赴泉路。平生一片心，此後更誰訴。自我與君交，流光四十度。白首訂一言，同心金石固。年來君稍衰，微病安足慮。突聞凶信真，疾趨不成步。入門遥便哭，面貌儼然素。聞君易簀時，猶題斷腸句。達音何用深，道味及時喻。此味與此音，誰復解其故。連朝心抑鬱，神魂若失據。惝怳夢寐間，見君隔煙霧。即之不可得，挽之溘然去。夢回燈火昏，凝坐久如塑。同社八九人，一一歸大暮。我雖延殘喘，了無生人趣。詩成和淚書，鐘鳴天未曙。落月滿屋梁，空庭獨老樹。

崔旭《宿天津有懷康達夫》詩：海氣昏如霧，津門正落潮。帆檣圍郡郭，燈火滿河橋。求友曾斯地，懷人又此宵。吟魂今在否，酹酒一相招。

沈兆澐《挽康道平明經》詩：朔風獵獵失朝暾，重訪清標悵鹿門。一葉離騷琴七尺，梅花深處弔吟魂。

緘齋雜識：康氏爲津邑望族，城南有康氏花園，久已荒廢。相傳園中楹帖云：舍南舍北皆春水，秋雨秋風滿畫樓。父老往往述之，至先生而式微，猶能以清風紹其家聲云。

沈處士銓

長安居久意蕭閒，節母堂前效綵斑。一幅雲箋題一曲，畫名傾倒老船山。

《津門詩鈔》：青來善繪事，著色花卉得張桂岩所傳，當時重之。

《墨香居畫識》：青來山水師石田翁，花卉宗惲南田。常游京師，瑶華主人雅重之。生平慕黄山之勝，偕程音田考功至歙，與莫山人葵齋裹糧同游。山中怪石古松、奇花異卉咸爲圖繪，無不逼真。

邵玉清《養素軒印譜序》：衛宏有言，秦以前民皆以金玉爲印，是篆刻私印之學從來舊矣，故好古之士往往究心焉。漢唐之工摹印者雖姓氏不傳，而其製或有留遺。至宋則晁克一、王球、顔叔夏、姜夔、王厚之。元則吾邱衍、趙孟頫皆精其學，各著有譜録，至今章章可考。余少時亦曾留意於此，後以習舉子業輒棄去，然亦頗涉其趣。竊謂篆刻之能事曰古渾莊雅。古渾與莊猶可學，而至雅則氣韻流於筆畫之外，殆非人力所能及矣。顧亦有説焉，夫天下固有殖其基於彼而著其效於此者，有致其功於彼而神其用於此者。基何以殖，人品是也。功何以致，書卷是也。松雪跋蘭亭云『右軍人品甚高，故書入神品。』少陵詩云『讀書破萬卷，下筆如有神。』文章、詩歌、書畫同一理，篆刻何獨不然。使馳逐紛華，束書高閣，雖日事操刀，沾沾於點畫形似。是特優孟衣冠，其不見哂於大雅者幾何哉。沈君青來好古力學，淡於名利，居常惟以詩書自娱。所著《養素軒印譜》一册，余既樂觀其藝之精，益想慕其人之雅矣。爰識數語即以訂金石交可乎！

高喆《青來印譜跋》：鄉前輩周七峰先生工摹印法，嘗謂余言：摹印，一鐫字匠之能耳。然而不足貴者土木形骸，非精神氣味之所存也，是雖一技然欲超出凡流，自名一家，亦頗不易。必本之漢印以探其源，參之諸名家印譜以别其流。博涉乎許氏説文及金石文字，以窮其變，斯規模具矣。未已也，又必摩挲於三代彝鼎，以資其古。沈浸於詩書載籍，以資其文。周覽於名山大川，以資其奇。交游於大人君子，以資其雅。久之，奇古文雅之氣充乎其中而溢乎其外，有不覺其流於腕底指尖者夫，然後超乎凡流而得自名家。不然其去鐫字匠蓋無幾何也。余時竊有志斯事，聞斯語怖若河漢，遂不果學。然其言未嘗一日不往來予懷也，蓋嘗以其言印之於詩文書畫間，無不然者，然後歎先生之言之不我欺也。先生下世於今四十餘年矣，未有精其藝如先生所云者。今沈君青來以所作印譜示余，余覽之愕且喜，曰周先生其有嗣音矣。君作奇古十之三，文雅十之七。然君年方少，積學有待。儻信周先生言而從事焉，他日所就正未知孰藍而孰青也。君屬爲跋數言，余於此事無能爲役，遂書所聞於周先生者遺之，且留爲異日之左券云。

胡長庚《沈師橋琴贊》：嘉慶己未仲秋，師橋將游黃山，汪子熙於其行也，以所蓄琴贈之。師橋寶焉，屬長庚爲贊。贊曰：聖樂已遠，世如罔聞。此何代物，霞采毛文。海客入山，一彈白雲。雲影冪歷，松花繽紛。元鶴自舞，清猿忽羣。曲終歸來，僊人揖君。

張問陶《壽沈節母爲沈公銓作》詩：英英堂下芝，籊籊庭中竹。母壽令人喜，母節令人肅。膝前有佳兒，奇書無不讀。豈獨奇書無不讀，寫生能使徐黃服。抱節松，延壽菊。何不揮毫千萬幅，掛向北堂爲母祝。待我登堂奉酒時，酬賓也酌杯中醁。我能一幅雲箋題一曲。

緘齋雜識：青來先生字季掌，友人守琴之祖也。善畫，工摹印法。家藏六琴十硯，因以名齋。著有《六琴十硯齋讀畫記》八卷，余爲作序文一篇，附載其書卷首。《青來閣詩文》數卷，《黄山紀游》一卷，《灤陽日記》一卷。余均藏有鈔本。咸豐丁巳，余從守琴處獲觀先生印譜二册，題跋甚多。僅將邵朗巖、高濬谷兩先生序跋録歸。

于明經秉鈞

端嚴趨步法程朱，迥異尋常俗腐儒。攻玉他山同砥礪，祇於實踐用功夫。

梅成棟《于禹和先生傳》：先生諱秉鈞，字禹和，歲貢生。家天津之獾頭村，世業農。昆弟二人，公居仲。幼有至性，束髮裹屨必整必潔，舉止方嚴，倉猝必以禮。父早逝，事寡母長兄維謹。及就傅不俟督責，躬自刻勵。稍長研究程朱心法，務敦實行。爲文守先輩程律，以明理爲本。早游泮食餼，以授徒移居城中。一姊適何姓，生子女各一，而寡貧無所依。時公方弱冠，慨然迎歸。姊曰：『弟貧不自給，忍重累以多口耶？』公請益堅，遂全家依焉。公之兄佐人貿易猶堪分力，未數年卒，遺一子亦卒。嫂固賢無改適意，嫂之母某媪凶悍人也，逼女嫁，公婉阻曰：『我竭力尚能養嫂。』媪曰：『汝家日啜糠殼一勺不飽，尚有食養嫂耶，真殃我女耳。』公跪哀之，媪來詈辱不休，嫂無如何投繯焉。媪聞信益憤，率多人將肆其毒。公迎門膝立，流涕覆面，曰：『阻嫂嫁者我也，箠楚甘之，幸勿傷老母。』話畢伏地大哭，兇兇者咸擲械太息，曰：『怯書生豈任老拳。』轟然去。媪索厚殮，公鬻宅以葬。從此家益困，或併日一餐。公之室不無懟，公歎曰：古人出妻不顯其惡，我寒士力僅足養母耳，未足贍妻子，幸勿相累。遂離婚，弔影煢煢，不以爲苦，以得專力奉親爲樂。母多病，寒冬必發，公一燈侍榻，先意承志。奉湯藥，浣污穢，竟夜扶持，如此數十年。甥男女婚嫁皆公任辦，甥年壯，營生頗裕，時公老矣，甥媳以爲憎，時加聲色，公雖傷於心，未忍姊之離也。一切安受，俟姊終遣之析居。初公之奉母也，自慮羸瘁，恐先母死，恒粗衣淡食，冀緩死以待母。果如公志，絞衾棺木，罔弗如禮，哀毀中事事周備。公有從弟析居久矣，病歿亦遺子女各一，貧如洗。公往弔，惻然謂弟媳曰：『汝嫁也，我不阻。能守也，我養之。』媳感公言攜幼來居，公繼其子爲兄嗣，撫養愛若己出，竟獲成立，公之敦孝弟而飭倫紀如此。年五十九以疾卒，危篤閒神氣湛然，語不瞀亂，處分身後事如修家譜，贖祭田，葺家祠，爲姊請旌，無不井井。沐浴更衣，弟子數人環侍，公舉手含笑逝。公交游最契者朱仰文、蔣雄甫兩先生，每五日一見，各述所行，互相攻錯。仰文先生歎公善出自然。

友人寇露滋曰：吾與于先生交二十年，未見其有一言一行之玷其爲人。所推重如此，嗚呼！自聖賢既遠，道學不明，士大夫不知敦實行以立其本，徒恃意氣文章之盛，何所補救於世。若先生以清明純潔之躬，遭困頓艱虞之境，而能挺身卓立，爲人所難，其亦足風也乎。噫！

緘齋雜識：禹和先生生平事蹟詳樹翁所撰傳内，所交友人最廣，如朱仰文、蔣雄甫、寇露滋諸先生其尤著者也。先生詩載《津門詩鈔》，兹不具録。朱仰文先生爲樹翁之舅氏，樹翁曾爲之立傳云。寇露滋先生精醫理，著有《痧症傳信方》二卷，樹翁序以刊之。

蔣明經玉虹

殘碑斷碣儘搜羅，逸史遺文費勘磨。廿載精勤心力瘁，閉門風雨著書多。

梅成楝《蔣雄甫傳》：蔣公玉虹字雄甫，天津人。父業裝潢爲生，赤貧。先生四五歲岐嶷多力，性好書，苦無筆墨。鄰有塾，俟散塾時童子經其門，要而遮之，使不得行，出片瓦曰以墨假我放汝去，衆不獲已争出墨任公研瓦上，幾滿又索敗筆數枝，欣然歸。濡墨習書，墨盡或研取竈煤代之。終日塗雅不已，亦不知其所習爲何也。七歲父欲令世其業，公堅求讀書，送之塾。讀三字經至『爲學者，宜立志』句，舉筆題其旁曰：『人不立志便非爲人』，師異之，識非常人也。每日父給二文不肯食，蓄以鬻書。績學精苦，風雨寒暑不輟。甫弱冠即稱通儒，嘗以文請業於同邑高濬谷先生。濬谷，宿儒也，奇賞之，歎爲不羈之才。已而補文學食餼，授徒竭所入以養親。公於古今典籍無不該通，嘗歎邑志簡略，多所缺訛，欲續修之。從此採訪搜輯，卄餘年不倦。風天雪夕，袖一筆一硯，遍覓荒庵野寺間。無論數十里之遠，有殘碑斷碣，廢鼎卧鐘，必掘土剜苔，摩挲辨識於金石漫漶之餘，且讀且録，魯魚亥豕之訛，必爲詳辨。積年既久，核考綦精。聞津門之義夫節婦，孝子忠臣及鴻才逸品之彦，必求遺老詳詢顛末，綜其實跡，爲立傳志。故懷袖間卷籍恒滿。著《幽冥録》十餘卷，采鬼神果報事極博，以寓勸懲。有笑其迂誕者，輒毅然爭之，曰大易言鬼神之情狀是不惟有情且有其狀，聖人垂訓豈誣妄者。先生制行高樸，善言論，多風趣。衣冠補綴而徐視闊步，胸襟洒然。所至之處，人環坐聽公説忠孝事，眉飛色舞，使聞者慷慨悚息，欲歌欲泣，如晤古人於抵掌間，鄉閭婦孺皆以蔣先生呼之。所居城南僻巷，近狹邪區。溽暑斗室，或就門外置矮几著書，倚門婦往往侍硯旁，敬先生而執役焉，公不以爲忤。然外和内介，窮不受憐。信義所在，赴之如徇。平生著詩古文詞盈篋。長嗣大鏞入泮，先公歿。公年六十二卒，所著俱付於孫珍之，不出以示人，曰秉公訓，留待賢邑侯呈備纂輯，故罕有見者。

沈銓《蔣雄甫秀才傳》：蔣玉虹字雄甫，沽上人，初不相識，性孤直寡交，沈酣書籍不與衆同也。家貧，其翁令就市，雄甫朝市暮讀，市人厭去之，翁以頑慵驅之，雄甫忍饑囊書讀郊外。後補博士弟子員，非有志者難如此也。壬寅始識於張公思超座，見貌古有奇氣，談言藴藉，博覽羣書，所著極夥。或有未知者多虚心稽考，其知者亦未嘗吝不示人也。相往來近十年而雄甫之學未嘗休暇，方余聞雄甫學問人品始謂過之，繼愧未逮。每與鄉人談及雄甫，不以爲謬者罕矣。所著集俱在，世之覽斯集者以雄甫爲何如耶？

《敬止述聞》：雄甫邑廩生，性至孝，貌古樸，慎取與。生平不妄交，無妄語，爲鄉里所推重。天津自乾隆初設縣以來無志書，雄甫立志創爲之。采訪數十年，故家譜牒，前賢著述，靡不搜求。搢绅誦説，故老傳聞，靡不記載。嘗操筆墨油紙大便面遍行荒郊破寺中，剔殘碑斷碣，辨其字畫輒録歸自喜。凡志書所應有者分門編纂，稿本已積數十帙。嘉慶中任明府銜蕙設局創修，欲以雄甫稿本删潤成書，不果行。余曾見所輯人物一門詳而冗，惜雜俚語，體例亦未盡合，然不可謂非表章苦心也。雄甫家貧，稿本皆以草紙書，恐難耐久，今閱五十年矣。子大鏞諸生，不知稿本猶存其家否。

《潞襟樓古文所見録》：雄甫先生博學善考訂，於邑中故實搜括殆盡，以待采訪。著有津門志古今天地人物通考，吾友董梧侯曾爲編次其稿，惜其後無聞人，年來半多散失。要之先生功在桑梓，至今婦孺能道其名，先生之傳何必以文字哉。

于秉鈞《贈蔣雄甫》詩：蔣君柳下風，處世無其和。禿盡萬枝筆，金石資搜羅。津門留掌故，祕笈藏金科。三日或不食，風雨聞高歌。

緘齋雜識：聞之樊問青先生曰雄甫先生，彬猶及見之。性耿介而極詼諧，撰述頗富。一日鄰家火起勢將及先生屋，先生大呼曰屋燬不足惜，所可惜者數百年名賢事蹟頃刻消盡。已而返風火息，書幸無恙。先生嘗自言，前生爲周甯武幕客，同時七人皆隨甯武以殉，宜其今生之好學也。先生詩見《詩鈔》，文罕有傳者，余采得先生所撰《瘞骨記》一篇，録之於左。記云：人莫痛於死，莫慘於死而暴骨。是以掩骼埋胔，王政之一。蓋骨不暴，如人入室而處也。津邑九河下尾，水急土鬆。伏秋野漲，水濺棺出。無賴貧民破棺爲薪，致骨暴郊原者所在皆是。康熙間，觀察靳公於城西育黎堂後建立骨塔，覓苦行僧人尋拾無主屍骸成具者葬之義塚，零散者入於骨塔。乾隆初，郡守熊公復於舊塔西增設一塔，其後僧人於清明、中元迎城隍司至西郊，諷經禮拜，出塔骨而燒埋之，謂之赦孤。今骨塔猶在，尋骨無人。且東南北三郊雖有義塚，亦復白骨縱横，風吹日曝，殊堪惻憫。今者四郊各僱人夫逐日尋拾暴骨，以續靳、熊二公之至意。雖然前人作用有可從者，有不可盡從者。夫建塔貯骨，燒而埋之號曰赦孤。獨不思三尺之封，風雨剥殘既已碎其身而粉其骨，而一炬之燎，屍骸成燼，復若洒其骨而揚其灰，此何殊極惡大罪。義不容於死者，而曰幸從恩赦乎？且今者必諄諄焉囑於僱者，曰計日尋骨若干簍，足數則給以錢，不足數則罰其價。彼僱者因畏迫而生狡猾，勢將掘墓盜骸以求塞其責，是行仁適以行忍也。況骨之零散者，去本屍不遠，使必自東移西，入塔待燒，則遷其地而身首異方，亦雜其骨而男女無别，如之何其可也。今者僱覓人夫，務期誠實者，使之荷鍤行壟，其於屍骨隨遇隨瘞，庶幾身首不遠，男女有别。完墓不被盜，枯骨不逢災。有前賢之美舉，無前賢之弊端，而可以行之永久也。是爲記。

侯守戎肇安

城下石途成坦路，郭西精舍焕重垣。嗷嗷鴻雁籌安集，五萬窮黎盡感恩。

梅成棟《武翼都尉侯公泰階誄并序》：嗚呼！人有業不必儒而克符聖賢之心，學亦非禪而立證菩提之果。生令人愛，死令人悲，如吾鄉泰階侯公者可謂僅矣。道光八年戊子二月公無疾卒，郡人士罔不驚歎咨嗟，委巷窮民無不失聲走泣曰：『善人亡矣，吾鄉何賴，吾輩安恃耶？』非公至誠所感何以致此。越七日，同人設祭哭公，屬文於棟。嗚呼！公之懿行豈可殫述，然知己之感誼不容辭。爰墨淚交揮，謹約舉梗概，以慰公在天之靈也。公以武孝廉起家，仕至山東武定府守備。居官廉幹精勤，勞於王事，迄未獲大用，遽退老於鄉。公少清貧，藉兩弟經營，家以漸裕。性慷慨好施，傾囊不吝，親族鄉黨賴公提攜者甚衆。郡東北兩關石路坱圠，行者苦之。公獨力捐修，身任其役。越兩年次第告竣，人便坦途而所費已不支。工甫竟，有嘲公者曰：『公修平二路，可遺西門乎？』公笑曰：『西門者死後喪輿所必經也，倘輿屍出關而致顛越不可慮乎。』人以爲戲，越歲果又修之。歲辛巳大瘟，公施藥活人無算。迨壬午癸未畿輔大水，流亡就食來津者絡繹載道。公施蓆草結廬以居者數千家，復念無以食之將聚窘於是土也，惻然布置，施米給柴，作木桶數百令壯者鬻水給生。又念比户而居易生姦竊，擇老成者夜用巡警，以防宵小。歷冬及春，來者益衆，非煮賑不能全活。於是捐資爲倡，設立四廠，邑之樂善者重公之行，踴躍助施。每廠就食老弱一萬二千餘口，日費數百金，閲兩月活五萬餘命。公之仔肩大事，不辭勞瘁，尤不避怨。當事之初集也，或飛語以中傷之，公聲色不動，一意孤行而卒無患。每舉一事，冒寒暑暴風，日奔波道路而意氣自如。以故名達各憲大府，疏公義舉以聞，蒙恩優叙，晉三品銜，公益奮勉自矢。前鹽政立義塚，沈明府修官道，所以澤枯骨而便行旅者無不委辦於公，靡弗盡善。城西北隅文昌宮，日久圮毁，士林議重修，無人倡率，公毅然任之。動工伊始，郡人争輸恐後。殿宇焕然，約費萬千而竟，措辦無缺。落成之日，各憲瓣香神前，周視廊廡而歎曰微侯公力不及此。去夏金觀察授意創立輔仁書院，公約同志者六七人捐資。聚生童百餘人於旁殿中，月朔望兩課延楝主講。每五更，公先期來集，親司飲饌等事，委曲周備，如恐不及。已而入泮者九人，列優等者七人。公雖武夫而加意士林如此，非道義充然，洞達是非，能趨向如是乎？是月三日值文昌帝君誕期，各憲俱臨。祀禮甫畢，公向觀察諄求加恩書院生息欵項事，言之懇切。及觀察升輿而公跌坐於地，是時闔郡文武並士民數百人環視而公已朝服含笑而逝。嗚呼！是非積善累仁，至誠厚德，有如是之善緣者乎？儒者所謂全歸，佛門所謂怛化，公其兼之，公之福壽死無遺憾。惟公爲吾鄉非常之人，建非常之事，所以垂典型而作模範者將安仰耶，皇天不弔奪此善人。公棟於公之去也而悲之，吾鄉後有繼公而起者當爲誰乎？棟所以痛其去而益悲也。公精爽不泯，在天之靈必有以默佑此邦而使書院之永久也。爰爲誄曰：方同事於藝林兮忽神船之已渡，豈大耋之難逢兮抑功成之頓悟。乃天道之自然兮苟有朝必有暮，縱金丹之如雪兮終玉棺之必赴。雖然不死牖下真英雄兮，不見其尾如神龍兮，從此津沽吾安從兮。嗚呼！星落落兮晨傾，雪飄飄兮髮盈。君騎鯨兮事畢，我身在兮心驚。誓雲衢兮泉路長，無絶乎交情。

崔旭《津門百詠》：水患年來多難民，紛紛蒙袂聚三津。捐金施粥延殘命，四廠分沾五萬人。原注：『道光四年春夏間，侯韓諸公倡捐施粥，全活無算。』

緘齋雜識：泰階先生，友人小瀛之祖也。乾隆癸卯科武舉，官山東守備。居鄉好義，至今里人猶稱頌其德，道光年間崇祀鄉賢祠。憶咸豐壬子小瀛曾以先生祀祠事略見示，匆匆未及録副，謹將樹翁誄文録之於右。

趙明經埜

漢印秦章信手雕，尹兒灣上搆松寮。無知草木傳千載，勝彼浮名暗裏消。

《津門詩鈔》：雪蘿，津之北倉人，邃學不仕。貌清癯，内介外和，與人無所忤，風期高曠。詩主性情，所著《天籟集》《板扉吟》《蓼蟲集》奇趣旁出，恣態橫生。慶雲崔念堂嘗稱之曰體近歐蘇，時闖玉川之藩。人謂知音。

《蜨階外史》：埜字雪蘿，性孤僻，居尹兒灣。工摹印，專摹漢銅，視文三橋、何雪漁蔑如也。意所可鐫十數方不爲煩，否雖貽以金繒率並其石棄不顧。常曰漢印有格律，有神韻，有字體。今人不師古法，以意就《正字通》諸書配合，縱無訛字亦刻篆字耳，何印之足云。嘗假草木名字用漢官私印式刻爲《楮葉集印譜》。以性嗜刻石，又號石工。伶人如意工作劇，雪蘿贈以聯云：如其抵掌真孫叔，意者前身是子都。上贊其技，下詼其貌。首嵌如意二字，洵絶世聰明也。

《吟齋筆存》：伶人陳如意乞楹帖於趙雪蘿，雪蘿隨意書曰：如其抵掌真孫叔，意者前身是子都。首二字暗切其名，不嫌纖巧。又人有齋曰木石居，雪蘿贈句云：木以枯疏盧見古，石因瘦縐透成奇。上用山谷，下用襄陽，可稱工絶。

楊霞《草木名印序》：趙子雪蘿，余同硯友也，交遂久。所居古尹兒灣，去城北二十里。每入城必造余，余則未曾踏其廬。歲前冬仲伻來以詩見招，余始一至。入其室古書疊疊鱗次，案榻皆是。余謂晚年好學固佳，抑何務博不專也。雪蘿曰不然，義山獺祭爲文，余獺祭爲印耳。因述其近刻草木名，欲裒輯成集，余韙之而心以爲難。圍爐促膝三晝夜，每有所舉輒欣然筆記之，自是城中無雪蘿跡者几九月。秋仲六日，余方與客語，雪蘿忽至，攜一册曰：『是不可無子之序。』委之而去，余愕然，客亦愕然，啟視之草木名印竟成矣。客曰：『此趙子耳熟久矣，兹何爲者？』余曰：『欲傳其印耳。』客曰：『趙子詩文博洽，可傳者多，奚必此。』曰：『趙子惟自信其印，其印傳其他弗計也。且玩其光氣，書味盎然，亦可以知其所學矣。』客曰：『或摹古人名印，或刻今人名印編之皆可成譜以傳，又奚以草木之名爲？』余未之答，客曰：『吾揣趙子意，假古人之名以傳其印不爲也，若今之名印數十百年後，或有不能按譜以知其人者。洪濛開闢，草木蕃廡，其名具在，其物至今存也，趙子毋亦有慨於是耶。』余曰：『此説近之，姑俟余質之雪蘿。』遂書此以弁其首。

緘齋雜識：聞之竹虚老人曰，雪蘿先生名夢庚，字堯春，世居北倉，余姨丈也。晚年更名埜，於書無所不讀。工鐵筆神似文三橋，每刻一印同人珍如拱璧。嗜詩，詩淡永，有王孟風味。憶其《宜興阜即事》詩云『老婦雞鳴起，忙具三人食。老翁率兩男，刈稻淀之北。傍晚掉舟回，不載稻一撮。老婦詫而問，老翁笑而説。行到蘆花灣，靠舵睡一覺。大兒摘雞頭，小兒采菱角。醒來抱膝看，老懷爲之樂。遂至忘所事，空回甘受唾。明朝不喫飯，再去必多割。』天趣横生，大爲李石農先生所賞。又善飲嗜蟹。時寓舍間與梅樹君、繆星池兩前輩談詩，余得聞其緒餘。先生疏狂不羈，不求仕進，與人無忤。余幼年常住北倉，睹先生詩稿今閲三十餘年，惜不記憶。先生父官陝西知縣，隨任時有句云：『病女經年費忖量，嚴親一刻未容商。世間慈孝原難並，爾我徒勞兩斷腸。』後女竟以勞瘵卒。

梅廣文成棟

扶持風教萬人稱，妙絶清才繼宛陵。欲起竹間樓上客，評詩剔盡讀書燈。

《津門選舉録》：成棟字樹君，嘉慶五年庚申科舉人，永平府訓導。

《燕南二俊集·梅樹君傳》：公諱成棟，字樹君，號吟齋，原籍毘陵，明永樂間徙天津。世以詩書爲業，津門稱巨族焉。父履端，字雅村。少孤，事節母至孝。

工書畫，竹蘭絶品，擅名一時。公天資穎異，篤於孝友，䘏宗族，重結納，視交友爲性命。讀書必獨據真見，故出經入史以及諸子百家靡不博涉貫通，而於詩學尤深。弱冠後舉於鄉，與慶雲崔曉林同出遂甯張船山門下，有一日得兩詩人之慶。中年以後學問益深，命運益蹇，公車十三上不第。硯田爲業，生徒甚衆，擢高科登仕版者絡繹不絶。奬勵後學，終日孜孜無倦容，故士論宗之。津門爲京師孔道，往來詩人相訪者一見傾心，莫不推爲作者，遂於查蓮坡水西莊舊地立梅花詩社。南北詩朋倡和者幾無虚日，風雅之盛於是復振。又請於金文波觀察創立輔仁書院，學者百餘人。公主講十有餘年，不但自備薪水即諸生膏火皆倡首捐給，非宏奬後進者其誰能之。道光乙未歲大荒，流亡載道，公目睹心傷。請於王執軒觀察勸捐施賑，設爲四大粥廠，全活無數。大憲爲請議叙，堅辭不受。雖遭遇迍邅不得大展其才，然生平經濟於此亦見一斑。崇尚節義，激勵風俗，慨然以爲己任。如西郭外烈女墓盡被河水淪没，公獨力修復，類此者不可枚舉。選《津門詩鈔》，前輩多所表章，由此詩名益遠，名公鉅卿莫不推爲儒雅之師。應陶鳧薌先生聘選《畿輔詩傳》，遂由天雄赴永平學博任。從學者室不能容，諸生服教化及庶民。七年之久，感人遂深，歿之後聞者哀之。所著有《欲起竹間樓詩稿》《吟齋筆存》《管見編》，所選有《津門詩鈔》

《所見集》《耐吟集》。噫！公之學問德行自卓卓可傳，而其所留貽於後人者更無窮矣。子三人，寶璐、寶熊、寶辰，皆諸生。能紹其家學，所就未可量也。

沈兆澐《梅樹君家傳》：公諱成棟，字樹君，號吟齋，世爲天津望族。父履端，字雅村。少孤，事母孝。工書法，善畫竹蘭，海内知名，争寶貴之。母朱孺人爲導江布衣岷女。子四，公其仲也。性孝友，幼穎悟，好爲詩，受業舅氏仰文孝廉之門，弱冠補諸生。二十五歲舉於鄉，與慶雲崔曉林同出張船山先生之門，獲師友助，詩益工。嘗念天津詩藪也，歷來作者多不自收拾，刊刻寥寥，著作漸就湮没，乃竭力搜輯成《津門詩鈔》三十卷。津西郭外有水西莊，查蓮坡先生别業也。嘗集諸名士結梅花詩社於其中，觴詠流連，極一時之盛。陶鳧薌太守延主天雄書院，襄輯《畿輔詩傳》而公亦垂老矣。屢上春官不售，遂息意名場。居恒以濟物利人爲念，家無擔石而濟人之急無難色。親黨中孤寡賴以舉火者若干人，故交子弟賴以存活者若干人。津邑士子多寒素，無力從師。道光戊子公與同里侯守備肇安請於金文波觀察，創立輔仁書院。課生童百餘人，並捐膏火，獎賞費以贍貧士。公主講十餘年，成就甚衆。道光癸未歲大水，民食維艱，公請於王執軒觀察勸捐施賑，設四廠，各分男婦。一日領五日之糧，一人代五人之數，有舊族不肯赴廠者送米於其家。計施米二萬餘石，窮黎全活無算。後任永平府訓導七載，負笈從游者衆。道光甲辰六月以疾卒於任，年六十有九，聞者哀之。著有《欲起竹間樓詩集》十卷，《文集》三卷，《吟齋筆存》四卷，《四書講義》二卷，《管見編》四卷。子四，寶巖年十四補諸生，有神童之目，早卒。寶璐候選訓導，寶熊廩貢生，寶辰副貢生，皆世其家學。贊曰：公，余耐久朋也。兹墓已宿草矣，猶憶公貌清癯口吃。喜吟詠，廣交游。不設城府，不矜己長，不言人過。貌嚴而心慈，見義必爲，推食解衣不少吝。生平著作純以表彰忠孝節義，維持風化爲心，蓋文苑而兼義行者也。古所謂鄉先生没而祭於社者其斯人與，其斯人與。

《紅豆樹館詩話》：樹君念同郡詩人自明迄今姓氏日就湮没，從蛛絲鼠蹟間訪求遺稿，遇有零章碎句隨時掌録，輯成《津門詩鈔》若干卷。表彰前哲，厥功甚偉。

沈濤《交翠軒筆記》：樹君孝廉嘗選《津門詩鈔》自勝代迄近時，薈萃數百家，搜羅繁富，抉擇精嚴，尤熟於三輔文獻。梟香師與余擬爲《畿輔詩傳》之選，余謂非得此君相助不可，因延主大名講席。左珩右佩，折矩周規，絶無名流儇薄之習。詩亦清深約婉，出入唐宋。録其《雨天書悶》云：竹院蕭蕭没水雲，居然六月小江村。連朝風雨無人到，紅藕花香自掩門。苦饑小女向人啼，茅屋垂簾卧病妻。自有閒情兼韻事，芭蕉移在小窗西。又《西沽即景》云：秋約黃花來蟹市，人隨紅葉上漁船。《蘆花》云：舊時春夢桃花水，往事傷心茉莉雲。

《敬止述聞》：樹君嘉慶庚申舉人，出張船山太史門，仕永平府訓導。工詩，著有《欲起竹間樓詩集》，輯《津門詩鈔》。陶梟薌先生輯《畿輔詩傳》君與焉，梟薌刊君詩與慶雲崔曉林旭詩爲《畿［燕］南二俊集》。君好義，雖家無儋石而親友之窶貧者，多賴以舉火。道光癸未大水，君倡議捐賑施粥，設廠四門外，分男婦。届五日一給籖，越日彙領米，無庸原人復來。其舊家之不便赴廠領籖者，徑送米於其門。法簡而備，無一遺濫。施米萬餘石，全活甚衆，事竣不邀獎。

符葆森《寄心盦詩話》：樹君司訓《小游仙》云：跨蝶飛從海上游，十洲三島望中收。世間無怪黃金少，盡被仙人鑄作樓。讀之可發一噱。

《雨汀詩話》：樹君先生《題沈青來所繪忠佞圖其歐陽文忠像贊》云：夜半無人相告語，二千餘命刀下死。仁哉公以一言生，不料書生能若此。文星在天光熾熾，羣龍嚼之將墮地。公被污衊亦若是，青天白日心無累。公之自號曰醉翁，山水之間仰高風。文中寫照如畫工，我家宛陵以詩名。惟公乃能哀其窮，我今慕公有至情。淵源世誼相始終，圖在丹青將毋同。《包孝肅像贊》云：何謂孝不辱親，何謂肅能正人。公之血性，忠君愛民。人謂公介，我謂公和。洞開正門，下問無呵。人畏公嚴，我愛公寬。嚴在宵小，寬在閭閻。公居三司不名一錢，凡所奏罷人咸賴焉。公知端州，不持一硯。牽牛蹊田，聞言弗辨。吁嗟乎！關節不到有閻羅，包老得罪於公應無所禱。一寸丹誠，誰能寫照。我愛公心，非重公貌。不待河清，公應一笑。《文信國像贊》云：嗚呼！史稱公之美晳如玉兮長目而秀眉，宜體貌之豐偉兮神光奕奕，顧盼而生姿。胡爲慘淡而憔悴兮睫承淚以下垂，得毋馳驅於嶺海兮閒關萬里顛仆困頓而饑疲。公欲挽宋祚於既絶兮不顧兵勢之孤危。志殲身以殉國兮正氣懔懔於伏屍。雖天數之難挽兮公之忠肝義膽實天經而地維。小子披圖而欲拜兮迄今七百餘載，猶不禁咨嗟而涕洟。《楊忠愍像贊》云：視鸞如鴟，視蒿如蚩。兩疏擊之，臣力如虎。佞賊不除公心傷，當誅不誅天留殃，公其披髮訴大荒。血漉漉，光閃閃。天可泣，君難感。如此批鱗真冒險，大臣不敢小臣敢。吁嗟！椒山自有膽。《嚴分宜像》云：機深禍深，行陰性陰。爾何鸞鳳之貌而虺蜴其心，得毋爾之固寵者即此修容飾面。冠香沈水而曳蘭蕙之襟，不然借青詞之窈窕，效紅袖之謳吟。爾既以柔媚要君兮自然風鬟月鬢，繪作婦人。噫！婦人猶有仁兮爾何忍心殺害無數之忠臣。斷制森嚴，氣息古奥。置之西涯樂府中，當無以辨。

《念堂詩話》：梅樹君同年《燕京道中》云：崎嶇馳馬足，客路近黄昏。落日懸高樹，春煙聚小村。樵歸沙外市，人閉柳中門。草草投荒店，開懷酒一罇。又有句云：月落猿啀樹，霜高雁渡河。寒鐘煙外寺，殘夢馬頭山。俱佳。乙酉十月，樹君邀予與高寄泉、錢塘陸秋生鈞、山陰陳石生詩會竹泉老人余翁廷霖十研茅廬。樹君先成七古一篇，起云：塵海茫茫不得意，詩魔酒鬼無容地。况如我輩三五人，華屋朱門先走避。八十老翁白頭童，肯與疏狂共游戲。十月津門天不寒，東籬殘菊凌霜翠。紫蟹白魚堆滿盤，招取詩流共酣醉。篇長不載，淋漓恣肆，大有船山師風趣。秋生繪研盧雅集圖，人各一卷，填詞二闋，寄泉作序一首。石生七律二首，竹泉五古，予五律，各書於卷。仲冬李采仙孝廉亦入社，亦一時樂事也。道光四年樹君輯《津門詩鈔》三十卷，上自明末下及生存。於首邑頗爲詳備，他州縣詩三卷，多予所搜采。予題《樹君編詩圖》云：編盡邑人編郡人，我如六國遭兼并。蓋謂此也。余階升堂署佛山同知，爲開雕於廣東，實爲義舉。陶凫薌觀察守大名，因畿輔詩無成書，遂屬吴更生就所存直隸人詩選輯，名曰《畿輔詩傳》。又札致各州縣博訪遺集，聘樹君襄其事。又屬樹君招予往，未幾樹君銓官去，遂薦寄泉。予亦歸里，觀察約明春再來，丁酉復至大名時寄泉薦邊袖石。觀察留予終其事，因年老固辭歸。

陶梁《燕南二俊集序》：昔余嘗同王蘭泉司寇選《湖海詩傳》，或謂詳於南而略於北。及余官畿輔二十餘年，地相習，人相洽，故《畿輔詩傳》表章者八百餘家，乃知略者之非有心於略也。《畿輔詩傳》之選，襄其事者慶雲崔曉林、津門梅樹君之力居多。二君生同郡，長同游，及其舉於鄉也，同出於張船山太史門下。好詩皆原乎性天又得之師授。曉林之詩醇古淡泊，味之彌永，譬精金百鍊，寶光内含。樹君之詩雄古超邁，力絶恒蹊，而真摯之性，時流露於楮墨間。可謂燕南二俊也。余曩在天雄曾就《念堂詩草》及《欲起竹間樓稿》中擇其佳者梓而行之。今得並觀其全稿，始知美不勝收，較之前選損者少而增者多。惜二君相繼而逝，感深宿草。回憶天雄選畿輔詩時燈前月下，商定可否，杯酒談心，不可得矣。

張世光《欲起竹間樓文集序》：吟齋先生沽上詩人也，世光丙戌之夏始獲傾蓋。抱冲寡營，恂恂乎質有其文；味腴守默，呐呐然言不出口。論交相契以性真，得意則發爲歌詠。昕夕過從，砥礪資益。退而歎曰，是豈足以詩人盡者哉？丁亥春復得先生文集而讀之，華玉色絲，麟炳其藻，詞源學浪，浸淫乎古。鼓斯文若元氣，宗法歐蘇；呈餘技於駢體，追響漢魏。健筆扛鼎，鼂采累璧，蓋代之華，於是焉在。夫龍文虎脊世出奇觀，登山罇瀛今匪渺覯。無當菽帛豐玉何補荒年，浪肆煙雲名士將毋畫餅。迺者情辭悱惻，道義精嚴。説理則塵翳一空，論事則圭臬在邇。風世則貪廉懦立，紀實則衮榮鉞辱。綱維教化之大，名物象數之微，靡不研心攄意，扶幹搴條。閎壯雋偉特善馳騁，嬉笑怒罵皆成文章。嗚呼！是豈足以詩人盡者哉。然而感蕩心志，得忠厚之遺；激揚清濁，寓勸懲之法。先生非今之詩人，其殆古之詩人乎。立言不朽，預信桓子之傳；捧士何加，竊慚士安之序。聯綴數行，用志嚮往。

廖炳奎《欲起竹間樓文集跋》：古人三不朽，立德立言立功。德修於己，言成於學，至於功必得事權屬於己然後奏勛績以著旂常。僕竊以爲不然，亦有事權不屬於己而立言見實效，其功德即寓於立言之中。昔人謂韓子因文以見道，僕謂樹君本道以立言。文不苟作，皆菽粟布帛之文。其關係一邦之文獻猶小，其關係世道人心爲大也。先生性情退淡，樂道安貧。平生抱負不凡，竟不獲遇以施展其才猷。學問僅見於詩與古文。胸次瀟洒，終日把卷與古人相對。讀其詩文可想見其爲人吐囑風華，絶無一點浮煙浪墨繞其筆端，必蘄至古之立言而後安。其篤於倫常也，於祭告先世之文見之矣。至情至性溢於楮墨之外，令人讀之而不忍卒讀，不覺淚之涔涔下也，蓼莪之痛深矣。其篤於手足也，於祭蔭亭六弟文見之矣。情真語摯，聲淚俱下，鴒原之感切矣。其篤於師友也，於朱仰文夫子傳及諸友人誄文見之矣。守師訓以裕其本，端友誼以輔其仁。道義之交始終如一，非世之徵逐者比也。五交三釁，劉峻之知言無論矣。其篤於好義也，於上長蘆鹺政林太守二書見之矣。改賑米爲煮賑，存活數萬人性命。董司粥廠不辭勞瘁，及事畢辭議叙而不受，其識見之高爲何如也。視曹射聲之垂仁，陳廣漢之流渥，不足擅美於前，其功德見諸實效者大矣。其篤於節操也，於各烈婦貞女遺事之文見之矣。推微闡幽，不遺餘力。俾貞心亮節與日月争光，其激勸世人匪淺鮮矣。其篤於風雅也，於梅花詩社二十一集之文見之矣。主持壇坫，揚風扢雅。挽一時之風氣，傳三津之美談，與水西莊後先輝映。至於游記爲山水傳神，異僧奇士一經摹寫，鬚眉俱肖。故曰文不苟作，皆菽粟布帛之文。其關係一邦之文獻猶小，其關係世道人心爲大也。嗟乎。僕與先生生同時寓同方，不幸不獲親炙道範，上下其議論，將拙草文略就正，以求一是爲可惜也。先生歸道山之後六年，僕從嶺南旋沽。幸與哲嗣小樹詞兄續起梅花詩社，過從莫逆。屬僕編定《欲起竹間樓文集》，盥誦之餘，如親色笑。兢兢檢擇，共存一百四篇可以傳矣。古人三不朽分三以各立，先生三不朽本一以貫三。功德寓於立言之中，又何必事權既屬始克施展其才猷學問也哉。即煮賑一事，實彰彰照人耳目。雖未遇時而其立言直兼賅乎古人之三不朽，夫復奚憾。謹跋。

葉紹本《題樹君詩鈔》詩：風晨雨夕但躭吟，諷詠都忘鬢雪侵。莫怨後身窮賈島，天教清喉聽霜禽。蓬蒿滿徑足嬉游，吟遍丁沽水國秋。慙我一官勤簿領，何如散髮弄扁舟。

崔旭《寄梅樹君》詩：經月相思意不稱，昨日君來喜相慶。君去我爲病所苦，扶病尋君君亦病。空館無人惆悵歸，連朝委頓几常凭。遥憶故人在牀席，湯藥應勞舉案孟。狂奴再蹈鬼門關，病魔終怕詩膽横。羣靈況爲護詞壇，諸家待君操選政。我亦奇語驚汗出，助以雄兵早戰勝。魂兮歸來不待招，莫遣庸醫司性命。又《將之山右留别樹君同年》詩：别去能無感，重來未有期。閒吟辭舊侶，垂老戀清時。種髪如此，悠悠心向誰。只求官裹事，可報故人知。又《題樹君竹樓編詩圖》詩：我生有癖愛鈔詩，殘編敗壁搜無遺。沽上梅三更好事，口吟手寫不知疲。大張鐵網操選政，不但心專氣亦横。編罷邑人編郡人，我如六國遭兼并。更畫欲起竹間樓，著君編詩坐上頭。牙籤錯落排甲乙，清風入户吟聲幽。此樓從君意中有，此編儻傳千載後。後人見詩如見樓，詩卷長留樓不朽。君不見宋相寇公國號萊，官居鼎鼐無樓臺。萬事不如編詩好，何日我歌歸去來。又《大名次樹君韻》詩：十載重相見，天涯續舊盟。青衫同有淚，白髮最無情。松徑歸陶令，醴樽留穆生。預愁歡聚少，老影戀孤檠。

沈兆澐《梅三廣文之任永平詩社同人餞於瞰寓園中即席次留别韻》詩：萬塘波緑草痕新，玉楂香濃竹葉春。一畝荒園如傳舍，百花生日集詩人。我停游屐江南路，君著征衫塞北塵。半載論文遽揮手，何時重聚話前因。又《對梅憶樹君》詩：檻外寒梅見一枝，伊人何處寄相思。清風朗月許元度，流水高山鍾子期。歷數交游惟耐久，每披詞翰不勝悲。未知遺集刊行否，曾輯津門萬首詩。

高繼珩《送梅丈樹君之官永平》詩：七百詩魂活筆端，此行何必遜除官。編排不負燕風約，精進應翻蜀道難。喜向山頭逢杜甫，怕從雪裏送袁安。鐸音若到盧龍塞，回首天雄月未殘。約我驅車覽勝游，崔儦吴質足賡酬。陪耆英會真慚少，住晚香堂不感秋。奮鬣天衢仗文舉，揚眉尺土倚荆州。故人儻問鯫生况，徑寸魚書待續郵。

王汝霖《呈樹君師》詩：不與尋常邱壑同，名山矗起大瀛東。唐賢詩壘堅無敵，漢將文壇老更雄。一代聲名齊北斗，滿城桃李屬春風。何人不切龍嵸望，太岱喬松接碧空。曾記微風泛小槎，幾番洄溯阻蒹葭。無邊煙水難回櫂，有路桃源忽見花。駿望既欽白玉尺，鴻章屢奉指南車。侯芭欲問殷勤事，尚恐蓬山隔絳霞。

趙泌《題梅樹君師詩稿》詩：一曲廣陵琴，悠然太古心。塵中原寡和，絃上已无音。秋思碧天净，雁聲湘水沈。鍾期今不作，妙旨歎誰尋。

邊浴禮《簡梅丈樹君》詩：船山門下士，高致合推公。守道違時好，憐才見古風。官情如水淡，詩筆恥雷同。近慕香山叟，清齋悟苦空。庭窄難旋馬，朋來任聚鷗。琴樽閒跌宕，湖海自賡酬。舊事搜文苑，新編付選樓。浮名都擺落，何事不千秋。都官篇什好，許我泝津涯。蠟屐過從數，清談忘日斜。古香摩竹素，逸格寫梅花。未厭元亭畔，長留問字車。

孔憲彝《戊戌三月二十日同温東川檢討錢冬士户部李采仙高寄泉嵇雲裳徐浣雲邱小遲陸秋生丁拓唐華梅莊李晴湖諸孝廉集飲賦此紀事兼寄梅樹君廣文》詩：漫擬蘭亭卌二賢，風流梅社續前缘。清才豈借科名重，盛會偏因制舉聯。酒熟秋風黃菊候，樓開春雨杏花天。一時裙屐成今昔，惆悵懷人古薊邊。

緘齋雜識：樹君先生，家大人受業師也。敦孝友，重交游，工詩能文，壯歲登賢書，晚赴學博任，七年卒。著有《津門詩鈔》三十卷。《欲起竹間樓詩文集》若干卷。先生敦崇學業，提唱宗風。主講輔仁書院十有餘年，津門後進多所造就。余生也晚，未得躬侍几席，僅採先生事蹟之可傳者列之於左。歲己卯先生安硯於任鑒堂家，鑒堂以訟繫保定，議遣戍西域，走書招先生以家事爲託。六月先生之保定，歲暮始歸。歸未數日知雅村先生卒於京邸，時臘月六日也。先生匍匐奔喪，一日夜馳至寓所。親視含殮，厝柩於吕祖祠。忽大雪三日，行旅斷絶，比轝夫至雪深數尺。先生扶柩出廣渠門，冰天萬里，一望無際，乾坤縞素，霜霰縷縷掛林木。車仆地没，騾只見兩耳，僵不能起。先生步隨日行三四十里，轝夫陷冰上血殷屨襪，髁骨皆穿，時家人皆謂先生不能歸。先生行四晝夜，二十七日抵里，安柩於城西三官廟，抵家漏已三下矣。道光癸未畿輔大水，津邑流亡載道，小民失所，無以爲生。先生憫之，上書當道，謀設賑以救窮黎。其略曰：今歲流亡來郡城者扶老提幼，踣頓而至。晝則捱門哀乞，夜無棲止之區，當此苦寒饑凍而死者不知凡幾。目下斗米千錢，束薪百錢。擔負小民日獲之資負薪則缺米，糴米則缺薪。日以一食爲常，其不能舉火者又不知幾千户也。夫執事以股肱之重臣膺鈞台之大任，駐節以來加惠商民，頌聲遠播，仁人愛物之心何異於古之范文正公富鄭公其人者。所有荒瘠情形，敢不敬告。竊以目前情勢以施粥爲急，施錢施米次之。郡城殷富之民相周相䘏，未必無好行其德者。或憚於倡始不敢居名，或恐獨力難支，其資莫繼。以執事德望之尊，倘率郡城文武大僚先爲提倡，一經鼓勵，再加勸勉。必有踴躍樂輸之民，仰承慈懷而恐後者。四門内外擇地賫賑，悉有成條可爲查核。枵腹之民，日獲一飽，庶老弱可免於溝壑，强壯不致迫爲盜賊。完其骨肉，保其廉耻。是續垂絶之命，而弭無形之患，造福豈有際耶。當道深納其言，設廠賚賑，貧民保全者無算。嘉慶庚申先生登賢書，時年二十五歲，出張船山太史門。同門如龔季思、瞿子皐、姚伯昂、查又山皆後先騰達，而先生三赴春闈不第。寄船山詩云：『桃李門牆開遍了，東風何日到梅花。』船山答云：『莫向東風羡桃李，梅花已作杏花看。』一時都下傳爲韻句。辛巳七夕先生與袁玉堂、劉韻湖諸同人雅集。初袁玉堂明府來津搜羅風雅，激獎詩流，得先生與韻湖詩喜而締交。會七夕劉韻湖招集觴詠，遥賀雙星。預是約者先生與袁玉堂、楊堯山及劉介圃、韻湖、甗田叔姪三人。薄暮見濃雲數朵散布銀漢，介圃先得句云：『知有詩人開夜宴，今年歡喜不生悲。』已而雲霽，一鉤眉月從花陰吐出，似效織女新妝。酒半酣，韻湖延客曰：『巧壇列成矣。』於是度重門，入見香煙繚繞中有女公子年方垂髫，風裳月佩，侍筵下爲巧壇主人。上列雙星位，瓜果肴脯，是苾是芬。左一筵設蓑笠鞭笛，耒耜錨鋤各一，牛郎物也。右一筵設鸞車鳳舄，霧襪冰綃，金梭玉軸，紡織等具，緻如燦如，楚楚有致。玉堂首吟曰『彷彿紅燈照並頭』，甗田孝廉云『登筵瓜果效中秋』，韻湖云『廣寒月姊遥相見』，先生續云『如此團圓艷女牛』。相與一笑，向女公子致賀出。即席洗盞更酌，賦詩而散。次日津人韻其事，投句甚夥。乙酉先生得交余竹泉，時竹泉佐幕津門，因與會稽陳石生、慶雲崔念堂、錢塘陸秋生、寶坻高寄泉四孝廉結硯廬詩社。丙戌冬山陰張杏史、新建翁寄塘兩孝廉僑寓津門。遂大集名流結社於問津書院之雙槐書屋，時主講爲徐楊小梅，衆推先生爲盟主。值梅花盛開，故號梅花詩社。預是會者十九人，自丁亥至乙未，九年之内入社者共四十餘人，一時稱極盛焉。丙申五月先生得湯菊人廣文書，書中述陶梟薌太守欲修畿輔詩，招先生以贊厥事。將就道忽得方伯檄，委署東光教諭，旋因病繳檄。病癒徑赴大名，梟薌太守掃榻以待，館先生於郡署之晚香堂。晚香堂者，宋韓魏公所葺也。太守公餘之暇，每與先生持詩卷，坐古柏叢菊間抉擇竟日。遇佳章雋句，擊節吟賞，如游名山，忽開奇境，爲之快意者久之。凡六閱月，編纂將已及半，是年冬先生選永平府訓導，遂辭歸。

劉上舍錫

寫梅閣主擅風流，瓜果盈庭艷早秋。從此三津傳韻事，神僊兒女幾生修。

梅成棟《劉韻湖傳》：嗚呼！余之交韻湖纔二年，情誼方深，中道捨去。悽愴兄瀕危屬家人云：『先之懷，累月未絶。秋八月乃弟錞自京師歸，理其喪。手韻湖遺集泣然示余，曰：『先兄瀕危屬家人云：我生平唯受吟齋先生知，傳我者非先生其誰。』嘻！僕何以傳韻湖哉，韻湖集中自寫生平者開卷如見，忍不掇其梗概而述之。公姓劉名錫，字夢齡，號韻湖，天津人。父維憲，字悟川，由諸生循例縣貳需次山右，擢任湖北棗陽縣事。初贅於同邑周方伯陝西三原官署，生韻湖昆季二人，俱穎異，聰秀過人，方伯並器之。初韻湖尊伯維祺與棟文字交，情好最密。嘉慶乙丑春，韻湖歸娶來津，於乃伯處相晤。時甫弱冠，風姿玉峙。僕心異之，笑謂乃伯曰此君家石麒麟也，他年拔戟一隊爲文壇吐氣者，非此人耶已。而韻湖從外祖並尊翁宦游秦楚之交，往來名山大澤。胸臆開拓，才思縱横。所著《寫梅閣集》或淒如曉風殘月，或韻如芳草畫欄，或幽如古榭荒臺，或幻如長峰怪嶺。賡和宴賞，馳逐名公巨卿間。争奇鬭捷之篇，動驚四座。一日維祺告余曰，子未見我家阿四近作耶，駸駸日上，老夫退步矣。惜才健軀弱，不任其豪。且傷生之道非一端，喜飲善歌耽奕嗜畫工書，下逮琴笛雜技，罔勿酷好。性又恃强，詩場酒壘之中清興無敵。致病之由將毋坐是，恐年之促，勿盡其才也。因欷歔久之。戊寅應京兆試，兄弟卷並落汪公全德房，絶賞之力薦未售，韻湖大不怡。己卯乃弟錞登賢書，韻湖以病未與試。益復鬱鬱，病轉劇。是年冬丁尊翁憂，哀毁滅性，僝然柴瘠。越年辛巳扶柩返葬，遂奉母夫人家居，與余未相聞也。是秋桃源袁玉堂潔來游於津，搜訪詩流，得韻湖及僕詩，喜而締交。回首昔年相見如夢，時韻湖病初瘥，詢之鰥居近十載矣。蓋韻湖自丙子折鸞之後，矢志守義不再娶，悲咽之情時見筆楮。嗣後文酒之宴輒相過從，鬮題拈韻，倡和不暇。每脱稿令小奚奴彳亍道上，得一佳句互相擊賞，丹黄爛然，以爲樂事。韻湖於漢魏列朝諸子百家之言遍覽周知，所談元理一座傾靡。雖二年之久，相得最深。韻湖不惟才高學博，蓋至性人也。嘗論五倫之中無朋不樂，故慷慨任俠，傾囊佽友，千金無難色。嘗遇人告急遍覓無長物，解裘付之。更忍寒磨墨寫梅花數幀，令斯人售以自給，其風概如此。壬午冬忽附其稿就余商定，且改且録，寒窗雪夜，漏殘勿輟。兼以求書索畫者絡繹踵門，疾復作，今春加劇。禮闈後往視之，出所擬闈墨相示，精力結搆不類病者。四月中旬遂卒。卒之前五日弟錞捷南宫，撫枕啃曰：『我目瞑矣，母氏生我兩人，有弟足慰慈懷，不孝侍先人地下可矣。』卒之日，無親疏尊幼下及僕媪，罔不隕泣者。年三十四。一女，無嗣。贊曰：嗚呼！吾不解造物者鍾其才而復嗇其遇者何意耶？余之交韻湖也，未知於古人何如，嘗讀尤展成集哭湯卿謀詩近百首，洪稚存集中哭黄仲則文沈痛可傷。是二子者皆負奇才，而夭其天年焉。僕不敢妄希二君若韻湖之才與遇，方之卿謀、仲則豈異耶。嗟乎已矣，陳荄被於堂除，舊圃摧而爲薪。感念清塵，知音斷絶。區區此衷，誰告語耶。

《吟齋筆存》：道光元年辛巳劉韻湖作七夕雅集詩會，時客游津門者爲温東川孝廉子巽、袁玉堂明府潔、孔峻峰大使昭辰及余同與斯席，賦詩甚歡。越癸未春闈韻湖弟仲於錞捷南宫，而韻湖病殁。時東川榜後再游津門訪韻湖話舊，聞已蓋棺數日，成挽律四章云：我逐春風毷氉來，滿懷愁緒待君開。那期訪舊情偏切，忽報修文召已催。一别迴殊今古異，相知望抱死生哀。撫棺痛罷頻搔首，造物何心總忌才。晉嶺秦川溯壯游，一編風雨苦搜求。因躭夙好翻成癖，致起沈疴竟不瘳。空谷幽香經幾稔，名山遺蹟足千秋。予懷渺渺丁沽水，嗚咽寒聲不斷流。半生淪落竟如斯，不信才高竟數奇。嗜酒長庚鯨化早，看花小宋馬歸遲。十年久抱安仁痛，一世空含伯道悲。最是傷心慈竹老，風前徒倚淚長垂。論交三載許知音，相見無多結契深。夜月三更參妙諦，秋風七夕助清吟。古梅閣冷芳踪絶，新筍厨開客思沈。欲話素心煙水隔，茫茫泉路淚沾襟。次年甲申東川又過津門重弔韻湖，詩云：行行且住復來斯，把酒聯吟感昔時。挂劍竟成千古恨，圍鑪那得九泉知。驚聞社鼓腸先斷，頻檢詩筒淚並垂。無限情懷惟一哭，經春宿草漸離離。先生友誼之篤，用情之真，於詩具見。東川陝西漢陰廳人，嘉慶丙子孝廉，丙戌挑二等就哈密廣文。癸巳春闈不辭萬里來京應試，遂捷南宫，授庶常入詞館。初放揚州府，擢湖北荆宜施道，新又擢廣東運司。先生以寒士受當今特達之知，亦極書生之榮遇矣。

崔旭《過天津悼劉韻湖》詩：浮生識面竟無期，幾度聽人説項斯。命駕何曾千里遠，來游真悔一年遲。百篇遺稿傳何益，三尺孤墳吊豈知。欲向荒郊酹杯酒，春風野草正離離。風流裙屐雜屠沽，此輩何堪爲作奴。却想生前雙眼白，轉憐曙後一星孤。交情灑落存書札，墨蹟淋漓賸畫圖。手寫梅花曾寄我，當君遺照對狂呼。

高繼珩《哭劉韻湖》詩：説著名場心暗悲，青衫困頓骨支離。可憐阿弟淩雲去，腸斷泥金報捷時。一從錦瑟斷朱絃，忍把鸞膠續舊緣。今日鴛鴦築成塚，廣陵散絶悼亡篇。

緘齋雜識：聞之竹虚老人曰，夢齡博學能詩善畫梅，捐館後令弟聲於進士檢點舊篋惟遺菊花一幀索題。余題句云『作梅傳其香，香極能浸骨。作菊傳其清，清極難容物。梅折菊猶存，單寒成絶筆。』『一枝秋英腸斷時，君家兄弟太情癡。近來妙手多新譜，不畫荆花畫豆萁。』余亦有慨乎其言之憶，姑丈王素園患瘖疾爲醫家所困，愈後作詩，同人步韻和之。韻湖代伊令伯作詩云『一自離羣在暮春，忽傳二豎困詩人。藉非風月留爲主，幾被神僊度出塵。棋勢將窮因刼轉，菊容雖老得霜新。聞君有禁封塵釀，愁殺東鄰劉伯倫。』醫家有號神僊者，故戲言之。素園先生好飲，愛藝菊故云。

董明經懷新

文章學問邁同儕，咫尺青雲遇合乖。闊達豈能拘小節，冬郎綺語雜詼諧。

《雨汀詩話》：梧侯性闊達，尚義氣。弱冠補邑庠食餼，功深績學，譽擅通才。《吟齋筆存》：及門董子懷新《蘆花》云『九月霜痕落秋水，一年花事老西風。』杜石樵學使所賞，余詠蘆花亦有『開臨野水秋無際，吹到西風雪有聲』句。廖炳奎《時鳥集跋》：梧侯先生詩筆清矯拔俗，不落科臼，不飾鞶帨，品在高季迪、王漁洋間。

楊淞《時鳥集跋》：情深而文明，氣盛而化神。太史公曰：高山仰止，景行行止。雖不能至，心鄉往之。吾於梧侯之詩亦云。

郭師泰《梧侯津門竹枝詞序》：今之學者曰戴乎天，日星之躔度，時序之推遷，問之無以應也。曰履乎地，某道某途某故蹟爲某，問之無以應也。冠婚喪祭某爲近古，某爲蔑古。人情風土某爲厚俗，某爲澆俗。問之無以應也。至於飲食不辨菽麥所由來，衣服不詳布帛所從出。此其人悠悠而生，悠悠而死，夫亦甚可悲已，吾友梧侯恥之。余與梧侯交最久，知之最悉。其所爲學大旨以六經爲根柢，以史漢爲波瀾，旁及諸子百家，無不淹貫，故其學通於古。其於世道人心雖一事之細，一物之微，不憚究心採訪，故其學通於今。嘗自言曰，人生上壽不過百年猶寄耳，吾輩承祖父餘澤，號爲讀書種子，豈計一時哉？生不爲名臣亦當學爲通儒。春鶊秋蟀徒自消磨，無益也。余韙其言猶慮其行之不逮，交既久，見所著古文若干卷，歌行若干卷，雜著又若干卷。然後歎梧侯之才，固梧侯之學爲之。古謂言行相顧，梧侯其庶幾與。舊時於著作之暇，又戲作《津門竹枝詞》一卷，失去七八年，今歲三月得自他人鈔本，重加增訂，凡得詞四百餘首，上自天時下逮人物，一切閭房里巷瑣屑之事無不畢舉。其立言亦莊亦諧，其用意有懲有勸。統言之此固吾津門歲時記也，精言之其紀歲時司天志也，紀地輿方域志也，紀飲食紀輿服食貨志也，紀禮文紀文苑紀祭祀又皆禮儀志、樂律志也，游戲中寓史筆也。夫固大異於戴天而不知高，履地而不知厚，冠婚喪祭不解謂何，日用飲食不知其故者也。孰謂此僅區區方隅之見哉？昔蔣子秋吟客長蘆，著有《沽河雜詠》百首，鄉文達公曉嵐先生序之曰『俯仰淋漓，芒情四溢，有劉郎竹枝之遺。』予惜未得其稾本，今此書採掇軼事，摭拾舊文，其考核精到視秋吟諒亦無多讓焉。余想閱蔣書十數年而未果者，不又藉此而大快於心與。是爲序。

胡兆麟《題石蓮集》詩：名士愛身如美女，美女遴才似選舉。一雙俊眼注天涯，安得同心作儔侶。牀頭懸劍鐵錚錚，夢裏槐安願請纓。傲骨嶙峋情骨脆，披肝瀝血美人城。倒挽銀河瀉平地，支機在手終爲累。取將織女擲牽牛，萬古千秋縱思媚。不如意事世常多，虞兮虞兮叫奈何。珠墜樓時人似夢，雨淋鈴夜淚如梭。埋香瘞玉摧粉黛，造化小兒真狡獪。百車果實打安仁，萬頃秋波灌衛玠。韶華似水水東流，美人亦休士亦休。我自行屍慣囈語，長年睁眼睡齁齁。

高繼珩《題石蓮集》詩：次回竹垞俱仙去，絕世風懷更屬誰。析木董公真健者，嗣音拚作有情癡。騎鯨一去路茫茫，芳草飄零委道旁。寄語文園高弟子，棗梨中有返魂香。

史樂善《哭董梧侯表兄》詩：萬丈襟懷鬱未開，一聲鵩鳥赴泉臺。虚名竟損平生福，健筆空成絶代才。匝地荊榛趫足過，漫天風雪熱腸來。八旬賸有萱闈在，菽水無資劇可哀。寡母方悲辛牧春，胡然君復棄慈親。高堂哭子都成例，奇病如翁不但貧。是此風光真草草，最難慟淚灑人人。九原若果修文去，地下奇書又等身。髯翁巨筆玉溪詩，瀟灑風流是我師。覿面不愁泥滑滑，論心偏愛夜遲遲。性靈空託文章見，肝鬲終難骨肉知。最是傷心決絶日，戊冬長至晚鐘時。夜話無端百感增，恍將身後託良朋。糟糠古有孟德耀，豚犬今無劉景升。贈我新詩何婉摯，憐君傲骨太崚嶒。英姿磊落分明在，慟繞靈牀喚不膺。

樊彬《哭董梧侯》詩：數載相思夢寐中，裁書正擬託飛鴻。故人忽作千秋別，生計誰憐四壁空。韓偓有才留綺語，劉蕡無命哭秋風。年來多少黄壚感，獨擁寒氈恨未窮。

高士瀛《題石蓮集》詩：生來詩骨最工愁，楊柳風情格外柔。夢到鶯花春似海，六朝人住小揚州。鏤月裁花一寸心，玉溪詩卷晚唐音。紅閨昨夜修眉史，螺子拈來試淺深。閃閃星河夜轉遥，春風不放柳垂條。玉郎仙籍無從問，贈與靈飛一曲簫。當筵切莫唱錢錢，緑葉陰成月不圓。六幅練裙題恨字，落花風裏夢如煙。

緘齋雜識：梧侯先生，家大人受業師也。識高性爽，才大學優，所著散體文余選四篇載入文鈔中矣。憶咸豐辛亥冬，家大人客汴梁，曾將先生《石蓮集》選刻一卷并作跋文，略叙先生生平。敬録於此，俾後人稍知先生梗概。跋云：少時與諸弟七人師事董五侯先生於家塾，余年甫十三，讀九經外學作文詩，先生口講指畫，循循善誘。家藏書史頗富，先生博覽旁搜，手鈔日數十頁。爲文揮毫落紙，頃刻萬言，而議論風生，迥超流俗，先生之才誠不可以斗石量。余資性椎魯，何敢望其肩背，惟是耳濡目染，稍得緒餘。間舉歷代史事及各家詩文略能諷習者，皆先生講授之益也。癸未先生就館都門，閱數載歸里。時過舍與伯兄談，余復得摳侍左右，聆瞻言論風采，更足以開拓心胸。辛卯余幸登秋榜，先生薦而未售，蹭蹬名場已十入鄉闈矣。先生古試以蘆花詩見賞於杜石樵先生，嗣後，學使案臨津郡必拔取以爲諸生冠。肄業書院爲歷任都轉所器重，伍實生中丞尤愛才如渴。同時文章學問遠不逮先生者大都蜚黄騰達，而先生竟不得一第，坎壈以終。年僅四十有五，惜哉。著有《時鳥集》數卷，詞集二卷，又有《津門竹枝詞》《入都須知》各種。輯有《兩漢文鈔》《唐宋七家文鈔》《漢魏六朝詩選》《唐詩選》《宋詩選》《金元詩選》《明詩選》《本朝四家詩選》《紅粉香脂詞選》。兹從史雨汀處得《香籢集》一卷，係先生庚辰年手鈔。紙册殘缺，墨光黯澹，不覺令人神傷。急謀付梓，先刊七十餘首，令家弟筠莊校讎。容當裒集先生詩文詞賦全付手民，以仰答先生教誨之苦心。先生字平疇，號五侯，後改無侯，又改梧侯。是集經廖豸峯明府改爲《石蓮集》。計先生謝世已十有四年，此编之作至今三十有二年矣。

姚明府承恩

令威僊去復歸來，城郭依然鶴獨哀。七十二沽故園月，吟魂應逐雁行回。

《津門選舉録》：承恩字朗山，道光二年壬午科舉人，十三年癸巳科進士。河南遂平縣、舞陽縣知縣，丁酉科河南鄉試同考官，奉天蓋平縣、承德縣知縣。

《太學題名碑録》：承恩，天津縣民籍，道光十三年癸巳科二甲第八十名進士。

《吟齋筆存》：及門姚朗山承恩《赤壁懷古》云：吹簫增怨慕，横槊失英雄。又曰：三分遺撮土，千載話東風。俱妙。

高繼珩《贈姚朗山》詩：垂簾静對坐移時，消我胸中鄙吝思。無敵才真如白也，一門羣從承家風不愧元之。冰心獨抱袪塵想，梅骨能修肖導師。花萼竹林相照映，一簾梅雨溼茶煙。盡奇姿。披襟容我話蟬嫣，豈是浮生泛泛緣。四座蘭芬羅墨寶，一簾梅雨溼茶煙。得沾餘液心先醉，癖嗜枯痂性太偏。小技雕蟲勞弁首，愧無錦段報纏綿。願周畿甸訪詩人，孤棹愁難徧問津。何幸知音遇姚合，好持同志報崔駰。燕臺市駿休遺骨，瀛海探驪共采珍。從此先賢心血聚，不教香草歎沈淪。

王柘《哭姚朗山明府》詩：別離不過半年餘，猶望重逢問起居。豈料今生難再聚，可憐此願竟成虛。思量城外臨歧語，檢點箱中削札書。一夜無眠到天曉，昏燈殘月共蕭疏。飛鳧兩次使君來，只飲遼河水一杯。循吏如公堪立傳，與民無事不矜才。至今善政傳三異，誰謂懷賢賦八哀。七十二沽故園月，詩魂應逐雁行回。老去星星鬢漸霜，每愁無子似中郎。頻年燕姞徵蘭夢，幾度寒郊哭杳殤。撒手人間真慘慘，傷心天道太茫茫。遺書滿架留誰讀，地下知公尚斷腸。鳳去寥天不可尋，號寒蟲自吐哀音。半生知己緣何短，一片憐才意最深。相見除非魂入夢，報恩惟有淚沾襟。無言回憶當時事，點點奇酸直刺心。

緘齋雜識：朗山先生生於嘉慶丙辰，性和而介。初任中州，後官奉天，所至有善政。道光丙午宰蓋平時修理縣署，煥然一新。創立書院，名曰辰州學宮，壇祠無不興修。調承德卒於任所，無子，弟玉農孝廉以次子繼之。余至奉天，聞士民猶稱誦不已。王雪庵明府哭先生詩云：『循吏如公堪立傳，與民無事不矜才。』非虛語也。先生於道光辛丑題家大人《袖海圖》詩云：不作尋常邱壑看，襟期浩浩海天寬。欲憑經濟酬時易，如此風波涉世難。愧我漫游空鼓枻，願君赤手竟回瀾。方壺負嶠皆仙境，一任乘槎次第觀。又有《出關》詩云：我心寥落甚，願逐雁行回。雪庵引之，余亦承用。

史明經樂善

貧士工詩似孟郊，梅花影裏幾推敲。麈揮更以清談勝，名理紛來解客嘲。

董懷新《贈史雨汀表弟詩并序》：雨汀表弟與余切磋最久，愧未有以贈之也。書窗無事，歷叙平生得六十韻，拉雜繁猥，不足言詩，聊明相契之顛末云爾。詩云：

我之從伯姑，君之嫡伯母。兩家界隘巷，謦欬達户牖。君家裔堂師，訓徒稱善誘。來者既不拒，一室成淵藪。君方總三角，我已負五斗。愛君能讀書，琅琅清且瀏。所恨徙居忙，相聚苦不久。秋雨凋池荷，春風動園柳。巢燕東西飛，跧烏日夜走。我年二十餘，君亦成童後。不知君嗜學，沈潛窺二酉。但作兒時言，調笑而狎狃。城燒魚欲殃，餅棄獒應嗾。君亦健者敵，利喙互攻掊。彼爲介雞季，此爲金距郈。中表弟兄多，泛愛同某某。日對管夷吾，覿面隔山阜。稍聞雨汀名，嘖嘖衆人口。或稱其文字，外孫兼齏臼。或誦其詩章，黄鐘殊瓦缶。經寫右軍鵞，帖臨少師韭。

汲古入瑯嬛，搜奇到岣嶁。氣作鳳翔翱，才爲龍蚴蟉。我意驚且喜，人言十八九。徐與談名理，果覺無匹耦。深愧知君遲，見君心沮忸。乃肯降心意，從余疑義剖。河海納百川，泰山延培塿。竭我以所知，時亦點其首。君嘗閱我文，把玩不釋手。如妻無鹽女，好而忘其醜。敢當五侯鯖，鮿之恐欲嘔。没世不見知，徒爲累醬瓿。君更憂患多，談言每不苟。我意所未達，君能解其紐。我口所欲言，君能發其蔀。芟我心中蓬，拔我門上莠。微子糾吾過，過待何人糾。人生如霧露，轉晌歸無有。亦願朝陽鳴，誰能學吠狗。君言我敝族，門單禄不厚。藝苟泄造化，數亦促老壽。碌碌無奇行，或不傷鷇㝅。感君知道言，頓落胸中陡。貧賤有餘味，蠢頑無大咎。高軒過門時，翳目爲矇瞍。鼓吹因風來，塞耳著纊黈。敢以規爲瑱，佩之如瓊玖。親戚吾表舅，學問吾畏友。回憶就塾時，童蒙共啼吼。亞夫餓以死，子魚骨已朽。江總婦無褌，楊修袂見肘。餘子默無聞，未卜生存否。而我兩腐生，無用如駢拇。未獲金紫紆，儼然衣項守。先師不第終，淵源盡授受。食餼青出藍，燕毛童化叟。史侯與董侯，尚在諸君右。區區不余畀，投龜且莫詬。不見伯姑身，一生執箕帚。

郭師泰《送史雨汀之山左》詩：當年北上賦同車，相契於今五載餘。雪椀對臨秦漢帖，花簾同校古今書。那能知己無分手，到底離情感索居。風正一帆君去矣，登樓遠眺渺愁予。

緘齋雜識：雨汀先生生於嘉慶壬戌。性謙和，重交游，與人談娓娓可聽，終日無倦色。工詩詞，善書法，尤喜臨漢碑。幼時受學於湯厚田先生，厚田授以唐詩，誦讀既久，若有所會，厚田問右丞詩以何句爲佳，對曰王詩佳句固多，弟子所最喜者『君問窮通理，漁歌入浦深』二句耳。厚田異之。弱冠補諸生，旋食餼。後因家貧親老不得已充鹺掾以謀甘旨，然非其志也。曾游山海關，登澄海樓觀海，詩以紀之，歸里後繪圖徧徵題詠。道光庚子廖豸峰明府寓居沽上，同人續起梅花詩社，雨汀作《石鼓歌》，頗爲豸峰所賞識。迨己酉冬豸峰復從嶺南來津與梅小樹茂才重修前盟，雨汀即席贈豸峰詩云：『一歌竟入如箕眼，十載方酬若渴心。』紀實也。晚年好乩仙，信之甚篤，是特消遣之一法，恐虛渺未足憑也。著有《梅影集》二卷，《説詩臆語》一卷，《雨汀詩話》八卷。一生好學，得津前輩詩文殘稿輒録以存。庚戌秋余曾借觀詩話，津人詩搜采無遺。先生無子，恐遺稿散佚，不知流落何處矣。

曾祖全椒公蘭 鄉年再姪張之萬填諱

右丞畫筆左司詩，文采風流炳一時。不藉盛名揚祖德，先人清白子孫知。

《長蘆鹽法志》：蘭，乾隆庚子科舉人，官安徽全椒縣知縣。

《津門選舉録》：蘭字省香，乾隆四十五年庚子科舉人。四庫全書館謄録，武英殿校録，安徽全椒縣知縣，署含山縣、五河縣知縣，安慶府江防同知。

《津門詩鈔》：春浦先生工詩善畫，與徐公朗齋、齊公秋帆、沈公東巖、張公嘯崖同時唱和，後官江南卒於任。詩經散軼，陳古愚《所知集》刻有公詩。

《雨汀詩話》：春浦先生與沈存圃先生初相友善，繼之以昏姻之好。後春浦卒於任，存圃亦因事罷官。存圃《路經太湖道中悼春浦》詩云：曉風殘月鑄離顔，古驛傳餐太等閒。春浦已亡荃圃老，何人吟寫太湖山。

《紅豆樹館詩話》：春浦博通經史，工書畫，旁及金石篆隸。居京師館余秋室太史家，與輦下知名士往還酬倡。出宰全椒以廉明稱，卒於官。詩多散佚，《皖城集》一卷爲其孫梅莊孝廉摭拾奇零寄來，清拔朗逸，屏絶藻繢。

陳毅《所見集三編》：春浦《題孫子吟秋圖照》詩云：落葉哀蟬懷彼美，歸風送遠感余心。試吟臨水登山意，秋思誰如九辯深。謫僊有言秋興逸，孤高興與風相宜。霜鐘乍歇微雲斂，想見悠然得句時。

徐來鳳《贈華春浦明府》詩：自公官此地，壁壘一番新。庭決梗陽獄，座祛案牘塵。性情耽翰墨，胸腹貯經綸。驥足知難絆，偏隅志未伸。周旋幾一載，交誼澹彌真。心似冰壺潔，言霏玉屑新。携琴將就道，飛舄總爲鄰。福曜移臨處，争迎有腳春。

沈峻《嘉慶己未秋七月重展華春浦明府爲予橅王石谷秋干小景畫幅感舊得句因題其上》詩：春浦下世已八載，半農還家纔二年。披圖仿佛憶游跡，龍眠山色撑秋煙。僕也繭足半天下，吴楚黔粤秦晉燕。借觀邸壑仁行卷，奚止風月休論錢。始知清福不易受，賣文日日枯腸煎。青溪紅樹夢不到，戲拈粉本施丹鉛。京華舊事忽復問，得失草草誰媸妍。再拜重人兼重畫，餘生欲汎西湖船。

張葆光《題華春浦明府讀書秋樹根圖》詩：二篇意言俱不盡，五車妙處原無傳。自非天機深妙者，箋釋傳註滋拘牽。公獨精義盡其藴，心超名象非言詮。于何見公讀書樂，手把玉杯坐邱壑。妙香空色資清真，杜庫曹倉恣探索。鯫生謁公自今始，聞風景仰多年矣。每逢奇士誦公文，董醖枚速無區分。净若總持抱冰雪，奇如張旭藏風雲。餘技三絶詩書畫，畫近董巨書韓蔡。筆端括盡摩詰詩，三謝名言悉襟帶。平生良友王子猷，致書俾識韓荆州。玳筵共舉鸕鷀杓，彩筆時翻鸚鵡洲。何來良工拂絹素，寫公讀書蔭秋樹。風神散朗真如仙，静境沈吟應有悟。此際尊前對大巫，敢云海内爲長句。憶自來游襄水城，德風化雨絃歌聲。花香滿縣春何限，琴韻隔簾風自清。乃知讀書視所尚，經術經濟相爲量。當其抱膝幽林中，樹色雲光助清曠。茹古惟深尚友心，在山已繫斯人望。品望之隆由學醇，皖江遠近推勤民。政暇時念讀書樂，風雅如公有幾人。

吴鼐《題春浦先生秋林圖》詩：淮南一雨千家春，公爲吾侯吾部人。看花每誦東閣句，命酒屢陪西園賓。江東一雪千山白，君役王程我在客。清宦虚齋如水明，堆案繽紛止羣籍。春風示我秋林圖，津門楊柳何蕭疏。茅屋三重障秋雨，分明少小窮經廬。駢文自跋讀初竟，知公愛書如性命。一編百遍坐秋陰，夜黑無燈珪月映。即今種花江上城，放衙捧卷猶書生。尚憶敝廬通冰署，時時聞公弦誦聲。清時良吏如林立，後車幾人載書笈。到官夢不到名山，黄卷黄綾不相及。世閒嗜好難並論，侯鯖羅前懷菜根。公身在官神獨往，清香晝戟如蓬門。我學不成身長寄，青眼負公憐才意。何當從公作書記，秋雨鶴廳問奇字。

潘瑛《題春浦先生圖照》詩：蕭蕭樹底置閒身，轉眼青雲滿後塵。燕雀焉知鴻鵠志，公卿須用讀書人。澼洸且試不龜手，柄國終推老斫輪。舊日寒林今百尺，飽經風雪亦通神。

邵廷仕《春浦先生以讀書秋樹根圖見示走筆敬題》詩：金風動亭臯，炎蒸散巖谷。秋氣日以清，琪花傍簾馥。官閣横鳴琴，文案無留牘。石根坐古苔，書味在便腹。四庫閲已周，甯有未曾讀。胡爲手一編，公餘猶寓目。我知稽古心，不厭日三復。

張騰蛟《壬子春日春浦明府以秋林讀書圖屬題敬賦長古一篇》詩：秋風木葉清空山，斜日静映疏林殷。蟬聲重泉瀉樹杪，公乃嘯詠於其閒。當年拄腹雞千蹠，照眼治象豹一斑。儒林循吏互表裏，經術自與漢吏班。衹今露冕揮斥暇，時憶南面書城環。槐花夙忙蟻國夢，文陣早克蝸牛蠻。奇哉魚鱗案牘地，似有石室遺塵寰。觀其兀傲擁萬卷，豈異臺省高孱顔。定聞歌聲金石出，一舉雲夢芥蒂删。此事不係於結習，要是妙手心能閒。披圖儒素業宛爾，姬姜尚自娱茅菅。陳蹟非其所以蹟，想公得意忘津關。蒼然根柢共盤魄，氣象鬱確不可攀。我方饑蠡目鰥鰥，對此臭味孚蘋蔄。六經甲胄宜躬擐，百氏繼起何斕斒。君不見古來豪傑特淵粹，皎若禽中孤白鷳。

孫嘉瑜《庚戌秋日題秋林圖》詩：秋樹有餘情，秋山有餘響。先生手一編，心蹟羲皇上。在山聊自怡，出山人見許。此日山中雲，羡君作霖雨。

徐來鳳《題春浦明府圖照》詩：瀟灑秋光好，園亭俗不侵。風清來樹杪，嵐翠落庭陰。有客科頭坐，偷閒抱膝吟。無窮經濟事，早向卷中尋。

汪朝繡《題春浦同年讀書圖》詩：愛與瑯嬛結静緣，搜奇嗜古邁前賢。西堂吟嘯經千帙，南面鉛黄手一編。野樹空雲超色相，馬蹄秋水見真詮。即今鈴閣揮毫暇，未改巾箱樂事偏。鴻飛雁伏兩茫茫，北地南天各一方。側聽銅章來秘府，争驚明鏡照虚堂。沾濡霖雨三生幸，笑語春風七日香。願得丹青圖萬本，留將遺愛比甘棠。

張端華《春浦先生屬題秋林圖》詩：返棹吴江日，棠陰被北譙。高齋琴韻遠，四野頌聲遥。愛士獨心許，談詩頻見招。竭來披小影，不改舊風標。秋色望無極，一編手自持。書牀憑徙倚，帶草認迷離。即境妙能適，含情如有思。放衙尋昔夢，風雨閉門時。嗜讀尋常事，如公實可欽。簿書方擾擾，絃誦自愔愔。有得夜相索，無人秋自吟。由來古循吏，多半屬儒林。笑我謀生拙，勞勞欲廢書。披圖起長歎，風雅近誰如。采菲辱孤賞，異苔欣與居。提撕期大雅，不遣歲時虚。

梅成棟《題華春浦先生簪花圖後》：棟髫齡曾見春浦先生與舅氏朱仰文夫子時相過從，蓋風流倜儻人也。囱囱五十餘年，先生羽化已久。今先生孫梅莊孝廉出此圖屬題，回憶先生昔年風采如昨，而余則已老矣。憐鬢影之如絲，感人生之若寄。賦詩見意，蓋不無老輩之思云。道光壬辰又重陽日，題於殘菊花下。

華堂《先君子簪花圖跋》：此余秋室太史爲先君寫照也，當時題詠甚夥，別成一册，記有朱石君、翁覃溪、吳山尊諸先生贊跋，經南北舟車，詩册已杳不可得。今覩斯圖覺先君之音容宛然在目，敬識數語，俾孫曾之未得見者皆可於斯圖仿佛見之。

華長卿《先大父省香公家傳》：嗚呼！先大父省香公既歿之十有三年，長卿始生。比長覩公之遺像如親承色笑，想見公之爲人，欲求公之懿行嘉言而不可得。蓋公之卒也，世父未弱冠，父與叔父皆童稺，凡公生平箸述大半散佚。今大母王太君年八十餘矣，每鐙窗雨夕談及公之曩事歷歷如昨。公少居鄉以孝友稱，壯游京師十餘載，賢士大夫争相結納。及筮仕皖江甫四年而大江南北争頌公名，皆以循吏相許。以勞卒官，部民聞之無不隕涕嗟歎，以爲失一賢令也。公之德化感人有如此之深者，長卿不肖何敢妄抒毫素，誌公之萬一。第恐過此以往，將與公之詩畫文章同歸湮没，則小子之抱疚益深也。謹據大母所述譔次崖畧，以待有道而能文者博采焉。公諱蘭，字省香，號春浦。先世籍江南無錫，十世祖永清公遭靖難之亂，遷居浙江山陰。子孫皆潛德弗曜。數傳至存善公，正德十四年舉人，選授教諭。生養洲公諱材，嘉靖四十年舉人，内閣中書，工部營繕司主事。生近洲公諱夢龍，萬歷間選貢四川合州州判。生益先公諱文炳，候選同知。當明季兵燹流離，奉母北遷，至康熙二年始卜居於天津。生二子，長以錦公諱琮，次以佩公諱璐，俱邑庠生。以佩公生子二，長善長公諱純仁，議叙推官，公之本生祖考也。祖考仲和公諱秉義，議叙縣丞。考天峯公諱廷柱，候選布政司理問。妣王太君，繼妣王太君。天峯公有子八人，公居六。少而岐嶷，甫能言即識字百餘。五歲如成人，諸兄偶觸，天峯公怒輒撻之，公獨向壁泣逾時，勸諸兄弗復嬉戲，恐忤父母心，王太君特愛憐之。天峯公教子嚴，公獨未嘗受譴訶。見客必拱揖應對，無失言。九歲私蓄紙筆學書畫。幼多疾，瀕死者屢矣。十歲始入塾，三年畢九經，酷嗜左氏傳。十四歲學爲制藝古近體詩，兼工金石分隸篆刻，旋因病廢讀。時生齒益繁，家計蕭索。天峯公慷慨好施，老而喪明。薄産爲同族某所據，不能供饘粥。公貧難入塾，在厨舍課諸弟姪讀書兼事炊爨。年十八天峯公寢疾，公衣不解帶者累旬。臨終謂公曰：余家北遷四世，未嘗通仕籍。汝兄弟八人，不幸仲兄早喪，伯兄魯鈍，其餘或業醫，或謀馬策，或爲吏掾，汝兩弟尚幼，所望振家聲者惟汝一人是賴。好爲之，余瞑目矣。公飲泣受誨，因哀致疾，旋愈旋發。居廬三載，下帷攻苦，王太君嘗訓公曰：汝且養病，病愈讀書未晚也。公晝則摹帖作畫以慰親憂，夜分默誦詩書弗輟，蓋惟恐太君聞也。疾輾轉八載，至年廿四始愈。年廿五受知於安溪李大宗師宗文，補博士弟子員。肄業問津書院，與同時名宿聯爲文社，互相砥礪，先後俱登甲乙榜。年廿六，王孺人來歸。孺人爲太君從姪，勤謹儉約，能博太君歡。以針黹佐公，備甘旨。公連試優等，丁酉應京兆試，由薦卷挑取内廷謄録官。時開四庫全書館，選工書法者校録。明年公充武英殿校對，手鈔史集等身，得讀内府藏書，學益富。在都主余太史家，太史者，余集也。因獲交輦下諸名士。庚子登賢書，館滿得縣令，公以王太君春秋高，諸兄相繼殂謝，思録養以娱親。丙午籤發山東試用，未及迎親而遭王太君喪，哀慟欲絶，嘔血升餘，病復發，逾年始愈。戊申服闋，之任皖江代理當塗。兩月，案無留牘。明年補全椒縣，全椒人稠地隘，俗敝民疲。公抵任一年詞訟息，囹圄空，積弊悉除，闔邑頌爲青天。攝含山，含山巖邑也。山峻而危，水深而幽。古來用武之區，其民多豪俠，喜械鬬，常偵獲鄰境巨盜，泥首伏罪連呼公爲好官，曰不忍累公。後盜至他邑，脱械而逃。視殺人如戲。公到官半載，民皆以興訟爲耻，風俗爲之一變。公之宰全椒也，識拔吴山尊太史鼒於未第。時與張竹軒明經葆光、孫吟秋茂才嘉瑜爲詩友，更相迭和。

酒酣論史侃侃而談，多前人未經道者。及宰含山，學博徐小巢來鳳善花卉，蘇虛谷廷煜以指寫竹，公繪山水得董巨真傳，一時稱爲三絶。公餘與邑人士登山弔古，臨流賦詩。或至郊坰與野老牧豎談，觀風問俗，人不識爲長官也。改攝五河縣，五河近濱洪澤湖，爲淮泗下游。地處卑濕，民尤狡猾，聞公至，咸畏服焉。興營田水利五事上之大吏，次第舉行。大吏廉公有幹濟才，擢攝安慶府江防捕盜同知。盜賊爲之屏息，沿江居民安業。將調補歙縣，仍回全椒，疾作卒於全椒。公清正廉潔，卒之日圖書數簏而已。公生於乾隆十四年十一月一日，卒於乾隆五十七年九月十四日，年四十有四。娶王氏，户部候補員外郎諱之瑶女。子五，國、堂、亭、清、軒。女一。聞之叔祖瀛門公曰：省香公長身玉立，右手過膝，左臂因患疽少屈，然猶能彎弓習射，鵠發必中的。善奕，一時推爲國手。畫山水皴法不著色，嘗寫劍閣圖，能狀棧道險峻。家貧少藏書，借諸友人，一覽輒能記誦，逾日即還之。及宦游江南，喜蓄書畫，不下萬千卷軸。載小舟渡江遭風浪，沈溺殆盡。殁後歸里，又燬於火，存者僅矣。箸有《左癖膏肓》及詩文集若干卷，俱佚。後於敝篋中得《皖城集》一卷。嗚呼！使天假公以年，政蹟炳燿，當不僅以著作傳也。乃今並書畫亦爲造物之所忌，哀哉。道光十年十月朔謹傳。

華光鼐《先曾祖皖城集跋》：右詩若干首，曾祖省香公箸也。公官輦下時即與諸名宿互相酬唱，及出宰皖江所作益多。歿於官，遺稿散佚殆盡。向見《津門詩鈔》刻有公詩，知係家君摭拾。丁酉秋陶鳧薌觀察有《畿輔詩傳》之輯，家君搜索遺篇，彙紀程題贈之作得《皖城集》一卷。既郵寄數首，復録此册藏之行篋，數年於兹矣。今夏鼐於書櫝中檢得遺詩一紙，係公手書，宛好如新，良足寶貴。適家君里居多暇，詳加校對，謀付剞劂。命鼐志數語於末，俾讀公詩者猶想見當日提唱風雅，愛才下士之意云。道光丁未七月既望謹跋。

緘齋雜識：曾祖全椒公詩，《津門詩鈔》《畿輔詩傳》均有所采，而雜文更屬無多。余僅搜得《簪花圖跋》《曹明府傳》二篇，跋文四六，兹不録。曹傳云：公諱雲昇，字芳谷，號履平。先世居浙江會稽，祖汝楠始遷直隸通州。父焜，歲貢生，官河南遂平知縣。公生而穎悟，六歲讀書數行下，父愛之，然督課不少貸。年十五補諸生食餼，雍正丙午科舉於鄉，乾隆丁巳成進士。贅於天津徐公家，遂授徒天津。丁卯除湖南安化知縣，弭盜治民，政聲卓著。吴氏兄弟九人，以析産訟，有暮夜餽金者，公曰吾雖不及古人，然楊氏四知之言不敢忘也，堅却之。判令式好如初，九人感泣而去。會大金川用兵，沿途州縣應買馬匹，公捐廉買民間馬三十匹以應軍需。

及大金川平，還馬於民而不追其價。充丁卯科鄉試同考官，所取羅君典爲名解元。辛未調保靖縣，保靖，苗疆也。苗分二種，熟苗之黠者多緣胥吏爲奸。生苗目不識字，稍觸法輒文致之，當事爲其所誤，或置重典。公廉得其情，矜全數百人。修魁星閣，建書院以課士兼及苗人，俾就試，苗民入學登科自此始。乙亥五月公以疾卒於官，年七十有五。子四，長衛安、次驥隆皆國學生。次召南，乾隆甲午科舉人，山西藩庫大使。次景紱，邑庠生。均入籍天津。姨甥大興朱珪既爲公作墓志銘，余與公三子紫泉孝廉相知有素，故得即公之家傳而述焉。鼎元謹按：芳谷先生之孫泳字友蘭，號春湖，嘉慶甲子舉人，鼎元之外祖也。全椒公作傳時尚未結以婚姻，故傳中未叙及。

伯兄少梅先生光鼐 族姪金壽填諱

獨立蒼茫百感并，人間何處是蓉城。縱令世世爲兄弟，難遣今生未了情。

楊慎恭《壽眉詩草序》：詩亦文也而異於文，能文者固不必皆能詩也。然士果以千古自期，學非世俗學，文非世俗文。有真才，有真性情何患不能詩。予也，村中老塾師耳。狂妄不自量，恣意吟哦，自怡自賞。朋好四三人相與酬倡，未敢索賞音於朋好之外，而同邑同時之詩人抑亦未暇咨訪也。詩人梅小樹，予四三朋好中之一也，喜予詩，有作亦必示。予居城中文雅地，虚心結交衆詩人，得一詩人輒語予而其所極傾心者則曰華少梅。少梅年少卓犖，工詩兼治古文，尤好采輯先輩詩文。客歲於舊書肆中得予先王父少作詩稿，俾小樹付予，予心感之，因介小樹往謝。時少梅方養疴不出户，而齋中書未嘗束，硯未嘗乾也。相見如平生歡，坐談竟日，茅塞頓開。其識見之遠大，意氣之肫誠，有非他人所可及者，遂與訂交。夫予也，固村中老塾師耳。平居自怡自賞而究未敢自信，擬將拙稿繕録乞少梅爲我删定。予且漸與衆詩人聯屬之，而予之詩友豈僅一梅小樹哉，而少梅今則死矣。或謂少梅之病由於雕刻之勞心，其病而遂長眠也，由於久病仍勞心。嗟乎！然乎哉！今之孳孳爲利者，其勞心較少梅爲甚。今之病而將死猶耿耿於利且汲汲於身後之利者，其勞心較少梅爲尤甚。彼或身其康彊，或瀕於危而勿藥，有喜人欽之且天佑之。而少梅竟如是焉。嗟乎！然乎哉！少梅弟文珊，亦雋才也，編其兄之遺稿寄予選定。予謂讀少梅詩摯性真情，胥流露於筆墨之閒而清新蒼秀，傳誦之作居多，不必以工拙計也，然則少梅之詩非猶龍氏所云死而不亡者耶。少梅既亡，小樹又將遠游，予之詩友皆落落如晨星，更不禁感慨係之矣。爰書此以爲壽眉詩草序。咸豐七年丁巳子月。

楊光儀《哭少梅》詩：嗟嗟曉林死，我病在牀猶未起。今君復長眠，我病且無買藥錢。一病纏綿故人故，眼前歲月真局促。念君與我病少同，盍向人間更小住。少微星共海雲沈，騷壇風月慘不春。此日重來東觀室，斯人不見空沾巾。枯梧掛壁藥爐冷，射窗斜日光耿耿。阿弟爲我出遺詩，展卷鬚眉來俄頃。憶自訂交丙午秋，感君屢作他鄉游。匆匆離聚十二載，忽驚跨鶴緱山頭。吁嗟乎！死何悲，生何樂。惟有當年車笠心，風淒雨晦終不沒。哭君未已欲問君，地下新交今幾人。此去若逢黄叔度，道我支離病骨貧益貧。

梅寶璐《哭華少梅詩並序》：嗚呼！少梅死矣。憶自去秋丙辰遠客回津，聞君抱咯紅之疾，頻來問候猶能强支病骨與我論詩。每當月夕風晨，與令弟文珊塤篪互奏，分牋疊韻，頗慰下懷。復蒙代編先君子遺稿，採入《津門文鈔》。摯意深心，志存千古，雖嘔盡心肝未嘗釋手，知君固以詞翰爲性命者也。方冀調養漸瘥，副我厚望，乃秋風乍厲，遽赴玉樓。嗟乎！狂瀾既倒，變態紛呈，風雅寖衰，功名傀儡。與其生不逢辰莫若早辭世網，死又何必爲君惜哉。獨是椿萱并壽，棣蕚聯輝。氣亘長虹，室餘弱息。英年遽殞，情何以堪。嗚呼！少梅死矣。敗葉驚霜，幽蘭萎露。即日長埋地下，何時再晤。人間舊感，黄壚悲增。鄰笛招魂，空賦和淚爲詩。詩云：

西風吹折玉林枝，棖觸衷懷不自持。數到難回休論命，病成莫救況傷時。青雲未展淩霄志，白髮偏增遠道悲。縹緲蓉城如可住，秋紅萬里繫相思。清淚無多又哭君，眼前知己幾人存。歲寒交誼偕松竹，幽艷才華失李温。碧水丹山虚後約，琴囊詩卷共消魂。不堪再過論懷處，冷雨淒風日又昏。

于士祜《哭華少梅詩並序》：君其死矣我何生，爲回首曩時都成夢境。勉强拈毫，淚隨管下，天之喪君，天之喪我也。嗚呼！詩云：沈沈落月穿屋梁，西風蕭瑟催晨光。新愁舊恨觸緒起，振衣出户獨彷徨。突遇郭子向予道，文星朝隕詩人亡。念君染疴逾二載，確信此語非荒唐。憶昔訂交在年少，同心臭味芝蘭香。歌樓舞苑逞逸興，秋月春花入醉鄉。有時清談罄懷抱，滿天風雪夜連床。有時慷慨論時事，拔劍斫地氣昂藏。泮水之芹同采摘，青雲有路期翱翔。斯世賞音無牙曠，猶將偕隱水一方。一事無成君竟死，故人棄我何匆忙。入門難弟向予揖，壎篪聲斷增悲傷。登堂稚子向我拜，麻衣如雪含淒涼。猶是昔時讀書處，於今不聽聲琅琅。圖史狼藉紛盈几，瑶琴絃冷斜挂牆。肺肝嘔出同李賀，半生心血餘詩囊。故物仍存人已杳，令予觸目摧肝腸。撫棺長慟幾欲絶，嗚呼天道何茫茫。

緘齋雜識：伯兄光鼐字伯銘，號少梅，又號壽眉。幼聰慧，十歲學爲詩，出語已驚流俗。年十七與鄭文波、于鈎安諸公結社聯吟，於是詩日夥而詩境亦日進。越二歲甲辰受知於王愛堂宗師，補諸生，一時文名噪津邑。乙巳嫂氏來歸。丙午秋試薦而未售，時館家芳庭家，誦讀之餘嘗鈔撮邑先輩詩，每至夜分不輟。庚戌客京師，館賀杏槎刺史家。辛亥秋歸里。壬子秋偕鼎元應試，既下第，兄寓居京師。癸丑八月歸，是年冬粵匪擾津邑，兄目覩耳聞無不寄之於詩，而詩境變矣。甲寅夏隨侍家大人赴任開原，紀行詩頗多。乙卯病初愈，由開入都應試，計路程一千七百餘里，暑天山路殊不易行，兄身體虛弱，復加之以數十日勞乏之苦，遂抱咯血之病，至都病稍愈。時鼎元已於六月入都，旅舍會晤，見兄精神尚好，勉入秋闈。偕鼎元歸津，報罷病益深。病中編詩草四卷，復偕鼎元編《津門文鈔》三十二卷。暇復學琴，良友來訪輒正坐焚香，鼓彈一曲，興趣怡然。雖雨天風夕，良朋滿座，流連不去。鼎元追隨於後，值兄勞倦時輒勸兄稍息，而兄恃强不以爲苦也。病遂時作時止，心竊憂之。迨至丁巳夏病漸重，而鼎元憂之亦益切。博訪醫家，僉謂難愈。鼎元朝夕相依，方寸已亂。方冀調養静攝，人定勝天，俾鼎元長承誨訓。孰意天不余畀，竟使兄於八月十三日溘然逝世。鼎元此後常爲無兄之人矣。嗚呼，痛哉！時家大人遠宦奉天，弱弟隨侍於任。姪輩皆幼，鼎元年少家貧，而同居族人竟無一與議者，所有一切殮殯之事，竭盡心力，大費支持，未知能慰兄於九原否也。兄生平好學，雖酒後睡餘，手一編勿輟也。讀書精細，過目不忘，每與友人談論典籍輒能知其事在某書第幾卷中，按書校閱不爽毫釐。廣交游而不濫。訓弟輩嚴，鼎元獲益尤多，二十年來粗識事親修身之道，讀書明理之方，未敢稍滋罪戾者皆兄諄諄所教誨者也。兄生於道光六年丙戌，年三十二歲。詩清新秀逸，可傳者多，其全篇編入詩草，而零章斷句猶多可存。七言如：一劍難酬知己淚，十年虚抱濟時心。作書偏帶山林氣，煮茗都成風雨聲。家無生計愁何補，身爲耽詩病易侵。行藏未卜狂宜減，閱歷方深詩漸多。燕趙古多慷慨士，乾坤今有亂離人。半榻香煙尋舊夢，一簾秋雨動新愁。常貧歲月都忘老，久病情懷半似僧。濕雲繞樹隨風散，積潦侵階帶月流。半世疏狂餘破帽，十年潦倒負寒燈。千里冷官秦博士，十年清夢魯諸生。無計禦寒資酒力，偶因撥火悟詩心。五言如：年華秋色老，風雨客懷孤。遠林浮海氣，落日澹秋光。秋燈耿獨夜，歸雁戾遥空。野渡横秋水，荒籬倚夕陽。風兼秋葉起，雲帶晚鴉歸。雨收花有韻，風定樹無聲。皆詩稿未載者，附録於此。

津門徵獻詩卷七終

津門徵獻詩卷八

天津華鼎元文珊

費宮人

淋漓熱血灑宮袍，報答君恩仗寶刀。陸傳袁歌王柘跋，一齊潤色女中豪。

《明史·后妃傳附》：宮人費氏，年十六。自投眢井中，賊鉤出，見其姿容，争奪之，費氏紿曰：『我長公主也。』羣賊不敢逼，擁見李自成。自成命中官審視之，非是。以賞部校羅某者，費氏復紿羅曰：『我實天潢，義難苟合，將軍宜擇吉成禮。』羅喜，置酒極歡。費氏懷利刃，俟羅醉，斷其喉立死。因自詫曰：『我一弱女子，殺一賊帥足矣。』遂自刎死。自成聞大驚，令收葬之。

《明鑑》：崇禎十七年春三月，李自成陷京師，帝殉國，文武臣殉難者大學士范景文等。宮人費氏者紿賊爲公主，自成以配賊帥，費氏出不意手刃之，亦自殺。

吴偉業《綏寇紀略》：宮人費氏投井不死爲賊得，費詭曰：『我長公主也。』賊擁詣自成驗，非真，賞賊帥羅姓者。費又曰：『我非公主，實天潢也。將軍貴人，當冠服告衆以尚帝室女不亦榮乎？』羅賊喜，至夕，費伺其醉，竊利刃刺殺之。大呼曰：『我一宮人得毙賊一願自足矣！』遂自刎死。

《烈皇小識》：宮人費氏，年十六，投眢井，賊鉤出之，賞賊將羅某。費氏紿曰：『我帝家人也，義難苟合。惟將軍擇吉成禮，死生惟命。』賊喜，卜日置酒極歡。費氏懷利刃候賊醉，斷其喉立死，費氏即自刎。

毛奇齡《勝國彤史拾遺》：昭仁宮宮婢費氏爲賊得，自稱昭仁主，賊以獻自成，自成令宮監驗之，非是，以賜賊帥羅讓，費氏曰：『吾雖非主，然故名家子，必欲犯者須以禮。』帥乃張宴集諸渠豪飲，擁入室，費氏挾刃舂帥喉，連刺數渠，遂自剄。臨剄曰：『吾之不能殺自成，天也！』

毛奇齡《西河雜箋》：甲申之變，宮人費氏爲賊出於井，紿曰：『我長公主也。』以獻自成，自成曰：『主何號耶？』曰：『昭仁耳。』『何名耶？』不應，驗之老宮，非是，賜帥羅甲。甲輿歸將婚，費又紿曰：『我雖宮人，實巨家女也。今幸侍將軍，請召諸貴客爲嘉會可乎？』甲大喜，召諸帥豪飲及醉。費竊利刃請甲入，舂其喉，出請行酒連刺二帥，始自剄死。瀕死呼曰：『吾之不得殺自成，天也！』老宮曰：費嘗給事昭仁宮，因次公主幼無封號，嘗以昭仁主名之，故費稱昭仁。若長公主名徽娖，封長平公主。豈費時偶失記耶？

陸次雲《費宮人傳》：費宮人年十六，未詳其何地人。德容莊麗，懷宗語周后命侍公主，主絶憐之。宮人見上憂流氛昌熾，未嘗不竊抱杞人慮也。王承恩者，懷宗之近侍也。宫人私向之問寇警，承恩曰：『若居深禁，何用知此？』宫人曰：『惟居深禁，不可不知，而預爲計也。』承恩奇之。寇愈熾，懷宗憂愈深，宫人之問承恩者愈數。承恩曰：『若何不詢諸他人而惟予數數也？』宫人曰：『人皆泄泄，孰是以君國爲意者，吾見公忠誠，故相問耳。』承恩益奇之曰：『若云預爲計，計安出？』宫人曰：『設不幸計惟有死，要不可徒死耳。』承恩曰：『古人云，使生者死，死者復生，生者不食其言可謂信矣，若能之乎？』宫人曰：『請驗之異日。』有魏宫人者，年差長於費，亦端麗，素與費善。聞其言曰：『卿計甚難，吾不能爲難者，當其時惟一死以伸吾志耳。』承恩並奇之。甲申三月十九日李自成破都城，王承恩走報帝。帝與后泣别，宫中之人皆環泣，后自縊，袁貴妃亦自縊，帝拔劍刃所御嬪妃數人。召公主至曰：『爾年十五矣，何不幸生我家？』左袖掩面，右手揮刃斷左臂未死，手慄而止。隨與承恩至南宫，登萬歲山之壽皇亭自縊，帝居中而承恩右。承恩且從容拜命，而相隨於鼎湖也。時尚衣監何新者，趨入宫，見帝不得，見公主仆地，他宫人悉散走，費宫人哭侍其側，相與救之而甦。公主曰：『父皇賜我死，我何敢偷生？且賊至必索宫眷，我終難匿也。』宫人曰：『請以主服賜婢，婢當誑賊以脱主，顧安所往乎？』何新曰：『國丈第可也。』主授衣與婢而泣與之别，新倉皇負主出。李自成射承天門將入宮，魏宮人大呼曰：『賊入大内我輩必受辱，有志者早爲計！』奮身躍入御河，須臾從之死者盈三百。翠積脂凝，河水爲之不流，而香且數日也。費宮人目送其死而還，服主服匿眢井中。賊鉤而出，見李自成曰：『我長公主也，若不得無禮。』自成見其豐艷，心欲納之，而每陞御座輒神摇目眩，見白衣人長數丈者在前立，又恍如帝之辟易於其左右也，心畏之而不敢。以賜其愛將羅姓者，羅於闖衝陷攻取居首功，故自成賜之以酧勳。羅甚喜，宮人曰：『闖命吾不敢違矣，然我帝子也。爾能設祭，祭先帝而祔從難太監王承恩於其側，從容盡禮則從子矣。』羅更喜甚從其請。宮人泣拜先帝畢，併拜承恩曰：『王公王公，爾能死而復生以驗吾言乎，吾將踐平生言矣。』諸賊大張樂爲羅賀，羅痛飲大醉入内，宮人亦具酒爲同牢巹酌，又以大觥連飲羅，羅曰：『吾得子欲草一疏謝闖王，而愧無人。』宮人曰：『是何難，我能之，君盍寢，俟我撰就語君也。』羅愈喜，陶然就卧，齁如雷。宮人屏去侍女，挑鐙獨坐，聞中外之籟俱静。於是以纖指挾匕首，睨羅賊之喉刀刺之，羅頸裂，負痛躍起，屢仆屢躍而始僵，賊衆驚鬭，排闥救之已無及。時華燭尚明，衆見宮人盛妝端坐而無語，審視之，則已剄粉項而悠然逝矣。聞於自成，自成駭歎而禮葬之，遂以爲公主已死而不復索。陸雲士曰：夫子云『惟女子與小人爲難養也』，女子小人，宦官宫妾耶？宫妾如費、魏，宦官如王承恩，即丈夫君子何以過耶？余傳之以愧天下之丈夫而不丈夫，號爲君子而不爲君子者。

《歷代通鑒輯覽》：明崇禎十七年三月，京師陷，帝崩於煤山。宫人費氏投眢井，賊鉤出擁見自成，自成賞部將羅某。羅喜，置酒極歡，費懷利刃俟羅醉，斷其喉立死，因自詫曰『我一弱女子，殺一賊帥足矣。』遂自刎。自成聞大驚，令收葬之。

鄭澍若《虞初續志》：毛西河曰，宫人瀕死呼曰『吾之不得殺自成，天也！』蓋宫人初志在得自成，不能得自成而死，豈非天哉？豈非天哉？然亦足褫自成之魄矣。

王譽昌《崇禎宫詞》：惟貞惟烈身何重，行意行權恨少償。渾是折衝尊俎略，真看巾幗殉疆場。原注：『宫人費氏，年十六，殺賊羅甲，自刭死。』

史夢蘭《全史宫詞》：零亂烏雲數幅紗，液池風緊泣殘花。丹心欲雪先皇憤，殺賊曾聞有費家。

樊彬《津門小令》：津門好，軼事幾搜羅。楊柳營開周總帥，桃花血濺費宫娥，姓氏未銷磨。

袁枚《費宫人刺虎歌》：九殿鼕鼕鳴戰鼓，萬朵花迎一隻虎。女兒中有有心人，詭説儂家是公主。公主姿容世寡雙，色能伏虎虎心降。笑捋虎鬚向虎語，洞房請解軍中裝。一杯勸一杯，沈沈虎竟醉。刃此小於菟，下報先皇帝。紅燭千條撤帳光，白虹一道衝天氣。妾手纖纖軟玉枝，事成不成未可知。妾心耿耿精金煉，刺虎還如刺繡時。一刀刺虎虎猶縱，三刀四刀虎不動。帶血抽刀嘑向天，可惜大才還小用。吁嗟乎！城可傾，山可平，總是區區一點誠。君不見滔天狂寇是誰斬，霹靂不能美人敢。

陳大年《費宮人歌》：太白東出明夜月，欃槍橫斗精光發。内臣歌舞宴春宵，將軍劍戟沙場没。龍避長蛇上青天，鼠變猛虎入金闕。此時汾陽臢碑碣，眼中秋雨空流血。欲雪國恥者爲誰，宮中有女心如鐵。恨非男子握兵權，但憑短劍補天缺。傷哉天缺人難補，空持短劍尋蛇虎。猛虎長蛇巢穴深，碎肝裂膽殺一鼠。滿腔熱血盡已傾，再無一計復王土。仰天大哭雙眼枯，決意泉下侍明主。大義不是壯士心，獨與龐娥比千古。

張大復《費宮人刺虎歌》：宮人殺賊如殺虎，半夜鐙前血飛雨。宮人刺虎乃刺狗，一寸丹心恨萬古。當時帝后殉國家，六宮鼠竄紛如麻。連袂争投玉河水，潔身已自殊凡葩。費家女子志奇絶，報主不徒爲主節。深心貴主託穠華，一意勤王誅闖賊。誰知別配一隻虎，可憐辜負滿腔血。紿人一醉顔如花，報國三尺刀如雪。直入虎穴殲虎子，不共賊生共賊死。男兒殉身功無成，漸離荆軻徒冷齒。秦氏之休趙家娥，貫日精誠類如此。吁嗟乎！費宫人位不及充華尊，力不敵賁育倫。一時公卿多獻身，紛紛迎降盡將軍。慷慨行其志，忠烈出幗巾。姓氏昭青史，里居竟不聞。令我懷古思酸辛，吁嗟乎！費宫人。

高繼珩《費宫人故里感賦》詩：垂楊門巷夕陽多，蕙質筠心古不磨。自數青錢沽墨露，落花風裏弔貞娥。胸填義氣鬟揉藍，强學鴛鴦虎穴探。頸血淋漓膏匕首，至今片土壓燕南。

高繼珩《天津城内東偏費家巷傳爲明季費宫人故里》詩：君不見秦家白梃兵，桃花馬上曾請纓。殺賊直如殺雞狗，石砫屹立夫人城。又：不讀沈氏雲英傳，奪父虎穴身百戰。游擊銜加娘子軍，大書誌入蕭山縣。衰時義烈光閭里，憤結蛾眉不避死。宫庭突出女荆軻，壯氣英風堪鼎峙。甲申三月天柱蹉，二百嬪御沈碧波。宫人掉頭獨不顧，匕首雪亮懸胸窩。豐干何事苦饒舌，貴主芳名假不得。竟將厮養配才人，痛哭蒼天甘縱賊。宫人眦裂心忡忡，權將老革當元兇。泰山鴻毛等死耳，封狼血映蝤蠐紅。吁嗟乎！衣冠巾幗當時有，巾幗如斯真不朽。緑珠井與明妃村，艷事徒然挂人口。我來故里訪遺跡，堂前燕子無人識。當日門楣何處尋，故老難逢空歎惜。空歎惜，留桑梓，海潮夜挾陰風起。漆身吞炭將毋同，一著殘棋報天子。朅來憑弔不勝情，古巷斜陽感廢興。莫道費家秋色冷，西風衰草十三陵。

趙泌《費宫人》詩：米脂鼯鼠恣跳梁，縹衣氈笠升御牀。齊姜宋子充後房，殿前羅綺紛成行。費家弱息顏如玉，獨倚龍泉向天哭。英雄肝膽女兒身，荆卿聶政皆雌伏。詭託天潢計未行，元兇不合死都城。先教狐兔横屍泣，足使豺狼破膽驚。佚事沈淪二百載，遺篇好向稗官采。天驚石破此娥眉，非徒閭里增光彩。碧瓦朱甍半畝宫，靈旗蕭瑟捲秋風。莫將巾幗圖遺像，魂魄歸來亦鬼雄。

梅成棟《費宫人故里歌》：析津之水東南流，逆之則剛順之柔。渟瀠正氣生女子，能爲君王報國仇。龍登天，虎犯闕，御溝流水流成血。萬朵宫花葬碧苔，一枝勁草淩紅雪。明家養士三百春，殺賊乃出費宫人。大才小用滄桑變，此恨蛾眉總未伸。蘭釭燄緑陰風慘，刺虎不畏遭虎噉。想見金釵下手時，射虜將軍無此膽。吁嗟乎！青史模糊考未真，人言故里在瀛津。門楣想像今何在，委巷猶標姓氏新。地以人傳名未朽，斷非出自悠悠口。銀缾留井比應同，石柱流芳人有偶。吁嗟乎！地不必羣山萬壑赴荆門，宅不必浣紗溪近苧蘿村。美人白骨終黄土，宫女丹心有烈魂。

廟祀千秋久自彰，詩人載筆著芬芳。至今奇氣鍾難竭，奕世猶傳殷鳳娘。

樊彬《鎮海門内費家巷相傳爲故明宮人費氏居址同人作詩弔之率成絶句》詩：擊節悲聞刺虎歌，芳踪千載未銷磨。當時虎口逃生者，愧此擒王氣節多。降表何人列姓名，龍泉夜試一軍驚。蜀宮花蕊空才貌，未解胸中貯甲兵。萬歲山前烽火連，珠啼粉怨總堪憐。傷心莫唱圓圓曲，一樣紅顏兩樣傳。招魂空自向東華，可有雲軿返故家。眢井至今磷火歇，更無人弔玉鉤斜。

馬壽齡《天津城東偏費家巷相傳爲明季費宮人故里》詩：蛾眉慘緑聞鼙鼓，塵昏九廟豺狼聚。龍髯墮地痛先君，魚腹沈波葬宮女。宮中有女暗吞聲，梨花一枝春帶雨。烏紗紫綬欠丹心，紅顔白骨終黄土。不若儂爲賊之餌，賊爲儂之虜。以身餌賊戡虜胸，此事從容亦千古。那識蒼天故縱賊，遣人代喫刀頭苦。將儂送入虎口來，小小於菟我能乳。如魚在釜肉在俎，一生一死我與汝。男兒畏賊如畏虎，女兒殺虎如殺鼠。虎身腥濺血淋漓，手提虎頭報太祖。人言縱虎擒虎事奚補，填胸奇憤難傾吐。君不見張良一椎中副車，荆軻一劍中銅柱。須眉作事或無成，何况鸞闈人楚楚。太監殉君女殺仇，愧死文臣弄文武用武。大明養士三百年，不在朝廷在宮府。吁嗟乎！聶嫈爲其弟，趙娥爲其父。摩笄爲其夫，墜樓爲其主。帬釵報國更寥寥，青史成堆指難數。我到津門偶問津，人指宫人生長所。滄桑已定江山局，名姓不隨草木腐。海風吹送魂歸來，殺氣逼人毛髮豎。丁字沽頭咽水聲，女貞花對青磷舞。

梅寶璐《題費宫人遺像詩并跋》：宫人天津籍，城内費家巷傳爲宫人故居。當明季甲申之難，宫人以宫幃柔弱之姿，不惜玉碎花殘，捐軀報國，可謂大義森然矣。獨怪邑乘略而未載，其事跡見於《明史》及稗史。陸次雲有《宫人傳》，袁枚有《刺虎歌》，傳奇有《刺虎》戲目，傳演至今，莫不以志大功小爲憾。然貞心義膽洵爲烈女之冠，豈止增光里黨、壯采山河哉？先君子啟梅花詩社，社中以弔宫人故里命題，一時歌詠甚盛。今余又獲覩宫人遺像，傳爲余秋室太史橅本。仗劍徘徊猶覺森烈之氣溢於眉黛間，想見含悲刺賊時，未嘗不歎報國仇者竟在小女子手也。嗚呼！天數難回，千古同憾。一例諸鬚眉男子，豈荆卿、豫讓、要離輩所能比數哉？詩曰：柔弱宫娥解報恩，大才小用恨潛吞。而今二百餘年後，寫入丹青表烈魂。青史模糊碧血新，崚嶒劍氣更彌綸。同仇尚有秦良玉，殺賊勤王到美人。貞心如鑑數難徵，遺恨空憐太液凝。應化西山萬峯雪，寒光長照十三陵。

許敦彝《費貞娥樂府》：虎猖狂，君后亡。滿朝朱紫走且僵，甚者願爲虎也倀。瑣瑣爾宫人，乃抱烈士志。身不畏虎噬，手欲得虎刺。陰風颯颯，腥風飀飀。三尺白刃，飽此老饕。死從君與后，壯氣餘秋濤。嗚呼！三百年來曾養士，報愁殺賊獨有一女子。

楊光儀《費宫人故里歌》：思陵日冷冬青樹，三十六宫不知處。刺虎偏饒烈士風，阿儂生小津沽住。津沽東去接蓬瀛，津沽之北連幽并。俠骨雄心出巾幗，蛾眉不鬥尹與邢。宫人入宫窘天步，倉皇九殿煙塵生。龍髯墮地攀不得，擬斬渠魁報君國。朱樓天半飛劫灰，緑水燕南斷消息。哀憤何心問母家，深宫夜宴燈花碧。瞥閃霜鋒洞賊胸，縱横狐鼠驚霹靂。李代桃僵計不成，瓊枝旋折胭脂滴。故園女伴感滄桑，曾見鈿車入帝鄉。機絲聲斷蓬門月，寶蓋煙籠御案香。帝鄉翻作干戈藪，奇事驚傳泣阿母。春雨波寒楊柳津，芳魂夜返桃花口。桃花零落柳絲飄，杜宇年年恨未消。輦路香塵埋碧血，家山斷碣入風騷。閒關過客停車問，春酒鄰翁翦紙招。執筆有誰采逸事，海雲縹緲蒼旻高。故國淪亡二百載，夕陽門巷依稀在。驀地驚塵賊騎來，危城重閉鼓聲鱤。萬落千村一炬燒，珠沈玉碎何慷慨。慷慨捐生愁陣雲，更從沽上揚清芬。擣衣石冷悲風動，挑菜畦荒殺氣昏。裙布釵荆殉白骨，頹垣廢井飛青磷。翻嗟纖手誰殺賊，不似當年刺虎人。君不見昭君村畔羣山繞，曹娥江上月皎皎。千秋勝蹟屬裙釵，某水某山耐搜討。可憐西苑玉鉤斜，坏土埋香空蔓草。

王栢《姚朗山明府詠費宮人故里詩跋》：朗山先生官爲大令，家在津門。偶話鄉山遂示光什，極詩人之能事，刻燭而吟；感烈士之壯心，敲壺欲碎。蓋天津城内費家巷者，相傳爲前明宮人費氏故里云。夫玉鉤斜邊，二分明月，素馨田畔，十里花光。不過坏土之埋香，非比裙釵之殉國。懷古者方且因西苑而悲隋帝，想南漢而弔劉君。況宮人生本良家，長歸禁内。當奉帚平明之際，忽動煙塵於九重。在如花滿殿之中，獨答君恩於一劍。照天耀日愧降臣之反顔，賸水殘山借美人而生色。而此一條曲巷，磷火寒青，幾片斷磚，莓苔慘緑，前朝已去，舊宅都非，尤宜謳楚些以招魂，歌虞兮而下淚者矣。當夫潼關失守，虜騎長驅，甯武既亡，京師震動。漆城蕩蕩禦寇無方，人心摇摇懸旌難定。紙鳶斷信，誰彎救月之弓。鐵牡開關，亂射驚天之弩。遂使君王掩面，血淚流衣，鶴語堯崩，烏號軒去。嗚呼！慘矣。斯時也妖星犯紫薇之垣，毒霧罩紅雲之座。六宮痛哭，三殿沸騰。宮人乃笑對渠魁，詭稱公主。雄探虎口，澹掃蛾眉。以李代桃，教星替月。西子是越溪之女，意在沼吴。紀信乘沛公之車，計將誑楚。假令天方助順，寇不稽誅。戀跐豸之嬋娟，入洞房之窅窱。則紅摇燭影，青閃刀鋒。立搯長狄之喉，直裂蚩尤之髀。血濺短黄裙畔，頭懸太白旗梢。宮人之功奇矣，天下之心快矣。豈料吞舟漏網，未戮鯨鯢。揚刃摩天，但覿犀兕。割雞辱牛刀之用，搏兔費獅力之全。未免喚荷荷於臨終，恨綿綿而不絶。然而斬單于之梟將大震天聲，誅高峻之軍師先寒賊膽。業已精忠雷赫，結憤霜飛。昔要離之刺慶忌擊殿鷹蒼，荆軻之入咸陽貫日虹白。豫讓漆身吞炭，報平生國士之知。子房破産椎秦，爲五世相韓之故。雖名高今古而身是男兒，則宫人者豈不絶後空前，增華耀采哉。嗟乎！地老天荒，慘澹紅羊之劫；海枯石爛，模糊白鹿之牌。魂化鶴歸，猶是當年城郭；血嘑鵑冷，可憐一曲家山。春水丁沽，女星午夜。考兹黄籍，補陸傳所未詳；寫以烏絲，較袁歌而更好。

緘齋雜識：宫人小字貞娥。舊傳津城内費家巷爲宫人故里，疑即天津衛指揮僉事費敬族人也。道光年間，邑先輩創立梅花詩社，有詠宫人故里詩。各體俱備，無美不臻。豈獨爲宫人吐氣，抑且爲津邑生輝。竊思宫人貞魂烈志，洵爲千古奇人，以視夫從軍之秦良玉、破賊之沈雲英，實堪鼎足而三。

譚烈婦陳氏

道旁祖餞綵張鐙，會葬千人感歎增。經誦蓮華消宿業，僅持一鋌付尼僧。

《縣志》：烈婦湖廣陳氏女，生而娟秀静好，與凡女異。長適蘇州譚應宸，爲故江西巡撫安某紀綱之僕。巡撫罷官，卜居天津，氏夫婦從焉。家本舊姓，執婦道愈恭。壬申夏六月應宸卒於疾，氏涕泣哀甚，以死自矢，人且疑其誕。越三日視夫殮畢，乃搜篋衍得夫所遺三百餘金上之主夫人，僅持一鋌留付尼師，俾誦蓮華經以消宿業，復舉簪珥之屬散給同輩。泣拜夫人，刻期自殉。夫人始大駭異，再四慰留，曰：『我孀居久，汝其伴我。我視汝如女，汝其無死。』氏長跽再拜曰：『夫人休矣，妾方少艾，苟不瞑目其何以報良人。得早就木，妾之幸也。夫人休矣，妾從此辭。』衆知志不可奪，遂告諸當事，當事遣吏慰解，氏默不應。既而慷慨自言：『王者以節義風勵天下，亦良有司之責也，而顧諭妾以不死耶？妾志決矣，無多言。』吏錯愕謝去。夫人痛氏不果留，爲張棚道左。促具黃腸，目視髹漆。衣履首面之飾，纖細皆備。更列殽核，羅酒醴，如祖行客。蓋氏不食已三日矣，至是始御匕箸。言笑自若，無異平日。上而夫人，下及儕輩，握手欷歔，泣數行下勿顧也，酒三行曰：『可以死矣。』乃自經，時觀者如堵。臨穴之頃，會葬者以千計，咸嘖嘖稱烈婦不置云。

緘齋雜識：烈婦陳氏殉夫事在康熙三十一年壬申夏六月，吾津沈苑游先生起麟爲作傳，以表彰之。《縣志》小傳，即苑游先生所撰傳文也。

孫烈婦程氏

蘿蔦牽絲怨結婚，心如皎月照夷門。十年未醒梨花夢，雨霽幽蘭句並存。

《縣志》：烈婦程鑰女也，名德輝。幼沈敏讀書，過目輒成誦，嘗取殘燭藏之以佐夜讀。長工詩，性謹密，不以示人。隨父客懷慶，得故人子孫泓，天津人也，妻之。初婚之夕，夢吟『梨花空自落』之句，意以爲不祥。久之泓客夷門，歲或一二返。返則相對一室，往復今古，雖嚴師友不過也。已而泓病，病遂歿。無子，程氏以死自誓，旋因繼嗣未立，復强起。泓之未歿也，與程氏依父居，常在懷慶，至是，以舅在津宜奉養，遂返津焉。朝夕進甘旨，無不先意承志。綱紀家政，咸有禮法，鄉黨翕然稱之。泓歿六年，弟明生一子，曰紹賢，程氏以爲子。越明年程氏夢泓來迎，遂作書告舅，自明從死之志，闔户自縊，卒年三十三歲。卒之夕，有白氣起於室中，赤鳥翔於户内。生平作詩甚多，卒前一日盡焚之，存者《雨霽》《幽蘭》等數首而已。

《長蘆鹽法志》：程氏小字德輝。幼慧，工吟詠。適孫泓不數月而泓死，氏欲以身殉，遵舅諭，俟夫弟生子繼爲嗣。後越三歲，夫弟得子，甫三朝，氏潛寄書報父，焚其所著，自經死，時年三十三。

《秋坪新語》：德輝其先紹興人，從其父鑰來天津，遂家焉。幼沈敏，書一二過輒成誦，嘗取殘燭藏之以佐夜讀。既長明麗絶倫，而幽閒貞静出自性生。雖工於詞翰，祕不示人。隨父客懷慶，得故人子孫洪，亦津人也，見其文秀翩翩，遂妻之。初婚之夕，夢吟『梨花空自落』之句，意以爲不祥。久之，洪客夷門，歲或一二返，相莊一室，往復古今，嚴師友不翅也。已而洪病歿，無子，德輝誓死相從，滴水不入口，既而起曰：『夫子未有子，我再死，誰爲繼嗣者，是絶吾夫也。』於是復强飲食。方洪之未歿也，與德輝依父居懷慶，至是以舅在津宜奉養，遂返天津。朝夕進甘旨，無不先意承志，綱紀家政，咸有禮法。舅若忘無子也者，鄉黨翕然稱之。後六年，洪弟明生子紹賢，德輝以爲己子。踰年夢夫來迎，乃作書告舅，自明從死之志，其略曰：『兒生不辰，壞牆齎恨。藐若寡鵠，上累椿庭。始以白首無期，黄泉可卜。顧殤子不嗣，恐若敖餒，而昔人言，就死易，立孤難，兒何人斯敢圖其易哉？今幸螟蛉類我，勿遺夫以伯道之憾。菽水承歡，漫致親有史雲之憂。羹湯洗手，恩酬愛日分合常依。獨是生者托奉色笑於彤幃，死者誰驅螻蟻於黄壤。舉案挽鹿之謂，何而竟以幽明異視哉。況梨花空落，夢讖初婚，命薄自天，分應早謝。儻欲未亡人同穴俟白首而後，不且貽夫子泉臺有懸望之鰥耶。興言及斯，食息都廢。所願慈幃鞏同山岳，兒雖九泉埋骨，三生含笑矣。』遂闔户自經，時年三十有三也。其夕，室中白氣竟丈，觸窗而出，一鳥赤如火，回翔户内，良久乃去。生平所爲詩甚多，卒前一日盡焚之，存者《雨霽》《幽蘭》數章而已。浮槎散人曰：人樂則願生，苦則思死。節完嗣立，奉舅終身，誰復舍身爲快哉？乃從容就義，視死如歸，視夫一時激烈慷慨捐軀者，不尤爲難之難歟。正誼明道古大賢事也，猗歟巾幗日月争光矣。

《津門詩鈔》：烈婦程德輝《雨霽》詩：雨餘晴自好，暮色藹林端。斜景淡相媚，小窗空復寒。花明如欲語，鳩逐不成歡。滿徑蒼苔滑，含情獨倚欄。又《幽蘭》詩：紉佩相參欲怨誰，國香原不要人知。祇應空谷佳人共，翠袖單寒日暮時。

《敬止述聞》：程節婦德輝，孫洪室。甫嫁而寡，欲以身殉，念舅老應奉養，且無子而止。越六年，洪弟明生子紹賢，立爲嗣，遂作書告舅明從死之志，闔户自經。

緘齋雜識：烈婦名德輝，邑人孫泓妻，山陰程錀女也。按錀字北堅，晚年自號果庵。年十六來津遂寓焉，少孤，事母孝。博極羣書，著有《斑管録》七十餘種，《豹隱齋詩文集》若干卷。好施濟，遇匱乏者傾囊贈之。德輝之能讀書，以節烈著者有由來矣。

高烈婦魏氏

身死名堪垂百世，緣何身死恨難忘。方苞孫坦朱紹夏，爲護女貞揚古香。

方苞《高烈婦傳》：烈婦魏氏，天津縣産灘人。雍正十一年，年十七，歸縣民高爾信。高僦屋官廒東，與宋某同宫，庭宇相望。某妻與烈婦有違言，數構之於其姑。十二年六月，烈婦將歸甯，其母遣從子自銑迎。適高嫗及爾信皆出，某妻走告其姑曰：『汝婦與人通，入户即探囊金與之。』復嗾東西家無藉者數人闖入交鬨，强解自銑衣，脅立借券，不則共證之。烈婦呼銑曰：『亟鳴之官，若書券，我即死。』烈婦銑暗弱急求脱，執筆欲書，烈婦望見即引刀自剄。衆嚇自銑且誘之，卒書券。烈婦死因以券爲徵，有司莫辨也。既當自銑大辟而後知其寃，以矜疑繫獄，乾隆元年赦免。邑之學儒者朱紹夏、孫坦爲文以標白之，而致於余。嗚呼！烈婦遭怪變謂惟死可自明，而即用其死以成獄辭，徒以銑之券耳。人心之抏敝至此，吁！可畏哉！傳其事以志烈婦之隱慜，且使爲吏者鑒焉。論曰：古之聽訟獄者，必悉其聰明，致其忠愛，以盡之。疑獄汜與衆共之，世有鳥獸行，而能殺身以自明者乎？自古婦人之義皆以死而彰，魏氏則既死而猶暗鬱。《易》曰『日中見沬』，又曰『載鬼一車』，聖人繫辭，以爲世戒，有以也夫。

周焯《題高烈婦傳》詩：姑懟疑難釋，官嗔法自任。誰能翻鐵案，一爲剖冰心。激烈横長劒，咨嗟付短吟。聖朝無枉獄，冤魄豈終沈。

緘齋雜識：烈婦魏氏事在雍正十二年甲寅，《縣志》之修在乾隆四年己未，而《縣志》未載，蓋斯時烈婦之冤尚未明也。余讀《望溪文集》，内有《高烈婦傳》，且知同里孫、朱二先生尚有文以傳烈婦，今皆不得見矣。僅將望溪文列之於右，庶不使貞魂烈魄終歸湮没耳。

金烈婦丁氏

冢列纍纍姓氏標，三人成衆起清飆。聞風繼有金家婦，更向高原伴寂寥。

《縣志》：烈婦丁氏，金振妻也。振本籍山陰，寓天津久，遂家焉。以授徒爲業，常匱乏，丁氏以女紅助之，使振無内顧憂。蓬户湫隘，每進食必以禮，閨門内肅如也。振無子，丁撫繼女如己出。屢勸振置媵妾，振不應，丁密以婢徐氏納焉，生二女，撫愛益甚，然卒無子。乾隆元年夏，振被羸疾，百計禳療不效，八月振歿，晝夜號泣不絶聲。是時，外無强近親族，内無尺帛斗粟，解衣鬻器，始克襄事。事畢即不食，妾與繼女力勸進食，丁素待女慈，重違其意，勉進醨粥數勺。久之殉志益烈，夜半伺妾女俱寢，即就柩前長跪自縊。貧不克殯，郡縣爲捐資以葬，時年三十八歲。格於例，勿獲旌，郡人咸哀之，爲立碑紀其事，附葬於陳氏、諸氏、裘氏三烈婦墓，士人稱四烈云。

查禮《節烈四婦歌并序》：天津舊有三婦合葬焉，一爲譚應宸妻陳氏，一爲阮奇玉妻諸氏以烈死，一爲趙某妻裘氏以節死。乾隆元年八月十八日金振妻丁氏，無子，視夫含殮畢，旋殉柩側。里人請諸當事，與三節烈合葬，稱節烈四婦云。詩曰：二君不見文文山作正氣歌，津城節烈何其多。父老向予説三婦，往往涕泗爲滂沱。二婦不受强暴污，秉貞浩氣還太和。一婦食貧甘苦荼，冰心鐵骨玉爲質，不羨膏粱華腴珍羞羅。凡此棱棱不可屈，堪比蘇卿持節牧羊坡。三冢纍纍一坏土，丈二碑碣字不磨。碧天霜月何皎潔，羞照人閒含羞妖冶嬌翠娥。聞風興起金氏婦，夫殁無子奈少何。照見古井水不波，泉路匪遥矢靡他。里巷聞之各酸鼻，莫不心欽足頓手摩挲。嗚呼！從來烈節天所鑒，公道在人相護呵。今兹四婦合爲一，各行其志同香窩。聖世采風重節義，表厥宅里樹婆娑。豈無鬚眉愧柔骨，高風松柏同巍峨。

《津門雜事詩》：秋漲黏天迴不分，青蒲獵獵水沄沄。一坏知屬陽侯護，翦斷銀波四烈墳。原注：『秋霖浹旬，積潦瀰望，獨四烈墳孤峙水中不没，四烈者陳、諸、裘、金四氏也。』

《沽河雜詠》：育黎堂畔話前聞，指點荒郊四烈墳。秋潦瀰漫墳不没，若除墳外水沄沄。原注：『《天津縣志》四烈墓在西門外育黎堂右，墳旁低窪，秋霖浹旬，四望瀰漫，獨四烈墳孤峙水中不没。』

《津門百詠》：墓前石碣一行分，憑弔城西烈女墳。雪虐風饕松柏樹，敢將蔓草比羅裙。原注：『烈女墳在城西，初名四烈墳，今七墓。』

緘齋雜識：四烈墓在津城西門外，育黎堂左大道旁。《縣志》既云金烈婦丁氏格於例未獲旌，而學校類復稱丁氏於乾隆四年旌。蓋節婦以三十歲請旌爲合例，烈婦不拘也。今墓旁增至十一家，其續增者爲殷氏鳳娘、李氏黑姑、梁貞女、尹貞女、史貞女、節婦李氏張廷年妻、章氏董有智妻，七人也。同治八年己巳，友人胡小帆倡議重修。

邢烈婦殷氏

取義成仁志不凡，梗頑莫化費鋤芟。孝貞並重能交盡，揆理原情律意嚴。

劉君成《邢烈婦傳》：烈婦殷氏，津邑城北良家女也。父起奉早喪，兄二，國梁身故，國柱赤貧，謀生外出。母周氏，爲媒妁所賺，年甫十六配邢文貴爲繼室，乾隆六年五月内母又以貧故自經。邢文貴者，津邑村民也，其母趙氏性悍，少妖冶，有淫行。今色已衰，誘長媳程氏復續其醜。先文貴娶于氏女入門，隨亦逼其倚門賣笑，氏不從，趙懼母家，藉他故逐去。繼娶烈婦伶仃孤苦，謂可頤指氣使也。婦貞潔不許，姑屢加捶楚，守志愈堅，夫姑合謀乃淋以沸水，熨以炮烙，膚盡潰爛，志益不移，輿論不平，歌謡傳播。余廉訪其事，適津邑張令因公入省，隨飭委縣尉周子按驗，並令詰問烈婦，一得實情即移婦他所，以全其生。婦乃託言生瘡並無他故，其夫姑之狠毒，以及己身之慘苦，絶不一吐。尉欲驗其傷痕，婦復以裸體不可官長見爲拒。余知婦秉性忠厚，雖垂絶不肯揚夫姑之惡，心益敬而憐之。越日張令自上谷回，余歷道始末，屬推訊之，令亦爲之錯愕髮指，無何婦以絶命報矣。令驗其杖痕淋烙等傷，身無完膚。而是日傾城往觀者，無不唾罵其夫姑而快，婦之負屈得伸也。其姑猶狡飾，以婦傷爲瘡毒，曾延醫調治。令隨召醫審問，醫詎曰：『瘡也。』令批其頰曰：『爾曾見瘡如是者耶？』醫乃以實具供，邢以百錢買藥云爲瘡耳，實未細察也。令拘姑與長媳及夫文貴，一訊盡得其狀，執法懲之，於是觀者無不同聲稱快。嗚呼！古之殉節死者，或手操青刃，或頸紆素練，一旦引決固不乏人至。若身受湯火，命在垂危，甯舍身取義，殺身成仁，而守節不屈者，即鬚眉丈夫亦不數數覯，況巾幗中乎？且當官臨訊，形神慘惻猶甯死不彰夫姑之穢，豈特節烈可稱而孝行之昭然，更出人意表矣。余不禁悲其志，慟其慘，而嘉其節孝之兼全，爲之作傳焉。雖然若非賢令虛公推察，則婦之明大義，苦節慘死，又何以遺徽彤管，照垂百世乎？

張志奇《邢貞婦傳》：貞婦姓殷氏，天津人。早喪父，一兄赤貧，覓食於外，貞婦獨與其母居。有邢嫗者，故娼也，自詭爲良，度貞婦母可欺，紿爲其次子婦。已許之後，有謂貞婦母曰：『彼何人，乃與爲婚，誰復至汝門。』母度已無可奈何，恚憤卒。貞婦竟歸邢氏，爲邢文貴繼室。貞婦時年十六，其姑於是日夜教以所爲，貞婦不聽。其夫亦私謂貞婦：『我家衣食在是，汝奚辭？』貞婦拒益力，蓋以是遭笞罵者數矣。其嫂程氏從容謂貞婦曰：『吾知汝志矣，然我亦良家子，初不願爲此，亦遭折挫，圖苟活耳。且子不知叔前室于氏婦乎，以不聽姑被出。彼于氏族大人衆，姑度不能制，乃與決。吾知汝孤單，徒一兄且貧，何能爲？』當是時，貞婦自度無能脱，惟拚一死以俟。去年嘉平月，貞婦卧床褥不起，鄰里莫不知其故，憐貞婦必死，久衆口益騰，聞於郡守劉公。公方以飭綱紀、維風化爲己任，遽命縣尉廉其事有跡，問貞婦何患苦，貞婦曰：『瘡耳。』將驗之，貞婦曰：『吾一婦人病，豈可裸體見官府？』再三詰之，終不肯道所以。時余方公出，及歸，劉公亟趨余省其事，則貞婦已報死矣。往驗，狀自首至踵，遍體無完膚，逮問其夫，婦姑始猶狡飾，研鞫得其情。則以教貞婦爲娼不從而榜笞之，炮烙之，又以沸湯澆其下體，備極慘毒，必置之死地以蘄貞婦之悔，而貞婦卒不悔，遂死。時爲乾隆七年正月二十一日也，貞婦死時年十七。余爲買棺而葬之西郊，與四烈婦墓並列。奔送者數萬人，咸嘖嘖稱歎，謂貞婦於今不死云。論曰：貞婦之死烈矣，而至死不彰夫姑之惡則有類於知大體者。彼一寠人子何以然，夫必白其志而死則猶有意於後世之名。貞婦惟知守其身以不辱其母，他何計焉。儻所謂求仁得仁者耶，天地之性惟不鑿者克全之，故愚婦之死彌貴耳。津邑聚五方之民，煙户百萬，一聞貞婦之行莫不涕泗交頤，戟手唾駡其夫若姑，蓋民秉之彝於是一動焉。嗚呼！非動以天孰能與於斯。

陶正中《書天津紳士哀挽邢烈婦詩傳後》：予以乾隆七年夏四月，奉命來津。

津人士咸嘖嘖邢烈婦遂志捐軀，瀕死不願彰姑若夫之惡，能文者爭爲詠歌紀述，以哀其志。當事采而存之，將以申請於朝矣。蓋客冬十二月事也，以余見聞所及，於婦心跡誠無閒然，獨其詩與傳，皆以烈目婦有未愜於心者。兩間忠孝經常之理，不以男女貴賤異稟。惟不幸值人倫至變，艱苦百折，卒能孤行己意，肫然皭然，不渝其素。不與忿激舍生者同科，蓋彼奮發於崇朝，此纏綿於歲月。致命有難易，故也。方姑若夫之非禮，使婦而慘毒交加也，婦寧蘄一死，明其不污。顧倫理至大，分義至重，願留一線血誠。庶幾姑嫜之幡然改悔，而創患可以漸復，身名幸獲兩全，不依然一良家婦哉。至於昊天勿鑒，視息莫延，婦死而生者之罪，直揭通國矣。此宛轉牀第時所欲排九閶而呼籲者也，論者乃以視死如歸目之，過矣。且觀其婉言紿拒，堅謝勿藥，婦之識力尤有足多者。創鉅痛深之際疇弗念號訴，攀援可緩須臾毋死，特以死生有正命。我固婦人也，别嫌明微，豈以危苦昧踰閾之戒，以延我朝夕。夫亦曰順時委運，守吾正命焉。爾是則易烈爲貞，庶於婦爲稱情乎。廢厚别之防。故昭昭此身，可剸金刃，可投水火，決不可使他人褻見而憐拯之，抑又思目婦以貞猶爲徇未而遺其本。誦《凱風》之什，頌母曰聖善而自咎曰無令人，故曰天下無不是之父母。邢氏子頎然壯盛，服賈力田，贍母何無長策，乃隳行亡耻，罪惡固有歸矣。一娶弗從，而遣之再娶，弗從又重創之，遂成其母不令不慈之名，殆有章縫婦惟遇人不淑，以至此極也。其不忍傷親之心，隱而彌顯，久而益摯，婦於是乎，秉禮之士所弗能過者。君子觀於厥姑之不忍遣去且藹然醫來療治之，克諧以孝矣。惜乎創竟不起，而慈順弗彰，抑其底豫之象，確乎有幾也。爲更益一言曰，貞孝庶幾無隱善、無溢美歟？當事諸鉅公均有風教之責，負人倫之鑒，爰書此蘄是正焉。

張晉生《挽貞婦殷氏》詩：君不見百尺樓中身一擲，又不見望夫山頭化爲石。從來貞節亦有人，殷氏心跡光竹帛。命不逢辰自幼孤，秉性端莊家清白。結褵誤中媒氏賺，姑趙淫穢苦促迫。里巷憤憾氣不平，作爲歌謠傳街陌。太守劉公素精明，遴員委婉核其真。絶口不言夫姑惡，含冤隱忍屈莫伸。弱質村閨正氣存，不愛繁華便貪生。折磨縱苦身何玷，矢志靡他命亦輕。越日身死畢此志，舍生取義邁等倫。十七春光隨逝水，魂依杜宇潛悲辛。賴有賢明張明府，秦鏡高懸盡得情。觀者如堵共稱快，從今草木亦知名。天乎蒼蒼日月黄，如何私照激烈傍。懔若冰霜潔如雪，特申大義明綱常。昔年殉節慕衣冠，今日完名巾幗香。噫！人生百歲皆有死，此婦獨與天地相久長。

魯鍔《挽貞烈殷氏詩并序》：殷氏女年十六，邢氏構媒誑其母娶爲婦。入門以穢行逼焉，母聞之抱恨死，氏益孤堅自矢。姑嫂備極慘虐，終不屈，事聞於府，剖於縣。氏垂歿，究無一言自表。噫！難矣。謚法清白守節曰貞，正而固曰貞。貞女稱曰烈，氏則可謂貞烈矣。不稱婦，不予其夫也。系其氏爲殷氏，榮也；削其室不爲邢氏，辱也。詩曰：至堅不可磨，大白不可涅。濁水清蓮花，出污標奇節。卓哉殷氏女，性柔心如鐵。毓秀本寒素，勵志探冰雪。綽約十六齡，緬懷賢淑列。委禽從所命，逆境甘挫跌。堪嗟姑若嫂，中冓羞難説。良人胡不良，忍將珠玉褻。汩没入淫溪，欲挽轄歸轍。薄言往訴誰，母心已哽噎。悔被浮雲遮，泉路冤魂結。氏也形影孤，淒清幾欲絶。聒耳鴟鴞鳴，伏枕杜鵑血。臂指盡可捐，至性難磨滅。棰楚未爲尤，炮烙未爲熱。但願完吾貞，於心無虧缺。鬼神紛且驚，輿論憤欲泄。採風遇賢明，冤剖義乃晰。氏究無一言，惟聞聲嗚咽。心明身已亡，幽貞星日揭。

張有瀾《節孝吟并序》：皇帝御極之七年，山陬海澨，浹髓淪肌。津門爲扶風馮翊之區，切近邦畿首善之地。先沾教思，首被風聲。乃有圭竇蓽門，釵荆裙布。豈解詩書之大義，堪垂今古之儀型。處變以全其貞，遇逆而將以順。捐生不必慷慨，就義出以從容。松柏昂霄孰謂培塿非所産，涓流赴壑誰云江漢始朝宗。彰癉之權操乎此邦之循卓，闡揚之意切於彼都之士人。游踪所及，樂道維殷。竊以爲其節不可及也，其孝尤不可及也。爰爲《節孝吟》以紀之。詩曰：劬勞父母恩，昊天同罔極。惡之不敢怨，子心方自惬。以婦事姑嫜，稍已分畛域。姑慈婦克順，彤管便垂式。婦也有子孫，亦如新婦德。此語至今傳，欲使後人識。卓哉殷氏女，煢煢一弱息。蓬户掩桑樞，家近大河側。不學紅粉妝，祇解當窗織。朱絲怨耦繫，青蓮汙泥植。所天歎不良，非禮恣凌逼。家法倚市門，衆枉豈容直。湯鑊與火輪，視若清涼國。金因煉愈剛，錦以翦成幅。長吏廉其情，庶幾剖胸臆。世俗類如此，孝婦不可測。捐糜及頂踵，怡然無愠色。多方掩姑惡，天災自支飾。含笑歸泉臺，抱璞免戕賊。日月慘不光，鬼神悽且惻。頑嚚亦人心，應悔向狂惑。吾黨博古今，斯人豈易得。況於巾幗中，敻乎更奇特。節勁孝復純，貞珉宜共勒。

沈起麟《邢烈婦詩并序》：邢烈婦殷氏，母爲媒妁所誑，誤適邢文貴。其姑素有淫行，娶長媳程氏逼令媚所歡，從之。及氏于歸復行故智，俾倚門獻笑，氏誓死不從。遂日加棰楚，矢志益堅。更沃以沸湯，灼以炮烙，慘酷備嘗，終不少屈。輿論大爲不平，聞於太守劉公，命縣尉周君偵探并驗所傷。氏諱姑惡，詭辭以瘡對，且言露體不宜見官長，力却之，尉嗟歎去。氏逡巡死，縣令張公鞫姑與夫得其實。

痛懲姑惡，禁文貴於囹圄，擬其罪如律。葬氏西關外四烈塚内，樹碣表其墓。劉公爲氏立傳，徵詩附後。詩曰：屢設邪謀誘倚門，心如冰雪斷難温。已拚晨夕供棰楚，底事摩挲計杖痕。潔身寧肯辱泥途，苦勵貞操甘茹荼。任取沸湯澆弱體，不教塵垢涴霜膚。鐵骨棱棱質甚堅，一生名節獨能全。忍將炮烙行威逼，寧惜捐軀鼎鑊前。輿論紛紛盡不平，喧傳姑惡果非輕。祇因不正難從順，生死千秋有定評。郡侯遣尉細推詳，何忍言姑肆毀傷。露體肯教官長見，婉言辭謝幾迴腸。遍體鱗傷劇可憐，芳魂渺渺早歸泉。慘施毒手真堪恨，冤抑憑誰一洗湔。鈴閣燃藜太守賢，憫伊貞烈若爲傳。纂成事蹟書銀管，採向輶軒入史編。曲江仙吏解飛鳧，雙手能將名教扶。執法如山成鐵案，爰書親定豈容誣。四烈墓中添一冢，更鑱石碣表芳名。成仁取義稱同調，把臂相期赴玉京。立志捐生不辱身，縱遭殘酷豈含嗔。弱齡剛決尤難得，巾幗誰能匹此人。

朱函夏《殷貞女哀辭》：何淑人之閔凶兮，臨湯鑊而節以亨。琴焦尾於爨下兮，難爲鄭衛之淫聲。稔孱質其已糜兮，苟無召父誰汝矜。將超離於禍水兮，俾羅刹喪其所憑。豈嬋娟之莫痦兮，胡瀕死靡以自明。諒辭旨有所承兮，姝姝媛媛爲冥行。無所逃而待烹兮，其恭也彷佛申生。余讀易至明夷兮，用晦所以利艱貞。雖馬壯不能拯兮，入左腹不出門庭。夫惟順受其正兮，磨兜無語没以寧。

緘齋雜識：烈婦殷氏死時在乾隆七年壬戌，一時文人墨客歌詠其事，篇章甚夥，劉太守彙爲一集，名曰《彤管流芳》，刊而傳之。余於書市中僅覓得殘帙一卷，内載詩什有紹興魯鍔、毘陵張有瀾、山陰劉文煊、大同武啟圖、蜀西張晉生、商邱紀復亨、仁和潘世仁、山陰沈世達、會稽范家相、三韓曹炳、紹興王廷璋、吴灝、嶺南周祖稷、大興章天垣、宛平查爲仁、紹興徐錧、大興段修仁、黔南劉君成、吴興温應元、山陰沈名掄、會稽邵錫琮、潞河曹雲升、吴興徐雲、紹興金玉岡、山陰劉浩基、沈燿、無錫諸輝烈、大興趙松、會稽章紳、紹興全鳳岡、劉名勳、山陰沈名掞、静海韓寀、紹興沈文鈵、錢塘王企曾、紹興葉岡齡、雲間吴尚忠、紹興金玉珽、廣寧佟蘗、山陰黄承勳、無錫趙葶、雲間張鏞、山陰王維四、大興章天墀、紹興顧元治諸君子。津門則有沈公弘模、劉公曜、王公猷、徐公金楷、于公廷獻、崔公岱、黄公祐、李公輝、姜公森、徐公國松、姜公忠義、王公烈、周公焯、孫公際震、胡公恂、牛公兆泰、丁公時顯、朱公培慶、邵公利達、解公良棟、陳公吉亨、沈公起麟諸先生之詩，鴻篇鉅製，均與烈婦並垂不朽。兹不備録。

張烈女

對親從未蹙雙蛾，志懍冰淵矢靡佗。昔日讀書明素願，果然勁節媲曹娥。

《長蘆鹽法志》：烈女名懷清，死後合葬於壻墓。

周人麒《張烈女傳》：烈女者，明經張廷錡字鼎彝女也。明經世爲天津士族，任俠負氣，信義所在蹈水火弗顧。女生甫七歲，聞父雒誦木蘭從軍詩欣然注聽，明經愛之，以爲類己，授之書讀輒解。一日手《烈女傳》一編，明經叩所願，女舉孝女曹娥對，明經默然。稍長，習針黹藝出羣女。明經家故貧而性嗜飲，女以十指之入時爲貰杯酒，明經顧之色喜也。年十九許字同邑王垺。垺年逾弱冠，早得咯血症，時作時止。越二年，不得娶後將請期矣，忽以一夕卒。女聞之色變，母氏戒家人防之。翼日晨起，女言笑若平時，家人以其無戚容，弛防護。傍午父兄俱出弔王氏，母患暈方假寐，女促嫂及妹當畢女紅之未畢者，曰我當備午餐。視廚中甕水涸，呼老僕汲水滿甕，復注水於另屋釜中，屬幼婢執爨火，自入廚摘蔬，引刀著几案閣閣有聲。少頃，復至嫂妹所訊鹽米贏虛狀，嫂妹益不疑，女旋疾入廚無動靜。久之爨水沸，婢呼女不應，往推門，門閉，乃大呼。家人驚覺，趍從窗隙窺之，見女半身倒出甕上，急壞門救出之，首罩一帕氣已絕。時乾隆十二年丁卯三月二十日也，女年二十有一。明經聞故趨歸灑淚曰：『嗟乎！竟有是哉！吾女自曩年授書時已兆今日沈淵，讖矣。』周人麒曰：禮稱取女有吉日而死，壻齊衰往吊，既葬服除。夫死亦如之。若是則烈女可無死也，而竟死，固明經之素教使然，抑由其天性之剛與夫國家風厲之澤之入人深也。烈女養父志近仁，顧空名近義，引決從容近智，勇如斯人而得之冠蓋須糜以濟國是，詎非中流砥柱哉！不幸身爲女子，而又所遇之窮以摧殘其生命也，悲夫。余又聞烈女嘗欲弔殷節婦墳，殷節婦者亦天津人，身遘奇酷以自表見，墳在城西門外。嗚呼！彼皆婦人女子耳，而乃能若是。

牛琳《張烈女懷清殉節徵詩文啟》：《衛風》因共姜以詠，《柏舟》一死表中河之節。孟郊爲烈女而製琴操，千秋見井水之心。乃有甫議委禽便成寡鵠，未踰奠雁已作孤鸞。栗冽等於秋霜，晶瑩過於潭水。譬彼延陵之劍，生前心許徐君。亦猶荀爽之門，死後屍還陰氏。標其姓字，天文介柳星翼軫之閒。溯厥家風，乃父列上舍明經之選。如烈女張懷清者，用貞靜作操持，以綱常爲性命。好惡之正，見端於毀齒之年；死生之機，呈兆於垂髫之日。方其口談常語，耳聽稗官，聲近淫哇則羞惡形於顏色，事同俠義則欣慕繼以論評。非關後起之遷流，斯乃先天之芳烈。時方待字，年已及笄。兄豈張玄，無慚閨秀。才非道韞，許配王郎。詎知二豎之見嬰，難問三星之何夕。初傳凶信，鵑鳥之魂頓飛。既有成心，蛾眉之色轉定。慈親委曲用解其哀悰，烈女從容乃獲其死所。九泉不惡，借勺水以遂于歸；百歲終亡，飲清流以全古義。地上無齊眉之日，甕中有合巹之天。其夫家既同穴是求，而執事亦旌門有請。撫茲甃盎，貴可以擬瓊華。掬乃渟泓，香可以生黼座。非止評高月旦光被一隅，行將事列貞珉芬留奕業矣。在昔洛陽才子，爲文弔懷沙之忠臣；其後邯鄲詞人，勒碑傳入江之孝女。緬徽音之卓爾，成藻采之斐然。方今薄海文人應共馳聲於翰墨，顧此空群節義定須揚烈於風霜。或贊銘或歌詠，胥無悖乎葩經之正。或列傳或誄文，藉以伸其苦志之誠。豈無惠逮一聯，間有褒加數字。用示典型，以維風化云爾。

程可式《張烈女》詩：之子稱閨秀，牽絲尚待嬪。寸心悲蚤折，一死了前因。殉節依瓴甃，完名問水濱。不緣虛奠雁，忍作未亡人。

趙松《挽張烈女懷清》詩：豈不惜沈璧，此心誠許君。仰天已失所，入地復何云。一甕香泉水，千秋烈女墳。風謡知慕義，咸爲播清芬。

紀昀《張烈女詩并序》：烈女天津人。未嫁夫死，自溺以殉。蓋乾隆十二年事，追賦此詩。詩曰：去年三月二十日，我自津門泛舟出。海雲東北生，烏鳶鳴噪急。舟人收舵驚，相呼惡風白浪來天末。黿鼉盤擲四塞昏，魚龍撥剌長河溢。羲和日車不敢行，六螭飄忽愁相失。三百六十軸，大地疑汩没。杳杳冥冥中，鬼神泣嗚咽。未測造物心，何事驚倉卒。誰知烈女命，正以斯時畢。吁，嗟乎！不爲木蘭即爲曹娥，憂來傷人淚滂沱。妾身雖未嫁，一言既許安有他。但愁黄泉下，未曾相識其如何。我感其事，爲悲且歌。今夕何夕，愴懷實多。簾幃舒卷，戛戛聲磨。孤燈忽暗毛髮立，精靈仿佛雲中過。悄然神悚不敢坐，空庭颯颯生風波。夜半開門望天地，盲風暗雨如翻河。

緘齋雜識：烈女爲貢生張公鼎彝之仲女。憶咸豐丁巳春，余與諸同人創立廣善惜字社。所收字紙内檢得烈女事績一本，載有周衣亭太史傳文一篇，牛崑圃太史啟文一篇。而啟文内列名者二十人，則沈公起麟、王公麟、劉公曜、沈公雙龍、曹公逢泰、朱公函夏、邢公珽、白公玢、程公可式、周公人鳳、梅公瓚、張公志彬、牛公琳、王公緯、江公錕、李公玘、姜公森、于公模、于公豹文、張公文運也。

金烈婦章氏

投環忍負齊眉誓，絶粒虚拋割臂盟。春雁歸來人莫返，痛深言語發心聲。

《長蘆鹽法志》：章氏，金讓妻。沔陽知州天垣女，工詩。讓病篤，氏刲臂鬻湯以進，不起。氏三十七，誓以身殉，投繯幾殞，家人救免。氏摧痛深酷，尋嘔血死。

梅成棟《書金烈婦章氏殉夫事》：嗚呼！人之有奇節者恃有奇氣，抱奇氣者始完奇行。是在男子爲難，況求之巾幗中哉。棟聞金烈婦事不禁心爲之悲，而涕爲之墮也。今年冬十一月二十日會飲於外氏，酒間談古節義事，内兄金麗江慨然太息曰：我家有奇人湮没近五十年矣，惜無有文而傳之者。余家十二叔父，年二十餘聘章氏，南皮縣人。嫻禮則通文墨，與叔情好綦篤，生一女名小玉。未幾叔病瘵危篤，章侍之勤辛備至，醫巫俱無驗。一日流涕跪大士前割右臂肉雜藥瀋以進，叔飲之而愈。叔生母陳察知之，泫然告叔曰兒活矣，幸善調攝，汝妻割肉啖汝矣。叔聞之泣歸室，問章驗視不可，强之解裹相示創痕訌潰。覽之驚怛，病又作加遽。章悲悼又割左臂以進，卒以不起。含殮之日，哀哭踊擗悶絶移時。抵暮托言浴，遣婢媪抱女出，自縊於室。族人來弔，見寢户闔，怪之，窺窗得狀驚呼。有言弗救以成其志者，姑不可，以首觸扉痛欲俱死。叔兄破門解救甫蘇，顧問左右曰：『孰解我者？』曰：『大伯』，曰：『大伯奉母命，義當救。』自是晝夜防閑之，迄葬盡禮，以奉其姑。居半載姑勸歸寧以寬其哀，歸南皮數日女病殤，復返於金。一日立中庭聞雁聲仰天歎曰：『雁有歸時，人無返日，我何生？』爲賦詩粘壁閒，諦視而哭，不食六日死。嗚呼！視死如歸，從容就義。此古偉男子之所爲，竟出於紅閨弱質，抑何奇哉。聞章氏媛婧柔婉而輕捷，能跨獰馬。性明悟，無書不覽。父孝廉也，官江南某州刺史。簿書錢穀佐之，綜理甚悉。父歿扶柩歸，次旅店中盜十餘人夜來刦，女居樓上叱問盜曰：『汝等利吾財物耳，勿犯吾母，行囊盡以畀汝。』舉數箱樓上擲下之，盜鬨然去。臨事毅然得決舍之義，與不顧破甑者同，此何等氣識耶。此得非人奇必其氣奇，氣奇故其節奇耶。古來之虧名辱節者類由奄奄無氣之所致，其校章氏何如哉？

《津門詩鈔》金烈婦《見雁》詩：此身孤寄似浮雲，忍見泥金舊嫁裙。春雁又來人不返，一天淚雨哭離羣。未知鴻雁爲誰來，嘹唳聲中百種哀。只恐有書將不去，雙飛何日到泉臺。

緘齋雜識：烈婦章氏，金讓妻。讓字允恭。樹君先生於道光二年壬午爲文以紀其事，並稱至今將近五十年矣。約略計之，烈婦之死，乾隆丙申年以後事也。讓弟誥，妻魏氏，年十六而寡，絶粒死。

王烈婦劉氏

古井無波百事灰，芳魂已去復歸來。獨憐轉念猶初念，誓死何妨第二回。

劉壽眉《春泉聞見録》：堂兄少穆次女九歲失怙，余欲嗣爲女，因隨任在浙不果。辛卯歲，余抵京知女已字楚南姊丈之次子廷琦爲室，與余叔姪而甥舅焉，心竊喜之。年十九出閨，琴瑟篤好。逾歲姊丈故於閩，長甥謀食山左，家計日窘。是時余族叔名煦者任順天教授，廷琦就業兩載遂入泮。方幸克紹箕裘，詎意一病而逝。是夜女自經以殉，家人驚救得甦。余以繼子侍姑勸勉之。女曰：『叔休矣，若兒者侍姑有伯，守節無孤。生則徒重親憂，死則可全婦道。與其作無益之未亡人，何若遂從一之初志乎？叔休矣。』言之慷慨，大義昭然。余謂姊曰：『是女之志已決，亦命也。』未幾翦乳絶食，苦楚萬端，殆不忍言。而女視死如歸，從容就義。若節若烈，可憫可嘉。族叔煦曰事可旌也。遂請旌。余恐事久湮没，於乾隆五十四年己酉鎸旌節録，以志幽貞。跋後如左。

緘齋雜識：烈婦劉氏，寶坻劉公少穆女，天津庠生王公廷琦妻也。廷琦之父名棟，號楚南。十二歲入邑庠，有神童名。貌韶秀，性温和。工書善畫，亦爲劉氏壻。初任東城吏目，調南城。後官於閩卒。

毛烈婦朱氏

哺兒甘抱蘭心痛，奉母渾忘萱背憂。不幸蘭摧萱又萎，殉夫素願始能酬。

梅成棟《毛烈婦朱氏請旌啟》：竊惟型方礪俗，首重彝倫。激濁揚清，端推孝義。兹有孝烈孀媛毛朱氏者，嘉慶庚申科舉人、内廷謄録毛凌皐之妻，處士朱浩女也。幼長清門，夙明閨訓。秉懷淑慎，賢名早著。乎娱親賦性幽閒，禮則更傳於作婦。儒門淡泊頗高荆布之風，窶室辛勤足辦虀鹽之素。欽讀書之可貴五夜分燈，備孝享之多儀三餐敬饋。既博高堂之愛，復洽闔室之歡。詎意氏夫賢書甫就，構癘中年。氏湯液扶持，燒痂潤垢。股凡再割，争知莫救其生。禱有千番，誰料難回其命。當是時也，淚漬衾帷之血代死靡方，情摧綿惙之魂彌留在即。而氏已心懷曒日，誓赴義於重泉。志殉所天，務捐身於同穴。家人莫不垂泣，親戚爲之吞聲。幸而慈姑悲挽，誰與伴此殘年。因之夫弟哀留，謂當撫兹在抱。氏深明大義肯絶所生。低佪攬涕謹遵萱母之言，憔悴哺兒甘抱蘭心之痛。從此清齋茹素，强笑承歡。如母女之相依，絶周親之請見。無奈蒼蒼者偏摧所愛，呱呱者相繼而殤。以濕推乾，淒絶一場春夢。風悲雨慘，蕭然廿載寒冰。氏之所遇可謂窮哉。斯時欲遽踐乎前言，又恐重傷夫母意。姑含荼而茹蘗，轉愉色以和顔。論者感氏之孝也，雖歿世蒿簪已可副所期於靈匹，即畢生髽髻不足酬素願於賢雄乎。不幸於甲申年五月二十四日氏姑病歿，氏踊身一痛久切摧肝，絶粒三朝深悲刺骨。然猶躬親含殮，附於身者罔或不周，手製壺觴，哭於靈者伏而莫起。寸懷既了，九死奚辭。任苦口以無聞，知冰腸之早決。嗚呼！青綾三尺，霜殘貞女之花；碧血千年，精貫孝娥之石。斯即烈士無此從容，通儒遜伊詳審者矣。夫氏完其節，完其孝，百行無虧；殉於夫，殉於姑，一誠不泯。風聞既確，月旦非誣。願祈褒揚，用陳芳潔。

緘齋雜識：烈婦朱氏，毛鶴泉先生之室也。鶴泉與樹君先生同舉鄉薦，相友善。故烈婦之殉樹君爲作啟文請旌，可謂不忘死友矣。今特録出，俾讀者有所考。憶前此則有諸氏阮奇玉妻、丁氏金振妻，二人皆自縊以殉夫者也。頗與朱氏事相類，朱氏其繼起者歟。

張烈婦趙氏

節比松筠貌比花，鶉衣百結漫諮嗟。冤仇已復貞心慰，美玉全無一點瑕。

梅成棟《張烈婦傳》：天津東沽村民張起爲御車者外出，母爲人傭，妻趙氏獨居，一子甫襁褓。嘉慶十一年丙寅十二月除夕，氏爲人勒斃，鄰告其姑往視，見屍遍身戮傷，旁有翦刀一。詢之同院張守亮，云是夜外出不知也。覓其孫，或言在同村田科家。田科者，兇狡無賴之尤者也。兄田會亦無賴，憑科之焰，肆虐鄰里。姑往伊家察問，會妻云黎明出門，見兒啼於岸憐而哺之，不知誰氏子也。姥來甚善，可便攜去。姑問伊媳死狀，田兄弟瞋目叱曰：『活汝家幼子不謝，誰知爾婦死耶？』姑抱兒歸，卒莫知氏之所由死。十二年丁卯二月張起歸，欲鳴之官。地保雲仰泉沮之曰：『事無主名，鳴官徒累無辜，且汝有何資斧持訟耶？』田科兄弟恐累及之，託息其事。許布二疋，錢五千並爲代娶一室。張允之，有成説矣。氏舅許獨不可，促張起入城鳴冤。縣宰往驗，拘張守亮、田會、田科、雲仰泉質訊，雲已逸去。許指名田科爲凶手，宰難之。許曰：『兒在科家，科又浼雲寢訟，非科而誰？』科悍不成訊，守亮云：『此事或雲仰泉知之，小人不知也。』行文捕仰泉，數月未獲。於是將科囚禁，餘皆散去，已成游案。科之兄田會憫弟在獄，赴都察院控冤。時英煦齋先生和奉旨來鞫，公初訊固疑科之凶頑而極口稱冤，又少確證。因熟思問田會曰：『幼兒孰得之河岸者？』曰：『小人子得祥出溺見兒啼於岸，抱歸。』公曰：『爾子年幾何？』曰：『十餘齡。』公喜曰：『得之矣。』拘田得祥至，隔别訊之，食以果餌。曰：『此案汝父與叔俱承，爾曷詳言之？』得祥曰：『此事胥我叔所爲，叔與張起有隙，起婦有姿。偵起出，飲張守亮以酒，曰夜啟門，事諧謝汝。是夜五更叔歸，身帶血蹟，告父曰我已殺張起婦矣。父大懼，適張守亮來與叔耳語移時去，旋抱幼兒來付我母，其詳乞問張守亮。』嚴鞫之，亮曰：『小人開門，科入婦室，婦業屨燈下。科調之啗以利，婦怒詈。科推按欲强污之，婦大聲呼。科以翦刀威嚇，婦詈愈厲。遂連戳之，血湧愈喊。科提其兒付我，曰伊不從，速擲諸河。小人擲之，婦慘呼益詈。科命取繩，適壁上有車繩，遂環其頸勒斃。科拖其屍而擲之冰上，科去。小人懼往科家商之，復拖屍回置諸室中。此實情也。』衆皆讋服而科獨堅執，公加熬問，或哭或笑，或叫罵萬端。會雲仰泉自關東捕獲，質之所供胥同。公毅然申奏曰：『此案田科起意圖姦斃命，張守亮貪賄加功。而該犯狡展，凶頑殊甚。祈速正典刑，以慰烈魄。』奏下田科梟示，守亮擬絞，氏旌獎。郡民稱快。嗚呼！氏之烈也，聞勘驗時嚴冬單衣，百結如鶉。牀閒堆敗絮纍纍，貧孱若此。驟遭凶暴，誘以利，劫以威，以爲無有不從者。乃動以賄不污，戕其軀不污，殺其子不污。保身完名，卒以死殉，抑何偉哉。葬氏之日，弔者遠近數千人。莫不唏嘘泣下，歎氏之烈而又祝公之仁也。

緘齋雜識：甚哉，趙氏之烈也。夫壻遠別，慈姑外傭。釜無宿糧，篋餘敗絮。天寒歲暮，牀上哺兒。夜静燈昏，窗前業履。處常則安貧若素，遇變則視死如歸。摧所愛而情益悲，刦以威而心不動。嗟乎！東海恨長，精衛之寃誰白；南山讞定，女貞之樹終青。

宋烈婦吴氏

三尺吴綾拖血痕，何勞宋玉與招魂。殉夫不愧清門女，阿舅心傷淚眼昏。

《雨汀詩話》：李甸之芳田曾自誦其挽李烈婦詩云：貞烈頻年出海門，褒榮叠荷九重恩。如何大節成完璧，竟使奇寃到覆盆。血染黄泉春草碧，魂飛白刃海天昏。

女甥地下如相問，阿舅於今尚淚痕。其女甥爲吴念湖太守孫女，嫁宋氏子，前數年夫死自縊故云。

緘齋雜識：烈婦吴氏，宋某妻。吴念湖太守孫女，李甸之女甥也。余讀甸之挽李烈婦詩末句附及吴氏，急爲録出以表彰之，恐致湮没。津門徵求者鮮，如吴氏而湮没不傳者，又不知幾何人矣，可勝歎哉。

張烈婦董氏

葛沽村畔認兒家，一死何須萬口誇。石縱可移心不轉，孤根忽放女貞花。

馬壽齡《張烈婦歌》：千古誰人不惜死，不惜死者氣爲使。然事未終死塞責，死固可憐亦可恥。嗟哉張烈婦，巾幗彼哉彼。乃能生慰夫心千里外，死殉夫骨九泉底。爲生爲死能兩全，死以氣更死以理。憶昔于歸伴夫讀，半夜聞雞促之起。青雲壯志未能酬，時乎爲貧事經紀。夫曰親老弟則幼，仰事俯畜竟誰恃。爾若成我孝友名，擔重千金全付爾。婦乃不一辭，笑而應曰唯。爲夫事親，親視婦猶子。爲夫撫弟，弟視嫂猶姊。晝侍高堂奉甘旨，夜坐空床辦針黹。針黹積累甘旨豐，家不嘑饑仗十指。翁姑未衰叔長矣，爲擇佳偶好配梁伯鸞。待主中饋同進姜詩鯉，寄語夫君夫色喜。謂婦宜家弟有室，遠游不累門閭倚。那知夫病却歸矣，病魔逐隊隨行李。前生欠此一面緣，了一面緣溘然死。吾夫既死妾亦死，妾身贅疣安用此。懸梁三尺不沾塵，抱石一拳自沈水。九死得一生，家人救而止。又苦咽喉嗚咽不下咽，一翦刺入咽喉裏。翦利忽鈍刺不深，血痕亂迸珍珠紫。家人又救得不死，妾身未死心已死。妾身徘徊强留此，人皆勸以義慎終必如始。汝夫尚生孝友之名惟汝成，汝夫既死千觔之擔汝毋弛。婦心自念兄死尚有弟，妯死尚有娌。弟能侍杖履，娌能奉滫瀡。生者更相依，死者立而俟。叔娣能代兄嫂勞，夫婦争如路人視。決計早籌算，餘喘猶牀笫。久之意若安，隄防非昔比。豈知急故示以緩，正乃出於詭。伺有隙可乘，仍試舊時技。一條命繫一條繩，到底鴛鴦會雙死。妾身已死心亦死，妾心從容本如此。嗚呼！世間小丈夫，動曰吾有死而已。不知一死事奚補，况其命不值螻蟻。有如烈婦夫存代娶弟之婦，夫没因囑夫之弟。當如兄嫂事翁姑，乃别翁姑殉夫子。可死而死死得時，傳之千秋乃不死。我愛闡幽光，談及香生齒。風聲期遠揚，歸而筆之紙。張其姓，董其氏。天津葛沽村，爲婦舊鄉里。嘉慶某年月，終距夫亡月餘耳。若令此手能傳人，馬遷不愧龍門史。

緘齋雜識：庚午冬，撿舊書簏得當塗馬鶴船先生《泥漆瓦三硯齋詩》鈔本，見有葛沽《張烈婦歌》，急爲録出。又聞任邱邊袖石先生亦有張烈婦詩，其起句云：論人須聽萬人口，傳人僅出一人手。惜未見全稾云。

于烈婦劉氏

輿疾歸家事事乖，中心勞瘁骨如柴。人間絶粒將旬日，地下鴛鴦伴侶偕。

梅成棟《于烈婦傳》：烈婦少孤，父劉㣑早歿。母楊氏青年守志，撫氏姊弟三人，煢煢相依。佐母氏以十指糊口，嫻禮則寡言笑。適同邑于維琛，結縭甫三月夫往開州業鹽筴，六載未歸。翁姑俱七旬，前室遺一子纔弱齡，氏撫如己出。奉堂上敬養備至，終日操作，夜爇一燈課子讀。道光五年乙酉春，夫輿疾歸，氏憂慘無人色。藥餌營求數十晝夜，四月二十九日歿。氏痛絶，移時甦。先是侍疾時日飲不過杯勺，傫然柴立，猶晨夕司炊。五月初八日早間起居翁姑畢，奠於靈筵，哭不成聲。持火營爨，姑見其踉蹌行，勸之少休。甫就牀忽閉目刮席，血從喉湧，仆而氣絶，蓋絶粒已七日矣。嗚呼，烈哉！時年二十有八。或謂氏尚有母在，當留其身以侍之者。嗟乎！此豎儒責人無己之論，用以繩閨門也，豈通論哉。人之成奇節者惟恃此百折不回之情，義無反顧耳。古來虧名辱行，貽恨終天，大抵初念毅然，敗於轉念之遷就者居多。何足以知氏心哉。

緘齋雜識：《縣志》載唐氏，千户孫佑妻。佑卒，氏年三十，悲痛不食死。陳氏，朱元善妻。年二十八，夫病晝夜療視不去牀簀。及殁氏哀號絶食四日死。今烈婦劉氏結褵甫三月，夫即出門謀食。氏上養翁姑，下撫弱息，六載於兹矣。詎意夫輿疾而歸，病成莫救。氏遭逢不幸，絶粒以殉。較之唐、陳二氏，尤足稱焉。

王烈婦李氏

冰雪胸懷鐵石腸，揚芬敬酌素梅漿。寒閨弱質誰同調，絶似殷家小鳳娘。

梅成棟《書烈婦李氏事》：道光丙戌七月二日。棟自齋中歸，見老嫗三五人聚談巷口，嘖嘖歎息，曰：『若個好女子，遭此慘毒，誰爲出氣耶？』有泣下者。轉數巷，見一家門首，人如蟻擁擠不得前。有自門内出者，莫不蹙眉，曰：『氣息僅屬，死在旦暮，荏弱女子，剛烈如斯，可惜嫁此種人家。』余聞而益怪之，詢一媪，曰：

『此家王姓，母子媳三口，媳自戕，今官來驗視耳。』問『何不愛生？』媼搖手曰：『難言也。』隨避去。余亦悵然歸。越日，轟傳天津又出一烈婦。清晨到館中，見庖人李小二伏地痛哭。問之，曰：『小人妹名黑姑，年十九，去歲適王姓。每歸寧，淚痕被面，不願行。小人母訊之，又不肯言。昨二十六日，其家送信曰妹病。母往視見，妹困卧，頸痕深寸許，血濡濡不收。問之無言，奄奄一息，未絕。母泣守之，至夜分，忽微甦，睜目見母，徐曰孫二擒往否。母曰孫二何人，妹復不言。母堅叩之，始吐其實。曰孫二，姑之義子也，充運署隸，時來我家與姑飲，姑逼兒供奔走。伊兩人穢言醜態，略無避忌，兒心恥之。以禮自防，姑不怡，輒尋釁詈毆，必孫二來一言始解。後微示意，教兒順從。兒肯以清白之身玷及宗祖耶。姑銜恨刺骨，數月來無日不叫罵絶兒之衣食。孫二猶乘閒來調謔，兒嚴拒之。然察二人意，知必不免。潛蓄一刀，防不虞。六月二十四日，姑晨起以木棍毆逐其子出門。是晚，姑移襆被來，曰我伴汝宿。兒心悸不能寐，交四鼓，始朦朧睡去。姑潛起開門，兒恍惚見一人閃入，直逼兒卧處。兒陡起拒之，伊强力按抑。兒滾叫，姑來塞口。兒見兩人相逼且氣竭矣，遂取枕畔刀自抹，血湧心迷，不知人事。久之，微聞孫二與姑耳語曰，伊已死，幸無知者，我明日走避，爾自説他夫妻角口，潑悍自戕，此案可了。語畢去。時兒方覺臥血泊中。姑呼同院高九抬兒上牀，拭血換衣。高九呼地保來，許以錢，求其代報。此後兒俱不知。天乎！兒捨母去矣。我家孱弱如此，誰爲雪此恨耶？母血淚交涌，闔目不再能言。絶粒三日，飲以水，從喉間出氣，壅胸膈墳起如石。母悲痛欲絶。呼小人赴縣聲冤。太爺來驗視，王大供依孫二教，高九與王大供同。小人當場辨争，官若不聞。小人妹竟白白死矣，能不慟乎？』越三日，女死。庖人李小二匐匍縣轅求澈底根究，邑侯緝孫二至，略施掌責，示意差役爲寢息焉。李母子哭求數十次，勿問。嗚呼！典教不明，宵小猖獗乃敢爲强暴之事。小女子呼天無路，不得已，始以死自全。爲民父母者，伸法以懲凶徒，猶稍慰貞魂於泉下。而反縱之，且從而憐恤之。使玉碎花殘者含冤賫恨，千載難消。猶曰我以不殺爲仁。嗚呼！此何仁哉。余不忍烈魄之湮没而芳名之不彰也，同社諸君各賜題詠，以表徽音，使垂不朽。知風教浸微之日，尚有皎皎霜姿扶持世道，如烈婦者，爲可敬也夫！可歎也夫！

馮柏年《書李烈婦事後》：讀烈婦李氏事髪竪眥裂，復不覺淚涔涔下。孫二何人，恨不得而手刃之。獨怪爲民父母者坐視淫兇漏網，貞烈含冤，且照供了案。既不蒙旌揚之典，反被潑悍之名，害理忍心莫此爲甚。若非樹翁此文，幾何不淹没而不彰也，爲之悲憤者累日。

《蝶階外史續編》：天津城西偏板橋胡同有李氏女，生而端麗，雖寒素，知大義。及笄歸某，某夙與人司庖，性柔懦。姑某氏悍而淫，夫亡，久與孫姓暱。孫，都轉役胥，虎而冠者也。見新婦，視之尤，浼其姑爲媒合之。姑曰：『若素貞靜容緩圖。』李微聞之懼，不免每歸告母與兄曰：『兒拚一死，終不辱門户，貽父母羞也。』言之雨泣。其夫常以司庖外出，李氏密縫上下衵衣，牀頭常蓄一刀以自衛。一日姑謂婦曰：『汝夫不歸吾伴汝。』夜用拔趙幟易漢幟計易孫入。時燭已滅，孫强持李衣糾結不可解。李氏握刀大呼，孫奪刀，李懼終不免，遂以自劙，血殷牀褥，既死不瞑。凌晨，李母及兄來，控於官。其姑訴氏忤逆。時蔣明府兆璠宰天津，僅掌責孫十餘。謂烈婦忤姑，憤而自戕，草草了結。天津西郊舊有八烈墳，梅丈樹君成棟，糾合同志，移李氏柩葬墳中，稱九烈焉。山陰張杏史孝廉世光作啟徵詩，時梅花詩社中作者數十人，詩多不備録，録張君啟云：蓋聞人心不死，恃兩間正氣之存。世事多乖，慨千古變風之作。廉恥喪於男子，不期巾幗有丈夫。褒嘉闕自宰官，尚待表章於儒士。津邑烈婦李氏者，生由委巷，嬪於寒門。遭遇特奇，傷殘最慘。夫彦琛之嬪，詈軍士而殺身；樂羊之妻，拒盜人而刎頸。要皆侮自外來，詎必釁由内作。而乃高堂穢行，中冓羞言。梁則有狐，作匹乃其義子。肆真如鮑，誨淫反出慈姑。銜得楊花，將貽雛鷰。願爲紅葉，替覓新鸞。憤其鐵石難移，網羅暗設。逐彼藁砧遠遁，襆被同眠。必引渭以濁涇，潛開門而揖盜。搏攫甚於鷙鳥，忍肆毒以彌天。嘷號絶類哀猨，幾完貞之無地。氏則圖藏匕首，刀蓄牀頭。預懷伏劍之心，智能防患。立踵磨笄之轍，勇以全名。惟百折而不回，雖九死其何悔。遂使杜鵑濺血，遍灑花枝；直令精衛含冤，難填海水。嗚呼，烈矣！嗟乎，桓嫠毁形矢志，尚保餘生；凝妻斷臂明嫌，未聞絶命。而表厥宅里猶遺沛郡之榮，笞其主人不假開封之法。如烈婦者，輕身貴義，尤爲閨所未聞。旌善誅奸，自宜緩無可緩。何意穿墉穿屋，方成雀角之歌；聽色聽辭，徒作鴻毛之視。俾元兇之漏網，法紀安存；任烈魄之吞聲，褒揚莫及。是可忍也，彼何人哉！光心非木石，操重松筠。悲昭雪之無從，懼高風之就泯。伏願名賢共獎，鉅筆分題。扶名教於塵寰，發幽光於泉壤。心能制義曰度，竟有斯人；物不得平則鳴，正在我輩。各爲揚風扢雅，留俟太史之軒輶；庶幾立懦廉頑，藉作中流之砥柱。後蔣明府與徐觀察寅第互訐，讁戍烏魯木齊，道卒。津人咸快之。

緘齋雜識：道光丙戌，吾津有烈婦李氏事。烈婦爲津人李廷棟女，年十九猝遇强暴以死。附葬城西烈女墳，一時梅社諸公吟詠殆徧。其死於烈也，與殷氏鳳娘相同。第鳳娘死時郡守邑令白其冤、彰其烈而懲彼夫若姑之惡。且爲立傳徵詩，垂諸久遠，幸矣。李氏節烈當時亦名噪三津，而爲民上者竟置而不問，何古今人之不相及耶。設非樹君先生紀事徵詩早歸泯没，安能與鳳娘並傳，是亦烈婦不幸中之幸乎。烈婦死後二百餘日，樹君復爲文以祭之，附録於此。云：維道光丁亥暮春二十九日，謹采紫蘭之蕊，酌素梅之漿，設祭於貞烈李氏之靈。曰：嗚呼！烈婦竟抱恨以死，終無爲雪此冤者耶。嗚呼！烈婦霜肌冰骨竟埋没於青苔黄壤，而無爲旌其節而闡厥幽者耶。烈婦自去歲六月至今日，茹恨二百有餘日矣。其精爽之氣獨不能籲帝呼天仰訴司命之神，使昭顯報以快人心耶。生爲皎皎之英，死無赫赫之靈，胡吞聲瘖口竟默默以終耶。果陰陽同軌雖鬼神森列亦無奈此强暴何耶。若然則山川社稷城隍之神，徒歆血祀一無聞見，與人世之素餐尸位，縱惡養奸者何異耶。抑遲速有候，有所待而未發耶。或者厚其惡，重其毒，報於異日而其蹟彌著耶。往復尋思不得其由，能不叩之毅魄貞魂而溯其泯漠不可知之故耶。昔吾鄉殷烈婦鳳娘之死也，湯火荼毒，慘與氏等，而絶口不言其夫姑之惡。將毋烈婦與之同心，而不忍彰其姑之穢而致之刑耶。當時官刑鳳娘之夫以代其姑，以正國典，似轉不如今之悠悠者爲善成烈婦之志耶。若然則宜爲祥風、爲和日，胡爲卜葬之日爲暴雨、爲大雪。冰花縞素挂於林木，望之如嚴冬耶。安知非憂憀悽慘之意鬱結而成此耶。否則陰森懍烈亦天意之蒼涼，故於陽和之候而降此霏霏者，示舒慘之反常耶。嗚呼！天意若可知若不可知，烈婦若有靈若無靈，事有無可如何而衹宜付之一痛者，如此類是也。布奠傾觴，爰爲誄以哀之。曰：烈婦之血入地兮，不化爲紫芝之秀，則爲紅蘭之芳。烈婦之氣騰天兮，不爲慶雲之爛，則爲白雪之光。烈婦一死而丁沽之水兮，潔如娥江。烈婦一葬而九烈之塚兮，峻於首陽。烈婦之刃使兇徒爲之膽碎兮，而蕩婦爲之骨僵。烈婦之名節足以峙名教兮，而扶綱常。使聞者爲之墮淚兮，而談者爲之齒香。雖千秋萬歲可以不滅兮，精貫昊蒼。近聞小樹廣文云，光緒元年津城新立採訪局，余將烈婦事實造報請旌，旋於三年春奉旨建坊入祠。相去將五十年矣，卒彰幽烈，亦足告慰於先人云。

劉烈婦王氏

夫壻遺言耳慣聽，蛾眉婉轉赴幽冥。高堂賸有雙親在，夢裏猶能見影形。

梅成棟《劉烈婦傳》：烈婦天津人，王自明女，適劉維城仲子劉鐘爲繼室。翁姑年俱八十餘，氏奉侍維謹，翁性忭急，呼飯不至輒怒詈。氏先意承志，從無稍緩。

年二十三夫得勞症，時發時止，發時喘嗽不能已，咯血盈盂。氏侍湯藥，焦勞不寐者動經旬，道光七年丁亥正月十八日病卒。前數日生一女，氏晝夜零泣侍夫旁，劉自知不起，慰之曰：『鬻我衣物可得數百千，營運或免饑寒，善撫此女可也。』氏曰：『君死我豈獨生，饑寒非所慮也，可憐拋雙親耳，然幸有兄嫂在。』夫聞言搏顙曰：『果如是，劉鐘不死矣。』此言惟氏母知之，不能阻也。及鐘卒，氏變服即潛飲毒，毒發輾轉靈床前，姑怒曰：『汝夫死，汝便放刁耶?』氏叩頭無言，少頃，腸斷而卒。翁夢中恍惚見子媳來拜謝，醒聞變哭之慟，曰：『天乎！奪我孝婦哉，老朽誰依哉。』聞者悲之，郡紳士合鳴於縣，爲請旌焉。

緘齋雜識：吾津素多烈女，如朱氏舍餘孫能妻、宋文元女、曹氏王國士妻、張氏張大妻、陳氏張庚錫妻、陳氏陶某妻、于氏王仲甫妻、梅氏江文龍妻、曹氏陳文聖妻，以上九人，俱載《縣志》。又如龍氏周鼎妻、解氏監生王權妻、楊氏吕衛得妻、趙氏劉某妻、金氏繆曰程妻、姜貞女、王貞女，以上七人，俱載《鹽法志》。而飲毒以殉夫者惟孫能妻朱氏與劉鐘妻王氏二人而已。其賢惠素著，守節而終者約計有數百人，兹不備録。

王烈女

椿庭悵望怕聞鵑，屈指難忘辛卯年。回首蘭山城畔路，月明猶是昔時圓。

緘齋雜識：烈女小字妞姐，山東蘭山知縣王仲實枚女也。枚與前任知縣張希哲係兒女姻親。道光十一年辛卯，枚因瓜代未清恐擔賠累，自行劃傷小指，受風身死。烈女痛父情切，忿志捐軀。經撫臣疏請，旌表。

樊烈婦王氏

玉臺鏡破金釵斷，事到如斯最可哀。膝下絶無兒女戀，尋夫誓向九原來。

《蝶階外史續編》：樊文卿彬，天津詩人，官湖北丞，予三十年世好也。丁巳遇於都門，知其拂衣引退，高致可欽。子月槎上舍景恒年少雋才，弱冠以疾卒。婦王氏同里人，時年十八，矢殉貞，吞金約指不死。家人勸之，三黨畢集，諭以守身爲重。婦情詞侃侃謂衆人曰：『婦人所以名節不立者，皆不能割斷私情耳。死而不朽何必生爲未亡人哉。』粒米水漿不入口者七日，氣既絶面如生。予爲賦樊烈婦詩云：我聞天津九星冠，女星間氣往往鐘。娉婷九烈墳頭土，花紫至今苦節流芳馨。惟我執友樊文卿，雍穆善氣盈門庭。有子月槎年弱冠，皎如玉樹何亭亭。烏衣賢媛協佳偶，鳳卜敬仲來觀型。紅絲善引中屏雀，緑窗佐讀催囊螢。無何樊郎遘痼疾，霜摧落葉先秋零。燂湯續命醫寡效，爇香請代佛不聽。常冀文鴛伴夫子，倏成寡鵠悲伶丁。婦當此際拼一死，追隨後塵趨九冥。約指金鐶吞已下，回腸玉軸旋無停。三黨畢集進婉語，勸以守身方合經。婦言女子重節義，共夫存亡心可銘。蠶絲自縛戀難捨，如薰染蕕渭濁涇。與稱未亡靦人世，孰若同死心安甯。決絶甘如井墜瓶，果毅乃若刀截釘。從此水漿不入口，舍生取義雙目瞑。絶粒倏過一七日，畢命纔及二九齡。神明既定色不變，泡影已悟夢易醒。是時天門夜不扃，雲飛蓋兮風盪鈴。前有金童揮霓旌，後有玉女推霞軿。裴航雲英互徵逐，文簫彩鸞如影形。芙蓉城飲沆瀣露，蓬萊島護翡翠屏。是仙是佛是神聖，可貫日月驅雷霆。三沽士女盡雨泣，丹書綽楔頒天廷。吁嗟乎！首陽樂饑雙鶺鴒，大義照耀青史青。彭家再傳餓夫墓，千秋響應鼓有楟。此事難覯在頍弁，抗節乃見傳娥娙。採供白蓮塵不滓，芬芳皎潔酬英靈。直與九河之水，流衍長清泠。

樊景升《旌表節烈先嫂王孺人傳》：嫂姓王氏，同邑國學生松棟號樹屏仲女，庠生蔭培妹，廪生雯姊也。幼柔慧能博父母歡，父授以四書、毛詩、女誡及漢魏唐詩皆成誦。寡言笑，能明大義。年十三母卒，哀毁如成人。繼母愛如己出，故年未及笄親族皆敬重之。道光癸卯孟冬歸吾伯兄國學生景恒，字月槎，年甫十七。吾父官湖北蘄水縣丞，奉差北上，見嫂甚慰。嘗曰：『恒兒祇知讀書，於家政非所長，有婦如此吾無慮矣。』嫂事吾母先意承志，晨昏定省，曲盡孝道，於家務井井有條。時兩弟兩妹均在孩提，嫂撫愛備至，肴核果餌必先與之，衣服澣紉潔整，暇輒課以書字。吾兄應試秋闈，誦讀漏嘗三四下，嫂鍼黹縫紉至夜半，無稍倦。吾母欣慰，每語人曰：『自娶此婦，吾免日夜操勞，頗覺暇逸也。』甲辰三月兄染時疫，嫂奉湯藥維謹，默禱神明，願以身代，迄無效。迨兄捐館舍，號痛淚盡繼以血。家人稔知其持義有素，恐有不測，伺之甚周。數日後稍懈，晨起忽見嫂昏瞀仆卧於牀，細加察詢，始知潛吞金指環四枚。升亟以藥進請治之，嫂曰：『夫死從子，吾則何從。所謂未亡人者，以有事親及撫孤之責也，吾既無子，汝已成立，能盡子職，吾烏用生。爲惟望汝早有子嗣，兄後瞑目地下矣。』升飲泣受命。又謂吾母曰：『兒福薄，不能常依膝下。節與孝難以兼盡，姑幸垂鑒。惟翁遠宦楚北，生無一日之奉，死不得親訣爲恨耳。』再問更無他語，吾母撫之慟哭幾絶。親族環視，多有贈以方藥解治者，嫂張目曰：『愛我命何如愛我名乎？』水漿不入口，七日遂卒。卒年十七。時道光甲辰四月九日，距吾兄之死僅十四日也，哀哉！卒時絶無苦狀，含笑如睡，面作黄金色。神采焕發，無異生時。結縭未及半載竟從容盡義，闔邑男婦知愚賢不肖咸太息傳説。紳士爲具牒縣主，達於大府，奏請旌表節烈。奉旨准建坊入祠焉。時鄰有嫠婦聞之歎曰：『彼身在宦族，凍餒無慮，以稚弱女子視死如歸。我輩半世忍死偷生，果何謂哉。』竟亦飲恨而卒。嗚呼！斯亦感化風俗之一驗哉。謹傳。

高鼎銘《樊烈婦徵詩啟》：蓋聞伯姬特褒於史傳，共姜見重於風詩。托彤管之媥爛，揚青閨之黿馥。而況糜軀不惜，視死如歸，諦早悟於吞鍼，情實同於飲刃。如天津樊烈婦王氏者，儒門毓粹，望族鳴和。幼讀詩書，克明禮義。方齊眉於鴻案，衆口稱賢。遽折翼於鳳釵，兩髦銜恤。所天遘疾，上祈而願代以身。如日矢盟，大招而難歸其魄。樹連枝而半折，心已同枯。鱗比目而中分，形期速薨。儻共夜臺之夢，何拘晝哭之儀。乃探約指之金，倩作斷腸之草。既而一家盡駭，三黨咸來。驚其滅性過堅，勸以守身爲重。而烈婦則明伸大義，永訣周親。謂夫名節之不成，盡屬情私之多戀。果能作鬼而不朽，遠勝稱人於未亡。一粒不餐，七日乃逝。是其心堅鐵石，節勵冰霜。較衛敬瑜截耳之妻，斯爲完潔。比樂羊子刎頸之婦，尤見從容。

洵可謂蹈道而經德，秉彝而守正者矣。既邀曠典旌揚，荷恩光於綽楔。更乞名公鉅作，追佳話於色絲。庶幾篇繼賢媛，争誦有節無波之句，傳模列女。共欽成仁取義之名。謹啟。

邵邦傑《挽樊烈婦》詩：嗚呼！王氏七日而死，心甘斷金，名垂女史。嗚呼！王氏七日而死，下入黄泉，偕老君子。嗚呼！王氏七日而死，上重朝常，下模鄉里。嗚呼！王氏七日而死，義比仁人，節同志士。王室賢媛，樊家烈婦。從一以終，堅貞是守。蘭移蕙叢，以昌厥後。潛德既彰，芳名不朽。

于維琪《挽樊烈婦》詩：昔讀貞女詞，芳名垂津縣。今征烈婦詩，里巷流傳遍。王氏尚節操，後先令人羡。自從歸樊生，金縷吟却扇。夫是國之華，婦乃邦之媛。方擬偕老期，陡然事中變。所天既已亡，黄泉定相見。截耳非完軀，吞金甘百鍊。就義自從容，高堂徒悲戀。豈獨翁姑悲，聞者淚如霰。上以荷褒揚，下以勵愚賤。不朽非形骸，青史編入傳。筆墨久荒蕪，俚言愧黄絹。詩藉節烈傳，名附諸賢殿。

緘齋雜識：烈婦爲友人小樹茂才姊，年十六適樊問青先生長子月槎上舍。月槎卒，烈婦殉焉。時道光甲辰年四月也。高小泉孝廉爲作徵詩啟，文詞可觀。今將家大人挽烈婦詩十解，敬録於此。詩云：黄鵠折翼，古井皴波。吁嗟乎！人壽幾何，之死矢靡佗。一解。賢哉王氏女，嫁爲樊氏婦。璧合藍田，是真佳耦。惜伉儷未久，空房誰共守。二解。玉臺鏡破，金鳳釵斷。君子云亡，方寸已亂。三解。下無子女，上有翁姑。可代夫以盡孝，胡爲身死以殉夫。四解。烈婦曰夫尚有弟，已舉茂才。孝養父母，斑彩衣萊。妾生何爲，妾將尋夫於泉臺。五解。傷哉我翁，遠宦荆楚。傷哉我姑，甫歸故土。我姑哭兒淚如雨，妾慟兒夫情更苦。六解。欲投繯兮無繩，欲刎頸兮無刃。非無繩與刃，恐殺身而致釁。七解。檢點奩具，得金約指。完節保軀，轉悲成喜。縱鐵石心腸，而吞金必死。八解。已矣乎，幽魂一縷，芳名千載。連理雖枯，同心未改。人孰不死，難得如斯之慷慨。九解。殉夫如殉君，深閨夙所聞。彼貪生之男子，識不若釵裙。吁嗟，我夫即我君。十解。

王烈婦湯氏

雙思堂畔水生波，兒女英雄可奈何。一片真情誰寫出，懷忠録上挽詩多。

緘齋雜識：王烈婦湯氏，爲浙江欒清副將陽湖湯貞愍公雨生貽汾之第四女，適天津王瀛。瀛爲霍舟先生玉璋之第三子。咸豐三年癸丑烈婦歸寧，時雨生寄居江甯，遂與粤賊之難。雨生偕烈婦於二月十二日同投雙思堂池水中以殉，事蹟具《懷忠録》。雀舟有挽雨生詩一首，叙述頗詳。

葉烈婦王氏

翁姑夫壻相將去，孤苦伶仃失所憑。執筆欲傳貞烈蹟，眼前近事愧無徵。

鄭學川《葉烈婦請旌啟》：竊維堅貞自守，實閨門秉德之良而節烈堪矜，尤巾幗成仁之美。我津邑涵濡聖化二百餘年，節孝名媛，歷經旌獎。以致聞風慕義，身殉家難如葉烈婦王氏者。烈婦生長里門，食貧數載。盤匜躬進，孝養見愛於翁姑。荆布自安，賓敬無違乎夫子，鄉黨宗族夙無間言。詎意癘疫流行，家庭傳染。翁姑夫壻抱恙同時，烈婦湯藥親嘗，心力交瘁。無如醫藥罔效，十日之内相繼而亡。烈婦號天泣血，哀感路人，料理棺殮，事事完備。遂於咸豐四年甲寅七月某日投環，身殉家難。梓里傳聞，無不感歎。伏思烈婦之殉難於家也，見義甚明，不同忿激。翁姑云亡，既免懷慚於盡孝。子女無出，更何遺憾於撫孤。且也親視含殮，婦職無虧。引決一時，從容就義。其安葬翁姑夫壻後事，尚有夫弟及諸侄經理。以視節孝前賢，實足輝光先後。

緘齋雜識：咸豐四年甲寅夏，有葉姓者翁姑並其夫相繼以疫殁，其婦遂縊死以殉。余欲爲烈婦請旌，鄭公文波擬就啟稿，會有沮之者事不果行。嗟乎！天下事期於必成而竟不成者，其此類也。夫設不爲之表著，恐過此以往並將其姓而忘之矣。特爲録出，用使後之君子有所考證。

王烈婦金氏

暇時偶詣琅玕館，快讀新詩烈婦篇。意境幽深詞婉約，堅貞衷曲筆能宣。

楊光儀《王烈婦詩并序》：烈婦金氏，天津人，同邑王恩黻繼配也。家計中落，隨夫就食河南。恩黻以疾卒，婦即欲引決。旋以似續無人，伯叔遠隔，因鬻釵珥爲歸計。越歲扶柩歸，絶粒旬日而亡。嗚呼，烈矣！詩以彰之。詩曰：夫何相隨飛於異鄉兮抱枯枝而不芳。惟黄鵠之忽寡兮羌悲來其無方。待歸其骸骨兮道阻且長。又苦無衆雛兮誰與相將。獨銜之而北征兮望沽水之茫茫。脊鴒飛其見求兮翩乃睇於北邙。螟蛉視其似我兮涕洟瀾而盈眶。羣雌粥粥相勸慰兮焉識余之衷腸。雲漠漠兮風凄凄。余室毀兮毛羽摧。悵遺翮其獨仙去兮今同歸。

緘齋雜識：烈婦金氏爲友人雨田州倅之堂嫂。癸未三月偶與香吟丈閒話，知津中節烈尚有此人，編中遺而未采。香吟於丁卯年曾歌詠之，爰急録入。至其旌表年分，俟詢諸雨田云。

邵烈婦某氏

喜從説部闡幽微，幕府詩成織錦圍。蝴蝶有情同出夢，鴛鴦到死不分飛。

陸敬安《冷廬雜識》：天津邵烈婦爲志廬茂才之室，結縭一載茂才卒，烈婦於七七之期，自經於茂才死所。一時文人俱賦詩哀之，杭州吴布衣彭年游幕中州，才名藉甚，挽烈婦句云：『蝴蝶有情同出夢，鴛鴦到死不分飛。』見者推爲絶唱。

緘齋雜識：邵烈婦事見述於桐鄉陸敬安學博，而烈婦之夫志廬茂才不知何姓，烈婦死所亦不知何地。挽烈婦者爲杭州布衣客於中州者，更不知其詩作於何處何時。敬安所叙殊未明晰，俟博雅詳考焉。

王烈婦金氏

昔年絶域昭清節，今日空閨仰淑姿。男烈女貞無異理，一家濟美譜新詞。

王書《旌表節烈小亭堂弟婦金氏殉節徵詩文啟》：臣委贄以事君致身不二，女離家而作婦之死靡他。若教報國者功勛爛漫於旂常太平待詔，相夫者伉儷調和於琴瑟偕老興歌。固人生之樂事，亦門户之休徵。雖古時有待補之青天，人世無長圓之明月。何至吾生偏逢其厄。昔年絶域曾驚馬革之悲，今日空閨又覩鸞離之慘。涸盡一腔之血比濺血同傷，餓枯寸斷之腸較屠腸並酷。節烈金氏者，金公竹埜之四女，小亭堂弟之元配也。幼而淑慎，長更幽閒。秉訓女宗，恪遵姆教。年二十歸小亭。膾鯉羹而洗手，慈姑之性能諳。奉鴻案以齊眉，如賓之饁常肅。挑燈佐讀，冀成夫子之名。執爨服勞，敬備先生之饌。持家以儉，御下以寬。奈小亭蕭條家計何能煮字以爲糧，迢遞征途竟自曳裾而作客。致生痰喘，最畏嚴寒。忽於去冬復萌舊疾，甫就館於他鄉，旋買車而返里。蕿苓罔效，床榻彌留。烈婦幾度呼天願舍身而難代，三番割股誓分痛以徒勞。方冀鹿車共挽長作文鴛，何期鸞鏡中分倏歌黄鵠。斯時也，藥名獨活，桐號孤生。假使室中嘑笑粗有諸雛，膝下團欒差多羣稚。何妨永勵堅貞之操，聊償未了之緣。無如堂構無傳，晨昏莫慰。縱用情竭茹冰飲蘗之誠，亦回首皆苦雨淒風之況。遂乃甘心赴義視死若鴻毛，立志成仁委身如蟬蛻。幾同孤竹之采薇，竟學疊山之絕粒。十年好合，卅載春秋。時維二月之初，日紀上旬之末。全歸全受，未亡已亡。嗚呼，烈矣！豈不悲哉。因思中人以上疇無鏗爾之貞，賢智者流不乏皭然之志。在紳族視若常情，乃鄉愚驚爲奇事。然冰心克勵，風化攸關。婦德能全，人倫最重。聖謨諄切，孝子偕悌弟同稱；國典輝煌，節婦與忠臣並祀。用以述夫梗慨，略其生平。仰希編貝，庶安烈婦之魂；伏冀搖珠，敬拜仁人之賜。重泉沐德，寒譜增輝。

楊光儀《挽王烈婦》詩：悽悽復悽悽，生死不相離。風吹月墮烏夜啼，泉臺咫尺誰阻之。上無舅姑，下無稚子。貧賤矢百年，君胡爲乎竟死。撫君盤中飧魂兮不食哭聲吞，視君甕中酒魂兮不飲生塵垢。妾獨何心以飲以食，哀哀昊天十日絕粒。望君兮何處，從君歸兮殯宮，信知生不如死兮忍更聽天末之孤鴻。

緘齋雜識：同治丁卯七月遇菊如兄於京師，述吾津有王烈婦事，余識之不敢忘。迨九月歸里，楊香吟孝廉以王烈婦徵詩文啟見示，始悉其詳。撰啟者爲雪蕉先生，啟中所稱昔年絕域云云蓋指其胞伯雲衢參戎殉難事也。烈婦爲山東蓬萊知縣金靜菴先生甌之孫女，小亭爲孝廉大枚之季子。烈婦之殉約在同治癸亥甲子年間，啟中略而失載。小亭名兆霖。近聞雪蕉先生病歿，其侍妾亦以身殉。香吟表叔有《王烈婦詩并序》云：王君侍姬本西河良家女，落拓風塵，後歸王君，甘貧賤者廿餘年，王君病歿，遂殉焉，作詩以彰之。王君名書，字雪蕉。詩曰：蘭蕙生廣澤，摇蕩愁春風。紉爲君子佩，白屋香融融。荆布豈云賤，膏沐好爲容。主人謝我去，跨鶴游鴻濛。零落衰朽質，質比南山松。百年會有盡，終恨重泉封。雙死憐鴛鴦，孤生慨梧桐。緑羽一杯酒，地下長相從。

金烈婦周氏

鵠寡鸞孤淚暗彈，三年孝養强承歡。而今婉轉隨姑去，闡發全憑舊史官。

沈兆澐《金烈婦》詩：長殉夫，幼孝父。孝如何，甘爲瞽。女年十二弟八齡，弟病一目將無睹。女念父老祇一兒，禱神願代兒此苦。無何女果如所求，一目眇，弟瘍愈。年逾三十賦于歸，賃舂隨夫同居廡。夫貧且病遽云亡，絶粒從夫願入土。咸云有姑八旬餘，殉夫忘姑太莽鹵。何如殷勤俟姑終，捐軀雖遲孝堪補。婦事姑替夫事母，艱難甘旨微力努。三年姑没一慟後，依然絶粒歸陰府。津人傳播皆詫奇，烈婦從容自中矩。我舊史官重闡幽，金慶蘭妻周培女。

楊光儀《金烈婦》詩：秋池萎芙蓉，夜窗啼慈烏。霜天正淒絶，腸斷淚已枯。烈婦貴死節，孝婦能養姑。寒潭印秋月，生死無殊途。吾邑有賢婦，生小嫻禮儀。結縭隨夫壻，不怨季女飢。夫壻客長安，經歲又經年。一旦來惡耗，矢志歸黄泉。阿母前致詞，嗟吾已垂暮。縱無襁褓兒，豈遂棄吾去。婦聞益悲酸，欲語淚不止。阿母無次男，母在何敢死。忍痛還入房，照常備甘旨。不願母心悲，但願母心喜。飲泣背孤燈，綻補勞十指。晨昏幸無恙，終當相料理。驚風動高枝，夕陽無幾時。萱花遽萎落，偷生復何爲。妾心古井水，妾命機上絲。勺飲不入口，今死故未遲。阿姊得聞之，入門泣相語。吾亦未亡人，相憐賴有汝。汝乃自爲謀，更誰共甘苦。阿弟跪進食，乃復爲姊言。一死明大義，誰敢謂不然。阿姑猶未殯，幸無絶粥饘。阿姊與阿弟，痛惜如一身。婦乃含淚謝，無爲兒女仁。繐帷響悲風，朝日慘不紅。環視各無語，井竈黄塵封。忍饑越三五，就義何從容。貞魂依阿母，母柩猶在堂。堂左列楮帛，堂右羅酒漿。堂前設几席，香燭含芬芳。一一婦所置，見者淚盈眶。婦職於此盡，重爲泉壤光。泉壤見夫壻，相見永相於。阿母顧而笑，此樂人間無。

非是人間無，偏覺地下好。願化連理枝，生植墓門道。上有百尺條，下有徑寸草。仰答三春暉，春暉更不老。

緘齋雜識：金烈婦事，余初聞之陳挹爽孝廉而未悉其詳。己巳九月拙安老人以詠烈婦詩寄示京師，詩叙述簡明，惜未著其年月。近聞楊香吟孝廉云烈婦殉時同治七年正月二十六日也。金慶蘭，字春生。爲庾山舅氏同族，金姓素多節烈，如周氏者奉姑盡孝，死節從容。事後追維，彌深欽敬。

徐烈婦張氏

問誰珍重歲寒身，惟有梅花似美人。一樣芬芳堅勁質，忍令委化道旁塵。

楊慎恭《張烈婦》詩：婉順事良人，洸潰不敢瞋。良人無饜更無賴，庭有錢樹心始快。刺繡不如倚市門，不許堅持冰玉身。從夫夫不端，呼母母不聞。舅歿有繼姑，逆子無天倫。穢哉糞上英，蕩哉風中塵。幸無兒女累，死爲潔鬼生非人。彼匪夜邀赴睹局，蘭摧桂折馨香存。阿姑晨始知，痛哭訴鄉鄰。姑媳昨夜話娓娓，媳今決絶難招魂。逆子而乃有此媳，姑慈無奈惟飲泣。吁嗟乎！案頭鴆碗牀頭屍，天荒地老長恨無盡時。

緘齋雜識：醉六明經以挽張烈婦詩寄示，并云烈婦張氏，城南某村人。適徐某某無賴，欲售烈婦於平康，烈婦遂死。噫！可哀已。惜書中未詳年月而醉六遽歸道山，無從質問。

婁烈婦王氏

豈難守義效共姜，結髮恩情不忍忘。彈指光陰纔八載，斷腸風雨又重陽。

王煜《婁烈婦徵詩文啟》：蓋聞翦金製服孅紀管彤，染淚成斑徽揚竹素。娩冰霜以表潔自古常昭，並日月以争光於今爲烈。兹有津邑婁烈婦王氏者，處士毓元之女，童生舉正之妻也。静習女箴，勤修婦職。朱弦瑟好八年而夢杳占熊，白玉樓成九月而變驚别鳳。所天請代竟至無靈，如日矢盟詎甘獨活。調塗顔之鉛粉，斷約指之金環。既暗吞於五夜，願長侍於九原。不爲徇名自能就義，伸明己意永訣周親。謂夫姑嫜侍奉桂尚偕芳，娣姒協和蘭應並秀。忍令常聞晝哭動傷喪子之懷，何若速赴夜臺獨畢殉夫之節。薄言見志，視死如歸。遂卒於同治九年九月十三日，年僅二十有四。於虖黄鵠歌哀續同牢於地下，白楊風冷茁連理於墳前。洵可謂氣壯津沽，心堅鐵石者矣。盛典崇褒既荷恩光於綽楔，清芬咸仰更徵雅製於絹絲。庶幾篇繼賢媛，偕賡古井無波之句；傳模列女，長勒貞珉壽世之文。謹啟。

梅寶璐《婁烈婦傳》：烈婦王氏，津門處士王公毓元之女。同治二年，時年十七歸同邑儒士婁舉正爲妻。唱隨八年，事翁姑以孝，聯骨肉以和，相夫子以敬，親黨争推重之。同治九年氏夫以勤學致疾，醫藥無功，漸不起。氏焚香叩神願身代，卒不應，誓以死殉。迨九月八日夫逝，氏强攝精神慰親心，安衆望。視夫成殮後遂絶粒，惟恐死不速，私齧約指金，更恐人救，復吞鉛粉一匣。親族察覺，急以湯藥進，均拒之，曰：『苟偷生，不特負夫約，且使翁姑日睹未亡人，時興思子悲。負夫約是不義，益親悲是不孝。與其不孝生，何若全義死。』延至九月十三日含笑而逝，時年二十四歲。嗚呼，烈矣！同里爲之請旌，明年二月入祀節孝祠。贊曰：烈婦以儒門女爲儒士婦，相夫八載，孝敬雙全。矢志靡他，夫死身殉。可謂無慚，名教增光。里黨者已然，而氏母家素豐裕，夫家尤一門鼎盛，世澤綿延，氏即永守柏舟，亦足揚徽彤管。乃心堅金石，竟能於不必死之境而完必死之節，則其烈又非境逆遇蹇者可比。吾於烈婦有重歎焉，竊念吾津濱居海角，爲三輔津梁，九河天塹。

繁華之盛，著於寰區。而瀠洄澄澈，毓秀鍾靈，節烈之多，甲於天下。自咸豐同治年間疊值海氛不靖，而闔境未遭蹂躪之慘者，未始非貞魂烈魄有以憑附而凝聚之，以維持地運於勿衰。吾又因烈婦有餘慨焉。

沈兆澐《婁烈婦》詩：有孤當撫孤，無孤甘一死。地下敬侍夫，痛極翻心喜。爲報姑章道，應寬思子哀。夜臺不寂寞，免築望思臺。與稱未亡人，不如亡更好。正命從一終，年少如壽考。命薄乃如斯，取義極自然。誠哉奇女子，成佛亦成仙。

樊彬《婁烈婦》詩：瑯琊望族生賢女，姆教克嫻明詩禮。早嫁儒門琴瑟諧，宜家宜室尊章喜。午年秋季月初弦，藁砧遘疾歸黄泉。五日水漿不沾口，殉夫志切金石堅。香籢忍見梨花粉，腸斷甘同鴆毒飲。小劫人間廿四春，蘭心蕙質嚴霜隕。粉之白兮證吾心，粉之潔兮矢吾身。化去願爲共命鳥，悲來羞説未亡人。冰霜大節堪千古，遠近聞風淚如雨。虞殯歌成播士林，旌揚恩渥承天府。門高綽楔何輝煌，崇祠俎豆傳馨香。姓氏流傳彤史光，扶持名教敦綱常。

焦祐瀛《婁烈婦》詩：八年琴瑟鎮諧和，蕙折蘭摧可奈何。願化靈禽填渤海，愁看老淚痛西河。塵埋香骨甘成粉，命畢金環誓不磨。惆悵衛安門外路，萋萋秋草烈墳多。

楊光儀《婁烈婦》詩：嗚呼！婁烈婦。琴瑟人間苦難久，此去黄泉永相守。生人離恨復何有，鹿車共挽三五秋。一門娣姒無怨尤，承歡二老初白頭。霜風吹冷雙梧桐，一生一死春華空。寂寂更無雛鳳聲，那忍紅塵復少住。眼前不識黄泉路，紙錢風颭靈帷暮。阿母家隔城東西，殘鐙照壁烏夜啼。翩如阿女來依稀，真非真兮夢非夢。侵晨趨視駭且痛，柔腸隱墜金環重。捨生心比金之堅，同穴人如環之圓。始信天上非人間，誰其記之拙安叟。徵詩海内志不朽，鬚眉有此奇節否。嗚呼！婁烈婦。

孟繼坤《婁烈婦》詩：風翦霜荷墮秋岸，紫鴛翼折鴻飛斷。湘筠空織女兒箱，欲贈黄姑杳銀漢。琅邪道傍楊柳枝，纖手折寄婁江湄。妾心如月照古井，明鏡乍圓偏又虧。淚涴鮫綃曉鐙背，翦刀在手金鐶碎。暗傾籢粉調瓊漿，一飲深情何慷慨。紅蘭委地釵裙香，人去秦樓空斷腸。半嶺清風度仙樂，佩環雲表隨翱翔。碧城縹緲天萬里，郎跨赤虬妾紅鯉。低頭一笑别尊章，日暮幽馨動蘋芷。鳩枝猶餘邱嫂扶，紅絲繫燕悲無雛。管彤千載足輝映，楚國貞姬魯義姑。

盧恩溥《婁烈婦》詩：婦有夫，室同居。婦無夫，穴同軀。婦有子，孤可恃。婦無子，身可死。不忍偷生稱未亡，坐令晝哭傷姑章。吁嗟乎！仰鉛粉金環，逾冰寒檗苦，烈婦之名遂千古。假使剛吐柔不茹，列女有傳待誰補。

緘齋雜識：烈婦爲鶴田茂才之堂弟舉正婦，舉正讀書以勞疾卒，烈婦殉焉。辛未春漱石弟來京，以啟文數帋分送同人。考之新修邑志已載入列女類中，稱烈婦爲五品銜毓元女，啟稱處士毓元女，志書不知何據。啟文爲少蓮孝廉所撰，而沈雲翁復爲之改正者。

孟烈婦龐氏

世間最苦是嫠孀，地下相從勝未亡。多少行人頻歎息，斜陽古柳趙家莊。

孟繼坤《族叔母烈婦龐安人徵詩啟》：蓋聞斷機秉訓居騶繹以成名，封鮝垂箴監魚池而受讓。溯先芬於曩昔，母賢無愧爲清門。炳大節於今玆，婦烈更標諸彤管。仰惟叔母，厥氏惟龐。辭趙莊而賦于歸，適孟室而歌偕老。斜陽古柳村，十里以云遥。松徑巖扉樹，滿山而回顧。登堂拜母慈姑喜，中婦承歡居室偕。郎高士賴，賢妻相助。布裳椎髻，手進羹湯。紙閣蘆簾，聲聞砧杵。擬以姜詩嘉耦郡同出於始平，奈何簫史昇仙侶竟遺乎弄玉。娶將四載，一索猶艱。病僅半年，九京遽赴。爾乃心摧似翦，淚滴成冰。憶蕙草之彫霜衣猶著素，胡薐花之泣雨鏡又薶青。於是箝口不言，甘心忍餓。比殉夫以殉國，巾幗中亦有夷齊。例同死以同生，夜臺下願偕梁孟。爰拜辭夫伯叔，更歸省夫嚴慈。而况家有貞姑，洵稱雙美。生爲嫠婦，竟少孤兒相從。已失所天，不食遂踰旬日。任使舉家環睹，介石彌貞。佯爲卧榻鼾眠，飲冰自勵。但求速死，甕中之水無波。儻得再生，冢上之花連理。從容就義可謂歸泉，凛冽懷清况先絶粒。當仲冬之初十日，遂絶命於念七齡。嗟乎！人誰無死，輕或等夫鴻毛；物尚有情，碎且同夫鴛翼。一朝誓踐，百世芳貽。惟望騷壇寵錫琳琅佳什，庶令潛德不隨瓦礫同沈。謹啟。

楊光儀《孟烈婦》詩：繄彼烈婦家有貞姑，隨之習鍼黹，少小同起居。一解。旋賦于歸，與姑別矣。復誰相依，惟娣與姒。惕惕中情，恐負吾姑之教兮實作婦其伊始。二解。菽水盡歡，以日以年。相莊一室，人無間言。何共貧賤者四載，遽喪所天。三解。天冥冥，風颯颯。忍慟羅酒漿，椎心已絶粒。回首萱闈，霜枝已摧。更無弱息，胡弗同歸。四解。蠶絲盡而仍連，曇花枯而未墮。惟茲冰雪肝腸偏無借於煙火。清泉一甕何泠泠兮幸幽魂之可妥。五解。貞姑聞之，泫然涕零。是何汝之不幸實玉汝以有成。六解。噫嘻，烈婦願化連理枝，不作獨生草。寂寂女貞花，自向幽窗老。七解。

緘齋雜識：烈婦龐安人，余姻筱藩孝廉之族叔母也。安人年二十四，以同治庚午歸孟公傳謀。越三載癸酉十月二十七日傳謀以疾卒，安人遂絶粒不食，延至十一月初十日投甕以殉。生年二十七歲，距夫没僅十二日耳。孝廉撰有徵詩小啟，叙述頗詳。余既讀之，亟爲録入。又聞安人有姑許字北倉趙氏子，未聘夫亡，矢志守貞者也。筱藩又有烈婦詩云：我家節母蔣何張，本支上有武與王。七世邊孺人，閒雅工文章。何期今日更有烈婦龐，烈婦居趙家莊。適孟氏來南倉。夫名傳謀世芸緗，家貧竟無宿舂糧。婦曰噫嘻我以甘旨奉高堂，十指鍼巧繡鴛鴦。機聲軋軋鳴寒霜，葬姑既畢願始償。癸酉孟冬日念七，夫子無端命盡。今日回憶日前侍夫疾，焚香告天身可代心可質。天不相人不使同室，凭棺一慟淚雨溢。吁嗟乎！懸梁無帛，引決無刃。惟有絶粒堪自任，家人勸諭耳不聞。長者跽求食少進，豈知餓已十日兮。氣不絶者如縷，心仍欲以死殉。越日薄暮，半掩蓬户。一甕清泉，是其死所。謹防人見畏人阻，願早從夫歸地府。不待斷腸心更苦，維時仲冬十日初。去夫死日半月無，娶將四載歲念七。膝下未有兒呱呱，一死遂與大義符。顧我慚玉樹，儼然列庭除。願乞當代大手筆，發爲歌詠傳丁沽，更載家乘以爲後世模。

張烈婦梅氏

郎君跨鶴忽西歸，舉案齊眉願竟違。三十八年同逝水，令人百世仰芳徽。

緘齋雜識：同治十三年甲戌六月，直督李少荃相國疏稱：據署天津縣知縣任爾會詳稱，據該縣紳士前浙江布政使沈兆澐等呈稱同縣人附貢生候選鹽大使張文静之妻梅氏，深識大義，于歸後事姑克孝。文静與兄常謀升斗於外，夫嫂多病。氏經理家政，衣食不給必設法奉堂上，自安飢餒無怨言。夫嫂没，遺子女皆幼，氏撫如親生。文静患病呻吟牀褥者數月，氏百計醫治，泣禱願以身代，文静終不起。氏親理殮事，並家中細務一一安置。乘間仰藥以殉，時同治十三年三月初十日。距夫没十日，存年三十八歲。節烈可風，呈請旌表等情由縣查取册結，轉詳前來。臣核與例案相符，仰懇天恩，俯准旌表。除册結送部外，理合會同順天學政臣錢寶廉具陳。奉硃批張梅氏著准其旌表。

楊烈婦陳氏

名媛嬌小性幽閒，痛絶餘生血淚乾。魂繞大明湖上水，不堪回首憶家山。

緘齋雜識：光緒二年丙子三月初六日，山東撫臣丁稺璜宮保疏稱，據署歷城縣知縣全士錡稟據候選知縣舉人闞守約等聯名呈稱，寄居該縣雒口鎮貴州平遠州人候選縣丞楊國昌之妻陳氏，係直隸天津監生陳思源之女，於同治十三年三月間于歸。性情幽嫻，治家勤謹。光緒元年五月間，楊國昌遊幕陽穀縣感受風寒兼患目疾，歸家調治無效，目漸失明，遂成沈疴，時歷半年之久。氏進藥調羹，躬親操作。左右扶持，跬步不離。夜分焚香禱天願以身代。至十月十三日楊國昌病故，氏一慟幾絶，淚盡以血。是夜躬視含殮畢，即乘間吞金自盡，生年二十一歲。該員目擊情形，不忍聽其湮没。稟縣查明，轉詳前來。臣伏查近年各省烈婦，凡經疏請旌表無不仰沐恩施，今楊陳氏因夫故慷慨捐軀，從容殉節。洵屬深明大義，節烈可嘉。合無籲懇天恩俯准旌表，以維風化而闡幽光。謹會同山東學政臣黄體芳具陳。軍機大臣奉旨准其旌表。又光緒七年七月直督李鴻章疏稱，據天津府同知程迪華等稟稱，江西鉛山縣人，直隸候補縣丞蔣志僑於咸豐八年六月由津押運糟糧赴通州交卸，旋在通州差次病故。柩至天津，其妻朱氏憑棺號慟，絶粒七日以殉。迄今二十餘年無人呈報。該員程迪華誼屬同鄉，見聞真確，稟請旌表前來。臣查烈婦蔣朱氏志決殉夫，節能勵俗。其事蹟即在直隸，未便聽其湮没。請敕部照例旌表，以彰風化。旋奉旨准其旌表。

郭烈婦張氏

紅絲遥繫大梁城，四載相依夢不驚。情比寒流難泯恨，心如堅石敢偷生。

緘齋雜識：光緒八年壬午三月河南撫臣李鶴年疏稱，據河南候補道穆奇先等會稟稱，查有同鄉直隸天津縣人河南候補守備郭忠元之子郭鴻儀，聘天津縣五品軍功張漣之女張氏爲妻。於光緒四年迎娶來豫，事親克孝，合族稱賢。嗣於光緒七年郭鴻儀遘疾，張氏躬侍湯藥，寢食俱廢，並焚香祈禱願以身代。是年十一月初二日鴻儀病故，張氏誓以死殉。即於十八日夜乘家人防範稍疏，潛服鉛粉於十九日身故，時氏年二十五歲。洵屬節烈堪嘉，應請旌表等情造具册結，呈請具奏前來。臣查郭鴻儀之妻郭張氏因夫病故，以身殉節。核與例案相符，仰懇天恩准其旌表建坊，以彰節烈而維風化。謹會同學政臣廖壽恒合詞具陳。奉旨准其旌表。

鄭烈婦劉氏

一卷編成節烈圖，冰心玉質費描摹。闡揚莫竟區區願，又覩芳徽出大沽。

緘齋雜識：光緒十一年乙酉三月，友人從上海寄來鄭烈婦劉氏傳稿，撰者爲甘陵柴青藜。惜未叙明年月，僅附於此。傳云：烈婦劉氏，天津大沽鄭起子婦也。母家田家背，幼許字鄭。鄭氏子八歲，股生疽，十年不愈而益劇，轉側床褥，手足踠攣，面目支離無人形。鄭知其年不永也，致意婦家請絶婚，父母皆允矣。以語婦，婦曰：『許嫁而死猶當守之，况未死乎？病廢命也，烏得有他。』議宜令其速娶，女將侍其疾。固勸之不可，卒歸鄭。鄭氏子病不能人而性尤乖戾，屢撻婦。婦燂湯敷藥，抑搔扶持。十年如一日，無怨無倦無悔。又善承舅姑歡，婉容愉色，怡怡如也。其舅亦嘗對人道婦賢。無何鄭子死，其舅素操舟，以輪舶暢行，故入不逮前。且將别立嗣，風婦使改適，婦泣不答。舅姑察其無去志，挫折之。縫紉炊爨外，葺屋汲水皆責之婦，婦不言勞。食以粗糲雜糠粃，不給衣毗。婦甘之如飴，著身布縷皆以針澣濯給，衣縞茹草，若將終身。服既闋，姑使歸省，陰囑父母爲勸嫁。父母韙之，果勸以乏嗣無可守，小家不必拘。婦不應，勸之亟乃曰：『女歸時豈不知婿廢且瀕死者，婿未死女已未亡人矣。今改志何若初不歸。女生爲鄭家婦，死爲鄭家鬼。請從此逝，女不復來矣。』遽返。其舅竟爲之議婚，迎有期始告之曰：『我夫婦老且貧，汝又無嗣，我二人百歲後汝將焉托，服未闋嘉汝志，不汝奪也。今已爲汝擇安樂所，元夕後來迎。汝其勿再執拗以自誤。』婦不言亦無愠意，舅姑喜甚，不疑其有他。元夕届，婦沐浴更衣履，談笑如常。謂鄰媪曰：『昨宵夢歧路三，不知所從，適見夫來曰唯汝擇矣。余曰惟願從君去耳。竟寤何兆也。』言時色怡然，鄰媪亦不疑其有他。晚俟舅姑寢仰藥而卒，舅姑微聞聲起視之，已僵矣。面如生，衣服無少污。年三十二歲。大沽士民咸議爲請旌建坊焉，囑余爲之傳。論曰：婦之死烈矣，而出於從容則尤難。然婦非欲以烈名也，志在守節，而烈乃其不得已也。或謂小家不知節烈爲何説，且無夫婦情，其死非爲夫而百折不回，獨行其志。殆性生焉，有類忠孝之愚者。然觀其力拒絶婚，深明大義，固以節自任矣。夫烈人所難能，節則人所共知。談節烈之事即鄉媪村姑莫不欷歔流涕，義氣勃發。而謂艱苦備嘗，不動聲色以畢命完貞者反謂不知節烈爲何説乎？其死也，謂非殉名也可，謂非殉夫也可，謂非殉節也不可。殉節即殉夫也，婦所爲實人倫之至，不得以忠孝之愚者例。謂節烈非小家所能知，夫節烈之旌豈僅爲世家貴族風哉。

津門徵獻詩卷八終

後記

筆者退休後，早年養成的讀書習慣没有改變，因爲時間充裕，讀書的興趣更濃郁了。由於多年從事天津地方志工作，尤其喜讀鄉邦文獻、津人著述，每有心得或發現史料仍會作筆記，以此爲樂事。

二〇一八年有幸認識諳熟天津文史的王振良教授，遂有了標點整理《津門徵獻詩》的機緣。《津門徵獻詩》爲清代天津華鼎元著，作者撰詩一百二十首，即歌詠一百二十位明清時期天津人物，詩後臚列文獻爲註文。資料翔實，對研究天津明清歷史人物具有很高的史料价值。

標點整理中頗多感慨：既有對原著者不辭辛勞纂輯桑梓文獻的敬仰，也有對書中人物事業學識成就的感佩；既有伏案付出中的充實快樂，亦真切感受到其中的艰辛。

此書將收入王振良教授主編的《津沽筆記史料叢刊》，天津文博院原院长李家璘先生爲本書作序鼓励，謹此向兩位深表謝忱。筆者在標點整理此書过程中曾獲中華書局朱振華、國家圖書館出版社孫彦兩位大學同窗的指教和幫助；天津博物館王昆江先生慷慨提供該書的復印件，玉成此書得以出版；天津古籍出版社唐艦老師、鄭偉老師爲本書出版做了許多工作，專此一併表示衷心的感謝。

限於水平，難免疏謬，尚望讀者指教匡正。

楊德英　二〇二一年九月十七日

《問津文庫》已出書目（總計一〇七種另三種）

◎天津記憶

沽帆遠影　劉景周著　五九圓
荏苒芳華：洋樓背後的故事　王振良著　四九圓
津門書肆記　雷夢辰原著／曹式哲整理　四九圓
故紙温暖：老天津的廣告　由國慶著　二八圓
沽上文譚　章用秀著　三八圓
百年留踪：解放橋的前世今生　方博著　三九圓
南市滄桑　林學奇著　七九圓
津沽漫記：日本人筆下的天津　萬魯建編譯　三九圓
憶弢盦：來新夏先生紀念文集　焦静宜編　九二圓
與山河同在：天津抗日殺奸團回憶録　閻伯群編　三八圓
楮墨留芳：天津文化名人檔案　周利成著　三〇圓

布衣大師：允文允武的藝術名家閻道生　閻伯群著　三〇圓
口述津沽：民間語境下的堤頭與鈴鐺閣　張建著　二八圓
大地史書：地質史上的天津　侯福志著　二九圓
丹青碎影：嚴智開與天津市立美術館　齊珏編著　二八圓
立憲領袖：孫洪伊其人其事　葛培林著　三〇圓
津門開歲：徐天瑞日記解讀　王勇則著　五八圓
水産教育家張元第　張紹祖編著　三六圓
八年夢魘：抗戰時期天津人的生活　郭文杰著　二八圓
沽文化詮真　尹樹鵬著　四八圓
圈外談藝録　姜維群著　三八圓
記憶的碎片：津沽文化研究的雜述與瑣思　王振良著　三八圓
水産教育家張元第集　張紹祖編　五八圓
應得的榮譽：女醫生里昂羅拉·霍華德·金的故事
［加］瑪格麗特著/胡妍譯　三八圓
海河巡鹽：國博藏所謂《潞河督運圖》天津風物考　高偉編著　五八圓

析津聯話　章用秀著　五八圓
頂上功夫：寶坻剃頭匠的歷史記憶　甄建波著　六八圓
四當明霞：藏書目里的章鈺及其交游　李炳德著　六八圓
津沽舊事　郭鳳岐著　一九八圓
守望家園：天津市非物質文化遺産散論　李治邦著　七八圓

◎**通俗文學研究集刊**

望雲談屑　張元卿著　三九圓
還珠樓主前傳　倪斯霆著　三八圓
品報學叢·第一輯　張元卿、顧臻編　三八圓
云雲編：劉雲若研究論叢　張元卿編　三八圓
品報學叢·第二輯　張元卿、顧臻編　三二圓
劉雲若評傳　張元卿著　三二圓
鄭證因小説經眼録　胡立生著　七八圓
品報學叢·第三輯　張元卿、顧臻編　四八圓

劉雲若傳論　管淑珍著　四八圓
品報學叢·第四輯　張元卿、顧臻編　五八圓
走近姚靈犀　張元卿、王振良編　五八圓

◎三津譚往

三津譚往·二〇一三　王振良主編　三九圓
三津譚往·二〇一四　萬魯建編　三九圓
三津譚往·二〇一五　孫愛霞編　四八圓
三津譚往·二〇一六　孫愛霞編　五八圓
三津譚往·二〇一七　孫愛霞編　六八圓
三津譚往·二〇一八　孫愛霞編　六八圓
三津譚往·二〇一九　王雲芳編　六八圓

◎九河尋真

九河尋真·二〇一三　王振良主編　五九圓

九河尋真·二〇一四　萬魯建編　五九圓
九河尋真·二〇一五　萬魯建編　八八圓
九河尋真·二〇一六　萬魯建編　九八圓
九河尋真·二〇一七　萬魯建編　九八圓
九河尋真·二〇一八　萬魯建編　九八圓
九河尋真·二〇一九　萬魯建編　九八圓

◎津沽文化研究集刊

《雷雨》八十年　耿發起等編　五五圓
陳誦洛年譜　張元卿著　四八圓
碧血英魂：天津市忠烈祠抗日烈士研究　王勇則著　九八圓
都市鏡像：近代日本文學的天津書寫　李煒著　三八圓
天津楹聯述略　李志剛著　三六圓
口述津沽：民間語境下的西沽　張建著　五六圓
口述津沽：民間語境下的西于莊　張建著　一〇八圓

紫芥掇實：水西莊查氏家族文化研究　葉修成著　五八圓
蘆砂雅韻：長蘆鹽業與天津文化　高鵬著　五八圓
王南村年譜　宋健著　七八圓
國術之魂：天津中華武士會健者傳　閻伯群、李瑞林編　七八圓
來新夏著述經眼録　孫偉良編　一九八圓
舉火燒天：天津抗日殺奸團紀事　楊仲達、陶麗著　六八圓
口述津沽：民間語境下的丁字沽　張建著　一六八圓
口述津沽：南開學子語境下的公能精神　胡海龍著　一六八圓
口述津沽：民間語境下的吴家窑新村　張建著　八八圓
契學初曙：天津甲骨學論集　朱彦民著　八八圓

◎津沽名家詩文叢刊

王南村集　王煐原著／宋健整理　六八圓
嚴範孫先生古近體詩存稿　嚴修原著／楊傳慶整理　四八圓
星橋詩存　蘇之鑾原著／曲振明整理　五八圓

◎津沽筆記史料叢刊

桑梓紀聞　馬鴻翱原著/侯福志整理　四二圓
天津縣鄉土志輯略　郭登浩編　九八圓
嚴修日記（一八九四—一八九八）　嚴修原著/陳鑫整理　一二八圓
周武壯公遺書　周盛傳原著/劉景周整理　一二八圓
天后宫行會圖校注　高惠軍、陳克整理　一二八圓
津門詩話五種　楊傳慶整理　七八圓
《北洋畫報》詩詞輯録　孫愛霞整理　一九八圓
桑梓紀聞（增補本）　馬鴻翱原著/侯福志整理　六八圓
袁克文集　吴曈曈整理　五八圓
盧木齋集　盧靖著/羅容海整理　八八圓
天津朱卷集成　劉宗江編　五八〇圓
津門徵獻詩　華鼎元編纂/楊德英點校　八八圓

◎名人與天津

李叔同與天津　金梅編　六八圓

我與曲藝七十年　倪鍾之著　六八圓
辛笛與天津　王聖思編著　八八圓

◎**梓里尋珠**

傳承與突破：近代天津小説發展綜論　李雲著　七八圓
從租界到風情區：一個中國近代殖民空間在歷史現實中的轉義
　李東曄著　六八圓
趕大營研究：天津商幫與近代新疆的經濟開發　張博著　六八圓
屏廬鉛槧：藏書家刻書家金鉞研究　胡艷杰編著　六八圓

◎**隨藝生活**

方寸芸香：藏書票裏的書故事　李雲飛編　九八圓
問津書韻：第十三屆全國讀書年會文集　杜魚編　七八圓
開卷二〇〇期　董寧文、董國和、周建新編　一六八圓